W0468936

JENNA RYAN

La disparue du manoir

BLACK *ROSE*

éditions HARLEQUIN

Collection : BLACK ROSE

Titre original : DARKWOOD MANOR

Traduction française de GAËLLE BRAZON

HARLEQUIN®
est une marque déposée par le Groupe Harlequin

BLACK ROSE®
est une marque déposée par Harlequin S.A.

Photos de couverture

Arbres et ciel : © MICHEL GILE/ROYALTY FREE
Escalier : © MICHEL GILE/ROYALTY FREE
Maison : © MICHEL GILE/ROYALTY FREE

Si vous achetez ce livre privé de tout ou partie de sa couverture, nous vous signalons qu'il est en vente irrégulière. Il est considéré comme « invendu » et l'éditeur comme l'auteur n'ont reçu aucun paiement pour ce livre « détérioré ».

Toute représentation ou reproduction, par quelque procédé que ce soit, constituerait une contrefaçon sanctionnée par les articles 425 et suivants du Code pénal.

© 2011, Jacqueline Goff. © 2012, Harlequin S.A.

83-85, boulevard Vincent-Auriol, 75646 PARIS CEDEX 13.

Service Lectrices — Tél. : 01 45 82 47 47
www.harlequin.fr

ISBN **978-2-2802-4522-7** — ISSN 1950-2753

Prologue

La route sinueuse qui longeait la côte accidentée du Maine en direction du nord défilait rapidement sous les roues de la Corvette de David Morris Gimbel.

Un sourire vissé aux lèvres, il accéléra, et la voiture fit un bond en avant. En ville, il était impossible de faire de telles pointes de vitesse, or un bolide de ce genre avait besoin de tourner à plein régime de temps en temps. En outre, le SMS qu'il avait reçu dans l'après-midi paraissait urgent. David passait en revue toutes les éventualités quand la sonnerie de son portable interrompit le fil de ses pensées. Il jeta un coup d'œil sur l'écran avant de décrocher.

— Encore trente-deux kilomètres, Haden. D'autres problèmes à signaler ?

— Des lumières qui n'arrêtent pas de clignoter, répondit la voix masculine au bout du fil. Depuis un moment, j'entends aussi des gémissements et des bruits sourds. Et il y a à peine cinq minutes, une espèce de plainte lugubre m'a donné la chair de poule. J'ai aperçu une ombre sur la falaise, mais elle a disparu quand ce cri a commencé.

David négocia un virage serré en tenant le volant d'une seule main, les yeux plissés pour mieux percer la brume nocturne.

— Les ombres sont faites par des êtres humains, de même que les bruits et les effets de lumière. Quant au gémissement, c'était peut-être un chien en quête d'une femelle.

— J'ai eu trois chiens au cours de ma vie, Gimbel. Aucun d'entre eux n'a jamais émis un son pareil.

— Trente kilomètres, annonça David.

Il contempla le ruban d'asphalte qui se déroulait devant lui. Si son GPS interne n'avait pas été déréglé par cette nuit de septembre sans lune, il lui restait deux gros virages à passer avant d'arriver à Cemetery Point. Tout en franchissant le premier en trombe, il s'exhorta à la patience.

— Fermez les portes, baissez les stores et versez-nous deux verres de bourbon. Le prochain son que vous entendrez sera le crissement de mes pneus quand je freinerai devant chez vous.

— Je les entends déjà crisser d'ici, répliqua l'homme. Ah, bon sang… J'aurais dû contacter mon neveu au lieu de faire appel à un incroyant de votre genre !

La voiture dérapa sur le bitume, mais David ne leva pas le pied pour autant.

— Depuis quand les tireurs d'élite fédéraux accordent-ils le moindre crédit au surnaturel ? Remplissez les verres, Haden, et attendez que…

Il s'interrompit en poussant un juron. Il entendit la voix bourrue à l'autre bout du fil l'interpeller juste avant que le téléphone ne tombe sur le plancher.

La masse confuse de la glissière de sécurité se présenta soudain devant lui. L'avant de la voiture la percuta à vive allure, trois fois plus vite que la limitation de vitesse, supposa-t-il. Il était sur le point de découvrir si les fantômes existaient vraiment.

Il ferma les yeux, priant pour que sa mort ne s'accompagne pas d'atroces souffrances.

1

— Il avait complètement perdu la raison ! Et tu m'as tout l'air de suivre la même voie…

Katie Lynn Ross s'accroupit légèrement pour mieux voir ce que masquait le portail en fer forgé délabré qui barrait l'entrée.

— Ça n'a rien d'une de ces demeures pittoresques typiques de la Nouvelle-Angleterre. On dirait plutôt une maison hantée géante.

Elle gratta l'un des barreaux rouillés du bout de l'ongle.

— Tu es la victime malheureuse d'une mauvaise blague d'Halloween, Bella. Et ce n'est pas la peine de me rebattre les oreilles avec le vieux mythe familial. Mamie Corrigan croit peut-être que ses descendants sont connectés au monde des esprits, d'où leur goût pour les lieux fréquentés par les spectres en tout genre, mais elle se trompe. David doit sûrement bien rire de là où il est. Les endroits du genre de Darkwood Manor, ça n'existe pas.

— Comme l'éventualité d'une hallucination collective est peu probable, je suis obligée de te contredire. Ils existent bien.

Isabella Ross prit appui sur un genou pour prendre quelques photos de la maison qui se dressait à distance.

— Du moins, ça m'en a tout l'air.

— Je suis sûre que tu es en train d'imaginer un cadavre tout ratatiné, commenta Katie. Par exemple, celui d'une bonne femme que son fils psychopathe a empaillée comme un oiseau et installée au grenier.

— A la cave, corrigea Isabella en cessant son mitraillage.

J'imaginais plutôt le travail de démolition que David aurait entrepris s'il n'était pas passé par-dessus la rambarde le mois dernier.

Elle marqua une pause, puis poussa un soupir attristé.

— J'aimerais seulement qu'il soit toujours en vie, de façon que quelqu'un tente de le dissuader.

Katie lui lança un regard perspicace.

— Toi, par exemple, ou quelqu'un d'autre ?

Isabella se releva en passant la courroie de son appareil photo autour de son épaule.

— David et moi, c'était terminé. En matière de rupture, on a vu pire, mais ce n'était pas non plus une partie de plaisir.

Elle examina la bâtisse de style vaguement gothique qui se dressait au bout de l'allée.

— J'ignore pourquoi il m'a légué cet endroit, mais il l'a fait, voilà tout. Mamie C. en tire une satisfaction viscérale, tandis que papi C. et tante Mara entendent déjà sonner le tiroir-caisse.

— Ah, la merveilleuse dynamique d'une entreprise familiale… Qui n'aimerait pas en être un des rouages ?

— Moi, j'aime ça, répondit Isabella en souriant.

— Bon sang, ça me plairait aussi, de prospecter le pays et d'aménager les sites de futurs hôtels, mais je passe ma vie penchée sur des chiffres, Bella. Mon métier n'est pas aussi glamour que le tien.

— Avoue que ça en jette, de débarquer sans prévenir dans un de nos hôtels dans le seul but de démasquer un escroc.

— C'est vrai que ça, c'est plutôt sympa, acquiesça sa cousine en sortant une cigarette de son paquet et en l'allumant. Mais tu ne te doutais pas du tout que David allait te léguer sa… gentilhommière ?

— Absolument pas. Tout ce que je sais, c'est que j'ai hérité de cette propriété, et c'est un parent éloigné qui a eu le reste.

— Il en a, de la chance, commenta Katie en secouant violemment les barreaux. A vue de nez, je dirais que la fortune de ton ex s'élevait au moins à… Allons bon !

Elle relâcha le portail qui s'entrouvrit vers l'intérieur.

— Je suppose que ça veut dire « bienvenue ».

— Ou bien « fuyez pendant qu'il en est encore temps ».

— Sherlock, Watson, Baskerville Hall, alias Darkwood Manor, lança Katie en traçant un triangle en l'air avec sa cigarette.

Le portail émit un grincement sinistre. L'accueil n'était pas des plus chaleureux, mais Isabella était habituée. Les gens qu'elle rencontrait dans son métier n'étaient pas toujours disposés à se défaire des propriétés que sa famille voulait acquérir.

Une rafale fit tourbillonner quelques feuilles autour de ses chevilles, mais le frisson qui la parcourut n'était pas dû au vent. Pour la première fois depuis l'ouverture du testament de son ex-petit ami, un certain trouble la gagnait. Partagée entre l'appréhension et l'incertitude, elle restait dans l'expectative.

David Gimbel avait toujours été un original, et sa conduite audacieuse n'était que l'une de ses multiples excentricités. Pourquoi avait-il décidé de lui léguer le domaine qu'il avait récemment acheté dans le Maine ? Difficile à dire… En tout cas, Isabella était profondément intriguée par son héritage, et sa curiosité prenait le pas sur ses doutes. Mais visiblement, sa cousine était loin de partager son goût pour les mystères.

Tandis qu'elles se dirigeaient toutes deux vers la porte d'entrée, Katie se mit à la bombarder de questions. Quels projets David avait-il eus concernant le monstre architectural qui se dressait devant elles ? Quand l'avait-il acheté ? Et pourquoi l'avait-il laissé à Isabella plutôt qu'à un des membres honnis de sa fratrie par alliance ?

— Réfléchis, Bella. Pour se venger d'un parent qu'on déteste, quoi de mieux que de lui léguer un gouffre financier dont personne ne voudrait, à part peut-être Edgar Allan Poe ?

— Alors comme ça, le manoir des Baskerville est devenu la maison Usher ? remarqua Isabella, tout en faisant mine d'écraser quelque chose avec son pied.

Katie inhala une profonde bouffée avant de jeter sa cigarette.

— Si ce manoir avait des tourelles et un donjon, je le comparerais au château de Dracula. J'ai l'air de critiquer, mais ça ne m'empêche pas d'admettre que l'endroit a du potentiel, ne serait-ce qu'en le voyant à travers tes yeux et ceux de papi C. En faisant appel à une horde d'entrepreneurs en bâtiment, d'électriciens, de plombiers, de peintres et d'agents d'entretien, vous réussirez peut-être à transformer cette ruine en hôtel de luxe. Ou selon l'expression favorite de tante Mara, en hôtel de charme. Mais pourquoi une personne saine d'esprit voudrait passer ses vacances dans un manoir néo-gothique…

— Ça va, j'ai compris, l'interrompit Isabella, tout en observant les fenêtres sales du premier et du second étage. Tu ne comptes pas réserver une chambre ici de sitôt.

Comme à contrecœur, Katie esquissa un sourire.

— Si je réserve une chambre au premier, je risque fort d'atterrir au rez-de-chaussée. Les fantômes sont les seuls clients à pouvoir flotter au-dessus de planchers qui sont sûrement vermoulus.

Isabella secoua la tête avec amusement.

— Ton verre n'est pas à moitié vide, il est désespérément sec.

— Mon passage par Bangor devrait changer ça. Une fois que j'aurai mis de l'ordre dans les grands-livres de l'hôtel, mon verre débordera. Si ça se trouve, j'arrêterai peut-être de fumer pour de bon. Ça fera office de cadeau de Noël anticipé pour tante Mara et toi.

— Katie, si on te harcèle avec ça, c'est parce qu'on t'aime, dit Isabella, avant de tapoter du bout du doigt l'une des poutres soutenant le porche. Ça ne m'a pas l'air bien solide…

Mais le poteau s'avéra plus résistant que prévu. Rassurée, Isabella posa le pied sur la première marche, qui ploya sous son poids mais ne céda pas.

Sous l'effet d'une bourrasque, quelques feuilles s'éparpillèrent sur le porche affaissé. Une moustiquaire en lambeaux se mit à battre frénétiquement, projetant des ombres mouvantes aux allures de chauves-souris affolées.

Katie attacha ses cheveux mi-longs en queue-de-cheval.

— Comme ça, rien ne gênera mon champ de vision, dit-elle d'un ton impassible.

— Je ne t'ai rien demandé, répliqua Isabella.

Elle observa la porte d'entrée dont les deux battants étaient de guingois.

— Il nous faudrait un bélier pour forcer le passage, remarqua-t-elle, avant de reculer pour prendre un autre cliché. Ça ira sur le mur des photos.

— Il va être marrant, ton mur, commenta Katie tout en levant les yeux vers le ciel. Pourquoi fait-il déjà aussi sombre à 15 heures ?

— Parce qu'une tempête couve ?

— Ta réponse ne me dit rien qui vaille.

Isabella glissa la clé dans la serrure et tourna le vieux loquet. A sa grande surprise, la porte s'entrouvrit. L'entrebâillement faisait à peine vingt-cinq centimètres, mais elles auraient assez de place pour se glisser à l'intérieur.

— L'avocat a dit que la maison avait été raccordée à l'électricité, lança-t-elle à Katie par-dessus son épaule.

— Par qui ? Thomas Edison ?

Isabella appuya sur le premier interrupteur qu'elle vit, tandis que sa cousine s'aventurait plus avant. Quand une ampoule s'alluma au-dessus de leurs têtes, elle sourit à Katie.

— Un appareillage d'époque qui s'accorde au plâtre d'époque tombant d'un plafond à caissons en piteux état.

— Et une couche de poussière de quinze centimètres sur la moindre surface visible.

Katie laissa échapper un cri lorsqu'elle trébucha sur une planche cassée.

— Le mot « visible » ne concerne pas le sol. Ce n'est pas un projet immobilier, c'est un véritable traquenard.

— Mais il y a de bons restes, remarqua Isabella en se

dirigeant droit vers l'escalier. Cette rampe en acajou sculpté est de toute beauté.

Elle prit deux autres photos.

— Sur le pilastre, il y a une sculpture qui représente des feuilles et de la vigne. Et ne me dis pas que c'est du sumac vénéneux.

— Je pensais plutôt à de l'aubépine, répondit Katie avant d'attraper le bras de sa cousine. Bella… tu n'as quand même pas l'intention de séjourner ici ?

D'après l'avocat de David, une partie du manoir était toujours habitable, mais avec ce qu'elles venaient de voir, Isabella sentait son goût du risque l'abandonner.

La sonnerie de son téléphone portable coupa court à ses réflexions. Elle décrocha et répondit d'une voix préoccupée.

— Isabella Ross. Bonjour, tante Mara… Oui, on y est… Eh bien, c'est…

— Amityville, décréta Katie. Et encore, je suis gentille.

Elles levèrent les yeux en entendant un grincement prolongé résonner au-dessus de leurs têtes.

— Je ne sais pas… Peut-être, répondit Isabella quand sa tante évoqua la présence de fantômes.

Elle plissa les yeux en direction d'un coin de la pièce tapissé de toiles d'araignée.

— Si ce n'est pas un fantôme, c'est un énorme rat.

— Les deux se valent ! s'exclama Katie, qui s'était éloignée de quelques mètres.

Elle souffla sur une moulure sculptée et se redressa, l'air triomphant.

— Et voici la gardienne des lieux, Bella : l'indispensable gargouille, prise au piège dans un océan de ciguë.

Avec un sourire, Isabella reprit sa conversation téléphonique.

— C'est de mieux en mieux au fur et à mesure qu'on avance, Mara, ce qui semble indiquer l'existence d'une entrée secondaire.

Elle marchait en direction d'un petit salon quand elle vit soudain le sol bouger sur sa gauche.

— Je te rappelle une fois la visite terminée.

Elle ferma son portable et le fourra dans sa poche. Les yeux fixés sur le tas de gravats suspect, elle bondit sur un tapis roulé.

— Pourquoi faut-il toujours qu'il y ait un serpent ? maugréa-t-elle en frissonnant. Katie, tu m'entends ?

Seul le grattement d'une branche contre la fenêtre lui répondit.

— Génial… Nous voilà donc en tête à tête, petit serpent, et je parie que tu es venimeux.

Elle marcha à reculons jusqu'au bout du tapis poussiéreux.

— Katie ?

Toujours pas de réponse.

Après avoir repéré un autre mouvement sur le sol, Isabella évalua la distance qui la séparait de l'escalier. Papi Corrigan lui disait toujours de faire face à ses peurs. C'était bien ce qu'elle comptait faire. Elle affronterait ce maudit serpent, mais de l'autre côté du vestibule.

Elle regarda par-dessus son épaule. Katie n'était pas du genre à la faire marcher. Si elle ne répondait pas, cela signifiait qu'elle ne l'entendait pas. Conclusion : elle était probablement sortie pour fumer.

En continuant de marcher à reculons, Isabella rebroussa chemin jusqu'à la porte d'entrée. Elle se glissa avec difficulté dans l'entrebâillement. A la réflexion, un régime ne serait pas du luxe.

— Katie, tu es dehors ?

Mais le perron et la cour envahie de mauvaises herbes étaient vides. Elle n'entendit rien d'autre que les rafales de vent, ne vit rien d'autre que les nuages violacés qui s'amoncelaient dans le ciel et les branches épaisses pressées contre les fenêtres.

Où sa cousine avait-elle bien pu passer ?

Katie n'aurait quand même pas quitté la propriété sans prévenir. Elles n'avaient été séparées que pendant quelques minutes, donc elle ne devait pas être loin. D'un autre côté, le sol de la maison, couvert de débris et de meubles cassés, était un vrai champ de mines. En se hasardant dans une pièce, elle était peut-être tombée et s'était cogné la tête.

Isabella frotta ses mains moites contre son pantalon. D'après papi C., les serpents ne mordaient pas à moins d'être dérangés. Mais papi C. avait franchi courageusement de nombreuses lignes ennemies pendant la guerre de Corée. Sa conception du danger n'avait rien à voir avec celle de sa petite-fille.

Isabella retourna à l'intérieur et suspendit son sac à bandoulière et son appareil photo au pilastre de l'escalier. Elle se dirigea ensuite vers la pièce contenant la moulure sculptée. Katie s'était trompée : ce n'était pas une gargouille, mais un ange avec des trous béants à la place des yeux et une expression qui donna la chair de poule à Isabella.

A cause des volets fermés qui plongeaient la pièce dans l'obscurité, elle dut tâtonner pour trouver un interrupteur. Une ampoule s'alluma à l'autre bout de la pièce, mais sa lumière était trop faible pour dissiper les ombres. Voilà un aspect de son métier qui n'avait vraiment rien d'enviable, songea Isabella.

— Katie, tu m'entends ? demanda-t-elle d'une voix forte.

La sensation d'une présence derrière elle lui fit faire volte-face. Pourtant, il n'y avait personne dans l'embrasure de la porte ou dans le vestibule.

Exaspérée par sa réaction excessive, elle prit une profonde inspiration et entama une lente progression le long du mur.

Le vent qui filtrait à travers les volets disjoints emplissait la pièce d'un sifflement sinistre, tandis qu'une branche cognait irrégulièrement contre le mur extérieur. Le parquet fléchissait et gémissait sous ses pas.

Un peu plus loin, un gros morceau de plâtre tomba du haut d'un monticule masqué par l'obscurité. Elle discerna à côté une masse qui ressemblait à un corps recroquevillé.

Son cœur s'emballa. Une main sur le mur, elle continua d'avancer, le regard fixé sur son objectif.

De l'autre côté de la pièce, une porte grinça, et Isabella releva les yeux.

Elle paya aussitôt son inattention. Rendue distraite par le bruit, elle n'eut pas le temps de réagir quand, au pas suivant, son pied s'enfonça dans le vide. Emportée par son élan, elle bascula dans les ténèbres.

L'homme qui se tenait à l'extérieur, dissimulé derrière un volet endommagé, regarda la femme perdre l'équilibre et tomber. Bien fait pour elle, songea-t-il, l'épaule agitée d'un tic nerveux. Elle allait peut-être enfin débarrasser le plancher.

Comment pouvait-il conduire ses affaires si une bonne femme se mettait à fourrer son nez partout ? C'était déjà assez pénible que le gros balourd qui vivait dans l'ancienne remise à calèches rôde constamment aux alentours. Avec un peu de chance, il tomberait d'une falaise et entraînerait dans sa chute la jolie blonde et son appareil photo… si elle survivait à ses aventures du jour. Peut-être qu'un troisième rôdeur serait assez malin pour organiser un malencontreux accident…

D'un autre côté, il valait mieux faire preuve d'un peu de jugeote. Si la femme disparaissait, le chasseur perdrait son gibier. Quel était le meilleur des scénarios ?

Un sourire glissa lentement sur ses lèvres et fit briller ses yeux noirs. Ce qui était mauvais pour le petit lapin pouvait lui être bénéfique. Tant que la femme était au centre de l'attention, il serait libre de vaquer à ses occupations.

Tout en plongeant dans l'obscurité grandissante du crépuscule, l'homme se surprit à prier pour que la jolie lapine blonde ne meure pas trop vite.

La tête d'Isabella tournait. Qui avait eu l'idée saugrenue de mettre une marche au beau milieu de la pièce ? Et s'agissait-il d'une salle à manger, d'une salle de bal ou d'une salle de réception ? Mais une autre question était encore plus pertinente. Pourquoi diable n'avait-elle pas pensé à prendre la lampe électrique dans la voiture ?

Une fois le vertige dissipé, elle posa les yeux sur la masse informe qui gisait devant elle. Heureusement, ce n'était qu'une toile goudronnée couverte de crasse. Mais son soulagement se teinta aussitôt d'inquiétude. Si sa cousine n'était pas étendue ici, alors où était-elle ?

Les mains et les genoux endoloris par sa chute, Isabella se releva. Une évidence se rappela brusquement à elle : Katie ne se déplaçait jamais sans son portable.

Elle sortit son téléphone et composa le numéro de sa cousine. Tandis qu'elle attendait, elle prit appui sur sa jambe gauche, et la douleur qui vrilla sa cheville lui arracha un gémissement. Tant pis pour elle. Elle n'avait qu'à faire attention où elle posait les pieds.

Au bout de quatre sonneries, le répondeur de Katie se déclencha. Contrariée, Isabella laissa un message et referma le téléphone. Elle commença à avancer avec précaution vers le fond de la pièce.

La porte qui se trouvait sur sa gauche était entrebâillée. Isabella l'ouvrit en grand dans un grincement strident et franchit le seuil. La sensation d'être observée ne la quittait pas. Son esprit lui jouait des tours, songea-t-elle. Elle n'était absolument pas angoissée par l'obscurité qui avait envahi la maison bien avant l'heure.

Dehors, les nuages avaient pris une teinte noire menaçante et le vent avait gagné en intensité. Les premières gouttes se mirent à frapper les carreaux, tandis qu'elle marchait le long d'un couloir poussiéreux en direction d'une énième porte.

Le rez-de-chaussée était un labyrinthe sans fin de couloirs communicants. Elle traversa deux cuisines, un garde-manger, une immense bibliothèque, trois salles à manger et une douzaine d'autres pièces dont la fonction lui échappait.

Une partie de son esprit constatait le potentiel de Darkwood Manor et l'imaginait déjà transformé en hôtel Corrigan-Ross. Mais l'essentiel de sa concentration était tourné vers sa cousine, avec une certitude grandissante : Katie ne se serait jamais aventurée jusqu'ici toute seule.

Une autre porte attira son attention. Elle l'ouvrit et découvrit une volée de marches inégales flanquées d'une rampe de bois branlante. Un demi-jour éclairait vaguement le haut de l'escalier, qui s'enfonçait ensuite dans le noir. *Il ne manquait plus que la cave,* se dit-elle. *Quelle galère…*

Elle eut un moment d'hésitation et pianota contre le montant de la porte. Une fois sa décision prise, elle appuya sur l'interrupteur.

— Il aurait fallu que tu perdes la tête pour t'aventurer ici, Katie, mais comme personne n'est à l'abri d'un coup de folie, je vais descendre vérifier. Je te préviens : je risque d'être vraiment très énervée si je te retrouve en bas.

Du fin fond de la cave lui parvint une sorte de grattement. Intriguée, elle se pencha en avant. Le gémissement du parquet couvrit le son, mais elle savait que ce qu'elle avait entendu n'avait rien à voir avec le bruit des fondations.

Grâce à la faible lumière dispensée par l'ampoule en bas de l'escalier, elle distinguait le sol boueux de la cave. Les marches avaient l'air en meilleur état que la rampe, mais Isabella connaissait les effets de la moisissure sèche. Elle s'attendait à en trouver ici, mais elle devait descendre.

Elle posa le pied sur la première marche. Le bois résista, et elle descendit sur la suivante, puis la suivante.

Comme elle s'appuyait d'une main contre le mur, elle se rendit compte que sa paume éraflée l'élançait. Elle maintenait à grand-peine une respiration normale, mais ne parvenait pas à contrôler les picotements qui irritaient sa peau.

Hors de question qu'elle se laisse aller à paniquer, se promit-elle. Elle espérait seulement qu'il n'y aurait pas de serpents en bas.

La rampe et une des marches craquèrent simultanément, interrompant le fil de ses pensées et lui coupant le souffle.

Quand son pied passa brusquement au travers de la marche, elle eut le réflexe d'agripper la portion de rampe qui était toujours fixée au mur. A son grand étonnement, le bois pourri résista à la pression. Sa surprise décupla quand elle sentit un bras s'enrouler autour de sa taille pour la hisser vers le haut, libérant sa cheville au passage.

Pendant un instant, Isabella se sentit au bord de l'étourdissement, puis elle reprit ses esprits et tourna la tête par-dessus son épaule. Son sauveur était un homme. Jeune, peut-être. Fort, indéniablement.

Il sentait bon, constata-t-elle. Il dégageait une odeur de savon, de peau chaude et de pluie fraîchement tombée. Elle distinguait mal son visage, mais remarqua l'étincelle qui brillait dans ses yeux.

— Vous ne devriez pas descendre ces marches, mademoiselle Ross.

La suspicion prit aussitôt le pas sur la peur.

— Qui êtes-vous ? Comment connaissez-vous mon nom ?

— Peu importe.

— Je tiens à le savoir.

Elle tenta de se libérer en repoussant son bras, mais il ne bougea pas d'un pouce. Excédée, elle réussit à se tourner sur le côté.

— Ecoutez, je vous remercie d'être venu à ma rescousse, mais je vais bien et je n'ai pas de temps à perdre en petits jeux.

Au lieu de la relâcher, il l'attira contre lui. Ses lèvres se mirent à bouger contre la tempe d'Isabella.

— Vous devriez profiter du temps qu'il vous reste pour sauter dans votre voiture et partir d'ici.

Bien décidée à se dégager, elle lui envoya une bourrade.

— Pour ce faire, il faudrait que vous me lâchiez.

— Arrêtez de gigoter et écoutez-moi : vous devez rentrer à Boston. Ne posez pas de questions, ne faites pas de détours. Partez sans vous retourner.

Comme elle continuait à se débattre, il lui saisit le menton de l'autre main.

— Faites-le, Isabella. Tout de suite. Tant qu'il en est encore temps.

Il la serra encore plus contre lui et effleura son oreille de ses lèvres.

— Si vous voulez vivre, vous devez quitter cette maison et vous en éloigner le plus vite possible.

2

Il disparut avant qu'elle ne puisse l'assaillir de questions. Il s'évapora comme le lui avait appris le gouvernement, comme il savait le faire avant même de l'apprendre.

Evidemment, son discours aux accents mélodramatiques n'avait eu aucun effet. Il s'y attendait, mais que pouvait-il faire d'autre ? Il n'allait quand même pas mettre une couverture sur la tête d'Isabella Ross et la jeter dans un train en direction du sud…

Il n'était pas censé se trouver là. Il avait promis à son oncle de faire preuve de discrétion. A force de fouiner partout, il risquait d'attirer l'attention, et les rats quitteraient le navire.

Des rats ordinaires auraient été le cadet de ses soucis, mais son oncle était inquiet. Pour le rassurer, il était prêt à jouer les rôdeurs le temps nécessaire.

Si Haden avait raison, il faudrait sûrement intervenir. Quant à savoir s'il s'en chargerait lui-même ou si un autre prendrait les choses en main, telle était la question. Tout dépendrait de la réaction des autorités locales face à une blonde sexy en long manteau de cuir noir, à la peau veloutée et aux yeux d'un bleu si intense qu'il en avait été ébloui.

Il admirait le courage dont elle faisait preuve. Elle était déterminée, probablement entêtée, des qualités qui n'étaient pas pour lui déplaire. Sans compter le corps qu'elle cachait sous ce manteau noir…

Il s'empressa de chasser de son esprit le fantasme qui commençait à prendre forme. Accroupi le long de la maison, il continua d'observer la jeune femme.

A longs pas décidés, elle descendit l'allée et franchit le portail. Elle n'avait pas de parapluie, et son manteau ouvert flottait derrière elle. Elle portait le sac qu'il avait fouillé et son appareil photo. Il ne voyait pas son visage, mais il devait exprimer la même détermination que sa démarche.

Tandis qu'il la suivait du regard, il ne put retenir un sourire. Il aurait volontiers tenté sa chance avec elle, mais il ne s'y risquerait pas. Il avait trop l'habitude des relations sans avenir, et ce qu'il avait dans sa vie, à commencer par son oncle, lui suffisait amplement.

Elle s'installa au volant et démarra en trombe. Dans une gerbe de gravillons humides, la voiture quitta la propriété en direction de Mystic Harbor, petite ville du Maine où lui et bon nombre de ses ancêtres étaient nés.

Il s'appelait Donovan Black. A son grand regret, il était intimement lié à Darkwood Manor. Voilà pourquoi tout rapprochement avec l'alléchante Isabella Ross était impossible.

— Vous n'allez rien faire, je me trompe ? demanda Isabella en dévisageant son interlocuteur. Vous avez d'autres priorités que de partir à la recherche d'une inconnue que personne n'a vue. De toute façon, Darkwood Manor étant situé à la limite du comté, elle a peut-être franchi la frontière, et son sort ne relève plus de vos compétences. Problème résolu. Bonne soirée, m'dame. C'est bien ça ?

L'homme, un trentenaire au nez tordu et aux dents de cheval, continua de sourire.

— Il se peut que vous ayez raison, mademoiselle Ross. Il se peut aussi que vous inventiez un crime de toutes pièces pour faire de la publicité au nouvel hôtel.

Isabella se laissa gagner par l'exaspération.

— C'est ridicule ! Ma famille n'est pas du genre à faire de vulgaires coups marketing. Nous faisons les choses à l'ancienne : par le biais de la publicité, et uniquement quand un hôtel est opérationnel. Ce n'est pas le cas du manoir, et de toute façon, ce n'est même pas un hôtel.

— Pas encore.

Isabella s'efforça de maîtriser son tempérament irlandais.

— Shérif Lucas, j'ai passé un très mauvais après-midi. Je ne vous demande pas d'entamer des recherches de grande envergure. Je veux juste que vous consacriez quelques minutes à la disparition de Katie.

— Et qu'est-ce que je pourrais bien faire en quelques minutes, blondinette ?

— Je vous demande pardon ?

— Désolé, mademoiselle Ross, répondit-il avec un sourire narquois qui démentait ses excuses. Admettez que je me suis montré très patient et que j'ai écouté votre histoire avec une grande ouverture d'esprit.

Dommage qu'il n'ait pas le QI qui aille avec, songea Isabella.

— Résumons ce que vous avez dit : cet après-midi, votre cousine et vous êtes venues de Boston en voiture.

— J'ai dit que nous arrivions de Portland.

— Vous êtes passées par Portland, mais vous habitez et travaillez à Boston. En arrivant à Mystic Harbor, vous êtes montées dans deux voitures différentes pour vous rendre à Darkwood Manor. Et si vous m'expliquiez pourquoi ?

S'il cherchait à l'ébranler, il allait en être pour ses frais.

— Je l'ai déjà fait. Je m'arrêtais au manoir, tandis que Katie continuait sa route vers Bangor. Deux destinations, deux véhicules.

— Et la voiture de votre cousine est aussi introuvable qu'elle ?

— Oui.

— Et vous n'en tirez aucune conclusion ?

Isabella le fusilla du regard.

— J'en conclus que Katie et sa voiture ont disparu.

Le sourire du shérif se crispa.

— L'hypothèse la plus probable est que quelque chose à

Darkwood Manor l'a effrayée. Comme elle n'arrivait pas à vous retrouver, elle a cédé à la panique et s'est enfuie.

— Elle ne répond pas au téléphone.

— Elle l'a peut-être laissé tomber dans la précipitation. Si vous saviez le nombre de personnes qui oublient leurs affaires personnelles tant elles sont pressées de repasser le portail… Comprenez-moi bien : moi, je n'y crois pas, mais il y en a plus d'un dans le coin qui jure que le manoir est hanté.

— Allons bon ! dit Isabella en se forçant à sourire. Il ne manquait plus qu'une histoire de fantôme. Katie n'a pas disparu comme par enchantement, shérif.

— Vous pensez qu'elle a été kidnappée et que sa voiture a été volée.

— C'est tout de même plus vraisemblable que de croire qu'elle a été chassée par un fantôme.

Pourtant, bien malgré elle, l'incertitude la gagnait. Elle enfonça les mains dans les poches de son manteau pour raffermir sa conviction.

— Et à qui appartient l'esprit qui hante les lieux ?

— Vous avez le choix : Aaron Dark, constructeur et propriétaire du manoir ; la femme d'Aaron, Sybil, qui s'est enfuie avec un autre homme ; l'enfant que d'aucuns la soupçonnaient d'attendre. C'est peut-être même la sœur de Dark qui, une fois morte, aurait pris possession des lieux, comme pénitence pour avoir fait mettre son frère sous les verrous.

— Intéressant… Mais comme vous ne croyez pas à ces histoires, ce n'est donc pas la peur qui vous empêche de m'accompagner là-bas.

Il lui lança un coup d'œil insultant.

— Buvez-vous de l'alcool, mademoiselle Ross ?

Garde ton calme, s'ordonna-t-elle. Elle n'allait quand même pas perdre son sang-froid parce qu'un shérif était trop paresseux ou trop froussard pour l'aider.

— Dites-moi, shérif Lucas, riposta-t-elle, Darkwood Manor serait-il un repaire de malfaiteurs ? Est-ce le théâtre d'activités illégales, ce qui expliquerait la disparition de Katie et la mise en garde que j'ai reçue ?

La bouche entrouverte du shérif se referma avec un claquement sec.

— Vous n'avez pas parlé d'une quelconque mise en garde.

— Vous ne m'en avez pas donné l'occasion.

— Qui vous a donné cet avertissement ?

— Aucune idée. Un homme, sur les marches de la cave. Il m'a dit de quitter Darkwood Manor et de ne pas y revenir.

— Eh bien, voilà, répondit le shérif avec un large sourire. Il a sûrement dit la même chose à votre cousine, mais contrairement à vous, elle a suivi son conseil.

— Elle serait partie en catastrophe en oubliant son téléphone et n'aurait pas pris la peine de me contacter depuis ? Je vous le répète : ce n'est pas son genre.

— A quoi ressemblait l'homme dont vous parlez ?

— Pas la moindre idée. Il m'a évité une chute dans l'escalier de la cave et m'a conseillé de quitter les lieux, avant de se volatiliser. Même si vous ne comptez rien faire concernant Katie, vous pourriez au moins m'aider à localiser ce mystérieux inconnu. Il a peut-être vu ce qui est arrivé à ma cousine, d'où son avertissement.

Le shérif fronça les sourcils. La pluie qui ruisselait le long des fenêtres du commissariat se reflétait sur son visage et lui donnait un aspect grêlé. Comme il gardait le silence, Isabella tenta de nouveau de lui faire entendre raison.

— Shérif Lucas, tout ce que je demande…

— Vous voulez que je me rende dans une maison abandonnée, avec un éclairage insuffisant, pour rechercher des traces de pneus qui auront disparu depuis longtemps, en admettant qu'il y en ait bien eu, afin de retrouver une femme et un mystérieux inconnu que vous êtes la seule à avoir vu ou entendu, en risquant au passage de me rompre le cou comme vous avez failli le faire en plein jour.

— Je suppose que ça veut dire non.

— Sur tous les plans.

Il écarta sa chaise du bureau et se leva.

— Si vous n'avez pas de nouvelles de votre cousine d'ici demain, je demanderai à l'un de mes adjoints de vous accompagner au manoir. Si elle réapparaît, n'hésitez pas à revenir me présenter vos excuses pour avoir fait une montagne d'un rien. Je devrais être chez moi, en train de manger les pâtés de crabe de ma femme et d'aider mon fils avec son algèbre. Comme on est en basse saison, une nuit d'hôtel vous coûtera quatre-vingts dollars. Sinon tournez à gauche au bout de Harbor Road pour rejoindre la grande route. A vous de choisir, mademoiselle Ross. Je vous souhaite une bonne nuit, où que vous la passiez.

Il décrocha son imperméable d'une patère, enfonça son chapeau sur sa tête et franchit la porte du petit commissariat. La surprise figea Isabella sur place, puis elle secoua la tête avec une pointe d'amusement.

Quel drôle de shérif… Il n'éprouvait aucun scrupule à la laisser en plan au beau milieu de son commissariat. Et ça n'avait pas l'air de déranger non plus la personne qui ronflait allègrement dans la pièce du fond.

A vrai dire, qu'il s'agisse d'un adjoint ou d'un prisonnier, elle s'en moquait. Elle retenait de cet entretien que Lucas était un vrai crétin et qu'il ne l'aiderait pas à chercher Katie.

Elle sortit à son tour du commissariat. La pluie avait cessé, mais un brouillard épais avait envahi la ville. Dans la rue déserte, le silence n'était rompu que par le claquement des talons hauts d'une femme qui s'éloignait dans la direction opposée.

Les pensées d'Isabella se tournèrent vers l'hôtel qui se trouvait sur le trottoir d'en face. D'après les dépliants, il s'agissait du Mystic Inn. Malgré son nom au parfum de mystère, l'établissement semblait coulé dans le même moule que n'importe quel autre petit hôtel ordinaire.

Avec une concurrence aussi dérisoire, le projet familial n'aurait aucun mal à conquérir la ville. En faisant tourner ses clés autour de son doigt, elle se dirigea vers sa voiture.

— Vous n'avez trouvé aucune âme charitable pour vous aider, mademoiselle Ross ?

Les mots jaillirent de la brume et déchirèrent le silence feutré. Au bord de la panique, Isabella se concentra pour garder son calme.

— Le coup du fantôme, ça ne prend pas, dit-elle sèchement. Je ne suis pas d'humeur à supporter vos petits jeux et je n'ai pas l'intention de partir, alors ne gaspillez pas votre salive à me rejouer la scène de l'escalier. Ma cousine était avec moi, elle a disparu, je vais la retrouver. Point final.

— Je ne l'ai pas enlevée, Isabella.

— J'avais déjà écarté cette possibilité, même si, à la réflexion, vous êtes peut-être venu à mon secours pour me mettre sur une mauvaise piste.

— Vous réfléchissez trop, et vous me prenez pour plus malin que je ne suis, répliqua-t-il d'un ton amusé. Je vous ai conseillé de partir parce qu'un homme en qui j'ai toute confiance est convaincu que le manoir n'est pas aussi abandonné qu'il en a l'air. Comme il n'est pas du genre à halluciner, il a probablement raison. Les activités cachées vont souvent de pair avec les crimes.

— On croirait entendre un vrai policier, remarqua Isabella.

Devant son absence de réponse, elle haussa les sourcils.

— Ce silence fait-il office de confirmation ou est-ce votre expérience criminelle qui s'exprime ?

— Un peu des deux.

Elle en avait plus qu'assez. Certes, cet inconnu avait une voix magnifique. Son odeur et ce qu'elle avait aperçu de ses yeux dans la cave l'avaient envoûtée. Mais elle était trop inquiète pour Katie pour se laisser distraire par un homme, aussi mystérieux soit-il.

Elle fit un pas vers lui.

— Comment avez-vous trouvé mon identité ? En fouillant dans mon sac ou dans ma voiture ?

— Je suis tombé sur votre voiture plus tard. Votre sac était en bas de l'escalier.

— Un escalier qui m'appartient, monsieur…

— Black. Donovan. Oui, je sais que vous êtes la propriétaire de Darkwood Manor.

— Alors vous êtes bien policier.

— En quelque sorte.

— Et vous êtes ami avec le shérif ?

— Très ami.

La réponse avait quelque chose de surprenant, mais c'était l'occasion rêvée de faire progresser les choses.

— Dans ce cas, pourriez-vous me rendre un service ?

— Dites toujours.

— Je voudrais que vous…

— Que je persuade le shérif de rechercher votre cousine.

— Vous n'avez pas l'air partant.

— Le shérif est en convalescence en Floride après avoir reçu une balle dans la poitrine, répondit-il, un sourire dans la voix. Vous avez parlé à son remplaçant, l'adjoint principal. Le vrai shérif ne reviendra qu'après Halloween.

Incrédule, Isabella se massa les tempes du bout des doigts.

— Il faut que je demande à ma tante Rose de lancer un sort sur cette ville, murmura-t-elle. Bon, assez bavardé. Comment êtes-vous au courant pour ma cousine ? Vous nous avez observées au manoir ?

— Je vous ai vue, vous, pendant que vous la cherchiez, puis pendant que vous parliez à Orry.

— Vous avez écouté à la porte, c'est ça ?

— J'étais dans la pièce du fond. Mystic Harbor est une petite ville. A cette période de l'année, il y a moins de mille habitants. Les portes de derrière sont rarement verrouillées. Avez-vous déjà dîné ?

Prise au dépourvu, elle redressa les épaules.

— Pourquoi vous cachez-vous dans le noir, monsieur Black ?

— Je ne me cache pas. Je suis appuyé contre un réverbère et je discute avec une belle femme. Alors, ce dîner ?

Elle réprima une envie de rire inappropriée en répondant sèchement.

— Au cas où vous ne l'auriez pas remarqué, j'ai d'autres soucis en tête. Katie n'a pas été enlevée par le fantôme d'Aaron Dark, elle n'a pas été prise de panique et elle n'a pas perdu son téléphone. Ma cousine n'a rien d'une farceuse. Elle a disparu, sa voiture aussi, et votre idiot de shérif intérimaire s'en fiche complètement. Oubliez votre estomac et répondez plutôt à ma question : si vous êtes « en quelque sorte » dans la police, allez-vous m'aider ou pas ?

— Je suis en train d'y réfléchir.

— Très bien, dit-elle, vaguement soulagée, mais toujours méfiante. J'ai une autre question.

Elle fit un geste en direction de la silhouette à demi noyée dans la brume.

— Quand vais-je enfin voir votre visage ?

Il sembla hésiter, puis il s'écarta du réverbère et émergea de l'obscurité.

Il était plus grand qu'elle et devait frôler le mètre quatre-vingt-cinq grâce aux talons de ses bottes. Il portait un jean usé, un T-shirt noir et un long manteau de cuir. Elle s'attarda sur ses mains, qu'il avait belles, et ses cheveux châtains, étonnamment longs pour un policier. Ils lui arrivaient aux épaules et dégageaient une certaine sensualité. Ils encadraient un visage aux traits réguliers qui, sans être remarquables, avaient quelque chose de fascinant.

Toutes ses réflexions s'interrompirent en même temps que sa respiration quand elle vit ses yeux.

— Çà alors ! s'exclama-t-elle sans réfléchir. Vous avez des yeux magnifiques.

Intensément troublée par son regard, elle mit quelques secondes à se ressaisir. La vague de désir qui l'avait envahie se dissipa.

— Je crois me souvenir que vous avez parlé d'un dîner ?

Le lent sourire qu'il lui adressa faillit la faire fondre

complètement, mais cette fois, elle était sur ses gardes et parvint à maîtriser ses émotions.

— Je connais un endroit, dit-il. Ce sera parfait pour discuter, voire élaborer quelques stratégies. A vous de décider jusqu'à quel point.

— Pourquoi moi ?

Son sourire s'accentua.

— Vous n'apprécierez peut-être pas la compagnie.

— Parce que nous aurons de la compagnie ?

— Une personne supplémentaire.

— S'agirait-il de votre femme, monsieur Black ?

— Non, de mon oncle. Je ne suis pas marié. Et appelez-moi Donovan.

— Très bien, Donovan. Pourquoi votre oncle aurait-il la moindre influence sur notre conversation ?

— Il n'en aura aucune, répondit Donovan en lui faisant faire demi-tour. Sauf si vous avez peur des ours.

Haden Black n'avait rien d'un ours. Il ressemblait plutôt à un yeti, mais là où la créature légendaire avait des griffes, l'oncle de Donovan avait des maniques, et portait des lunettes à double foyer. Son antre était une maisonnette rustique remplie de livres, d'objets d'art et de vieux appareils électroniques.

Isabella jeta un coup d'œil rapide autour d'elle et compta trois télévisions, deux platines, une sono impressionnante, un magnétophone à bobines et les pochettes usées d'un bon millier de 33 tours.

Elle reporta ensuite les yeux sur leur hôte. Avec ses deux mètres et sa carrure imposante, il semblait fort comme un bœuf. Une barbe touffue mangeait son visage et des cheveux broussailleux tombaient jusqu'à ses énormes épaules. Les sourcils froncés, il ne cherchait pas à cacher son mépris pour l'ex d'Isabella.

— C'était un imbécile avec plus d'argent que de cervelle. Il voulait transformer le manoir en centre de balnéothérapie, grogna-t-il en grimaçant. Il a si bien embobiné l'ancien propriétaire que le vieil idiot lui a tout vendu pour une bouchée de pain.

Isabella détourna le regard pour dissimuler son amusement. Un coin de la pièce attira soudain son attention. Elle s'agenouilla pour observer de plus près une toile abstraite négligemment appuyée contre un tas de bûches.

— L'associé de David a dit qu'il avait déboursé plus de 900 000 dollars pour le manoir. C'est un Kandinsky ?

— Vous avez l'œil, acquiesça Haden d'un ton bourru. Mais vous avez mauvais goût en matière d'hommes. 900 000 dollars, ce n'est rien pour un manoir situé à flanc de falaise et les hectares qui vont avec. Dis-lui, Donovan.

— Ça en vaut plus, en effet, confirma son neveu en émettant un léger rire devant la réaction d'Isabella. Cela dit, la transaction était légale et relativement juste, étant donné que le propriétaire venait d'avoir quatre-vingt-treize ans, qu'il avait survécu à tous ses héritiers et qu'il avait l'intention de mettre le manoir en vente à la moitié du prix proposé par votre petit ami.

— Ex-petit ami, corrigea Isabella en regardant un autre tableau avec incrédulité. Vous avez un Van Gogh ?

— Il y a aussi un Picasso qui traîne quelque part.

— Par terre…

Haden lui lança un regard courroucé.

— Ce n'est pas comme si j'avais de la place sur les murs. Dites-moi, mademoiselle Corrigan-Ross, quels sont vos projets pour le manoir ?

Elle se releva en époussetant son pantalon.

— Je vais le retourner de fond en comble jusqu'à ce que je retrouve ma cousine. Je m'appelle Isabella. Je crois que votre repas est en train de brûler, monsieur Black.

— Haden, répliqua-t-il en agitant une manique dans sa direction. Etes-vous sûre que votre cousine n'a pas pris ses jambes à son cou pour fuir quelque chose qui l'aurait effrayée ?

— Comme le fantôme d'Aaron Dark, par exemple ?

— Dois-je comprendre que vous êtes une incroyante ? grogna-t-il d'un ton menaçant.

Elle afficha un sourire serein dans l'espoir de le calmer.

— Tous mes grands-parents sont irlandais, alors je suis bien obligée d'y croire dans une certaine mesure.

— Mais ? demanda Donovan.

— Le père de mon père était un homme d'affaires irréductible qui travaillait à New York. Sa mère était conseillère municipale. Dans ce monde-là, les fantômes n'existent pas, même en théorie. Pour en revenir à votre question, je me réserve le droit de ne pas y répondre.

— Vous parlez comme une politicienne.

— Et vous comme ma grand-mère Corrigan.

— Une femme de bon sens, alors, commenta Haden. Vous savez, si vous restez ici assez longtemps, vous finirez par croire aux apparitions, aux fantômes, aux esprits frappeurs, voire au retour d'Elvis d'entre les morts.

— Si je me trouve nez à nez avec le fantôme d'Aaron Dark pendant mes recherches, tant mieux. Il m'aidera peut-être à localiser Katie.

— Ne comptez pas trop là-dessus, dit Donovan dans son dos. Il n'était pas du genre à aider son prochain.

Isabella se prépara intérieurement à l'attirance sexuelle qu'elle allait ressentir, puis se tourna vers Donovan.

— Vous savez, pour un policier, vous faites beaucoup de mystères.

— Il est tireur d'élite, précisa Haden en se dirigeant vers le four fumant. Ce garçon a les meilleurs yeux de la profession.

Ce n'est pas moi qui vais dire le contraire, pensa-t-elle. Mais c'est l'allusion à Aaron Dark qu'elle releva.

— Les notes que David a laissées chez son associé parlent d'un philanthrope qui s'intéressait à la politique, aux affaires et à l'église paroissiale.

— Les détails de ces activités ont été soigneusement consignés dans l'histoire familiale, dit Donovan. Mais il n'est mentionné nulle part dans ces notes que c'est Aaron

Dark qui a rédigé l'essentiel de cette histoire. D'autres récits moins partiaux évoquent un homme à la double personnalité.

— Cette histoire devient de plus en plus pittoresque, observa Isabella en souriant.

— Certainement, sauf pour ceux qui avaient affaire à lui.

Elle étudia son expression avec un mélange de curiosité et de fascination.

— Seriez-vous un historien amateur, Donovan ?

Un léger sourire aux lèvres, il détourna le regard.

— C'est plus compliqué que ça.

— Vous aimez les histoires de fantômes, alors ?

— Quand elles sont bonnes. Malheureusement, cette histoire-là ne l'est pas, répondit-il en se rapprochant d'elle, les yeux rivés aux siens. Aaron Dark était un monstre, Isabella. Il a retenu sa femme prisonnière dans Darkwood Manor. Quand il a découvert qu'elle était enceinte d'un autre homme, il l'a assassinée et a jeté son corps du haut de la falaise.

Pour elle ne savait quelle raison, il semblait être sur des charbons ardents.

— Je suis à peu près sûre que rien de tout ça n'était mentionné dans les notes de David. Dark a-t-il été arrêté ? Pendu ? A-t-il pris la fuite ?

— Il est devenu fou, répondit Donovan, le marron de ses iris virant au noir. Et pour répondre à la question que je lis dans vos yeux, je le sais parce que la sœur d'Aaron, celle qui passait pour être aussi démente que lui, était mon aïeule.

3

Contrairement à ce qu'il escomptait, Isabella n'eut pas l'air choquée. Les yeux pétillants de malice, elle lui tapota la poitrine du bout du doigt.

— Vous n'avez pas le monopole de la folie meurtrière, vous savez. Un jour, je vous raconterai les exploits de mon ancêtre Connell Ross. Lors d'une des innombrables guerres qui ont jalonné l'histoire de l'Irlande, une armée ennemie s'est approprié son domaine et l'a dévasté. Connell ne l'a pas supporté et s'est vengé en commettant un carnage. Laissez-moi vous dire que les projets immobiliers sur les terres de Connell sont toujours voués à l'échec. On a tous quelque chose à cacher, Donovan. Certains secrets sont seulement plus récents que d'autres.

De sa cuisine, Haden lui assena un « Je te l'avais bien dit » condescendant qui fit pouffer Isabella. Il avait bien envie de les envoyer au diable et de retourner à New York, songea Donovan avec agacement.

Son quotidien lui manquait. A presque trente-six ans, il avait passé la plus grande partie de sa vie sur le fil du rasoir. Il cherchait à vérifier une théorie datant de son enfance : il ne saurait jamais s'il avait hérité des tendances de ses ancêtres tant qu'il n'explorerait pas le côté obscur de sa personnalité.

Le retour de son oncle, chargé de deux assiettes remplies à ras bord et d'une bouteille de vin, lui évita d'avoir à trouver une repartie.

Heureusement, la viande n'était que légèrement calcinée. Le festin préparé par Haden, chef cuisinier émérite, aurait suffi à nourrir la moitié de la population de Mystic Harbor. Isabella n'hésita pas à goûter un peu de chaque plat, reconnaissable ou pas. Seule la viande la laissa perplexe.

— Ce n'est pas du lapin, n'est-ce pas ?

La bouche pleine, Haden secoua la tête. En lui faisant signe de manger, il poussa vers elle la salade de roquette et d'anchois.

La lumière du plafonnier se mit à vaciller. Le géant avala sa bouchée et se leva.

— Gardez de la place pour le dessert, conseilla-t-il, avant d'aller vérifier la boîte à fusibles.

Isabella piqua un morceau de viande avec sa fourchette et l'approcha de ses yeux pour l'examiner de plus près.

— Je suis prête à parier que cet animal n'a jamais eu de plumes.

— C'est de l'écureuil, dit Donovan en restant impassible.

Elle releva vivement les yeux.

— De l'écureuil ? répéta-t-elle en reposant sa fourchette. Comme Tic et Tac ?

— Ou un de leurs cousins, répondit-il en tendant le bras par-dessus la table pour attraper la bouteille de vin. Je vous ressers ?

— Quand j'étais petite, je donnais des cacahuètes aux écureuils dans le parc près de chez moi.

— Si vous acceptez de manger Panpan et Chicken Little, quel est le problème avec Tic ou Tac ?

Les yeux rivés aux siens, elle avança son verre.

— Je faisais seulement preuve de politesse. En général, je ne mange aucune de ces petites bêtes. La prochaine fois, je serai moins soucieuse de l'étiquette.

Elle détailla son visage avec curiosité.

— La folie n'est pas héréditaire, vous savez.

Il fit tourner le vin dans son verre, avant d'avaler une gorgée qui laissa un goût amer dans sa bouche.

— Vous voulez dire ça à ma mère ou laisser le soin à ses docteurs de lui en parler ?

— De quoi souffre-t-elle ?

— De paranoïa et d'hyperactivité. Quant à ma grand-mère, elle se prenait pour Eleanor Roosevelt ou Mary Pickford selon les jours de la semaine. Vers la fin de sa vie, sa préférence allait à Anna McNeill Whistler.

— La mère du célèbre peintre ?

— Elle n'en a pas démordu jusqu'au jour de sa mort. Elle voulait être enterrée en Caroline du Nord, l'Etat de naissance d'Anna. Pendant un rare moment de lucidité, ma mère a refusé d'exaucer ses dernières volontés et a fait inhumer ses restes dans la crypte familiale.

Isabella posa son menton sur son poing fermé.

— Cette crypte m'appartient aussi, n'est-ce pas ?

— C'est exact.

— Et cette maisonnette ? Je crois savoir que c'était la remise à calèches du manoir.

— En effet, mais vous n'en êtes pas propriétaire. Le cottage se trouve au milieu du seul demi-hectare de terrain que les Dark ont conservé quand le manoir a été vendu au début du XXe siècle à un constructeur naval de Portland. Votre ex a acheté le domaine, ce demi-hectare en moins, au dernier descendant du constructeur.

— Voilà qui est fascinant, commenta-t-elle en repoussant son assiette. Dites-moi, ça arrive souvent, l'effet boule à facettes ?

Indifférent à la lumière tremblante du plafonnier, Donovan but une autre gorgée de vin.

— La réponse est oui. Pourtant, Haden a refait l'installation électrique l'année dernière.

Amusé par le regard songeur qu'elle posait sur lui, il esquissa un sourire.

— D'autres questions ?

— Je n'en suis pas sûre.

Elle tendit le bras vers lui et saisit une mèche de ses cheveux, puis l'enroula autour de son doigt.

— Vous êtes vraiment un drôle de flic, Donovan Black. Et ne me dites pas que ça aussi, c'est héréditaire.

Il se laissa faire, déterminé à ne pas baisser les yeux vers le décolleté de son pull rouge foncé.

— Non, répondit-il. C'est un domaine où je me démarque de ma famille.

— Ce n'est sûrement pas le seul.

— Il en reste un.

Elle tira doucement sur la mèche qu'elle tenait entre ses doigts.

— Vous ne réussirez pas à me convaincre, Black. Mon oncle est un psy de Park Avenue. Je sais que la folie ne se transmet pas de père en fils.

— Un psy ? Vraiment ?

Il faisait de son mieux pour suivre la conversation, mais son regard était irrésistiblement attiré par la bouche d'Isabella. Il devait se retenir, il le savait, pourtant il brûlait d'envie d'y goûter. Un simple baiser suffirait peut-être à calmer le désir qui lui brûlait le ventre. Ensuite, il se détournerait de la tentation. Le mieux serait sans doute de quitter Mystic Harbor.

Les lumières baissèrent d'intensité. Le juron que poussa Haden à l'arrière de la maison ne rompit pas le charme qui opérait entre eux. Les yeux fixés sur Isabella, Donovan étudia avec fascination son beau visage, ses longs cheveux ondulés par la pluie et ses yeux d'un bleu lumineux.

Dans un mouvement presque simultané, ils se jetèrent l'un sur l'autre. Leurs lèvres se cherchèrent avec fièvre, et le simple contact dont il rêvait se mua en baiser passionné.

Il attrapa la mâchoire d'Isabella entre son pouce et ses doigts et lui pencha la tête en arrière pour dévorer sa bouche. Avec un gémissement approbateur, elle enfouit ses mains dans les cheveux de Donovan pour l'attirer contre elle.

Lors de leur première rencontre, elle l'avait repoussé. Il aurait mieux fait d'en rester là et de la laisser affronter les démons de Darkwood Manor toute seule, songea-t-il. Mais ses bonnes intentions étaient parties en fumée, effacées par le ballet enfiévré de leurs langues et les battements précipités de son cœur.

Quand la lumière se rétablit, une alarme se mit à tinter dans sa tête. La tension qu'il ressentait lui indiquait un danger imminent. Il devait mettre fin à ce baiser et quitter Isabella sans un regard en arrière. Mais plus il testait les limites de son contrôle, moins il était sûr de pouvoir s'arrêter.

La lumière clignota de nouveau, puis s'éteignit pour de bon. Dans l'obscurité, Isabella mordilla la lèvre inférieure de Donovan. Il fit glisser sa bouche le long de sa joue et s'apprêtait à explorer son cou quand un bruit lui fit relever la tête.

Venu de l'extérieur, un long gémissement plaintif traversa le brouillard et les ténèbres jusqu'à eux. Il gagna en intensité jusqu'à s'achever en un cri strident qui fit sursauter Isabella.

— Qu'est-ce que c'est ? demanda-t-elle, les mains crispées sur les épaules de Donovan.

Il la discernait à peine, mais devina qu'elle regardait par la fenêtre. Il tourna les yeux dans la même direction.

— Certaines personnes pensent qu'une meute de loups est descendue du Québec. D'autres pensent que c'est un chien sauvage.

— Certaines personnes, répéta-t-elle.

La main de Donovan était toujours placée sur sa gorge. Comme Isabella ne s'était pas détachée de lui, il sentit le frisson qui la parcourut quand le cri recommença.

— Et que disent les autres ?

— A votre avis ? répondit-il calmement. Ils prétendent que l'esprit d'Aaron Dark veut récupérer sa maison. Selon eux, s'il n'arrive pas à ses fins en semant la peur, il aura recours à ce qu'il connaît le mieux : la mort.

— Je n'accorde aucune foi à ces rumeurs, vous savez, annonça Isabella lorsque Donovan gara son pick-up noir à côté d'elle.

Elle faisait les cent pas devant l'entrée du Hang Ten Lodge, le seul autre hôtel de Mystic Harbor à ouvrir ses portes en basse saison. Ils étaient convenus de se retrouver pour discuter des projets post mortem d'Aaron Dark.

Elle était prête à parier que Donovan ne croyait pas aux fantômes. Il pensait peut-être que la folie était héréditaire, mais les êtres surnaturels, c'était autre chose.

Elle n'appréciait pas du tout qu'il ait de nouveau tenté de l'effrayer, et encore moins qu'il l'ait fait après un baiser pareil. Elle n'avait jamais ressenti un tel tourbillon d'émotions auparavant. Elle n'avait mis de l'ordre dans ses pensées que depuis cinq minutes, et ses lèvres continuaient de brûler.

En revenant dans la pièce principale, Haden les avait prévenus que la coupure de courant s'étendait au reste de la ville, mais son annonce n'avait eu que peu d'effet.

— Vous devez être épuisée, avait-il remarqué d'un ton compatissant. Allons, ne pensez plus à ce cri. Allez donc vous reposer à l'hôtel de George. Dans l'état où il est, le manoir n'est pas prêt à accueillir des êtres de chair et de sang. Le dernier propriétaire dormait dans un vieux canapé de crin complètement défoncé. Demain, on parlera de ce qui se passe là-bas. Je vais prévenir George que vous êtes en route.

Des canapés de crin, des fantômes fous et un incroyable baiser… Une petite nature aurait toutes les raisons de s'enfuir. Mais Katie n'était pas peureuse, et en plus d'être sa cousine, elle était sa meilleure amie depuis toujours. Il était impossible qu'elle ait quitté Darkwood Manor de son plein gré.

Isabella continua de faire les cent pas, tandis que Donovan s'appuyait contre le capot de son pick-up.

— Les fantômes, qu'ils soient réels ou imaginaires, n'enlèvent pas les gens et leur véhicule, affirma-t-elle.

Elle composa le numéro de téléphone de sa cousine et poussa un soupir frustré en tombant une fois de plus sur la messagerie. La tête renversée en arrière, elle contempla le ciel nocturne voilé de brume.

— Je vais bientôt me réveiller et découvrir que tout ça

n'est qu'un horrible cauchemar. J'estime qu'il y a soixante-quatre pour cent de chances que rien de tout ça ne soit réel.

Elle redressa la tête pour regarder l'hôtel rustique situé sur sa gauche.

— Comment se fait-il qu'il y ait de la lumière ici ?

— C'est grâce au générateur. Mais ça ne va pas durer.

Les yeux rivés aux siens, Donovan s'écarta du capot et s'avança vers elle avec détermination.

— Isabella, je n'avais pas l'intention de vous faire peur, chez Haden. J'ai réagi instinctivement. Ce que j'ai dit était excessif, mais c'était un mécanisme d'autodéfense, visant à me protéger d'une menace.

Pour la première fois depuis leur départ du cottage, elle retrouva son humour.

— Vous avouez donc que ce baiser vous a troublé.

— C'est indéniable, répondit-il. Mais il serait plus exact de dire qu'il m'a flanqué une sacrée frousse.

— Je suis flattée, Black.

— Il ne faut pas.

Un petit rire provenant du perron les interrompit.

— Croyez-le, il est sincère, intervint une voix féminine, au timbre rauque et à l'accent traînant. Comment va, Donovan ? Qu'est-ce qui t'amène dans ce coin perdu ?

Donovan répondit sans détourner les yeux d'Isabella.

— Je croyais que tu devais déménager à Cape Cod, Darlene.

— C'était bien mon intention, mais rien ne s'est passé comme prévu. Qui c'est, la blonde ?

Isabella se tourna vers l'inconnue et sourit.

— Isabella Ross.

— La nouvelle propriétaire de Darkwood Manor, ajouta Donovan.

Une grande femme mince s'avança vers eux. Elle tenait une cigarette non allumée entre ses doigts aux ongles vernis de noir. Son visage aux traits anguleux était surmonté de cheveux blond platine hérissés et affichait une expression indéchiffrable. Elle portait un haut aux couleurs d'un groupe de rock sous un blouson en cuir trop grand et des bottes cloutées par-dessus un jean moulant.

— Darlene Calvert, se présenta-t-elle, avant de désigner la bâtisse qui se dressait derrière elle. Ma mère et celle de Donovan sont cousines au dixième ou douzième degré. Autrement dit, on a un vague lien de parenté, ce qui n'a rien de très réjouissant. Vous voulez une chambre ?

Déconcertée, Isabella hésita avant de répondre.

— Peut-être. Cet hôtel vous appartient ?

Darlene émit un reniflement dédaigneux, avant d'allumer sa cigarette et d'inspirer une profonde bouffée.

— C'est à sa mère, dit Donovan.

— Il faut être un idiot doublé d'un masochiste pour louer des chambres au public, décréta Darlene, avant de prendre un ton geignard. Le lit est trop dur, la nourriture est trop froide, la salle de bains est trop petite. Même Boucle d'Or ne fait pas autant sa difficile. Qu'est-ce que vous faites dans la vie, Isabella ?

— Apparemment, je suis une idiote masochiste.

— Vous dirigez un hôtel ?

— Ma famille est dans l'hôtellerie.

— Ross, c'est ça ? demanda Darlene en esquissant un sourire rusé. Comme dans le groupe hôtelier Corrigan-Ross ? Et aujourd'hui, vous envisagez de faire de Darkwood Manor la destination rêvée des amateurs de surnaturel.

Elle souffla un long filet de fumée.

— Mon chou, vous devriez renoncer à vos projets et déguerpir d'ici en vitesse.

— Et pourquoi ferais-je ça, Darlene ?

La femme approcha sans se presser, les yeux tournés vers le manoir qui se dressait à distance.

— Cet après-midi, je suis passée en voiture devant votre propriété. J'ai vu un homme près du portail.

— Comment était-il ? demanda Isabella prudemment.

— Grand, une trentaine d'années, les cheveux bruns, peut-être moustachu. Il a éveillé ma curiosité, alors je me suis brièvement arrêtée. Mais je n'aurais pas dû. J'ai eu la sensation qu'il voulait que je m'éloigne au plus vite.

— Vous a-t-il parlé ?

— Non. Il s'est contenté de me fusiller du regard.

— Que s'est-il passé ensuite ?

— Il a commencé à marcher dans ma direction. Il a franchi le portail et s'est avancé vers ma voiture. J'ai filé sans demander mon reste.

Isabella était trop inquiète pour Katie pour se montrer patiente.

— Vous êtes-vous sentie en danger ?

— C'est le moins qu'on puisse dire, répondit Darlene dans un nuage de fumée. J'ai dit qu'il avait franchi le portail. Le seul problème, c'est que le portail était fermé.

— Je suis censée croire qu'un fantôme a traversé le portail ! s'exclama Isabella en précédant Donovan dans l'hôtel. Il a dévisagé Darlene, elle est partie et, une fois le choc passé, elle a repris le cours de sa vie.

Elle se tourna vers lui.

— Est-elle sous traitement ou me prend-elle pour quelqu'un de particulièrement crédule ?

Donovan la prit par les épaules et la fit pivoter.

— Apercevoir un fantôme à Darkwood Manor n'a rien d'inhabituel, Isabella.

Il approcha sa tête de la sienne et désigna du menton une femme vêtue d'un jean et d'une chemise à carreaux. Elle servait des bières à un groupe de joueurs de poker assis à l'une des cinq tables installées dans le hall.

— Voilà George.

— Décidément, je vais de surprise en surprise.

Isabella se composa un visage aimable quand la femme les rejoignit après s'être essuyé les mains.

— Haden m'a prévenue de votre arrivée, dit George en repoussant sa tignasse poivre et sel et en faisant un clin d'œil à Donovan. Ne vous laissez pas intimider par cette bande de vauriens bruyants. Ils sont tellement impatients de perdre un mois de salaire qu'ils viennent ici deux fois par semaine. Tant que je touche ma part, je ne trouve rien à y redire. Désolée pour la faible lumière, mais le générateur est vieux. Je peux vous proposer une chambre à l'étage ou une cabane individuelle. Les deux sont pourvues de lanternes. La cabane a une cheminée et un réfrigérateur.

— Le fantôme est fourni avec ? demanda Isabella sèchement.

George éclata de rire.

— Vous venez de croiser Darlene, n'est-ce pas ? Ne faites pas attention à elle, ma belle. Ma fille se remet mal d'une déconvenue professionnelle. Elle avait trouvé un poste de journaliste, mais c'est la fille du rédacteur en chef qui l'a eu. Darlene a dû revenir travailler à l'agence immobilière de la ville, mais elle ne le fait pas de gaieté de cœur. Les cabanes sont propres, tranquilles et garanties sans fantôme. La numéro trois offre une belle vue sur Darkwood Manor.

Face à l'attitude amicale de George, Isabella oublia son irritation et se détendit.

— Vous avez un charmant hôtel. Pour ce qui est de votre fille, je ne lui en veux pas. La journée a été longue pour moi aussi.

George lui serra le poignet gentiment.

— Donovan va vous montrer le chemin. S'il s'en souvient ! Il nous a abandonnés dès qu'il a eu son bac. Il revient de temps en temps pour nous rendre visite, à Haden et moi. Normalement, il retrouve aussi Gunnar Crookshank, mais cette fois, le shérif est absent. Il est en train de se remettre d'une blessure par balle, qu'il n'aurait jamais dû recevoir si un certain adjoint, Orry Lucas pour ne pas le nommer, visait mieux.

Orry Lucas ? Isabella tourna la tête vers les tables. L'homme avec qui elle avait parlé plus tôt était bien là, à demi caché derrière une poutre.

— Bonsoir, mademoiselle Ross, Donovan. Je ne savais pas que vous étiez amis.

— Je l'aurais mentionné, répondit-elle avec un sourire hypocrite, mais vous étiez tellement impatient de rentrer chez vous pour aider votre fils à réviser son algèbre que je n'ai pas eu le cœur de vous retenir.

— De l'algèbre, Orry ? intervint Donovan en ricanant.

— J'étais énervé. Je parlais des devoirs en général.

— Ton fils est en maternelle. Ne me dis pas qu'il est déjà surchargé de devoirs.

— Orry serait complètement dépassé, de toute façon, observa en riant un homme qui fumait un cigare. En réalité, notre cher adjoint avait sûrement peur que sa petite femme le punisse pour avoir parlé à une jolie inconnue. Elle a un tempérament volcanique. Je suis bien placé pour le savoir : c'est ma nièce.

Isabella jeta un coup d'œil à Donovan, qui s'était juché sur une des tables vides.

— Est-ce que tous les habitants de cette ville ont un lien de parenté ?

— La plupart, répondit-il, avant de hausser la voix. La cousine d'Isabella n'est pas réapparue, Orry. As-tu l'intention d'y faire quelque chose ?

— Dans ce pays, les adultes sont libres d'aller et venir à leur guise. Je mènerai une enquête quand j'estimerai le moment venu.

Furieuse, Isabella se tendit, prête à répliquer vertement. Donovan l'en dissuada en secouant la tête.

— Laissez tomber. Il n'a pas besoin de nous pour se tourner en ridicule.

— C'est tout ce qu'il mérite, ajouta George en faisant la moue. Je dois y retourner. Je vous laisse réfléchir, ma belle. Prévenez-moi quand vous vous serez décidée.

— Quel dommage de ne pas avoir un shérif qui mérite ce nom, siffla Isabella.

Malgré sa colère, elle n'insista pas et reporta les yeux sur

Donovan, qui parvenait à avoir l'air dans son élément sans se fondre dans la masse.

— Excusez-moi, mademoiselle Ross, monsieur Black.

Un homme au long visage étroit et aux cheveux noirs descendant en pointe sur le front s'approcha d'eux. Vêtu d'une chemise blanche, d'un jean et de mocassins, il semblait complètement déplacé dans cet hôtel de Nouvelle-Angleterre.

— Je m'appelle Robert Drake. D'après le shérif adjoint Lucas, vous travaillez dans l'hôtellerie, mademoiselle Ross. L'an dernier, j'ai construit plusieurs maisons de ville à Brunswick. J'envisage de faire la même chose ici.

— L'adjoint Lucas vous a-t-il également informé que cette dame possède un bien immobilier de premier choix ? demanda Donovan d'un ton dégagé.

— Je suis au courant, mais je trouve le qualificatif discutable, répondit Drake avec un sourire forcé. On raconte que vous avez affaire à un fantôme, et pas des moindres.

— Je ne manquerai pas de vous prévenir quand je le rencontrerai, répondit Isabella en lui adressant le même sourire dénué d'humour.

Il leva les mains en signe d'apaisement.

— Vous êtes plus courageuse que moi. Je n'aime pas vraiment les fantômes.

Curieux, songea-t-elle. Avec ses yeux noirs et sa peau blafarde, il avait pourtant tout l'air d'un spectre.

L'homme au cigare tapa du doigt sur la table.

— Moi, j'aime tous ceux qui ont de l'argent plein les poches, qu'ils soient humains ou vaporeux. Donovan, viens jouer à la place de cet imbécile d'Orry. Il relance une fois, puis se couche.

— Augmente la mise, suggéra Donovan.

Isabella remarqua qu'il ne regardait pas le joueur à qui il s'adressait. Robert Drake ne s'en rendait sûrement pas compte, mais il était observé et analysé, de ses cheveux gominés jusqu'à ses mocassins.

D'un geste dénotant une certaine habitude, le promoteur sortit une carte de visite de la poche de sa chemise.

— Si jamais vous décidez de vous séparer d'une partie de vos terres, voici mon nom et mon numéro.

George revint et n'hésita pas à l'interrompre.

— Les autres joueurs attendent, et ma nouvelle cliente est fatiguée. Cabane ou chambre, Isabella ?

— La cabane numéro trois, répondit Isabella. J'aime les chambres avec vue.

— Dans ce cas, la clé est derrière le comptoir, Donovan.

En entendant le joueur au cigare pousser un juron, George leva les yeux au ciel.

— Par pitié, surveille ton langage, Milt. Isabella n'est pas là pour enrichir son vocabulaire.

— Elle en entendra bien d'autres si Aaron repique une crise, rétorqua l'homme. Mon second jure qu'il a entendu le cri des damnés le mois dernier, alors qu'on était à un ou deux kilomètres au large de Cemetery Point. Comme j'étais en train de dormir, c'est lui qui a assisté à l'accident. Il a vu une Corvette tomber de la falaise, s'écraser au sol et brûler dans les flammes de l'enfer. Et Darkwood Manor a une nouvelle fois changé de propriétaire. Je ne veux pas vous faire peur, ma petite dame, mais je crois que ça va continuer jusqu'à ce que le manoir appartienne de nouveau à un Dark.

— Ou à quelqu'un qui a du sang Dark dans les veines, marmonna Orry, caché derrière ses cartes. Je dis ça comme ça, ajouta-t-il avec hostilité en remarquant le regard de Donovan.

George donna une tape sur le bras de Donovan.

— Rassure cette pauvre fille, au nom du ciel.

— En fait…, commença Isabella, aussitôt interrompue par l'hôtelière.

— Haden vous dira tout ce que vous voulez savoir. Ou Donovan, s'il en a envie.

Elle le frappa de nouveau.

— Il y mettra sûrement de la mauvaise volonté, mais il

y a pire que de devoir convaincre un homme aussi sexy de répondre à quelques questions.

Décidément, la soirée était complètement surréaliste, pensa Isabella. Ses émotions devenaient ingérables. Elle devait mettre de l'ordre dans ses idées et se ressaisir.

Tandis que Donovan récupérait la clé, elle entendit son portable biper. Elle le sortit de la poche de son manteau et regarda l'écran.

— Qu'y a-t-il ? demanda-t-il en la voyant se figer.

Isabella fronça les sourcils.

— Je viens de recevoir un SMS, répondit-elle en levant les yeux vers lui. Il est de Katie.

Bella. Désolée d'être partie. Pas le choix. Cas d'urgence. Détails bientôt. Katie.

Tout en marchant jusqu'à la cabane située à flanc de falaise, Isabella repassait les mots dans sa tête avec suspicion. Quand Katie lui avait-elle envoyé un SMS pour la dernière fois ? Une seule réponse s'imposait : jamais.

— Katie n'est pas une adepte des textos, affirma-t-elle.

Comme Donovan ne réagissait pas, elle lui attrapa le bras.

— Vous avez… ?

— J'ai entendu, Isabella. Vous ne pensez pas qu'elle ait écrit ce message. Quelqu'un d'autre l'a peut-être envoyé à sa place.

— Pourquoi ?

— Vous connaissez votre cousine mieux que moi.

— Absolument. C'est pour ça que je n'y comprends rien. Elle aurait pu me contacter à n'importe quel moment entre le manoir et sa destination.

— Sauf si elle parlait avec la personne qui l'a appelée.

— Arrêtez de jouer les imbéciles.

— Je raisonne en policier.

— C'est du pareil au même ! Je n'aime pas ça, Donovan.

Il la dévisagea en silence pendant de longues secondes.

— Combien de fois avez-vous essayé de la joindre depuis que vous avez reçu le message ? finit-il par demander.

— Quatre fois. Elle ne répond pas.

— J'avais bien compris.

Il déverrouilla la porte et laissa Isabella entrer en premier.

La lanterne qu'ils allumèrent ne suffit pas à dissiper les ombres qui emplissaient la pièce. Isabella plissa les yeux pour tenter de percer l'obscurité. Elle discerna un canapé garni de coussins, un fauteuil en cuir, un bureau, une table, deux tapis tressés posés sur le parquet et trois portes fermées. A sa grande surprise, la majeure partie du mur opposé était constituée de fenêtres.

La baie vitrée donnait sur un paysage masqué par la brume. Quand les volutes se dissipèrent, le manoir apparut à sa vue, perché comme une forteresse maléfique au bord de la falaise. Le bruit inlassable du ressac qui montait jusqu'à eux lui changea brièvement les idées.

— Pourquoi l'hôtel s'appelle-t-il le Hang Ten ? demanda-t-elle par-dessus son épaule. Un rapport avec la figure de surf ?

— Je ne crois pas. C'est plutôt lié aux dix personnes qui ont été pendues à l'endroit où cet établissement a été construit.

— Décidément, la mort n'est jamais très loin, ici. L'un de ces dix pendus est-il encore ici-bas ou suis-je la seule à être hantée ?

— Pour autant que je sache, il n'y a que vous.

— Je vois. Vous pouvez être plus précis ?

— Adressez-vous plutôt à Haden, répondit Donovan avec un léger sourire.

Résignée, elle jeta un dernier coup d'œil par la fenêtre avant de se détourner. Elle s'arrêta aussitôt et regarda de nouveau.

— Il y a quelqu'un dehors.

Donovan se pencha par-dessus son épaule.

— Où ça ?

— Sur la falaise. Regardez…

Elle attendit que la brume se dissipe de nouveau.

— Là ! Au bord de la falaise, derrière le manoir.

Comme un nuage autour de la lune, les volutes estompèrent le paysage, puis se disloquèrent quelques secondes plus tard.

Les rochers et les arbres n'avaient pas changé de place, mais la silhouette qu'elle avait aperçue avait disparu.

4

Le jour se leva, gris et maussade. D'épais nuages bas nimbaient Mystic Harbor et ses falaises d'une étrange luminosité.

Il s'imaginait sûrement des choses, pensa Donovan. Comme lorsqu'il était enfant et que son esprit fertile lui permettait d'échapper à la dure réalité des délires maternels.

Il sortit du cottage et referma la porte sur les ronflements sonores de son oncle. Un de ses amis policiers de Boston lui avait promis de vérifier les relevés de téléphone portable de Katie Lynn Ross. Donovan se demandait encore ce qui lui avait pris de se renseigner.

Il n'avait pas vu la silhouette sur la falaise et il ne savait strictement rien d'Isabella Ross, sauf qu'elle était belle, que ses yeux le hantaient et que ce baiser avait été une grossière erreur.

Il remonta la fermeture Eclair du blouson en cuir qu'il portait sur un T-shirt gris. Il glissa son arme dans la ceinture de son jean, plaça un couvercle sur le gobelet de café que Haden avait préparé, puis commença l'ascension de Dark Ridge.

Tandis qu'il marchait d'un bon pas, des lambeaux de brume s'enroulaient autour de ses chevilles. Quelques buissons et des herbes clairsemées avaient réussi à prendre racine sur le sol rocailleux. Les arbres qui entouraient le manoir sur deux côtés ne s'étendaient pas jusqu'à la falaise. Il était surprenant qu'en dépit des tempêtes qui s'abattaient régulièrement sur cette partie de la côte, aucun d'entre eux ne soit jamais tombé sur le toit du manoir.

Donovan s'accroupit pour examiner la terre et les tas d'aiguilles. Il vérifia que les buissons n'étaient pas cassés et que les herbes n'avaient pas été aplaties. Il était en train de siroter son café quand une paire de bottes noires entra dans son champ de vision.

— Soit ton fils aime mâchouiller le cuir, soit tu as adopté un chien, Lucas. Je mets mes billes sur le chien.

Les pieds de l'adjoint adoptèrent une posture belliqueuse.

— Tu es sur une propriété privée, Black. Je suis en droit de t'arrêter.

— Essaie un peu, et le shérif te relèvera de tes fonctions en moins de temps qu'il n'en faut pour le dire.

— Le shérif, c'est moi jusqu'au retour de Crookshank.

Donovan examina avec attention un mégot de cigarette détrempé.

— Et que fait notre cher shérif intérimaire dans les parages ?

— La même chose que toi, je suppose, mais sans les avantages en nature.

— Mmh mmh… Comment va ta femme ?

— Elle ne rêve pas de toi la nuit, si c'est ce que tu veux savoir.

Ce n'était pas ce que Donovan avait en tête, mais il n'insista pas.

— Tu ne la crois pas, n'est-ce pas ? demanda-t-il, les yeux tournés vers l'orée du bois.

— Pas une seconde. Mlle Isabella Corrigan-Ross est prête à tout pour faire de la publicité au futur hôtel de sa famille. D'abord, elle vient me voir, puis elle s'adresse à toi. La prochaine fois, elle va foncer à la mairie. Et après, ce sera le tour du gouverneur !

— Tu as peut-être raison à propos de ses prochaines visites, acquiesça Donovan. Mais tu te trompes sur ses motivations.

— Et tu le sais mieux que personne, c'est ça ? Je suppose qu'elle s'est confiée à toi, la nuit dernière, dans l'intimité de sa cabane ?

Donovan se raidit et se releva en fixant le shérif.

— Qu'as-tu fait pour retrouver sa cousine, Orry ?

— Je suis ici, non ?

— Isabella dit qu'elles sont toutes les deux passées en ville. As-tu parlé à un témoin qui aurait pu les voir ?

— Elle te fait marcher, Donovan. Il n'y a pas de cousine.

— Es-tu entré dans le manoir ?

— Quoi ? Non, répondit l'adjoint en retenant mal un sursaut craintif. Pour quoi faire ? De toute façon, je n'ai pas de clé et je n'ai pas l'intention d'entrer par effraction.

— Le manoir est juste derrière nous. J'ai une clé et la permission d'entrer. Tu peux m'accompagner, retourner en ville ou essayer de me convaincre que ton fils est un génie et que tu dois lui acheter la panoplie du parfait petit chimiste. A toi de choisir.

Au moment où Orry s'apprêtait à répondre, une détonation retentit en provenance de Darkwood Manor, et trois balles firent voler la terre à leurs pieds.

Donovan tourna sur lui-même en s'accroupissant et dégaina son arme, cherchant l'origine des tirs. Il repéra rapidement une silhouette et un fusil dans l'encadrement d'une des fenêtres à l'étage. Après avoir tiré, il baissa son bras et observa sa cible basculer dans le vide.

Isabella s'apprêtait à déverrouiller la porte d'entrée quand elle entendit des coups de feu à l'arrière du manoir.

Un peu plus tôt, elle y avait trouvé un garage délabré et les vestiges d'une écurie. L'une des bâtisses servait peut-être d'abri à quelqu'un. Et si c'était un braconnier ? Voilà qui n'avait rien de rassurant.

En traversant le perron, elle se mit à soupeser ses options. Trois choix s'offraient à elle : elle pouvait mener sa propre enquête, appeler Donovan ou partir d'ici en quatrième vitesse et laisser le shérif intérimaire s'en occuper.

Autant oublier cette dernière idée tout de suite. Quant à Donovan, elle ignorait où il pouvait être. D'après Haden, il vivait à New York. S'il avait deux sous de jugeote, il avait déjà dû quitter les lieux.

Décidément, Mystic Harbor ressemblait de plus en plus à la ville fantomatique qu'elle avait la réputation d'être.

Pour ne rien arranger, Isabella avait de nouveau l'impression d'être observée. Un instant, elle se laissa submerger par la sensation troublante. D'où cela provenait-il ? Du manoir ou d'ailleurs ?

Elle secoua les épaules pour chasser le frisson qui la parcourait. Si seulement elle pouvait abandonner tout ce qui la retenait ici… Sauf Donovan. Non seulement il était trop sexy pour être plaqué, mais en plus, il la croyait à propos de Katie.

Le visage de sa cousine s'immisça dans son esprit. Déterminée, Isabella posa les yeux sur le portail de la cour. Elle refusait de se laisser décourager par les histoires entendues la veille. Elle prit une profonde inspiration et dévala les marches défoncées.

Les nuages amassés au-dessus de sa tête semblaient prêts à l'écraser. Les branches gémissaient sous l'effet du vent, tandis que les rafales qui fouettaient son visage faisaient tourbillonner les feuilles autour d'elle. Le croassement d'un corbeau invisible rompit brusquement le silence. Après les coups de feu, le calme était revenu, pourtant la sensation d'être observée ne la quittait pas.

Haden était persuadé que le manoir était gangrené par le mal. C'était impossible, évidemment, mais pour le moment, elle était seule, et cet endroit lui donnait la chair de poule. Bon sang, pourquoi n'avait-elle pas appelé Donovan avant de venir ici ?

Partagée entre la logique et l'appréhension, elle tira le portail vers elle. Elle leva les yeux vers le corbeau qui décrivait désormais des cercles au-dessus d'elle. D'un pas résolu, elle s'avança sur les pavés fendus de la cour.

Après avoir lutté avec un autre portail garni de piques

en fer, elle atteignit enfin la partie du manoir qui donnait sur la falaise.

En empruntant le seul sentier qu'elle trouva, elle arriva dans un jardin envahi par la végétation, descendit un escalier branlant et passa sous une pergola pourrie couverte de plantes grimpantes. Malgré les épines qui s'accrochaient à son manteau et à ses cheveux, Isabella ne se découragea pas. Elle finit par se libérer de la végétation et déboucha sur un carré de terre couvert de rosiers dormants.

Rien ne venait troubler le silence. Isabella scruta les parterres infestés de mauvaises herbes et les buissons chétifs qui s'étendaient devant elle. La fenêtre qui donnait sur les rosiers était grande ouverte. Quelque chose de sombre gisait juste en dessous.

A l'idée d'avoir encore affaire à un serpent, elle s'arrêta net. Mais ce qu'elle voyait ressemblait plutôt à du tissu.

Au moment de sa disparition, Katie portait un trench-coat beige et un pull noir. Les mains moites, Isabella s'avança. Elle écartait les tiges épineuses qui lui barraient le chemin quand elle entendit soudain un bruissement derrière elle. Deux mains se plaquèrent sur ses bras.

— C'est moi, dit Donovan, avant qu'elle n'ait eu le temps de crier. Vous avez entendu les coups de feu ?

Trop occupée à contrôler les battements de son cœur, Isabella répondit d'un simple hochement de tête.

— Vous vous rendez compte que vous auriez dû remonter dans votre voiture et partir sur les chapeaux de roues ?

— C'est drôle, c'est exactement ce que je me disais quand vous m'avez attrapée par les bras.

Donovan l'obligea à s'accroupir, puis écarta les plantes. Le poing serré contre sa poitrine, Isabella écarquilla les yeux.

— Qu'est-ce que c'est que ça ?

Il tira d'un coup sec sur une manche noire accrochée à une épine.

— On dirait un vieux costume, répondit-il.

— Sans personne dedans, dit-elle en relevant les yeux. Que fait un costume vide sur ce parterre ?

En tirant de nouveau sur la manche, il dévoila le canon métallique d'une arme.

— Il dissimule le fusil que quelqu'un a utilisé depuis la fenêtre du second étage. Orry et moi étions sur la falaise quand on a nous tiré dessus à trois reprises. J'ai vu un fusil — celui-ci, je présume — et une silhouette, et j'ai tiré… dans le bras de la silhouette, ajouta-t-il quand elle se tourna vers lui, les sourcils froncés.

Un léger sourire aux lèvres, il se remit à scruter la zone.

— Vous voulez savoir ce qu'Orry faisait là, n'est-ce pas ?

— Oui. Et je suis aussi curieuse de savoir où il est passé.

— Il a dit qu'il allait faire un rapport de l'incident.

— A qui ? C'est lui le shérif intérimaire.

— Il va bien finir par s'en souvenir. Pendant ce temps-là, je veux monter au second étage pour examiner la pièce.

— Vous ne croyez pas qu'un costume vide peut tirer un coup de feu, ni qu'un fantôme peut l'occuper à sa guise ? demanda Isabella, avant de pousser un profond soupir. Donovan, que se passe-t-il ? Pourquoi quelqu'un vous tirerait-il dessus ?

Il l'aida à se relever.

— Gardons cette question pour plus tard. Pour l'instant, ramassons cette preuve et apportons-la en ville.

— Je croyais que… On va en ville, finalement ?

— Après avoir fouillé cette pièce.

— Mais…

Il l'attrapa par la nuque et plongea les yeux dans les siens.

— Quelqu'un s'est posté à cette fenêtre et a appuyé trois fois sur la détente, Isabella. Vous présumez que ces balles m'étaient destinées, mais je n'étais pas seul sur la falaise.

*
* *

— J'ai l'impression d'avoir quitté le monde réel pour le pays des merveilles, déclara Isabella.

Elle arracha un lambris moisi du mur de la chambre du second étage. Donovan lui avait demandé de chercher des fissures susceptibles d'être les rainures d'une porte dérobée.

— Notre tireur a eu amplement le temps de sortir par la porte. Pourquoi aurait-il eu besoin d'un passage secret ?

— Il faut explorer toutes les possibilités, Isabella, répliqua Donovan en se penchant par la fenêtre et en tournant la tête vers le haut. Pourquoi votre petit ami a-t-il acheté cette maison ?

— Ex-petit ami, et je n'ai pas encore trouvé la réponse à cette question.

— Etait-il excentrique ?

— Un peu. Il aimait les salons de la voyance. Tout comme Pitbull, à ma grande surprise.

— Qui est Pitbull ?

— Son partenaire juridique. C'est un procureur qui a reçu ce surnom parce qu'il est très doué pour démonter les faux témoignages au tribunal et réduire les témoins en charpie. Depuis deux ans, Pitbull et Katie vivent une relation tumultueuse, entrecoupée de ruptures et de réconciliations. C'est comme ça que j'ai rencontré David.

— En ce moment, ils sont ensemble ou pas ?

— Je n'en suis pas sûre. Ils font une pause, je crois. Je devrais sûrement appeler Pitbull. Et je devrais surtout appeler papi C. ou tante Mara, mais… Je ne sais pas.

— C'est ce SMS qui vous dérange ? devina Donovan.

Isabella poussa un soupir qui en disait long sur sa frustration.

— Je ne crois pas qu'elle l'ait envoyé, mais ils penseront peut-être autrement. Papi C. essaie constamment de pousser Katie à sortir de sa coquille. D'après lui, les gens trop satisfaits d'eux-mêmes finissent par se noyer dans le ressentiment. Il estime que Katie finira par regretter sa petite vie tranquille un jour ou l'autre.

— Mais vous n'êtes pas d'accord avec lui ?

— Katie aime son train-train quotidien. Papi C. a horreur de la routine, pas elle.

— Il a l'air de vouloir tout régenter.

— Ça lui arrive, mais Katie n'est pas du genre à se laisser faire. Il était furieux quand elle a commencé à fumer à la fac, mais ça ne l'a pas arrêtée.

— Que pensait votre grand-père de votre ex ?

— Il trouvait David lunatique. En revanche, il apprécie Pitbull, ce qui explique pourquoi Katie ne s'engage pas.

Elle désigna l'espace situé devant la fenêtre.

— Avez-vous trouvé quelque chose ici ?

Donovan sortit son BlackBerry pour photographier le rebord et le sol poussiéreux.

— Quelqu'un qui pèse autrement plus lourd qu'un fantôme est venu ici, déclara-t-il.

Dehors, le ciel avait viré au noir et la lumière déclinait. Isabella sortit une lampe électrique de la poche de son manteau pour jeter un œil derrière une tête de lit cassée.

N'ayant rien trouvé, elle passa à l'armoire.

Les serpents aiment-ils les espaces clos ? se demanda-t-elle, avant d'ouvrir la porte dans un grincement. Trente secondes plus tard, elle ressortit les bras et en ôta les fils collants d'une énorme toile d'araignée.

Tandis que Donovan sortait de la chambre, elle vérifia le reste du mur.

Le coin le plus éloigné était inaccessible. Incapable de poursuivre ses recherches, elle s'adossa au mur et dirigea sa lampe vers un trou dans le plafond.

— Vous savez, Donovan, le costume qu'on a trouvé sentait vraiment le renfermé. Quelqu'un l'a peut-être récupéré dans un coffre au…

Elle s'interrompit brusquement quand le mur s'enfonça sous son poids. Trop étonnée pour réagir, Isabella bascula dans l'obscurité la plus totale, le rayon de sa lampe de poche éclairant au passage deux yeux jaunes au regard fixe.

*
* *

Etant donné le nombre d'adolescents qui s'aventuraient dans le manoir à la suite d'un pari, les empreintes de pas que Donovan avait repérées ne donneraient sûrement rien. Il prit tout de même quelques photos et suivit les traces le long du couloir le plus loin possible. Les yeux fixés sur le sol, il revint sur ses pas en direction de la chambre.

— Isabella ?

Il entendit un cri étouffé, suivi de plusieurs coups sourds.

Balayant la pièce du regard, il se précipita vers l'armoire et ouvrit la porte.

Il ne vit rien, mais ce qu'il entendait ne devait rien à son imagination.

Tout en essayant de repérer la source du bruit, il posa la main sur les lambris. Au même moment, une section du mur pivota, et Isabella en jaillit.

— J'ai cassé ma lampe, dit-elle, tandis qu'il l'attrapait au vol.

Elle l'entraîna aussitôt à deux mètres de là, avant d'agiter nerveusement le manche brisé de sa lampe.

— Il y a quelque chose là-dedans ! s'exclama-t-elle en saisissant un pan du blouson de Donovan. J'ai vu des yeux ronds et jaunes, Donovan, comme des yeux de serpent. Hors de question que j'y retourne !

Il réprima une furieuse envie de la serrer contre lui.

— Ce n'est pas la peine, dit-il. Restez ici et calmez-vous. Respirez profondément.

— Je déteste les serpents.

— J'avais remarqué.

Tout en ouvrant le panneau, il garda une main rassurante sur son bras. Grâce à sa lampe-stylo, il découvrit une pièce vide d'environ un mètre quatre-vingts sur deux mètres cinquante, avec un trou rectangulaire au fond.

Il dirigea sa lampe dans le moindre recoin de la pièce, puis l'éteignit et laissa l'ouverture se refermer.

— C'est seulement une pièce, Isabella. Je n'ai pas vu l'ombre d'un serpent, dit-il.

Elle lui adressa un regard meurtrier qui le ravit. Elle reprenait visiblement du poil de la bête.

— Vous avez sûrement vu un chat, qui s'est probablement enfui par le conduit d'aération.

— Très bien. Vous savez quoi ?

Elle jeta sa lampe cassée par terre et fit un mouvement tranchant de la main.

— J'en ai soupé, de cet endroit. Je veux savoir qui vous a tiré dessus, qui a jeté un vieux costume et un fusil par la fenêtre. Je veux aussi que votre shérif intérimaire essaie de retrouver ma cousine.

Donovan repoussa une longue mèche de cheveux qui s'était enroulée autour du cou d'Isabella.

— Vous ne croyez toujours pas à ce SMS ?

Elle poussa un profond soupir.

— Katie et moi avons un double lien de parenté. Nos mères sont sœurs, nos pères sont frères. On a grandi ensemble. Je sais comment elle pense, comment elle agit, comment elle réagit. Pour commencer, jamais elle ne serait partie, mais si elle y avait été contrainte, elle m'aurait appelée. Si elle ne l'a pas fait, c'est qu'elle a des ennuis. C'est aussi simple que ça.

Il n'y avait rien de simple là-dedans. Donovan y voyait surtout la confirmation que Darkwood Manor cachait quelque chose.

Il espérait seulement que la noirceur qui semblait envahir la vieille demeure avait ses racines dans le présent et non dans un passé de folie furieuse.

Mystic Harbor portait bien son nom, même en plein jour. Les boutiques et les devantures avaient un air désuet et défraîchi. La brume qui envahissait les rues contribuait à l'atmosphère irréelle de la ville. Les volets des fenêtres des étages supérieurs étaient fermés, les jardinières débordaient d'herbes aromatiques et, à la surprise d'Isabella, des chapelets d'ail étaient accrochés à pas moins de cinq portes.

— Je croyais que l'ail était réservé aux vampires, remarqua-t-elle.

— Tous les moyens de protection sont bons à prendre.

Il se gara entre le commissariat et une boutique dont l'enseigne peinte à la main indiquait « La racine du mal ».

Assise sur un banc devant un bâtiment en brique au charme désuet, Darlene, la cousine de Donovan, fumait une cigarette.

— Vous êtes sur le point de tomber dans une embuscade, dit Donovan en faisant tourner les clés du pick-up autour de son index. Si vous voulez fuir, foncez. La voiture de patrouille n'est pas devant le commissariat, ce qui signifie qu'Orry n'est pas là. Les autres adjoints ne vous seront d'aucune aide.

— Mais vous, ils vous aideront ? demanda-t-elle d'un air amusé.

Il tendit la main pour repousser une mèche de cheveux derrière son oreille.

— J'ai une habilitation fédérale et des amis dans la brigade financière. Du moins, c'est ce qu'ils croient.

Elle éclata de rire.

— Vous êtes doué, Donovan.

Elle s'étonna elle-même en glissant une main le long de son blouson et en l'attirant vers elle pour l'embrasser. Le baiser gagna rapidement en intensité. Elle brûlait d'envie d'aller plus loin, mais c'était trop risqué. Elle résista donc à la tentation en s'arrachant à ses lèvres.

— Bon sang ! s'exclama-t-elle, les yeux brillant de désir. Vous embrassez divinement bien, Black. Pour un agent fédéral, ajouta-t-elle d'une voix taquine.

— Au point où on en est, on peut peut-être se tutoyer, tu ne crois pas ? suggéra-t-il d'une voix rauque.

Le regard brûlant dont il la couvait était plein de promesses. Elle se sentait prête à succomber et à reprendre là où ils s'étaient arrêtés. Mais des coups frappés sur le capot du pick-up les ramenèrent à la réalité.

— Il y a des hôtels pour ça ! dit Darlene en écrasant son mégot. Mais pour l'instant, mon patron veut rencontrer la nouvelle propriétaire foncière de Mystic Harbor.

Donovan esquissa un sourire.

— Tu devrais y aller. Je suis surpris que ce vieux Gordie se soit montré aussi patient.

— Et que me veut ce vieux Gordie ?

— C'est l'agent immobilier local.

— Est-il aussi subtil que le promoteur d'hier ?

— Imagine un rouleau compresseur, Isabella, dit Donovan en tendant le bras pour lui ouvrir la portière. Rassure-toi, tu t'en sortiras très bien.

Comme elle ne pouvait pas harceler Orry et que Donovan voulait seulement utiliser l'ordinateur du commissariat, Isabella se laissa entraîner par Darlene de l'autre côté de la rue. Après avoir franchi une porte vitrée, elles plongèrent dans le chaos le plus total.

Plusieurs ordinateurs, dont certains avaient plus de vingt ans, jonchaient la zone de réception. Des instantanés de toutes les maisons de la ville couvraient les murs en brique. La pièce contenait trois meubles de rangement pleins à ras bord, deux bureaux surchargés de papiers, une imprimante bruyante dans un coin, une quantité invraisemblable de bonbonnes d'eau, ainsi que la maquette d'un navire gréé en carré, posée sur une étagère bancale.

Darlene se fraya aisément un chemin à travers le désordre et fit signe à Isabella de la suivre. Quand elle frappa à la porte, un rot bruyant lui répondit.

— Cet homme est un vrai gentleman, commenta-t-elle en ouvrant la porte. Tu as de la compagnie, Gordie. Surveille un peu tes manières.

L'homme accueillit Isabella avec un large sourire qui creusa des plis profonds dans ses joues. Son visage et son cou étaient sillonnés de rides, tandis que son crâne chauve reflétait la lumière. Quand il se leva de sa chaise en tendant une main trop bronzée dans sa direction, Isabella ne put réprimer quelques pensées peu charitables. Il avait l'air d'une tortue qui aurait perdu sa carapace.

— Je suis ravi de vous rencontrer, mademoiselle Ross.

Il fit signe à Darlene de sortir, puis fit le tour du bureau pour enlever un tas de dossiers d'un fauteuil en cuir.

— Je m'appelle Gordie Tallahassee. C'est un pseudonyme, bien sûr, mais dans l'immobilier, un nom passe-partout n'est pas vendeur. Vous n'êtes pas d'accord ?

— Je ne…

— Je sais, je sais. Appelez-moi Gordie et choisissez votre poison. J'ai le meilleur bar de la ville.

— Il est 11 heures du matin, monsieur… Gordie.

— Pas à Venise.

— Je vous demande pardon ?

— Vous me faites penser à l'Italie du Nord, répondit-il en accentuant encore son sourire.

Il se laissa tomber sur son bureau et se pencha en avant.

— Dites-moi, avez-vous du sang Dark dans les veines ?

Amusée par la situation absurde, Isabella laissa parler son sens de l'humour.

— Non, mais j'ai une maison Dark sur les bras.

— Notre terrain d'entente est tout trouvé.

Pas mal, pensa-t-elle. Elle était arrivée depuis à peine deux minutes, et ils parlaient déjà immobilier.

— Laissez-moi deviner. Vous voulez acheter Darkwood Manor, ou plus précisément, vous connaissez quelqu'un qui en a l'intention.

Il l'observa de ses yeux aux paupières lourdes.

— En effet, votre propriété suscite plus d'intérêt que vous ne l'imaginez. Bizarrement, aucune des parties intéressées, hormis David Gimbel, n'avait envisagé que le précédent propriétaire puisse décider de vendre. J'ai harcelé ce vieux schnoque pendant des années sans résultat. Chaque fois que je l'appelais, il me raccrochait au nez en m'injuriant. La dernière fois que je lui ai téléphoné, il m'a dit de prendre contact avec lui après Noël. Ça, c'était en juin. Deux semaines plus tard, David M. Gimbel a débarqué en ville en se pavanant et a annoncé à tous ceux qui pouvaient l'entendre qu'il était le nouveau propriétaire de Darkwood Manor. Je suis tombé des nues, mademoiselle Ross, je vous assure.

— C'est Isabella, et je ne suis pas surprise. En ce qui concerne David, je veux dire. C'était un maître négociateur.

Le sourire de Gordie se crispa.

— Je ne sais pas si j'utiliserais ce terme, mais en tout cas, c'est vous la propriétaire, à présent, et vous m'avez l'air d'avoir la tête sur les épaules.

Quand le téléphone sonna, il souleva le combiné et le relâcha aussitôt sans quitter Isabella des yeux. Son regard était devenu glacial. Troublée, elle sentit un léger frisson la parcourir. Elle se reprit et adopta une attitude pleine de défi.

— On ne prend plus de gants, alors, Gordie ? Vous voulez Darkwood Manor. Malheureusement, ma famille aussi. On est dans une impasse, semble-t-il.

— C'est le business.

Il afficha un sourire carnassier et frotta son pouce contre ses autres doigts.

— Tout ramène toujours à l'argent, en fin de compte. J'ai entendu dire que votre cousine a disparu, ajouta-t-il, la mine chafouine.

— Le bouche-à-oreille marche à la perfection. Avez-vous entendu une rumeur qui me dirait comment la retrouver ?

— Malheureusement, non. Aaron Dark est un revenant plutôt imprévisible.

Devait-elle prendre cette réplique au sérieux ? s'interrogea Isabella.

— Travaillez-vous de concert avec Robert Drake ? demanda-t-elle en plissant les yeux.

— Ma chère, je m'occupe seulement des acheteurs, dit-il en souriant froidement. Un fantôme de plus ou de moins ne leur fait ni chaud ni froid, mais comme la plupart d'entre eux ne voient jamais les propriétés qu'ils achètent, Aaron ne représente rien à leurs yeux. En ce qui vous concerne, et je parle en tant que natif de Mystic Harbor, vous vous attaquez à un trop gros morceau.

Elle garda les yeux fixés sur lui, s'obligeant à ne pas réagir à ses menaces à peines voilées.

— Si vous vous imaginez que ce genre d'intimidation va m'inciter à vendre, monsieur Tallahassee, vous vous trompez.

Un tic fit tressauter la peau molle de l'agent immobilier.

— Je n'ai pas besoin de vous faire peur, Isabella. Aaron peut s'en charger mieux que n'importe quel être humain.

— Vous avez dit la même chose à David, n'est-ce pas ? répliqua-t-elle d'une voix douce.

— Oui, et une semaine après notre conversation, sa voiture est tombée d'une falaise. Il y a de quoi se poser des questions.

Gordie se pencha en avant et baissa la voix.

— A votre avis, à quel point notre monde peut-il être affecté par un être surnaturel ?

5

Isabella fit irruption dans le bureau du shérif, abattit ses mains sur le bureau et regarda Donovan droit dans les yeux.

— Je veux voir le rapport de police sur l'accident de David.

Les lèvres de Donovan frémirent, tandis qu'il reportait le regard sur l'écran de l'ordinateur.

— Tu as la main gauche posée dessus. Mais je peux déjà te dire qu'il ne contient rien de concluant.

— On m'a dit qu'il était impossible de savoir si quelqu'un avait trafiqué la Corvette.

— Isabella, c'est à peine si la voiture était reconnaissable.

— Alors personne ne sait si David était vivant ou mort quand il est tombé de la falaise.

— Il était vivant, dit Donovan en levant les yeux vers elle. Il était au téléphone avec Haden quand il a percuté la glissière de sécurité.

Il remarqua son air surpris.

— Quoi ? Tu l'ignorais ?

— Je savais qu'il téléphonait. J'ignorais qui était son interlocuteur.

Isabella baissa les yeux sur le dossier.

— Puis-je y jeter un œil ?

— Bien sûr.

Tout en tournant les pages du rapport, elle désigna le moniteur.

— Que fais-tu ?

— Je me renseigne sur le fusil qu'on a trouvé.

— Tu as découvert quelque chose d'intéressant ?

— Oui. Il est vieux.

Elle interrompit sa lecture.

— Assez vieux pour avoir appartenu à Aaron Dark ?

— Ce modèle a été breveté dans les années 1870. Aaron est mort en 1881.

Elle s'efforçait de déchiffrer l'écriture du rapport quand il contourna le bureau pour lui ôter le dossier des mains.

— J'ai appelé Gunnar Crookshank, Isabella. C'est lui qui est arrivé en premier sur le lieu de l'accident et qui a mené l'enquête. Ses conclusions peuvent nous servir de point de départ.

Il n'était plus qu'à un pas d'elle, à portée de main. Elle s'agita nerveusement, légèrement oppressée. Le bureau du shérif était vraiment exigu et mal aéré.

— Tu… Heu…

Isabella s'efforça de mettre de l'ordre dans ses idées.

— As-tu trouvé des empreintes de pas incriminantes sur la falaise ou dans le manoir, ce matin ?

Sans la quitter du regard, Donovan se pencha pour fermer le fichier informatique qu'il lisait.

— Tout ce que j'ai appris, c'est qu'Orry a peur du manoir. Mais ça ne m'étonne pas vraiment, étant donné qu'il est toujours terrifié par Haden.

Oubliant un instant son trouble, Isabella éclata de rire.

— Tu plaisantes ? Haden est un vrai nounours. Lucas devrait plutôt se méfier de ce Gordie Tallahassee. Cet homme n'est pas net.

— Il veut Darkwood Manor, n'est-ce pas ?

— Et il n'hésitera pas à se débarrasser de tous ceux qui se mettent en travers de son chemin.

Elle perdit le fil de ses pensées quand Donovan effleura son cou du bout des doigts. Ils étaient si proches qu'elle distinguait les paillettes dorées qui entouraient ses iris sombres. Prise dans la magie du moment, elle s'aperçut à peine qu'il parlait.

— As-tu rédigé un testament ? murmura-t-il.

— Si j'ai quoi ? demanda-t-elle d'une voix étranglée.

— Tu m'as très bien entendu.

— C'est vrai. Oui, j'en ai un, et avant que tu ne le demandes, mes actions de l'entreprise familiale vont à papi Corrigan et à ma tante Mara.

— Et tes biens personnels ?

Le moment n'avait plus rien de magique. Elle s'obligea à ne pas crisser des dents.

— Tu fais fausse route, Donovan.

— Ils vont à ta cousine, n'est-ce pas ?

— Mes parents mènent une vie aisée à Boston, répondit-elle d'un ton calme. Je n'ai pas de frère et sœur.

— Je n'accuse pas Katie, Isabella. Je me contente…

— De jouer les flics.

Un léger sourire flotta sur les lèvres de Donovan. Les yeux rivés aux siens, il glissa la main sur sa nuque, sous ses cheveux.

— Tu me fais toujours une peur bleue, mais tant pis.

Respire, s'ordonna-t-elle, tandis que sa vision s'obscurcissait. Dans un élan de témérité, elle céda à ses pulsions, enfouit ses doigts dans les cheveux de Donovan et l'embrassa.

La femme rongeait son frein en fumant cigarette sur cigarette, tenaillée par une vague culpabilité. Pendant qu'elle attendait, le brouillard avait envahi le quartier portuaire de la ville. Il engloutissait tout sur son passage : bateaux et magasins, maisons et demeures hantées. Le spectacle lui donnait la chair de poule.

De son perchoir, elle avait vue sur Darkwood Manor, juché sur la crête en face d'elle. Des nappes de brume grise recouvraient les fondations, rampaient le long des murs et se répandaient dans les jardins à l'abandon jusqu'à la pierre tombale qui gisait à ses pieds.

Un long cri, perçant et plaintif, fendit soudain l'épais brouillard. Elle aspira une bouffée et se mit à faire les cent pas avec nervosité. C'était le seul moyen de sortir de la routine, songea-t-elle. Elle pourrait enfin changer de vie et finir ses jours au soleil… si elle se montrait prudente et évitait de finir en flammes au pied d'une falaise.

Deux cigarettes plus tard, elle entendit enfin quelqu'un approcher. Elle se figea. N'y avait-il pas une silhouette près du manoir au même moment ? Elle plissa les yeux pour tenter de percer le brouillard, mais sans succès.

— Qu'est-ce qui se passe ? demanda la personne en s'arrêtant derrière elle.

— Je ne sais pas trop, répondit-elle en tendant le cou. J'ai cru voir quelqu'un, mais il est parti.

— « Il » ?

Elle retint une réaction de mauvaise humeur en entendant la moquerie dans sa voix.

— Pourquoi est-ce qu'on se retrouve ici ? demanda-t-elle. Isabella est toujours en ville.

— Fais marcher tes neurones, ma petite. Il faut lui faire suffisamment peur pour vaincre son obstination. Si on veut qu'elle parte, on doit passer à la vitesse supérieure.

— Jusqu'à quel point ? demanda-t-elle, subitement inquiète.

— Il faut ce qu'il faut.

Du coin de l'œil, elle aperçut un éclat métallique, et un couteau s'enfonça dans le sol près d'une tombe. Pendant un instant, elle souhaita de tout son cœur pouvoir retrouver le cours normal de sa vie.

La nouvelle propriétaire de Darkwood Manor était le point de mire de toutes les curiosités. La nouvelle qu'Isabella était en ville se répandit comme une traînée de poudre.

Le directeur du marché aux poissons lui proposa une association si elle décidait de transformer le manoir en hôtel. Le boucher et deux boulangers lui firent la même offre. Et une voyante qui travaillait au Mystic Tearoom s'était précipitée vers elle pour lui proposer une consultation gratuite.

Un danger la guettait à Darkwood Manor, lui avait-elle

prédit. Un homme aux cheveux sombres lui voulait du mal. La voyante n'avait pas précisé s'il s'agissait d'un être humain ou d'un fantôme, mais elle avait ajouté que la femme d'Aaron était de son côté, prête à la soutenir. Elle avait ensuite pressé ses doigts chargés de bagues contre le front d'Isabella et avait fait claquer sa langue. Dans un murmure, elle avait regretté de voir le sang des innocents couler. Parfois, l'arbre de vie donnait des fruits amers. Bien des secrets ne tarderaient pas à être révélés…

Décontenancée, Isabella avait regardé la femme s'évaporer dans la brume. La ville lui réservait décidément bien des surprises : en plus de la voyante énigmatique, elle avait découvert des frères Grimm perclus d'arthrite qui s'efforçaient de purifier la ville de l'influence maléfique d'Aaron Dark grâce à des rituels hebdomadaires.

Elle fut étonnée et ravie de découvrir que Haden possédait un restaurant derrière le commissariat. L'établissement, appelé The Cave, tirait son nom d'une salle en sous-sol, tout en longueur, remplie de tables rondes de bois et de souvenirs liés aux Dark.

— Ne commandez rien qui vienne de la page deux de la carte, lui conseilla Donovan, tandis qu'ils descendaient dans un antre enfumé éclairé à la lueur vacillante de bougies noires.

Au son d'une musique mélancolique, les clients attablés le long de chaque mur avaient entamé leur plat de résistance. Isabella reconnut la plupart des mets, mais estima qu'un quart des clients avaient choisi une spécialité de la page deux.

Haden leur fit signe de s'attabler sous un portrait au fusain à moitié effacé.

— Voici Sybil Dark, grogna-t-il. Isabella, j'ai quelque chose à vous montrer. Donovan va vous chercher à boire. Mets la dose, conseilla-t-il à son neveu.

Il réussit à caser son corps massif sur une chaise et sortit un document de la taille d'une carte routière. Le papier aurait pu faire office de nappe si Haden ne l'avait pas replié en rectangle.

— C'est l'arbre généalogique de la famille Dark. Vous voyez ces branches ?

Isabella repoussa la large paume de son hôte, posée au milieu du papier.

— Maintenant, oui.

— Ici, on a Aaron et Sybil, et à droite, la sœur d'Aaron, Millicent. Aaron et Sybil ont eu des triplés. Ils étaient encore bébés quand la situation au manoir a dégénéré. Quand Sybil est partie, Aaron a expédié les enfants chez ses parents en Virginie et s'est déchargé de leur éducation. Finalement, c'était tant mieux, puisqu'il a fini par perdre la tête. Vous me suivez, jusqu'ici ?

— Triplés, grands-parents, femme infidèle, folie. C'est compris. L'un des trois enfants est mort, on dirait.

— La fille est morte en couches. Les garçons ont leur propre histoire. Ce qu'il faut retenir, c'est que George et Darlene descendent de la fille. Donovan et moi sommes issus de la lignée de Millicent. En remontant l'arbre, vous verrez que dans nos veines coule du sang royal moldave, ce qu'on qualifie de roumain aujourd'hui.

— Grâce à un célèbre comte assoiffé de sang ? demanda Isabella sur un ton taquin.

— Grâce à un prince moldave dont le descendant un brin mollasson a perdu le pouvoir après l'occupation de 1821, répondit-il. Mais peu importe. Ce que je veux dire, c'est qu'à moins que Millicent soit devenue aussi folle que son frère, et d'aucuns en sont persuadés, alors Donovan n'a aucune raison de s'inquiéter pour sa santé mentale. C'est plutôt George et Darlene qui devraient s'en faire. Or, comme vous avez pu le constater hier soir, c'est le cadet de leurs soucis.

Interloquée, elle le dévisagea.

— Pourquoi me racontez-vous tout ça, Haden ? Je ne crois pas à la folie héréditaire. C'est Donovan que vous devez convaincre.

— Oui, mais il fait la sourde oreille quand je lui en parle. J'ai besoin que vous vous en chargiez.

Il se releva à moitié et haussa la voix.

— Attention au plateau, Claudia ! Elle est nouvelle, expliqua-t-il.

Il fit la grimace en voyant la jeune femme pencher dangereusement dans l'autre sens.

— Vous pouvez garder l'arbre généalogique, Isabella. Le manoir est à vous. Vous devez savoir à qui et à quoi vous êtes confrontée. Sers-toi de tes deux mains, ordonna-t-il à la nouvelle serveuse, avant de se lever d'un bond pour se précipiter à sa suite.

Donovan évita adroitement la serveuse débordée au milieu de la salle. Il posa une bouteille de vin rouge et deux verres sur la table, puis s'assit en face d'Isabella.

— Alors, de quoi avez-vous parlé ?

Elle tapota le document plié.

— De l'arbre généalogique des Dark, et de votre branche en particulier. Haden a mentionné vos ancêtres princiers, mais étant donné le pays et l'époque, je soupçonne des ramifications tziganes.

— Mon ex-belle-sœur serait sûrement d'accord. Mon frère a eu des tendances nomades pendant toute la durée de leur mariage.

Le vin qu'il leur servit était capiteux et corsé.

— Je n'ai pas regardé cette partie de l'arbre. Comment s'appelle ton frère ?

— Quinn, et ce n'est pas la peine de regarder. Il est mort.

L'expression d'Isabella s'adoucit.

— Je suis désolée, Donovan, dit-elle avec gentillesse. Que s'est-il passé ?

— Il a décidé de faire du base jump sans parachute. Ça s'est mal terminé.

— Avait-il pris de la drogue ?

— D'après le médecin légiste, non.

Elle l'empêcha de lever son verre en posant la main sur son poignet.

— Ça ne veut pas dire qu'il était fou. Ça ne valide en rien ta théorie.

— Ni la tienne.

— Il n'y a absolument aucun précédent…, commença-t-elle, avant d'être interrompue par un claquement de chewing-gum.

— Je pars dans quinze minutes, annonça une serveuse aux longs cheveux roux. Voulez-vous commander maintenant ou attendre et laisser la nouvelle s'occuper de vous ?

— On peut attendre, répondit Donovan.

La serveuse remonta sa manche pour regarder sa montre au bracelet tressé en or jaune et blanc.

— Je peux revenir dans dix minutes. Sinon, j'espère que vous n'avez pas trop faim.

Isabella reposa son verre si vite que le vin déborda.

— Où avez-vous eu cette montre ? demanda-t-elle en se retenant pour ne pas lui attraper le bras.

— Un type, répondit la femme en couvrant la montre de sa main. C'est une vieille montre.

— Puis-je la voir ?

— Vous êtes de la police ?

— Elle, non, mais moi, oui, dit Donovan en sortant son badge. Le plus simple, ce serait que vous laissiez Madame jeter un œil.

La serveuse, qui portait une étiquette au nom de Lindsay sur la poitrine, eut un instant d'hésitation avant de tendre le bras.

— Voilà. Vous voyez ? Elle ne vaut pas grand-chose. Ce soir, mon poignet sera sûrement devenu tout vert.

— Puis-je voir le dos de la montre ?

— Je suis toujours dans la police, rappela Donovan en voyant Lindsay hésiter de nouveau.

— Rien ne m'oblige à faire ça, marmonna la serveuse en faisant la moue.

Elle finit cependant par détacher la montre et la jeta sur la table.

— Elle n'a rien de spécial…, dit-elle, avant de s'interrompre, les sourcils froncés. C'est quoi, ces lettres ?

Les doigts d'Isabella ne tremblèrent pas quand elle ramassa la montre pour lire à voix haute ce qui était gravé derrière le cadran.

— « De JDC à KLR. »

Elle releva les yeux vers Donovan.

— De James Donal Corrigan à Katie Lynn Ross.

— Ça ne prouve strictement rien, dit Orry en fendant l'air de sa main.

Il devait hurler pour couvrir le vacarme que faisaient Lindsay et son adjoint, qui pensait à tort être le seul homme de sa vie.

— Ça prouve que Katie est bien passée par Mystic Harbor, répondit Donovan posément.

— Ai-je prétendu le contraire ?

— Oui, ce matin, sur Dark Ridge, avant que les trois coups de feu ne soient tirés.

Orry grinça des dents.

— Je me suis déjà expliqué là-dessus, Donovan. J'ai reçu un appel concernant un excès de vitesse sur Coast Road.

— Et l'adjoint Dawg ici présent ne pouvait pas s'en charger le temps que tu t'occupes d'une situation potentiellement mortelle ?

Les oreilles et le cou d'Orry rougirent violemment.

— Chacun ses priorités. J'ai peut-être empêché un autre accident mortel de se produire à Cemetery Point.

Perchée sur un meuble au fond du bureau, Isabella sourit.

— Vous vous êtes montré très consciencieux, shérif intérimaire Lucas. Mais Donovan et moi sommes restés au manoir pendant plus d'une heure après les coups de feu. Vous n'êtes pas revenu.

— Comme si le tireur allait toujours traîner dans les parages une heure après ! Vous n'avez rien trouvé, donc j'ai bien fait de ne pas revenir. C'est peut-être un étudiant qui a emprunté le vieux fusil de chasse de son grand-père pour faire une blague d'Halloween.

Quand la voix de Lindsay prit une intonation hystérique, Orry se donna une tape agacée sur la cuisse.

— Arrête de l'embêter, Lee. Toi et Lindsay, vous vous voyez de temps en temps. Elle s'est amusée avec un autre homme pendant une soirée. La belle affaire ! Tu as déjà fait la même chose. Je vous suggère de rentrer chez vous.

Donovan s'appuya à la porte, bloquant la sortie.

— La montre, Orry.

— Quoi ? Ah oui, c'est vrai.

Il tapota le cadran.

— Dis-nous où tu l'as eue, Lindsay, et cette fois, évite de piquer une crise.

La serveuse adressa un regard rebelle à Donovan, un coup d'œil méprisant à Orry et une supplication larmoyante à Isabella.

— C'était un type ordinaire. Je l'ai rencontré au Raven on Wharf. On a dansé, on a bu quelques verres, on était… vous voyez…

— Proches ? suggéra Donovan.

— Bourrés, répondit-elle avec brusquerie, avant de s'avachir sur sa chaise. Il a peut-être versé quelque chose dans mon verre.

Elle se tourna de nouveau vers Isabella, l'air suppliant.

— Je ne me rappelle pas ce qui s'est passé ensuite.

Donovan fit le tour de sa chaise.

— Mais vous vous souvenez du moment où il vous a donné la montre.

— Je crois. C'était avant qu'on parte. Il voulait que je l'accompagne à son pick-up, mais j'ai refusé. C'est à ce moment-là qu'il l'a sortie.

— Et ensuite ? insista Orry.

Quand elle croisa les bras, Donovan plaça une main de chaque côté de sa chaise.

— A quoi ressemblait cet homme, Lindsay ? Pourriez-vous le décrire ?

Elle poussa un soupir exaspéré.

— Il faisait sombre, et j'étais pompette. Il me semble qu'il avait une barbe. Ou une moustache. En tout cas, il avait les cheveux sombres et hirsutes.

— Vous a-t-il dit comment il s'appelait ?

— Non. Il a dit qu'il se la jouait Aaron Dark, qu'il était en ville pour récupérer des fournitures et qu'il n'avait pas pu s'empêcher de me suivre en me voyant entrer au Raven.

La veine qui gonflait sur le front de Lindsay était sûrement plus due au regard courroucé de son petit ami qu'à ses questions, songea Donovan. Il continua de l'étudier tout en s'adressant à Orry.

— Connais-tu quelqu'un capable de faire un portrait-robot ?

— Pour une montre ? C'est une blague ?

— Je sais dessiner, dit Isabella.

— Est-ce que je risque quelque chose ? demanda Lindsay.

L'adjoint poussa un grognement dédaigneux, tandis que Donovan retenait un sourire.

— Pas si vous coopérez.

Elle pivota sur sa chaise.

— Vous n'allez pas porter plainte ?

— La montre m'importe peu, dit Isabella. Tout ce que je veux, c'est retrouver ma cousine.

Orry se leva.

— Je dois aller aux toilettes. Je rapporterai le matériel de dessin en revenant. Pendant ce temps, Donovan, utilise donc tes talents d'agent fédéral pour faire cesser leurs chamailleries.

En effet, Lindsay et l'adjoint avaient repris leur dispute.

Isabella sauta du meuble de rangement et se rapprocha de Donovan avec un sourire serein.

— Quand doit revenir le vrai shérif ?

Il se retint de passer son pouce sur sa lèvre inférieure.

— Aux alentours d'Halloween.

— C'est bien ce que je craignais.

Le téléphone se mit à sonner. Au bout de trois sonneries, Isabella regarda Donovan.

— L'adjoint est trop occupé pour répondre. A toi de jouer, Black.

Donovan attendit deux sonneries supplémentaires avant de décrocher.

— Bureau du shérif.

Isabella s'apprêtait à sortir quand il l'attrapa par le bras.

— Où ça ? Très bien. Appelez la société de remorquage et ne bougez pas. On arrive.

Les yeux fixés sur Isabella, il raccrocha.

— Pourquoi une société de remorquage ? demanda-t-elle en gardant un calme remarquable.

— Une voiture a fini sa course sur des rochers à un kilomètre de Dark Ridge. D'après l'adjoint, c'est un coupé sport rouge. Comme celui que conduit ta cousine.

6

Retenue par son essieu arrière gauche, la voiture était presque invisible de la route. Quand le brouillard se dissipa, Isabella aperçut une roue, un bout d'aile et une partie du toit.

L'adjoint qui avait signalé l'accident avait fait installer deux projecteurs pour éclairer le véhicule, mais la brume semblait absorber la lumière.

D'après Orry, la voiture n'était pas là quand il était passé plus tôt dans la journée. Il était bien obligé de dire ça pour justifier son départ du manoir, songea Isabella.

A cause de l'humidité, aucun des bénévoles de l'équipe de sauvetage n'accepta de descendre en rappel le long de la falaise. Comme Donovan avait reçu une formation pour ce genre de mission, il s'équipa et entama la descente. Isabella se mit à faire les cent pas, en s'interdisant d'envisager le pire.

Des souvenirs se mirent à tourbillonner dans sa tête. Les vacances avec Katie, les bals de l'école, les garçons, les hommes…

Elle grimaça en repensant aux deux derniers sujets. Katie et elle avaient toujours rivalisé pour attirer l'attention masculine.

Orry s'approcha d'elle et lui fourra son talkie-walkie dans la main.

— Votre petit copain veut vous parler, blondinette. Appuyez sur le bouton d'en haut pour parler. Cet équipement a au moins vingt ans.

— Donovan ? demanda Isabella en retournant au bord de la falaise. Y a-t-il quelqu'un à l'intérieur ?

— Une femme.

Son cœur fit un bond dans sa poitrine.

— Est-elle consciente ? Peux-tu la sortir de là ? Est-ce que c'est Katie ?

— Je ne veux pas la déplacer, elle est inconsciente, et je n'en sais rien. A quoi ressemble ta cousine ?

Ne lui avait-elle pas montré de photos ? Isabella repoussa les cheveux qui lui tombaient devant les yeux.

— Elle a vingt-huit ans, fait un mètre soixante-huit, avec un poids moyen. Elle a les cheveux sombres et dégradés, à hauteur du menton. Elle a trois boucles à chaque oreille et…

— Attends, coupa Donovan, sa voix à peine audible à cause du grésillement de l'appareil et des sirènes. Ce n'est pas Katie.

La boule qui s'était formée au creux de son estomac se dissipa.

— Tu en es sûr ?

— C'est une femme blonde d'une trentaine d'années qui doit mesurer moins d'un mètre soixante-huit. La voiture est une Mustang.

Katie conduisait une Camaro. Après ces nouvelles, la déception se mêlait au soulagement. Dans tous les cas, le sort de la blessée continuait d'inquiéter Isabella.

— L'ambulance est arrivée, dit-elle en tournant les yeux vers le gyrophare. Ils sont en train de sortir une civière.

Orry réclama sa radio d'un claquement de doigts.

— Voilà pourquoi je m'occupe des conducteurs trop pressés. Je suis navré que ce ne soit pas votre cousine.

Isabella ignora son ton ironique. Sentant le froid humide la gagner, elle se frotta les bras pour se réchauffer.

— Drôle de nuit, n'est-ce pas ? remarqua Orry.

Le shérif intérimaire jugea bon de rester à ses côtés pendant que les ambulanciers entamaient leur descente le long de la falaise.

— Avez-vous remarqué le pick-up tout rouillé qui nous a dépassés en trombe ?

— Le brouillard fausse votre jugement. Le conducteur ne dépassait pas les cinquante kilomètres à l'heure.

— Vraiment ? Je devrais peut-être vous embaucher plutôt que d'utiliser un pistolet radar.

— Vous devriez surtout embaucher une unité spéciale et faire le boulot que votre poste temporaire requiert.

— Je vous l'ai dit hier : votre cousine est une adulte et…

— Je ne parle pas de Katie. Aujourd'hui, des coups de feu ont été tirés au manoir. Une personne faite de chair et de sang a appuyé sur la détente d'un très vieux fusil et l'a jeté d'une fenêtre du second étage enveloppé d'un vieux costume. Avez-vous une explication ? Non ? J'aurais pourtant pensé que comme les balles ont atterri à quelques centimètres de vos pieds, vous seriez un peu plus curieux de savoir qui a tiré et pourquoi.

Tout en parlant, elle se tourna vers le manoir. La vieille demeure semblait flotter au-dessus du brouillard.

— Donovan a dit que vous étiez au bord de la falaise…

Elle s'interrompit en plissant les yeux.

— Il y a de la lumière dans la maison.

— De la lumière ! s'exclama Orry en faisant un pas en arrière. C'est sûrement le reflet de la lune…

La lumière qui avait attiré l'attention d'Isabella s'éteignit, puis une autre s'alluma.

— La lune est voilée, shérif.

— Ce sont des enfants, alors. On est en octobre. Halloween approche. Il faut s'attendre à…

Une plainte sourde et prolongée l'interrompit. Elle gagna en intensité et se transforma en hurlement strident. Les nerfs à vif, Isabella crispa les mâchoires, tandis qu'Orry ouvrait et fermait la bouche comme un poisson hors de l'eau. Il recula précipitamment en agitant un doigt accusateur.

— Je ne… Ce n'est… C'est la faute de ces gamins ! Bande de petits voyous !

Il se heurta à un obstacle derrière lui, et un glapissement lui échappa. Dans d'autres circonstances, Isabella aurait éclaté de rire. Un sourire se dessina sur ses lèvres quand Orry découvrit dans quoi il avait buté.

— Donovan, espèce de…

Un autre cri lui coupa la parole. Les poings serrés, il se détourna pour reprendre contenance.

Tandis que les ambulanciers s'occupaient de la blessée, Donovan s'approcha d'Isabella et observa le manoir. Les lumières continuaient à clignoter irrégulièrement. Elles s'éteignirent pour de bon quand le cri s'acheva.

Orry s'éclaircit la gorge pour tenter de masquer sa voix chevrotante.

— Crookshank n'a jamais eu à affronter tout ça. Pourquoi ce ramdam surnaturel prend-il de l'ampleur alors qu'il n'est pas là ?

Il adressa un regard plein de ressentiment à Isabella.

— Tout a commencé quand Gimbel a acheté Darkwood Manor.

— Sous-entendez-vous que l'esprit d'Aaron Dark ne voulait pas de lui dans sa maison ?

— De lui ou de vous.

Elle maîtrisa sa colère naissante.

— Vous rendez-vous compte à quel point vous avez l'air ridicule ?

Rassuré par le retour à la normale, Orry afficha un rictus dédaigneux.

— Les étrangers ne sont pas les bienvenus dans cette maison. Si un être de l'autre monde veut garder l'endroit pour lui, tant pis pour vous. A Mystic Harbor, on s'en moque, de cette vieille ruine. Vous devriez faire vos valises, ma petite dame, et vous estimer heureuse de pouvoir quitter la ville.

— Contrairement à Katie, rétorqua Isabella.

Donovan lui pressa légèrement le bras et fit un signe du menton.

— Il y a une ombre sur la crête.

La colère disparut aussitôt du visage d'Orry, qui devint blanc comme un linge.

— C'est n'importe quoi, marmonna-t-il. Si ça vous amuse de chasser des ombres… Moi, j'ai du travail.

Isabella remarqua à peine son départ, trop occupée à observer la falaise derrière le manoir. A cause du brouillard qui montait de la mer, il était difficile de faire la différence entre un rocher et un arbre, et entre un arbre et…

— Il y a un homme ! s'exclama-t-elle en tirant sur le blouson de Donovan. Tu l'as vu ? Il est tout près de ce bloc rocheux à trois niveaux.

— En effet, il y était, acquiesça Donovan.

Incrédule, elle eut un mouvement de recul.

— Où est-il passé ? Il était là, et l'instant d'après, il avait disparu.

— Le brouillard abrite peut-être un être affamé, observa Donovan avec un sourire en coin.

— Une chose carnivore qui l'aurait dévoré tout cru ? répliqua Isabella en retenant un frisson. Le mal ne vit pas dans le brouillard, Donovan, et personne ne disparaît en un clin d'œil.

— Sauf ta cousine. On ira explorer la zone autour de ce rocher. Ça peut attendre demain, ajouta-t-il en la retenant par le bras. On ne peut rien faire de plus ici, et la serveuse de Haden nous attend au commissariat. Je te rappelle que tu as un portrait-robot à dessiner.

Isabella l'observa un long moment. Les yeux de Donovan étaient impénétrables et son expression, impassible. En cherchant bien, elle décelait dans ses traits ses origines tziganes, mais nulle trace de la folie de son aïeul.

Elle changea d'avis en voyant l'éclat étrange qui brillait dans ses yeux magnifiques. Il se plaça dans son dos et se pencha pour effleurer son oreille de ses lèvres.

— Reste sur tes gardes, Isabella, murmura-t-il. Tous ceux qui ont rencontré Aaron Dark l'ont pris pour un homme bon et charitable. Sybil était la seule à connaître la vérité.

Un frisson se propagea au plus profond d'elle-même, mais

c'était l'homme qui la troublait, plutôt que ses paroles. Elle s'obligea à adopter un ton serein.

— Bien essayé, Black, mais tu oublies mon oncle, le brillant psy de Park Avenue. Et j'ai aussi ton arbre généalogique dans la poche de mon manteau, qui indique clairement que tu descends de la sœur d'Aaron.

En fronçant les sourcils, elle regarda par-dessus son bras. Une voiture approchait en vrombissant. Aveuglée par les phares, elle resta figée par l'étonnement.

Le mystérieux conducteur fonçait droit sur eux. Et il n'avait pas l'air de vouloir s'arrêter.

Furieux, Donovan abattit sa paume sur le comptoir brillant du restaurant de son oncle.

— Darlene, je te jure que si tu nous refais un coup pareil, je te ligote et je te jette du haut de Dark Ridge.

— Et en cédant à cette pulsion meurtrière, tu confirmeras tes pires craintes, répondit-elle.

Elle posa le menton sur ses poings et battit des cils avec une expression candide.

— Haden m'a dit de foncer, je lui ai obéi.

— Mais je ne t'avais pas dit d'expédier Donovan et Isabella dans le décor, rétorqua Haden.

Il avait éteint la majorité des bougies du restaurant et retournait les chaises sur les tables avec détermination.

— J'ai entendu dire qu'un véhicule rouge était tombé de la falaise, Donovan. J'ai aussitôt pensé à la voiture d'Isabella. J'avais complètement oublié qu'elle était venue en ville avec toi. Darlene roulait vite, mais avec maîtrise. Quand j'ai entendu le cri provenant du manoir, j'ai paniqué et je lui ai dit d'accélérer.

— Vous voyez ? dit Darlene en levant les mains. Non coupable.

Donovan ressentait le besoin pressant d'avaler un whisky, mais il avait d'autres priorités.

— Parle-nous un peu de ton patron, lança-t-il.

— Il veut le manoir, répondit-elle en haussant les épaules. Ce n'est un secret pour personne. Le domaine a un incroyable potentiel immobilier.

— C'est là qu'intervient Robert Drake.

— Lui et cinq autres dans son genre.

— Oui, mais Drake est le seul à traîner en ville, cria Haden de l'autre côté de la pièce.

— Pour autant qu'on sache, répondit Darlene sur le même ton.

— A-t-il déjà entendu les hurlements d'Aaron ?

Elle leva les yeux au ciel, puis jeta un regard suppliant vers Donovan. Il se contenta de faire le tour du bar pour prendre une bière.

— Comment pourrais-je le savoir ? demanda-t-elle d'un air grognon en tapant de la main sur la table. Je sais que Drake est plus intéressé par la propriété qu'il ne le laisse entendre. Ma mère l'a aperçu sur Ridge Road, hier.

Choqué, Haden cessa d'empiler les chaises.

— George était sur la route de la crête ?

— Evidemment, puisqu'elle y a vu Drake. Ce n'est pas une zone interdite, que je sache. J'y passe tout le temps en voiture.

— Et quand tu y vas, il t'arrive d'y fumer autre chose que des cigarettes, dit Donovan, avant d'incliner sa bouteille pour boire une longue gorgée. Elle affirme avoir vu Aaron traverser un portail fermé au manoir.

Haden blêmit.

— Tu as vu ce vieux démon ?

Darlene jeta un regard torve à Donovan.

— Je n'ai jamais dit que c'était Aaron.

— Tu penses qu'Isabella est aux prises avec plusieurs esprits ?

— A mon avis, Isabella devrait vendre et rentrer chez elle. Elle devrait renoncer aux hôtels à thème et aux marges bénéficiaires, obtenir un bon prix du manoir et partir.

— Et elle devrait faire une croix sur sa cousine et renoncer à découvrir ce qui lui est arrivé. C'est ce que tu suggères ?

Darlene tambourina sur la table avec agacement.

— Orry pense qu'elle raconte des histoires, Donovan. Aucune des personnes à qui il a parlé n'a vu sa cousine. Isabella l'a peut-être inventée.

— De la même façon que toi, tu as inventé un fantôme passe-portail ?

— J'ai vu un homme près de ce portail. Il était d'un côté, et une seconde plus tard, il était passé de l'autre. J'ignore qui c'était ou ce qu'il voulait. Moi, quand j'ai peur, je détale comme un lapin. C'est ce qu'aurait fait Isabella si tu ne t'étais pas jeté devant elle. Tu dois vraiment te sentir seul en ce moment, cousin. Des longues jambes, un joli sourire, et te voilà prêt à jouer les Lancelot.

Donovan ravala les reparties cinglantes qu'il avait sur le bout de la langue. Darlene ne valait pas la peine qu'il s'énerve. Sans compter que le bip de son BlackBerry lui indiquait qu'il avait reçu un e-mail.

Il parvint non sans mal à se sortir Isabella de la tête et avala une autre gorgée de bière. Les yeux fixés sur l'écran de son portable, il lut le message en fronçant les sourcils.

Isabella enfila une veste en laine, prit son appareil photo et une tasse de café chaud. Malgré son bon sens qui lui dictait de faire demi-tour, elle sortit du chalet pour s'asseoir sur un rocher.

Le brouillard s'était dissipé. L'éclat de la lune presque pleine lui permettait de voir aussi bien Darkwood Manor que le reste de la crête. Une partie des pierres tombales entassées sur le plateau en contrebas était visible, les autres étant toujours masquées par les ombres nocturnes.

Peu désireuse d'entendre de nouveau l'horrible cri provenant du manoir, elle enfonça les écouteurs de son iPod dans ses oreilles et sélectionna un album de Sheryl Crow.

Un flot de souvenirs liés à Katie, bons et mauvais, l'assaillit. A commencer par la virée en voiture jusqu'en Floride qu'elles avaient faite à la fin du lycée.

A Fort Lauderdale, elles s'étaient battues pour un garçon qui ressemblait à Brad Pitt jeune. Malheureusement, il avait une façon d'embrasser... Rien à voir avec Donovan et sa maîtrise parfaite du baiser, songea-t-elle en sirotant son café, les yeux fixés sur la silhouette menaçante du manoir.

Le visage de Donovan revint au premier plan de ses pensées. Elle caressa sa lèvre inférieure du bout du doigt et sourit. Katie l'aurait-elle désiré autant qu'elle ? Isabella laissa échapper un petit rire. La question ne se posait même pas.

Bon Jovi succéda à Sheryl. Secouant la tête au rythme de la musique, Isabella sortit son appareil photo et ajusta les réglages. Puis une main toucha son épaule, et son cœur manqua un battement.

Elle tourna vivement la tête et poussa un soupir de soulagement.

— Bon sang, George, j'ai cru que c'était un rôdeur.

Ce n'était pas tout à fait vrai, mais elle n'allait quand même pas admettre qu'elle s'était attendue à tomber nez à nez avec un esprit armé d'un fusil.

— Que faites-vous ici ? demanda-t-elle.

— Tout le monde est couché, sauf M. Drake. Cet homme a des habitudes étranges : il reste debout la nuit, puis passe la moitié de la journée au lit. Vous permettez ?

Isabella déplaça sa tasse de café et désigna le manoir avec son appareil photo.

— Même à cette distance, l'endroit a l'air sinistre.

George s'installa à son côté et dévissa une Thermos.

— J'ai eu cette sensation toute ma vie, dit-elle. Je n'ai jamais vu ni Aaron ni Sybil, mais je l'avoue, j'ai une nature pragmatique et je ne suis pas à l'écoute de ce genre de choses.

Elle but une longue gorgée, puis relâcha une respiration tremblante.

— L'eau-de-vie, c'est bien pour se réchauffer, mais il faut

déjà survivre à la première gorgée. Dans notre grange, mon père fabriquait de l'eau-de-vie, du vin et de la très mauvaise bière. L'an dernier, la grange a brûlé avec mon père et mon frère dedans. J'ai hérité de l'hôtel, mais je n'ai plus les recettes. Il ne reste plus que quelques fûts d'alcool artisanal.

Elle versa un peu de liquide dans le bouchon et le tendit à Isabella.

— Une petite gorgée suffira, prévint-elle.

Comme elle détestait l'eau-de-vie, Isabella hésita, puis accepta par politesse. Ses yeux se mirent à picoter, mais elle parvint à ne pas tousser.

— C'est très bon.

Si on aimait le feu à l'état liquide…

— Avez-vous vécu toute votre vie à Mystic Harbor ?

— Oui. Sans les caprices du destin, je serais partie depuis bien longtemps. J'aime les grandes villes. Malheureusement…

Elle but une autre gorgée avant de poser la Thermos par terre.

— Dites-moi, que pensez-vous de Donovan ?

— Je n'ai pas…

— Allons, ma jolie ! s'exclama George en lui donnant une petite tape sur la cuisse. Je suis douée pour lire sur les visages. Vous trouvez que l'eau-de-vie de mon papa a un goût d'essence, ce qui est tout à fait vrai, et vous brûlez d'envie de coucher avec Donovan.

Isabella lui adressa un large sourire.

— Vous devriez faire des heures supplémentaires au Mystic Tearoom. Et vous avez raison. C'est ce que je pense chaque fois que je vois Donovan.

— Vous êtes loin d'être la seule, commenta George en fouillant dans la poche de sa veste à carreaux marron. Ce garçon est sexy en diable, mais il se montre trop inaccessible.

— A cause de son lien avec Aaron Dark ?

— On a tous nos peurs.

— Ou nos phobies, répliqua Isabella en examinant la

base d'un rocher situé à proximité. C'est quoi, ce truc marron tout tordu ?

— Une branche ?

— Ce n'est pas un serpent ? demanda-t-elle en avançant la tête.

George ramassa un caillou et le lança droit sur l'ombre.

— Ça ne bouge pas. D'après moi, c'est bien une petite branche.

Elle sortit un paquet de cigarettes chiffonné.

— Ça vous dérange si je fume ?

— Non, allez-y, j'ai l'habitude, répondit Isabella en jetant un regard incertain vers la branche. Pourquoi Donovan est-il convaincu qu'il va suivre les traces d'Aaron Dark ?

— Vous a-t-il parlé de sa famille ?

— Oui, mais vous savez bien que ça ne marche pas comme ça.

— Vous avez peur des serpents. Pourquoi n'aurait-il pas peur de la folie ?

— Moi, c'est une phobie, rappela Isabella. C'est complètement différent. C'est lié à un traumatisme survenu dans mon enfance. J'ai du mal à imaginer que Donovan ait déjà ressenti le besoin d'emprisonner quelqu'un comme Aaron l'a fait avec sa femme.

— Elle est devenue la captive de son mari, alors que personne en ville ne savait qu'elle était revenue. Haden raconte l'histoire mieux que moi, mais en bref, il paraît que quand Sybil est revenue ou a été ramenée à Darkwood Manor, elle était enceinte.

— De son mari ou de son amant ?

— C'est sûrement ce que s'est demandé Aaron. Il a décidé de l'enfermer en attendant qu'elle accouche, mais les événements se sont précipités. Elle a dit ou fait quelque chose qui l'a fait exploser de rage. On raconte qu'après avoir tué Sybil et l'enfant qu'elle portait, Aaron a sombré encore plus profondément dans la folie. Une nuit, il a fini par s'ôter la vie. Il a installé le fusil, a attaché une ficelle à la détente et a tiré dessus d'un coup sec. Il a reçu la décharge en pleine gorge. Le pasteur l'a retrouvé trois jours plus tard au milieu d'un parterre de roses, étendu sur le dos, les yeux tournés vers la maison.

Le parterre de roses. Tiens donc… Isabella dirigea son appareil photo vers le manoir.

— Portait-il un costume noir ?

George eut un gloussement amusé.

— En voilà une question originale. C'est fort possible. Mais comment en sommes-nous arrivées à parler de la tenue d'Aaron alors que nous abordions votre envie de coucher avec Donovan ?

— D'après mon grand-père, je suis une adepte du vagabondage, à la fois dans les sujets et dans les destinations. Quand je dois aller à Dallas, je fais un détour par La Nouvelle-Orléans.

— Comme je vous envie ! J'aurais adoré vivre à La Nouvelle-Orléans, dit George. Malheureusement, ça n'arrivera jamais.

— Pourquoi ?

George fit un geste avec sa cigarette.

— Je suis trop liée à cet hôtel, et c'est à prendre au sens littéral. D'après le testament de mon père, le terrain ne peut pas être vendu ou transformé pendant cinquante ans après sa mort. Autrement dit, j'ai intérêt à avoir une longue espérance de vie, parce que je ne serai pas libre avant d'être centenaire. Et ne me suggérez pas d'engager un gérant pour aller passer mes hivers au soleil. La marge bénéficiaire me permet à peine d'aller en week-end à Boston de temps en temps. Non, ma belle, contrairement à vous, je suis pieds et poings liés.

N'ayant rien à répondre à cela, Isabella changea de sujet. Elles se mirent à parler de la fête de la bière locale, de la cuisine raffinée de Haden, et, plus intéressant, de ce qui avait poussé Donovan à devenir un tireur d'élite fédéral.

— Il a toujours eu des yeux extraordinaires, dit George en s'appuyant sur un coude. Darlene a de bons yeux : elle peut couper les ailes d'une mouche à trente pas. Mais Donovan peut faire la même chose à cinq fois cette distance. Des yeux extraordinaires, je vous dis.

Tout à fait d'accord, songea Isabella. Elle termina son café et prit d'autres clichés nocturnes du manoir, tandis que George écrasait sa cigarette.

— Alors, dit-elle, avez-vous rendez-vous avec votre agent aux yeux sexy ce soir, ou est-ce que je précipite un peu les choses ?

— Vous les précipitez beaucoup.

Un éclat métallique dans les buissons attira l'attention d'Isabella au moment où elle glissait du rocher. Elle s'immobilisa, les yeux tournés vers le sol.

— George, y a-t-il beaucoup de chasseurs par ici, la nuit ?

— Pas que je sache. Pourquoi ?

Tout en gardant les yeux baissés, Isabella s'efforça de contrôler les battements précipités de son cœur.

— Parce que quelque chose vient de jaillir de ces buissons.

— Quelque chose ?

A moitié pétrifiée, Isabella désigna un point situé entre ses pieds. Un gros couteau à l'aspect redoutable était planté dans la terre dure.

7

Quelqu'un avait lancé un couteau à ses pieds, dans le noir et depuis une certaine distance. Malgré le choc ressenti, Isabella avait relégué sa mésaventure au second plan en découvrant les informations que lui communiqua Donovan.

Les relevés téléphoniques de Katie leur apprirent qu'elle avait reçu un appel de quatre-vingt-dix secondes en provenance de Bangor, au moment même où Isabella parlait à leur tante Mara.

Isabella aurait sans doute dû s'estimer contente ou ressentir au moins un certain soulagement, mais ce n'était pas le cas. Pour ne rien arranger, George avait retiré le couteau du sol en le tenant par le manche.

— Je suis désolée, ma belle, s'excusa-t-elle après avoir réalisé son erreur. Donovan va être furieux contre moi.

Malgré sa colère, il avait quand même déposé le couteau dans un sac. Il avait ensuite renvoyé George à l'hôtel et raccompagné Isabella à sa cabane.

Il avait insisté pour passer la nuit sur le canapé. Isabella n'avait pu s'empêcher d'être déçue, mais après tout, s'attendait-elle vraiment qu'il la séduise ?

Il l'avait expédiée dans la chambre en lui conseillant de dormir. Elle avait obéi, trop fatiguée pour continuer à réfléchir.

Le lendemain matin, elle se traîna dans le salon à 8 heures, les cheveux en bataille et l'esprit encore embrumé par le sommeil.

— Le coup de fil qu'a reçu ta cousine a été passé d'une cabine, déclara-t-il.

L'odeur du café fraîchement passé chatouilla aussitôt les narines d'Isabella. Infiniment reconnaissante, elle se dirigea tout droit vers la cafetière. Accoudée au plan de travail de l'îlot central, elle se versa une tasse et avala avec délice sa première gorgée.

— J'imagine que tu n'as pas trouvé le moindre indice… Ce sont des muffins aux myrtilles ?

— George les a apportés à l'aube. Remercie sa mauvaise conscience.

— Elle a agi sans réfléchir. Etant donné tout ce qui me préoccupe, j'ai cessé de m'en faire pour ça.

— Alors c'est à moi de jouer les mauvais garçons ?

Surprise par sa voix profonde et nonchalante, elle releva la tête pour le regarder. L'éclat troublant qui brillait dans ses yeux sombres lui rappela qu'elle ne portait qu'un peignoir éponge blanc un peu trop court.

Dans l'espoir de calmer les battements précipités de son cœur, elle porta la tasse fumante à ses lèvres.

— Arrête les tactiques de diversion, Black. Dis-m'en plus sur cette cabine téléphonique. Où, qui et théories sur le pourquoi.

— Le lieu, c'est facile. C'est le téléphone situé dans le hall de l'hôtel de ta famille.

— Ah bon ? s'exclama-t-elle, stupéfaite. Katie devait se rendre à Bangor pour vérifier la comptabilité du Boxcar. L'un des employés l'a peut-être appelée. Soit il ne voulait pas que ça se sache, soit il ne pouvait pas le faire de son bureau, soit il n'avait pas de portable.

— Ça existe encore, les gens qui n'ont pas de portable ?

— Je me contente de faire des suppositions, Donovan. C'est toi, le policier.

Un policier dont les yeux provoquaient en elle des picotements de désir dont elle se serait bien passée pour l'instant. Par mesure de prudence, elle décida de contourner l'îlot.

Il se pencha sur le plan de travail en esquissant un sourire. Il était toujours beaucoup trop proche à son goût.

— Froussarde, murmura-t-il.

Avec le même demi-sourire, elle se pencha à son tour.

— A en juger par ton humeur enjouée, j'en conclus que tu es du matin.

— Ça dépend de ce que j'ai sous les yeux en me levant, répondit-il en laissant glisser son regard dans son décolleté. Certains spectacles me motivent plus que d'autres.

Malgré la bouffée de chaleur qui l'envahit, elle lui coula un regard suspicieux.

— Ce genre de discours ne m'inspire pas confiance.

— Tu as raison de te méfier.

Il saisit son menton et s'empara de ses lèvres.

Un flot de sensations l'embrasa. Le feu qui coulait dans ses veines réveilla un appétit vorace endormi depuis des années et impatient d'être nourri.

La langue de Donovan s'enfonça dans sa bouche. Leur désir mutuel menaçait de devenir incontrôlable. Elle voulait sentir son corps contre le sien, mais l'îlot qui les séparait l'empêchait de le toucher à sa guise.

Il recula la tête pour la contempler, les yeux mi-clos.

— On ne devrait pas faire ça, Isabella.

Elle s'avança pour lui mordiller la lèvre inférieure, puis recula en souriant.

— Je sais. Un SMS mystérieux, un appel de Bangor…

— Un vieux fusil, un vieux costume, un couteau de cuisine.

— Merci pour ce retour brutal à la réalité, dit-elle en effleurant sa pommette du bout du doigt. Tu ne sais pas ce que tu manques, agent Black. Quand j'ai reçu ma dose de caféine, je deviens très aventureuse. En parlant d'aventures, on ne devait pas aller explorer un gros rocher, aujourd'hui ?

— Tu vas d'abord t'occuper du portrait-robot. Quant à moi, je dois parler avec George.

— Sur un sujet en particulier ?

— La lame du couteau qui a été lancé sur toi hier comporte une encoche.

— Et c'est important ?

Les yeux brillants, Donovan captura de nouveau ses lèvres et lui fit oublier ses questions. Elle revint sur terre quand il se remit à parler.

— C'est Darlene qui l'a entaillé à Noël il y a deux ans. Ce couteau venait de la cuisine de l'hôtel de George.

Conscient de manquer de courtoisie, Donovan laissa Isabella aux prises avec Lindsay, avec pour mission de dresser le portrait de l'homme mystérieux qui avait eu la montre de Katie en sa possession. Il se rendit en ville, bien décidé à avoir une petite conversation avec Robert Drake. L'homme était un promoteur et séjournait à l'hôtel. La cuisine était en libre accès à n'importe quelle heure du jour et de la nuit. Et George rangeait ses couteaux dans un présentoir sur le comptoir.

Après avoir fait le tour de la ville sans succès, Donovan s'apprêtait à retourner à l'hôtel quand il repéra Drake dans une petite rue étroite. L'homme regarda à gauche et à droite, puis entra dans une boutique appelée The Apothecary.

Il était en train d'examiner une racine desséchée quand Donovan ouvrit la porte.

La boutique était plongée dans la pénombre. Quelques rayons de lumière poussiéreux passaient par des fenêtres à meneaux. Le vieillard qui tenait la boutique ronflait bruyamment devant sa caisse enregistreuse manuelle. Un air de Vivaldi passait en fond sonore.

Le promoteur replaça la racine dans un bocal, avant de faire volte-face.

— J'imagine que c'est moi que vous cherchez.

Donovan referma la porte d'un coup de talon.

— Qu'est-ce qui vous fait penser ça ?

— J'ai appris qu'un incident s'était produit la nuit dernière, près de la cabane de Mlle Ross. Je ne suis pas d'ici et je cherche à acquérir des terrains. On pourrait me soupçonner d'être prêt à user de certains moyens de coercition pour parvenir à mes fins. Dites-moi si je me trompe.

— Je vous le dirai quand vous aurez fini de réciter votre petit laïus préparé à l'avance, répliqua Donovan, avant de s'approcher, les mains dans les poches. Comment avez-vous entendu parler de cet… incident ?

— De la même façon que j'ai appris votre statut d'agent fédéral. Milt, le pêcheur, prend son petit déjeuner à l'hôtel. Ce matin, il était particulièrement bavard. Dans les petites villes, les rumeurs vont vite. Je pense que ce commerçant est le seul à ne pas avoir entendu l'histoire.

Malgré le petit sourire que Drake affichait, quelques gouttes de transpiration perlaient au-dessus de sa lèvre supérieure. Il était temps de passer aux choses sérieuses, songea Donovan en s'appuyant contre le comptoir vitré.

— J'ai cru comprendre que votre frère versait dans la magie.

Drake pâlit.

— Je n'appellerais pas ça comme ça.

Donovan haussa les épaules.

— C'est vrai que les tours et les illusions ne sont que de la magie de scène. Votre frère a fait des spectacles à Broadway et dans trois grands parcs à thème.

— Je suis désolé, mais je ne vois pas le rapport, répondit sèchement le promoteur.

— Permettez-moi d'en douter. Je vais quand même éclairer votre lanterne. Il y a douze ans, votre frère et vous avez monté un mauvais numéro de voyance que vous présentiez tout le long de la côte Est. Vous vous produisiez dans des établissements de seconde zone, où vous avez rencontré un de ces flambeurs qui aiment parfois s'encanailler. Vous avez réussi à vous dégoter un emploi dans l'immobilier. Après quelques ventes juteuses, vous avez décidé d'étendre vos activités. Sans entrer dans les détails, disons qu'un certain nombre de propriétaires n'ont pas du tout apprécié vos méthodes d'acquisition. Personne n'a jamais porté plainte contre vous, mais je suppose que les victimes se sentaient trop humiliées pour vous dénoncer. Vous n'avez aucun scrupule à faire ce qu'il faut pour obtenir ce que vous voulez.

Les yeux de Drake s'obscurcirent sous l'effet de la colère.

— Vos propos frôlent la diffamation, Black.

— Je me contente de répéter ce que m'ont dit les personnes que j'ai contactées.

L'homme semblait sur le point de perdre son sang-froid.

— Avez-vous fouiné dans mon ordinateur ?

— Ce serait illégal. J'ai eu une petite discussion avec une de vos anciennes assistantes. Elle a été plus que ravie de me fournir des noms, des dates et des numéros de téléphone.

— Je ne lance pas de couteaux sur les femmes.

— Non. Vous glissez quelque chose dans leur verre et vous laissez les choses suivre leur cours, répliqua Donovan.

Tout en soutenant le regard du promoteur, il surveilla du coin de l'œil la main de celui-ci, agitée de tremblements.

— Je suis seulement venu acheter du thé, déclara Drake.

— Pourtant, vous teniez de la racine de mandragore quand je suis entré.

— Regarder ne veut pas dire acheter.

— Et ça ne signifie pas non plus en administrer à quelqu'un, dans une théière, par exemple ?

Les longs doigts de Drake se mirent à trembler de plus belle. Estimant que son message était bien passé, Donovan lança au promoteur une petite boîte marron.

— Essayez la camomille, suggéra-t-il. Ça vous aidera à dormir. D'après George, vous êtes un oiseau de nuit.

— Qu'est-ce que ça peut vous faire ?

— Je m'en moque, mais ça risque de vous faire du tort si jamais quelque chose arrive à Mlle Ross.

— Est-ce une menace, agent Black ?

— Ça n'est pas mon boulot de menacer les gens, répondit Donovan en souriant.

— Vraiment ? Alors en quoi consiste votre travail ?

— Je tire, répliqua-t-il avec un regard pénétrant. Et je fais toujours mouche.

En dépit des commentaires désobligeants d'Orry et de l'incertitude de la serveuse, Isabella parvint à achever le portrait. L'homme dessiné ressemblait à un chercheur d'or des années 1840 : de longs cheveux sombres broussailleux, une moustache tombante, un menton mal rasé et des yeux noirs et hagards. Devant le résultat, une question s'imposait : comment Lindsay avait-elle pu danser avec un énergumène pareil et accepter un cadeau de sa part ?

La serveuse leur avait sûrement donné une description plus qu'approximative, conclut Isabella.

Après avoir quitté le commissariat, elle essaya de nouveau de joindre Katie sur son portable et son fixe, mais personne ne décrocha. Tandis que le soleil tentait de percer un amoncellement de nuages noirs, elle marcha jusqu'à sa voiture.

Une fois au volant, elle composa le numéro personnel de Pitbull. Quelques instants plus tard, elle fixait son téléphone avec incrédulité. Quel genre d'homme partait à la pêche avec ses amis sans prendre son portable ? Les retours à la nature étaient admirables, mais il fallait rester joignable en cas d'urgence.

Frustrée, elle jeta son portable dans son sac et prit la direction du manoir. Elle devait y retrouver Donovan à 14 heures, et l'heure tournait.

Elle soupira en voyant Gordon Tallahassee surgir de son bureau en lui faisant un signe. Vêtu d'un ensemble survêtement gris, il agrippa la portière dès qu'elle baissa la vitre.

— Quelqu'un vous a lancé un couteau de boucher ! s'exclama-t-il avec effarement.

— En fait, c'était…

— Comment a-t-il pu vous manquer ?

Une furieuse envie de rire lui chatouilla la gorge.

— Soit cette personne vise bien et m'a ratée volontairement, soit elle vise mal et n'a pas eu de chance. Vous dégoulinez, Gordie.

— Pardon ? Ah oui, ma bouteille.

L'eau qui coulait du bouchon mal fermé avait inondé le devant de son jogging.

— Je cours pour garder la forme. Je suis allé sur Ridge Road ce matin et j'ai entendu des bruits en provenance du manoir. Combien de temps êtes-vous restée là-haut, Isabella ?

— Quelque temps. Quel genre de bruits ?

— Des coups sourds, des portes qui claquent. Saviez-vous que ce bon vieil Aaron s'en prenait aux meubles quand il était en colère ? Il fonçait dans les couloirs comme s'il était possédé par le diable jusqu'à ce qu'il arrive au grenier. Personne ne sait ce qui se passait ensuite, parce que la maison entière devenait muette comme une tombe.

— Pour l'instant, je n'ai fait qu'entendre un cri strident, dit Isabella, regrettant aussitôt ses paroles quand elle vit le visage de Gordie s'éclairer.

— C'est sûrement le cri que Sybil a poussé en mourant. Aaron l'avait assommée, mais elle est revenue à elle et s'est rendu compte qu'il allait la jeter du haut de la falaise. En tombant, elle a laissé échapper ce long hurlement lugubre.

— Et même morte, elle continue à nous gratifier de ses cris.

— Depuis que David Gimbel, qui n'était pas un Dark, a acheté le manoir.

— Si on suit cette logique, Gordie, rien ne changerait si je vendais le domaine. Et que faites-vous du propriétaire précédent ? Il n'était pas un Dark non plus, que je sache.

L'agent immobilier gratta sa joue ridée.

— C'est difficile à dire. Il était de la région. Une goutte ou deux du sang d'Aaron coulait peut-être dans ses veines.

— C'est une réponse bien commode. La mienne est toujours non.

Le sourire de Gordon se figea sur ses lèvres.

— Dans ce cas, je vous souhaite bonne chance. J'espère

de tout cœur que vous retrouverez votre cousine. Avez-vous commencé à explorer les rochers en bas de Dark Ridge ?

Isabella crispa les poings, mais garda un ton badin.

— Pourquoi ferais-je ça ? Katie se trouvait dans la maison quand elle a disparu.

— Les contrebandiers, Isabella, dit-il en tapotant la portière avant de se redresser. Les rochers conduisent à des grottes, les tunnels qui partent des grottes mènent au manoir.

Ses yeux prirent un éclat rusé.

— Et vice versa, bien sûr. Je suis heureux que ce couteau vous ait manquée, mais je suppose qu'Aaron est un peu rouillé après toutes ces années. Cet homme était unique en son genre. Il pouvait tirer une flèche au beau milieu d'un gland. Alors imaginez un couteau… A votre place, je ferais attention. La personne qui vous a attaquée, qu'elle soit humaine ou surnaturelle, ne manquera pas toujours sa cible.

Cette fois, la menace n'était pas voilée.

Tant mieux, songea Isabella. Il l'avait mise en colère, et la colère était plus constructive que la peur.

Elle remonta Ridge Road en gardant un œil sur les nuages et un autre sur Darkwood Manor. Il était impossible qu'une maison soit maléfique. Même si les fantômes existaient, ce qui lui paraissait hautement improbable, comment pouvaient-ils blesser un être humain ? L'histoire d'Aaron permettrait sûrement d'augmenter la fréquentation de l'hôtel, ce qui comblerait papi C. de bonheur, mais c'était quand même essentiellement de la poudre aux yeux.

Du moins, elle l'espérait.

Plus la route montait, plus le vent gagnait en intensité. Les rafales balayèrent les nuages, permettant aux rayons du soleil de donner un éclat doré aux feuilles automnales. Isabella se sentit rassérénée par la lumière vive qui inondait la route.

Mais sa bonne humeur la quitta lorsqu'elle aperçut la flèche plantée dans la porte d'entrée du manoir. Après ce qu'il avait dit, Gordie semblait être le coupable tout désigné.

Après avoir monté les marches du perron, elle arracha la

hampe. La flèche serrée dans sa main gantée, elle franchit le seuil avec détermination.

L'agent immobilier avait parlé de grottes situées au pied de la falaise qui menaient au manoir. Quelqu'un rôdait peut-être sous la maison. En apercevant Katie, il avait décidé de l'enlever, dans l'espoir que cette disparition et l'histoire d'Aaron Dark poussent la nouvelle propriétaire terrorisée à vendre le manoir.

Mais pourquoi envoyer un SMS en se faisant passer pour sa cousine ? Pour empêcher Isabella de contacter son grand-père et de réclamer une enquête en bonne et due forme ?

Elle traversa le hall avec précaution en direction de l'ange aux orbites vides. Elle avait le sentiment irrationnel qu'il la suivait des yeux où qu'elle aille.

Bon sang…, songea-t-elle avec exaspération. Elle était tellement déstabilisée par les événements qu'elle n'avait qu'une envie : retourner dehors. Mais elle refusait de partir avant d'avoir minutieusement examiné la salle de bal.

Le dos bien droit, elle balaya les murs avec sa nouvelle lampe torche.

Le vieux papier peint se décollait et pendait par endroits en longues bandes détrempées. Le plâtre mis à nu avait jauni avec le temps. Quelqu'un, sûrement un enfant, avait peint au spray une des sections exposées. Elle y lut les mots « mort » et « danger », et plus bas, d'autres lettres, en partie cachées par une planche.

Elle orienta sa torche vers le haut, avant de marquer une pause et de revenir en arrière. Les lettres I-S-A apparurent d'un côté de la planche, et L-L-A de l'autre côté. Elle arracha le morceau de bois, et son nom apparut, gribouillé d'une façon tapageuse.

Son cœur se mit à tambouriner dans sa poitrine. Elle recula en scrutant le moindre coin de la pièce.

— Ça, c'est vraiment malsain, accusa-t-elle. Vous m'entendez ? C'est complètement pervers ! Qui que vous soyez, vous ne me ferez pas croire…

Elle s'interrompit en entendant un bruit derrière elle. Elle commença à se retourner, mais se figea quand des doigts la saisirent à la gorge.

Son hoquet de surprise fut étouffé par le carré de tissu que son agresseur plaqua sur sa bouche et son nez. La main gantée se resserra sur son cou, comprimant sa trachée-artère.

Ses doigts gourds laissèrent échapper la flèche et la lampe, et elle perdit connaissance.

— Je dois revoir le manoir, de près, dit Haden en se retenant au tableau de bord du pick-up de Donovan. En plus, Isabella n'est pas au courant de tout, et j'ai trop attendu pour lui raconter toute l'histoire. Attention au tamia !

Donovan fit une embardée pour éviter l'animal.

— J'ai vu Darlene entrer dans le commissariat aujourd'hui.

— Vraiment ? Gordie s'est peut-être fait cambrioler.

— Elle est entrée par la porte de derrière, Haden.

Le géant se gratta le menton.

— Pourquoi ferait-elle ça ? Elle n'a jamais pu supporter Orry, et les autres adjoints sont trop jeunes, trop vieux ou trop mous pour susciter son intérêt. Tu es sûr que c'était Darlene ?

— Sûr et certain.

— Et toi, où en es-tu avec une certaine blonde aux yeux bleus ? demanda Haden d'un ton faussement désinvolte.

Donovan lui lança un regard indéchiffrable et garda le silence.

— Je lui ai donné notre arbre généalogique en lui conseillant de l'étudier.

— C'est sûr, elle n'a rien de mieux à faire que de s'immerger dans notre passé. Elle a failli recevoir un couteau dans le corps, un type répugnant veut lui acheter le manoir, sa cousine a disparu et Orry s'en fout royalement.

— Orry est un jean-foutre en général. Ornière ! cria Haden.

— J'ai vu.

Son oncle frissonna et regarda par la vitre.

— Je perçois déjà l'aura d'Aaron. Regarde à travers les arbres. Les nuages sont en train de revenir.

Ils semblaient en effet s'amasser autour de la vieille maison. Donovan s'attendait à voir des éclairs fuser en direction du toit d'une seconde à l'autre.

Un coup d'œil à l'horloge du tableau de bord l'informa qu'il était en retard au rendez-vous prévu avec Isabella. Elle n'y accorderait sûrement aucune importance, mais pour lui, ces quelques minutes comptaient beaucoup. Et c'était justement ce genre de réaction qui lui donnait envie de quitter la ville pour éviter les complications.

Alors qu'il négociait le dernier virage, Haden se raidit.

— Tu es sûr qu'Isabella voulait que tu la retrouves ici ?

— Rappelle-moi pourquoi tu m'as accompagné ? demanda Donovan avec un léger sourire.

— Ne sois pas insolent. Je voulais voir si je ressentais la même chose depuis que le manoir a changé de propriétaire, répliqua Haden, avant de plisser les yeux pour mieux voir le chemin derrière le portail. Que se passe-t-il là-bas ?

Donovan découvrit la scène au même moment. Un homme vêtu de noir des pieds à la tête portait Isabella en direction d'une camionnette. Quand l'inconnu repéra le pick-up, il jeta la jeune femme à l'arrière, grimpa à sa suite et claqua la portière. Il démarra en trombe, faisant voler les gravillons.

— Il va prendre l'autre route ! s'écria Donovan.

Autour d'eux, les plus petits arbres ployaient sous l'effet des rafales venues du large. Les nuages chargés d'orage s'amoncelaient au-dessus de leurs têtes.

Quelques grosses gouttes s'abattirent sur le pare-brise, vite suivies par une pluie diluvienne. Donovan enclencha les essuie-glaces en vitesse rapide et sortit son arme de la ceinture de son jean.

— Tu ne peux pas conduire et tirer en même temps, dit Haden en s'agrippant au tableau de bord. Tu es doué, mais pas à ce point-là.

Donovan ne quittait pas des yeux le pare-chocs de la camionnette. Le véhicule ne cessait d'apparaître et de disparaître au gré des virages, mais il semblait perdre de son avance.

Les bois qui bordaient Ridge Road semblaient empiéter sur la route. Des feuilles, des branches et des bouts d'écorce s'abattaient sur le pare-brise. Il se représenta la suite du parcours, puis poussa un juron en évitant de justesse un nid-de-poule.

Haden lui lança un regard affolé.

— Qu'est-ce que tu fais ?

— Prends le volant.

— Je ne peux pas conduire de mon siège. On va rentrer dans un arbre !

— Prends le volant, et tout se passera bien.

Sans attendre de réponse, Donovan baissa sa vitre, se pencha à l'extérieur et visa.

Son premier tir atteignit le pneu arrière gauche qui éclata. La camionnette fit une embardée, mais ne ralentit pas.

— Ce type est dingue, marmonna Donovan en visant de nouveau. Haden, garde le pick-up sur la route.

Son oncle répondit de façon inintelligible, mais stabilisa le véhicule.

Tandis que la camionnette zigzaguait, Donovan serra les dents et appuya sur la détente. Le pneu arrière droit éclata.

— Il quitte la route ! s'exclama Haden en lâchant le volant pour pointer du doigt.

Donovan reprit les commandes et engagea brusquement le pick-up dans un fossé peu profond au milieu des bois.

La camionnette avait encore une centaine de mètres d'avance quand elle emboutit un gros sapin.

Le choc défonça complètement l'avant du véhicule, tandis que de la vapeur s'échappait du radiateur endommagé.

Les arbres empêcheraient le pick-up d'aller plus loin, comprit Donovan. Malgré les pneus crevés, la taille de la camionnette avait donné un avantage au conducteur.

— Reste ici, ordonna-t-il à Haden.

Le véhicule se trouvait légèrement en contrebas, au pied

du talus qu'il avait dévalé plus tôt. Seule la portière du conducteur était visible.

Donovan dévala la pente en alternant glissades et accélérations. Le vent, la pluie et les branches lui fouettaient le visage. Si le kidnappeur avait des vues sur Darkwood Manor, Isabella avait des chances de rester en vie. Sinon…

Il refréna la panique qui le gagnait et dérapa sur les derniers mètres pour freiner sa descente. Son arme pointée vers le haut, il s'approcha de l'arrière de la camionnette.

En regardant par les vitres, il vit que le véhicule était vide. Soit le kidnappeur d'Isabella était déjà loin, soit il s'était placé en embuscade. Donovan allait devoir se montrer prudent et prêt à riposter.

Il ouvrit la portière du conducteur et se pencha, son arme braquée devant lui, prêt à faire feu.

Du coin de l'œil, il aperçut un léger mouvement à l'arrière. En reconnaissant les cheveux blonds d'Isabella, il passa dans le fond de la camionnette. S'agenouillant auprès d'elle, il lui prit le pouls : il était fort et régulier.

Son soulagement laissa vite place à une profonde colère. Une odeur de produit chimique assaillit ses narines. La camionnette était une source de frustration : il n'y avait pas de clé, aucune porte n'était ouverte et rien n'indiquait la direction qu'avait prise le kidnappeur.

— Est-ce qu'elle va bien ?

Le visage angoissé de son oncle apparut derrière lui.

— Elle est vivante.

En scrutant la zone autour de la camionnette, Donovan repéra une masse sombre à travers les arbres. Après avoir déposé un baiser sur le front d'Isabella, il prit l'arme de secours qu'il portait à la cheville et la tendit à Haden. Avec un peu de concentration, il réprima ses émotions et retrouva son sang-froid.

— Essaie de la ranimer, dit-il. Ensuite, emmène-la à l'hôpital.

— Pourquoi a-t-il voulu la kidnapper ?

Visiblement bouleversé, Haden se mit à tapoter la main d'Isabella.

— Je ne sais pas, répondit Donovan.

Il sortit par la portière arrière. L'impatience faisait monter son adrénaline. Les yeux fixés droit devant lui, il serra les poings.

— Mais je compte bien le découvrir.

8

— Je n'ai pas vu son visage, Donovan. J'ai entendu un bruit et, tout à coup, il était là.

La migraine provoquée par le chloroforme vrillait les tempes d'Isabella. Les doigts pressés sur les points douloureux, elle fit le tour de la table. Haden avait décidé de faire de la pâtisserie pour se remettre de ses émotions. Quant à Donovan, il était assis à califourchon sur une des chaises de la cuisine et vérifiait son arme d'un air menaçant.

Elle était étrangement fascinée par l'aura de danger qui flottait autour de lui. Malheureusement, le moment était mal choisi pour succomber à son attirance.

La pluie et la grêle tambourinaient contre les murs du cottage. Haden enfila ses maniques pour sortir une énorme tarte aux pommes du four. Il la déposa sur une grille pour la laisser refroidir, avant de placer une tarte aux framboises dans les mains d'Isabella.

— Le manoir est truffé de passages secrets, dit-il. Je dois avoir un plan quelque part. J'ai fait mes petits calculs, et les chiffres ne collent pas. En mesurant l'extérieur de la maison, on devrait obtenir plus de 1 115 mètres carrés, pourtant la superficie à l'intérieur ne dépasse pas 930 mètres carrés. Ces 185 mètres carrés doivent bien être quelque part. D'après moi, ils sont dans les murs.

Donovan inséra un nouveau chargeur dans son pistolet.

— Et les grottes dont Gordie a parlé à Isabella ? Elles existent ou pas ?

— Je pense que oui, répondit Haden, avant d'agiter une

manique en direction d'Isabella. Les framboises sont excellentes pour les commotions cérébrales.

— Mais il ne m'a pas frappée…

— Ça soigne aussi l'effet gueule de bois du chloroforme. Sinon, vous pouvez toujours aller à l'hôpital, comme l'avait suggéré Donovan.

Isabella croqua dans la tarte encore chaude, puis rompit un morceau de croûte.

— Mon kidnappeur a peut-être dit quelque chose avant que je ne perde connaissance, mais je ne suis sûre de rien. J'étais trop occupée à tenter de le repousser tout en évitant de respirer.

En voyant l'expression maussade de Donovan, elle sentit son sens de l'humour se réveiller.

— Tu t'en veux toujours de ne pas l'avoir rattrapé ? Le fait qu'il ait eu une grosse avance sur toi devrait te consoler.

— J'aurais dû l'avoir.

— Katie s'est évaporée en quelques secondes, répliqua Isabella. Est-ce que je dois m'en vouloir pour autant ?

Elle fit le tour de sa chaise et se pencha vers lui.

— Tu n'es pas Superman, Black, murmura-t-elle.

— Tu as la camionnette, cria Haden du fond du garde-manger. Tu en tireras peut-être quelque chose.

— Pas s'il est intelligent.

Malgré son ton maussade, Donovan avait l'air un peu moins tendu. Isabella résista à l'envie de lui mordiller le lobe de l'oreille et s'écarta de lui délibérément.

Entre sa migraine et sa proximité avec un homme rendu encore plus sexy par son humeur massacrante, elle avait du mal à rester lucide. Oui, coucher avec Donovan avait toutes les chances d'être une expérience mémorable, mais c'était loin d'être la priorité. Elle se massa de nouveau les tempes. Il fallait vraiment qu'elle cesse de penser à lui.

— Je me demande si c'est Gordie qui a écrit cet avertissement sur le mur, dit-elle d'un air songeur. S'il a également tiré cette flèche dans la porte, c'était stupide de sa part de me dire qu'il était allé courir sur Ridge Road.

— Stupide ou sacrément malin, grommela Haden.

Quand le téléphone sonna, Donovan tendit le bras pour décrocher. Il marqua une longue pause avant de parler.

— C'est grave ? demanda-t-il en jetant un coup d'œil à Haden. Oui, je lui dirai.

— Me dire quoi ? fit Haden en plaçant ses poings sur ses hanches. Mon chef pâtissier a démissionné ?

— Pas que je sache. Il y a eu un incendie dans la cuisine du Mystic Inn.

— Y a-t-il des blessés ?

— Non, rien que des dégâts matériels. Le restaurant affichait complet pour ce soir.

— Je sais.

Le géant agita une manique vers Isabella.

— C'est la soirée bridge… Tais-toi, jeta-t-il à son neveu.

— Il leur faut un autre local.

— Mon restaurant accueille déjà ses habitués.

— Tu as une salle à manger à l'étage.

— Et le personnel ?

— Je peux vous aider, proposa Isabella. J'ai déjà fait des extra. Je sais ce que c'est que de se retrouver le bec dans l'eau au dernier moment.

Donovan rangea son arme, pendant que Haden disparaissait dans le garde-manger avec le téléphone.

— Te voilà serveuse pour un soir, Isabella.

— Est-ce de la désapprobation que j'entends dans ta voix ?

Il se leva et fit quelques pas vers elle, les yeux rivés aux siens.

— Il ne s'agit pas d'un club de bridge traditionnel. Ces gens ne jouent pas aux cartes après le dîner. Ils font des séances de spiritisme, tous les mercredis soir du mois d'octobre.

— Ah… J'avoue ne jamais avoir servi à une table tournante auparavant.

Quand il s'arrêta à moins d'un pas d'elle, Isabella se

concentra pour ne pas l'attraper par les cheveux et l'embrasser à pleine bouche. Mais elle savait ce qui se passait quand elle cédait à ses pulsions. Une chose en entraînant une autre, ils risquaient de finir en pleine action sur le sol de la cuisine.

— Je me demande comment Haden le prendrait, murmura-t-elle avec un sourire rêveur.

— Il sortirait sûrement par la porte de service pour nous laisser le champ libre, répondit Donovan, les yeux pétillants de malice.

Apparemment, il était capable de lire dans ses pensées. Ou alors elle ne parvenait plus à masquer ses émotions. Quoi qu'il en soit, elle profita de l'occasion.

— A toi de voir, Black. Est-ce qu'on aide ton oncle ? Ou préfères-tu qu'on profite de sa cuisine pour laisser libre cours à nos appétits débridés ?

Il avait bougé, et Isabella ne voyait plus ses yeux désormais plongés dans l'ombre. Mais elle sentit son souffle sur ses lèvres comme il baissait la tête vers elle.

— Mieux vaut ne pas prendre de risques.

Incapable de résister à la tentation, elle noua ses bras autour de son cou et se mit à onduler des hanches contre lui.

— Autrement dit, je suis plus en sécurité à une séance de spiritisme qu'avec toi ?

— Ça dépend.

— De quoi ?

Il effleura ses lèvres d'un baiser.

— Si Aaron décide de faire une apparition ou pas.

Tandis qu'il s'enfonçait dans les entrailles du manoir, il prêta une oreille distraite au flic flac de l'eau qui dégouttait sur le sol. Bouillant de rage, il se mit à échafauder de nouveaux scénarios. Trop de choses avaient échappé à son contrôle. Il pouvait s'accommoder des problèmes mineurs, mais un obstacle inattendu l'avait pris de court.

Il agita les doigts avec colère. Aujourd'hui, il avait failli la capturer. Il avait bien choisi son moment et l'avait prise au dépourvu. Mais un invité qu'il n'attendait pas avait fait capoter son plan si parfait.

Les yeux fermés, il leva la tête vers le plafond rocheux et fit un vœu solennel. Comme son ancêtre avant lui, il ferait de son mieux pour remonter à la surface, restaurer l'équilibre et tout recommencer du début.

Isabella courait toujours le risque de mourir, mais elle ne serait pas la seule à passer de vie à trépas.

— Tu aurais pu me dire que ce pseudo-club de spiritisme était composé de vieilles dames adeptes des planches de Ouija et des cartes de tarot, et qui écrivent à tour de rôle des histoires pour le journal local.

Donovan la précéda dans la cave du manoir.

— Si je l'avais fait, tu n'aurais pas voulu venir, or toutes ces grands-mères ont été ravies de te rencontrer.

— Je suis en train d'acquérir une certaine réputation grâce aux attentions d'Aaron. Rappelle-moi en quoi cette soudaine notoriété est une bonne chose ?

— Plus les gens connaîtront ton visage, plus ton agresseur devra prendre de précautions.

Elle ravala une forte envie d'argumenter. Il se faisait tard, et ils avaient déjà pris plusieurs heures de retard.

Tôt ce matin, Orry l'avait appelée avec une information intéressante. Une inconnue correspondant au signalement de Katie avait été hospitalisée la veille à Slade's Head, à mi-chemin entre Mystic Harbor et Bangor. La femme avait été percutée par une voiture à l'entrée de la ville et ne se souvenait ni de son nom ni de sa destination.

Malgré l'absence de détails, Isabella avait décidé de tenter le diable. Elle avait besoin de savoir.

Le trajet vers l'intérieur des terres avait duré quasiment deux heures, à cause d'une déviation provoquée par des travaux. Ensuite, un policier débordé et hargneux qui détestait le FBI les avait encore retardés. Sans le coup d'œil rapide qu'Isabella avait réussi à jeter sur l'inconnue, ils seraient sûrement encore coincés à l'hôpital.

La femme avait les cheveux foncés, comme Katie, mais elle avait aussi un anneau dans le nez, un grain de beauté sur la joue et une longue cicatrice sur l'avant-bras droit. Des détails qu'Orry Lucas devait sûrement connaître quand il avait téléphoné…

A leur retour, un fin crachin s'était mis à tomber sur Mystic Harbor. Comme Haden estimait qu'il était trop dangereux d'explorer le rocher au bord de Dark Ridge par grand vent, la cave avait gagné par défaut.

Donovan alluma une lampe électrique, dont la lumière dissipa les ombres les plus proches. Isabella scruta le sol en terre et en pierre à la recherche d'une trappe.

— Pourquoi es-tu devenu agent fédéral plutôt que cuisinier comme ton oncle ?

— Je ne raffole pas de la tourte à l'écureuil, répondit-il avant de faire un léger signe de la tête. Essaie le mur du fond. Il est plus près de l'eau.

Elle se fraya un passage au milieu de caisses pourries et de tonneaux.

— Tirer, c'est ton seul métier ?

— Et poser des questions, c'est le tien ?

Elle l'admettait, elle était un moulin à paroles quand elle avait peur. Or, depuis leur arrivée, elle avait l'impression de sentir une présence maléfique par-dessus son épaule.

— Je suis sûre que je vais tomber sur un serpent, marmonna-t-elle à mi-voix. Ils aiment les endroits sombres.

— Comme ma mère quand elle est dans un de ses mauvais jours, dit Donovan en lui tendant une seconde lampe. Crois-moi, le serpent est préférable.

— Ça se voit que tu n'en as jamais trouvé un dans ton lit à l'âge de six ans, juste après avoir vu un documentaire sur les cobras royaux.

Après s'être accroupi, il releva la tête vers elle.

— Qui t'a joué ce vilain tour ?

— Je ne l'ai jamais su. En plus, c'était juste avant que mes parents m'emmènent en vacances dans les Everglades. En tout cas, je regrette d'en avoir parlé, parce que je n'aime pas y repenser.

Elle décrivit un arc avec sa lampe et repéra une autre porte.

— On dirait que cette cave contient une quantité infinie de pièces.

— Probablement, répondit Donovan en mettant un genou à terre. Mais on n'a peut-être pas besoin de toutes les vérifier.

Après avoir secoué ses cheveux au cas où une araignée s'y serait égarée, Isabella s'avança vers lui.

— Par pitié, dis-moi que tu as trouvé quelque chose.

Un effroyable craquement lui répondit. Donovan venait d'ouvrir une trappe qui était cachée sous plusieurs planches moisies.

Elle abaissa sa lampe et éclaira une échelle couverte de toiles d'araignée. L'appréhension la fit frissonner.

— Prochaine étape : les profondeurs de l'enfer, façon Dark.

Isabella n'était pas loin du compte. Le passage souterrain aurait pu servir de décor à un film d'horreur. Personne n'était venu ici depuis au moins des décennies, songea Donovan.

Une forte odeur de bois moisi et de terre flottait dans l'air. L'obscurité était totale. Le plafond, d'où coulait un filet d'eau, ne dépassait pas le mètre quatre-vingts. Plusieurs traverses affaissées obligèrent Donovan à baisser la tête pour éviter de se cogner.

Lorsqu'ils arrivèrent à la première intersection, Isabella dirigea sa lampe dans les deux directions.

— A gauche, ça descend. A droite, le chemin monte en s'élargissant.

— Alors la gauche l'emporte.

Ce n'était que le début des complications. Une douzaine

de virages plus tard, ils atteignirent un carrefour où convergeaient cinq galeries arrivant de différentes directions.

— Il nous faudrait un GPS, remarqua Isabella, avant de regarder par terre. Pourquoi le sol aspire-t-il mes bottes ?

— On est tout près du niveau de la mer.

— C'est bien ce que je me disais. Et quand la marée va-t-elle monter ?

— Excellente question, répondit-il avec un léger sourire.

Elle braqua vivement sa lampe dans sa direction.

— Tu n'en sais rien ? demanda-t-elle d'une voix incrédule.

— On peut distancer la marée montante, Isabella, à condition de ne pas se perdre.

— Il n'y a pas de quoi s'inquiéter, alors. Une fois qu'on aura de l'eau jusqu'aux genoux, on croisera les doigts pour que l'un des millions de tunnels qu'on a repérés ou empruntés remonte et ne termine pas en cul-de-sac comme plus de la moitié de ceux qu'on a choisis jusqu'ici.

Il continua de diriger le faisceau de sa lampe dans le moindre recoin.

— Où est passé ton sens de l'humour ?

— Franchement, quand je suis arrivée à Mystic Harbor, je n'imaginais pas que j'allais devoir crapahuter dans un… C'était quoi, ça ? demanda-t-elle en braquant sa lampe par-dessus le bras de Donovan.

— Un frottement. Ça fait deux fois que je l'entends.

Elle inspira profondément.

— Tu sais, Black, tu pourrais prendre la direction des opérations, étant donné que je ne suis qu'une pauvre citadine sans la moindre expérience en spéléologie. Tiens, un autre frottement.

Il sortit son arme de sa ceinture.

— Passe devant moi, dit-il.

Elle obéit sans protester. En dressant l'oreille, il détecta un bruit rocailleux, puis un second qui se termina par un clapotis.

Suivit un clic révélateur qui lui arracha une exclamation, et il s'empressa de pousser Isabella dans un passage étroit.

Un premier coup de feu claqua, et la balle ricocha sur la paroi rocheuse. La deuxième frôla son bras droit.

— Reste ici, ordonna-t-il. J'y retourne.

— Quoi ? Pourquoi ? demanda-t-elle en le retenant par la manche. Donovan, c'est de la folie !

Une autre balle passa en sifflant tout près d'eux. Il lui fourra sa seconde arme dans les mains.

— La folie, c'est mon métier, répondit-il, avant de déposer un baiser rapide sur ses lèvres. Ne bouge pas d'ici, ne fais pas un bruit et tire sur tout ce qui bouge.

— Et si c'est toi ?

— Ce ne sera pas moi, promit-il.

Il s'éloigna, partageant l'incertitude de sa compagne quant à l'objectif du tireur et leur sécurité.

Isabella serra les dents pour les empêcher de claquer. Si Donovan n'était pas revenu dans trente ou trente-cinq secondes, elle passerait à l'action. Elle ignorait encore comment, mais elle refusait de jouer les demoiselles en détresse.

Trois autres coups de feu se succédèrent, puis le silence se fit.

De l'eau clapota quand elle déplaça son pied. La marée montait, c'était une certitude.

Plusieurs secondes s'écoulèrent dans un silence inquiétant. *Il est temps d'y aller*, se dit-elle. Elle alluma brièvement sa lampe et jeta un coup d'œil dans la galerie principale.

Elle n'entendit rien, ni frottement, ni clapotis, ni coup de feu. Dans la profonde obscurité, le froissement de sa veste semblait faire un vacarme épouvantable. Ses pieds étaient recouverts d'eau.

Elle prit une profonde inspiration, puis commença à sortir du passage. Un clapotis furtif sur sa gauche la fit stopper net. Son cœur se mit à battre la chamade. Y avait-il quelqu'un tout près d'elle ou s'agissait-il seulement d'un morceau de terre tombé de la paroi ?

Le pouce sur le bouton de sa lampe, elle réfléchit rapidement. Son impression d'être observée avait décuplé, pourtant, les ténèbres étaient impénétrables.

La réponse était évidente : personne ne pouvait la voir. Elle laissait la peur obscurcir son jugement. Elle devait plutôt s'inquiéter du sort de Donovan. Pourquoi l'inconnu avait-il cessé de tirer ?

Elle posa la main qui tenait l'arme contre le mur et pointa la lampe vers le bas avant d'appuyer sur le bouton. Elle sursauta quand le faisceau éclaira une paire de bottes à moins d'un mètre devant elle. De grosses bottes noires immobiles.

Elle fit un bond en arrière tout en relevant la lampe. Pendant un instant, le choc la figea sur place, et elle écarquilla les yeux. Quand l'homme leva les mains en faisant un pas dans sa direction, elle se ressaisit et revint sur ses pas. Sa panique se teintait d'incrédulité.

— Donovan !

En trébuchant sur le sol inégal, elle échappa aux mains tendues. Elle leva l'arme et tira un coup de feu en l'air en guise d'avertissement.

— Donovan, il y a… !

L'homme la bouscula d'un coup d'épaule et la retourna face au mur. Elle réussit à ne pas tomber, mais relâcha sa prise sur son arme.

Des mains se posèrent sur ses bras et l'obligèrent à se retourner. Elle enfonça son poing dans un ventre dur, et son agresseur laissa échapper un souffle d'air.

— Dono… !

Il la jeta brutalement sur le côté. Elle s'effondra sur ses genoux, tandis qu'il disparaissait dans l'obscurité.

Terrifiée, Isabella ramassa son arme et se mit à courir dans la direction opposée. Elle approchait d'un embranchement en forme de Y quand elle percuta un autre corps musclé.

Elle leva automatiquement le genou pour se défendre, mais la voix de Donovan l'interrompit dans son élan.

— Isabella, c'est moi.

Malgré ses muscles tétanisés, elle parvint à parler.

— Dieu merci ! J'ai cru qu'il avait fait le tour.

— Qui ça ? demanda-t-il en la secouant doucement. De qui parles-tu ?

— Un homme. Il était dans le passage, tout près de moi.

Son soulagement laissa brusquement place à un sentiment d'urgence. Elle attrapa les pans du blouson de Donovan.

— C'était lui. C'était l'homme que Lindsay nous a décrit hier, à Orry et moi. Celui qui lui a donné la montre de Katie !

Les questions concernant l'identité de l'inconnu et ses intentions tourbillonnaient dans l'esprit d'Isabella. Malheureusement, un problème encore plus impératif se posait : comment Donovan et elle allaient-ils s'échapper de cet enfer souterrain avant que la marée ne les piège ?

L'eau glacée qui clapotait autour de ses bottes la fit tressaillir. Elle éclaira le passage avec sa torche.

— Je ne voudrais pas avoir l'air pessimiste, mais je crois qu'on descend de nouveau.

Donovan orienta son faisceau de lumière vers le haut.

— C'est une illusion d'optique.

— Le fait que l'intérieur de mes bottes n'est plus sec alors qu'il l'était il y a quelques minutes ne compte pas ?

— Non.

Elle se servit de sa frustration pour bloquer sa peur.

— Peux-tu m'expliquer pourquoi tu parles par monosyllabes ?

— Je réfléchis, Isabella.

— A quoi ?

— A toi de choisir : l'homme qui t'a enlevée hier, celui qui se trouve ici aujourd'hui, ta cousine, sa montre, le couteau qu'on t'a lancé, la flèche dans la porte, la menace sur le mur à l'étage, Gordie Tallahassee, Robert Drake…

— La chasse au dahu d'Orry Lucas.

— Il a seulement agi comme à son habitude : comme un crétin. Il s'est retrouvé coincé à Mystic Harbor alors qu'il rêvait d'être comme ton ex : libre et plein aux as.

— Il faudrait qu'il apprenne à ne pas envier son voisin. David était riche, mais il n'était pas particulièrement libre. Il avait beaucoup de responsabilités, essentiellement liées à son travail, et un certain nombre de démons personnels. Il était excentrique, et le fait d'avoir une belle-famille épouvantable l'a rendu lunatique. C'est sûrement pour cette raison que j'ai hérité de Darkwood Manor et pas eux.

Donovan la poussa vers la gauche.

— Gimbel avait des sautes d'humeur ?

— Ça lui arrivait. Ce n'est pas forcément un défaut.

— Est-ce que ta cousine aussi est lunatique ?

La poitrine d'Isabella se serra.

— Katie est une fille équilibrée. Pitbull est son seul vice, et il n'est pas aussi féroce que son surnom l'indique. David était différent. Elle disait qu'il lui rappelait son père : manipulateur, égocentrique et avide.

— Et tu es sortie avec lui malgré ces défauts ?

— Je ne le savais pas, au début. En plus, David était loin d'être aussi manipulateur que le père de Katie. Elle se méfie de certains types d'homme. Mais toi, elle t'aimerait bien, ajouta-t-elle en souriant. Elle adore les yeux pleins de sensualité. J'ai de l'eau jusqu'aux genoux, Donovan.

— Je sais.

— Est-ce que tu sais où on est ?

Il passa son bras autour des épaules d'Isabella et approcha ses lèvres de son oreille.

— On est perdus, murmura-t-il.

9

Poursuivis par la marée, ils se mirent à chercher le chemin de la sortie. Lorsqu'ils atteignirent enfin une galerie montante, l'eau leur arrivait à la taille. Après un quart d'heure d'efforts pénibles, ils arrivèrent sur des marches étroites qui débouchaient dans un cabanon.

A l'évidence, il s'agissait de vieilles latrines. Isabella observa le banc percé d'un trou d'un air sceptique.

— Voilà une entrée de tunnel originale.

— Mais l'emplacement permet au moins de répondre à une question, dit Donovan en ouvrant la porte. Ces saillies rocheuses forment une sorte d'escalier le long de la crête.

Après avoir ôté une de ses bottes, Isabella la secoua pour en retirer l'eau. Elle suivit son regard et s'approcha à cloche-pied.

— C'est le rocher à trois niveaux, n'est-ce pas ? Six marches au-dessus de l'entrée d'un tunnel… Voilà comment notre mystérieux oiseau de l'autre soir s'est envolé.

Donovan tourna les yeux vers la ville d'un air songeur.

— A quoi penses-tu ? demanda-t-elle.

— A l'inconnu du tunnel. Comme Lindsay a rencontré cet homme au Raven, quelqu'un d'autre l'a peut-être vu et pourrait nous en apprendre davantage.

Après avoir remis sa botte, Isabella tapota ses cheveux emmêlés avec découragement.

— Y a-t-il un code vestimentaire pour entrer dans la boîte ?

— Oui : du cuir et du feutre.

— Pardon ?

Donovan plaça les mains sur la taille d'Isabella et la haussa sur le premier niveau.

— C'est l'Oktoberfest, la fête de la bière.

L'ambiance de la fête locale n'avait rien à envier à celle de sa célèbre cousine munichoise. La boîte de nuit située près du port était bondée et animée. Certains clients enthousiastes portaient même les pantalons en cuir et les chapeaux bavarois évoqués par Donovan.

Un groupe de rock folklorique jouait de la musique allemande sur scène, tandis que la foule dansait, buvait et dévorait des saucisses.

Enfin quelque chose qui n'avait aucun lien avec Aaron Dark ! Une vague de soulagement envahit Isabella. Après une bonne douche qui l'avait remise d'aplomb, elle avait revêtu un jean, des bottes hautes et un col roulé noir. Elle se sentait en pleine forme.

— Cet endroit ne manque pas de charme, reconnut-elle en déposant son manteau sur un long banc. Je me trompe, ou c'est un portrait d'Aaron Dark qui est accroché à côté du bar ?

— Aaron Leisberg Dark, corrigea un homme derrière elle. Il faut reconnaître les deux parents.

Vêtu d'une culotte courte et de grosses chaussettes blanches qui lui donnaient l'air ridicule, Gordie Tallahassee prit deux verres de bière sur un plateau et les tendit à Isabella et Donovan.

— Offerts par la maison. « Mein » maison, ajouta-t-il en se frappant la poitrine.

Isabella se retint d'éclater de rire.

— Cette boîte vous appartient ?

— En partie. Mon frère qui habite à New York a la part du lion.

Et apparemment, ce n'était pas du tout du goût de Gordie. Elle fit un geste avec son verre.

— Que disiez-vous sur les parents d'Aaron Dark ?

— Asseyez-vous, répondit-il en la poussant sur le banc. Laissons Donovan vaquer à ses occupations, et pendant ce temps-là, je vous raconterai la vie tragique de la mère d'Aaron. Mais je dois vous prévenir : c'est une histoire passablement atroce.

Tandis qu'il s'affalait sur le banc, elle crut lire un certain ravissement sur son visage parcheminé. Il fit tinter son verre contre le sien.

— Un toast en l'honneur d'Aaron Leisberg Dark, qui est devenu fou bien malgré lui. En réalité, ma chère, la mère d'Aaron a tenté de le tuer quelques semaines après sa naissance.

Donovan connaissait l'histoire sur le bout des doigts. Il pouvait partir faire un tour en toute sérénité : Isabella ne risquait rien. L'un des plaisirs préférés de Gordie était de terrifier son auditoire avec sa version personnelle du folklore local.

Tout en fendant la foule, il se remémora les événements de la journée. Il était contrarié par ce qui s'était passé dans les tunnels. D'une façon ou d'une autre, il s'était fait contourner par le tireur. Les coups de feu l'avaient attiré dans les profondeurs souterraines. Les passages latéraux s'étaient raréfiés au fur et à mesure qu'il avançait. Les bruits de pas qui résonnaient loin devant lui avaient fini par s'arrêter, comme les balles.

Après un instant d'hésitation, il avait préféré revenir en arrière pour retrouver Isabella. A mi-chemin, il l'avait entendue crier son nom, et la peur s'était emparée de lui.

Ce maudit tireur l'avait contourné.

Tout en sirotant sa bière, il repoussa les émotions qui le rongeaient. Il devait reprendre ses esprits et retrouver sa faculté de raisonnement. Ou pas, songea-t-il en sentant des doigts remonter lentement le long de son dos.

— Mais c'est que tu es trop chou de laisser Gordie la Gorgone s'accaparer ta chérie trente secondes après votre arrivée !

Darlene lui adressa un sourire moqueur.

— Alors, cousin, on est troublé par la jolie citadine ? Mais comment protéger l'objet de ses affections d'un fantôme, surtout quand il est aussi violent ? A ta place, je la pousserais à partir.

Il s'empara du doigt qu'elle commençait à vriller dans ses côtes.

— J'avais une solution plus pragmatique en tête : mettre la main sur celui qui essaie de la chasser de la ville.

— Oh ! je vois. Tu as décidé de nous la jouer à la John Wayne.

— Qui ça, « nous » ?

Elle essaya de libérer sa main.

— Tout le monde. Moi, ma mère, Gordie, la serveuse qui fait une fixation sur tes fesses…

— Orry ?

De plus en plus contrariée, Darlene se servit de son autre main pour se dégager.

— Comment le saurais-je ? Et depuis quand prends-tu la moindre phrase aussi littéralement ?

— Depuis qu'une balle m'a frôlé il y a deux ou trois heures, dans un tunnel sous Darkwood Manor.

Elle se figea, les yeux rivés sur lui.

— Quelqu'un t'a tiré dessus ? Je sais que tu es un agent fédéral, mais quand même… Pourquoi ?

— Aucune idée. Pour l'instant.

— Ça a l'air…

Les sourcils froncés, elle tira sur son haut moulant.

— Attends un peu… Tu as dit qu'il y avait des tunnels sous le manoir ?

— J'ai dit « un tunnel ».

— Tu ne vas pas recommencer, merde !

Elle le pointa du doigt.

— Je ne sais pas quel est ton problème, Donovan, mais je n'ai rien fait, alors arrête de me chercher.

— Tu préfères une question directe ? Dis-moi qui essaie de contraindre Isabella à partir de Mystic Harbor.

— Quel est le rapport entre les menaces qu'elle reçoit et le fait qu'on te tire dessus ?

— On était tous les deux dans ce tunnel, répondit-il, avant de boire une gorgée de bière, balayant du regard la foule de plus en plus dense. Quelqu'un veut qu'Isabella s'en aille. Je parierais que cette personne souhaitait également que Gimbel disparaisse.

— Tu sous-entends que cette mystérieuse personne a trafiqué sa voiture ?

— Peut-être.

— Je n'ai vraiment pas besoin de ça ce soir, déclara Darlene d'un ton tranchant. Je suis venue m'éclater, et rien ne m'en empêchera.

— Mais, ma chérie, rien ne t'empêche jamais de t'amuser.

La voix pâteuse de George surgit à gauche de Donovan. Elle agrippa ses épaules avec force.

— Je sors fumer une cigarette. Tu m'accompagnes, agent Black ? Mais je te préviens : je suis complètement déprimée. Aujourd'hui, je me suis plongée dans la comptabilité de l'hôtel et j'ai découvert que j'étais dans le rouge de sept mille dollars en septembre. Ajoutes-y quatre mille en août et deux mille en juillet. Conclusion : au printemps, je serai au bord de la faillite. L'avantage, c'est que ça annulerait l'horrible clause de mon cher papa, mais ça risque aussi de me faire atterrir dans une des cellules de Gunnar. Après tout, où vais-je bien pouvoir aller sans argent, sans crédit, sans emploi et sans toit ?

— T'inquiète, m'man, dit Darlene en jetant un regard noir à Donovan. Tu iras travailler à Darkwood Manor quand la famille d'Isabella en aura fait un hôtel. Bien sûr, il va falloir beaucoup d'argent pour rendre l'endroit habitable et un exorcisme titanesque pour chasser le fantôme de la maison, mais à moins d'une catastrophe, ils auront besoin d'une réceptionniste.

Elle marqua une pause, un sourire satisfait aux lèvres.

— Je suis désolée de jouer les messagers de malheur, mais ton oiseau de paradis s'est envolé.

Donovan suivit son regard. Isabella n'était plus assise sur le banc. Plus inquiétant encore, Gordie Tallahassee avait également disparu.

— Arrête de me regarder comme ça, dit Isabella en précédant Donovan dans un couloir éclairé aux ultraviolets. Je n'ai pas besoin de ta permission pour aller aux toilettes.

Il l'attrapa par le bras, l'obligeant doucement à se tourner vers lui.

— Je suis désolé, Isabella. J'ai réagi comme un imbécile quand je vous ai perdus de vue, Gordie et toi.

Elle le dévisagea froidement, avant d'être convaincue par son air penaud.

— Très bien. J'accepte tes excuses.

— Vraiment ? Tu n'es plus fâchée ?

Elle gratta du bout de l'ongle la fermeture Eclair de son blouson.

— Je ne suis pas rancunière, Black, au grand regret de papi C., qui voudrait que tous ses petits-enfants possèdent ce trait de caractère.

Elle approcha sa bouche à quelques centimètres de sa lèvre inférieure.

— Pour ce qui est de m'avoir laissée seule avec ce sadique qui se fait passer pour un agent immobilier…

Elle franchit la courte distance qui les séparait et l'embrassa à pleine bouche. Seul le souvenir du visage fripé de Gordie lui permit de résister à l'afflux de sensations.

— Si jamais tu me refais ce coup-là, je te tire dessus…

Elle mordilla le coin de ses lèvres.

— … avec ton arme…

Elle ondula des hanches contre lui.

— … et je viserai tes points les plus vulnérables.

Elle recula, une lueur suggestive dans les yeux.

— C'est compris ?

— Peut-être.

Il l'attrapa par la taille et l'attira brutalement contre lui.

— Mais histoire de m'en assurer…

Il écrasa ses lèvres contre les siennes. Son baiser n'avait rien d'espiègle. Après une longue journée riche en rebondissements, il n'y avait plus de place que pour un désir irrépressible.

Donovan s'empara de ses lèvres avec une fougue qui la laissa pantelante.

Elle saisit sa chemise à pleines mains, prise d'une soudaine envie de la déchirer pour pouvoir explorer les muscles de son torse.

Tandis que le baiser se prolongeait, elle était tiraillée entre raison et désir. Elle pouvait prendre ses distances maintenant, ou céder à ses instincts et laisser le brasier la consumer.

Mais la tentation était trop forte. Donovan était mystérieux, dangereux et complètement enivrant. Ses baisers lui faisaient l'effet d'une drogue. Sa bouche avide lui procurait un délicieux sentiment d'interdit et le goût de sa langue contre la sienne lui ôtait la moindre envie de résister.

Elle sentait son érection plaquée contre elle. Elle brûlait d'envie de passer l'obstacle de son jean et de le toucher à même la peau, sans un mot, sans une objection.

Tandis qu'il faisait glisser sa bouche le long de son cou, Isabella sentit une vague de chaleur l'envahir. Elle bascula la tête en arrière en sentant la grande main de Donovan se poser sur son sein, troublée par le plaisir que ce simple contact provoquait.

Il était vraiment doué, un peu trop même, étant donné les circonstances. Tant pis, elle refusait d'y penser. Elle se rapprochait encore plus de lui quand un tintement de clochettes la fit sursauter.

Les lèvres de Donovan frémirent contre elle.

— Le chelem en dix secondes.

Il déposa un baiser sous son oreille, puis releva légèrement la tête.

— Si on termine sa boisson en moins de dix secondes, la tournée suivante est offerte par la maison.

Avec un soupir de regret, Isabella relâcha les cheveux de Donovan et laissa tomber ses mains sur ses larges épaules.

— Dix secondes de plus, et le grand chelem n'aurait pas concerné que les boissons.

Avec un sourire rêveur, elle s'adossa au mur.

— Il faut qu'on prenne nos distances, Donovan. En tout cas, moi, j'ai besoin d'espace.

Tandis que les clochettes se remettaient à tinter bruyamment, Isabella laissa échapper un éclat de rire. La situation n'avait rien de drôle, mais l'interruption était peut-être un mal pour un bien.

Quand Donovan effleura ses lèvres d'un baiser, son sourire s'accentua.

— J'espère que ce ne sont pas d'autres excuses, Black.

Du pouce, il caressa sa lèvre inférieure.

— Tu joues avec un feu ancestral, Isabella. Tu ne sais pas de quoi je suis capable. Gordie t'a-t-il parlé de la mère d'Aaron Dark ?

— Oui, et dans le monde actuel, on a une expression pour qualifier son état de santé : la dépression post-partum.

Avant que Donovan ne puisse répondre, une porte claqua, et George surgit dans le couloir, dégageant une odeur de fumée et de bière.

— Il y a un homme dans le parking qui lacère des pneus.

— Où est Orry ? demanda Donovan, les yeux fixés sur Isabella.

— Il doit cuver sous une table. Il n'est pas de service ce soir, et c'était la troisième tournée de clochettes en une heure. C'est un gros couteau, Donovan.

Il passa la main dans son dos pour attraper son arme.

— Retourne dans la grande salle avec George, Isabella. Si vous voyez Orry, dites-lui de ramener ses fesses dehors.

Il lui releva le menton et déposa un baiser rapide sur ses lèvres.

— Ne me suis pas, prévint-il.

D'autres personnes surgirent autour d'eux.

— C'est Denny Lucas ! cria une voix anonyme.

— C'était sûrement lui aussi, l'autre soir, dit George en faisant signe à Isabella de l'accompagner. Il paraît qu'il emportait toujours un couteau à cran d'arrêt au lycée. Venez, ma belle. Le patio latéral était bondé. Si les gens déboulent tous en même temps dans ce petit couloir, je préférerais qu'on soit ailleurs.

Une seconde vague de fêtards les dépassa en trombe. Au passage, Isabella reçut un coup de coude dans les côtes.

— C'est la seule entrée en venant de la terrasse ? demanda-t-elle.

— C'est la plus commode. J'ignore pourquoi Denny pique parfois des crises et je suis prête à parier qu'Orry n'en tirera rien. Mais après tout, on a tous nos déclencheurs.

Isabella baissa la tête pour esquiver l'extincteur porté par un homme qui remontait la foule à contre-courant.

— C'est la folie, ici. Et qu'est-ce qui déclenche les coups de sang de Denny ? Un excès d'alcool ?

— Peut-être, mais il est un peu tôt pour ça. Je dirais plutôt Darlene. Ils sont sortis ensemble il y a quelque temps, et Denny n'a jamais réussi à l'oublier.

— Et il se console en tailladant des pneus ?

Un pied lui écrasa les orteils.

— Aïe ! George, arrêtez de pousser. Je ne peux pas avancer plus vite que les gens devant moi.

Au moins une douzaine de personnes la précédaient, en train de crier pour que quelqu'un empêche le forcené de faire un trou dans leurs pneus.

Isabella aurait été incapable d'expliquer ce qui venait de se passer, mais quand elle baissa les yeux, elle avait une serviette en papier dans la main.

Un frisson la parcourut. Elle cessa d'avancer, puis après un instant d'hésitation, fit un pas sur le côté.

— Que faites-vous ? demanda George d'un air perplexe.

Le ventre d'Isabella se noua d'appréhension. *Ne regarde pas*, s'ordonna-t-elle. Mais ses mains n'obéirent pas à son cerveau et déplièrent la serviette.

Quelqu'un avait tracé en grandes lettres enfantines un message qui lui sauta aux yeux.

RESTE HORS DE CHEZ MOI !

Isabella avait du mal à choisir ce qui la déstabilisait le plus : le message sorti de nulle part ou Denny Lucas.

Il était immense, chauve comme un œuf, et faisait froid dans le dos. Les coutures de sa chemise et de son pantalon semblaient sur le point de craquer, et il manquait trois doigts à sa main gauche. D'un air menaçant, il craquait une à une les allumettes d'une pochette abîmée. A la surprise d'Isabella, ses regards meurtriers étaient plutôt dirigés vers Orry que vers Donovan.

— J'ai un peu perdu la tête, dit Denny en fixant la flamme d'une allumette. J'ai seulement tailladé dix pneus.

— Quatre d'entre eux sont les pneus de mon pick-up flambant neuf, accusa Orry.

— Cinq, répondit Denny en soufflant doucement sur la flamme. Le pneu de secours a subi le même sort.

Tandis qu'Orry devenait écarlate, Donovan se hissa sur un des meubles de la salle.

— Pourquoi avoir fait ça, Den ?

— Tu ne ferais pas la même chose si tu en avais l'occasion ? Voyons, Donovan… Le shérif a laissé la ville aux mains d'une fouine. Ose me contredire, Orry, et je passe à ta voiture de patrouille. Si tu m'inculpes, je m'occupe personnellement de toi, espèce de sale froussard.

— Je ne vais pas t'inculper, dit Orry, les mâchoires serrées. Mais j'ai l'intention d'être indemnisé du préjudice subi.

— Et les autres véhicules ? demanda Donovan.

— J'ai pris le premier pour le pick-up d'Orry. J'ai seulement crevé un pneu sur le troisième. J'étais un peu énervé.

— Personne ne t'a payé pour faire diversion ?

— Ah non. Je fais ça pour moi, pas pour les autres.

Donovan conserva un ton cordial.

— Il paraît que tu as perdu ton emploi à l'usine de traitement, le mois dernier.

— Moi et trente autres. Je ne vais pas récupérer mon boulot en tailladant des pneus.

— Mais ça t'a fait du bien.

— Tu l'as dit.

— Dans ce cas, on en a terminé, dit Donovan en sautant de son perchoir.

Orry sortit de son silence en bafouillant.

— Qu'est-ce que tu veux dire ? C'est toi qui l'as ramené ici.

— Je t'ai rendu service. A présent, à toi de jouer. Oh ! un détail : tu as du rouge à lèvres sur le col.

Tout en craquant une autre allumette, Denny se mit à ricaner. Les joues d'Orry blêmirent, avant de devenir plus rouges que jamais, tandis que les veines de son cou gonflaient.

— Sortez d'ici, tous les deux ! Donovan, tu me tapes sur les nerfs depuis qu'on est gamins. Quant à ta petite copine, soit elle cherche à faire de la publicité à son héritage, soit elle nage en plein délire. Je n'ai encore vu aucune trace d'une quelconque cousine.

Après avoir enfoncé la serviette dans sa poche, Isabella haussa les sourcils d'un air imperturbable.

— Cela signifie-t-il que vous vous êtes rendu à Darkwood Manor et que vous avez mené une enquête approfondie ?

— Rien ne m'oblige à le faire. Ce satané manoir est très dangereux. Il faudrait le condamner. Aucune personne saine d'esprit ne franchirait la porte d'entrée.

— Autrement dit, il a toujours peur de pénétrer à l'intérieur, souffla Donovan.

Denny s'étouffa de rire.

— Tu parles ! Il a surtout d'autres chats à fouetter ! Il est déjà entré dans le manoir. Je l'ai vu il y a quelques jours. J'ai eu le temps de boire trois bières et d'abattre deux boisseaux de bois avant qu'il ne ressorte furtivement. A ton avis, que peut bien faire une fouine pareille dans une maison hantée pendant plus d'une heure ?

Furieux, Orry pinça les lèvres.

— Ça suffit. Je veux que tout le monde sorte, tout de suite. Sinon je vous mets sous les verrous et je jette la clé.

Malgré tous les événements de la journée, Isabella sentit un rire lui chatouiller la gorge. Elle n'avait encore jamais vu quelqu'un passer du rouge au blanc et au vert en l'espace de cinq minutes.

— Viens, dit Donovan, tandis que Denny jetait un regard noir à Orry. Je veux voir cette serviette.

A contrecœur, Isabella la sortit de sa poche dès qu'ils arrivèrent sur le trottoir.

— Crois-tu que Denny a vraiment vu son cousin au manoir ? demanda-t-elle, les sourcils froncés.

— Probablement, répondit Donovan en observant la serviette à la lumière du réverbère. C'est écrit avec du rouge à lèvres.

— C'est peut-être Sybil qui veut me faire fuir.

Elle inclina la tête pour mieux voir.

— Le rouge à lèvres sur le col d'Orry était bordeaux. Celui-ci est rouge coquelicot. Sa femme n'est donc pas la coupable.

— C'est certain, dit Donovan en continuant d'étudier le message. La femme d'Orry ne met pas de rouge à lèvres.

Isabella était au bord de l'épuisement quand elle entra enfin dans sa cabane. Donovan voulait travailler sur son ordinateur portable et l'informa catégoriquement qu'il comptait de nouveau dormir sur son canapé.

Devait-elle protester ou le laisser faire à sa guise ? se demanda-t-elle. Elle entra dans sa chambre en levant les bras au-dessus de sa tête pour évacuer la tension.

Le bain moussant à la lavande dans lequel elle se plongea aurait dû la mettre de meilleure humeur, mais les pensées qui l'agitaient mettaient ses émotions à vif. Une fois la baignoire vidée, elle s'enveloppa dans une serviette blanche. Elle était plus épuisée par les rebondissements de la journée que par la fatigue physique.

Une veilleuse s'alluma quand elle éteignit le plafonnier. Elle envisagea un instant d'ouvrir la porte, mais se ravisa. Elle ne voulait pas chercher les problèmes en jouant les fausses candides. Avant leur rupture, David l'avait accusée d'être une manipulatrice, mais il avait eu tort. Un dîner avec un collègue était purement professionnel, tandis que le moindre rapprochement avec Donovan était une bombe sexuelle à retardement.

— Ça suffit, maintenant, dit-elle. Cette horrible journée a assez duré.

Avec détermination, elle baissa le store à moitié. Elle crut discerner un mouvement du coin de l'œil, mais après vérification, elle ne vit rien. Elle replia la couverture, jeta un autre regard ardent vers la porte et commença à laisser tomber la serviette.

Peut-être était-ce dû à un léger froissement de tissu ou à son sixième sens… Elle se figea en remarquant un renflement sous le drap.

Une brusque montée de terreur faillit l'étouffer. Elle voulut crier, mais le choc bloqua le son dans sa gorge.

Elle avait de nouveau six ans, et la peur l'empêchait de bouger. Tétanisée et horrifiée, elle vit un long serpent tacheté émerger de sous le drap avant de tourner ses yeux fendus dans sa direction.

10

Aucun des employés de l'hôtel Boxcar à Bangor n'avait admis avoir passé un appel du téléphone situé dans le hall, même après l'intervention de la police.

Assis par terre, adossé au canapé, Donovan avala une gorgée de café noir et récapitula le peu qu'il savait.

Il avait envoyé un échantillon du costume à Portland. Les analyses de fibres avaient établi que le tissu avait été fabriqué entre 1925 et 1930, longtemps après la mort d'Aaron Dark.

Trois balles avaient été tirées par le fusil qu'ils avaient retrouvé sur le parterre de roses. L'arme avait bien été fabriquée à l'époque. En revanche, ce n'était pas le cas du rouge à lèvres utilisé pour le message sur la serviette.

Quant à la camionnette que le kidnappeur d'Isabella avait abandonnée dans les bois, elle avait été dérobée chez un vendeur de voitures d'occasion à deux villes de là, au sud de Mystic Harbor. Le voleur n'avait laissé aucun indice derrière lui.

Pour l'instant, ils avaient le croquis d'un homme aperçu au Raven et dans les tunnels sous le manoir, un ex-petit ami défunt dont la voiture n'avait pas été trafiquée, une cousine manquante, un couteau qui s'était planté dans le sol à quelques centimètres des pieds d'Isabella. Et pour ne rien arranger, Donovan avait une migraine qui lui martelait le crâne.

Il se sentait nerveux et irritable. Une demi-heure plus tôt, il avait entendu de l'eau couler dans la salle de bains d'Isabella. Depuis, il résistait à grand-peine à l'envie de s'y précipiter.

Heureusement pour lui, son ordinateur lui signala l'arrivée d'un e-mail provenant de Haden, l'empêchant ainsi de commettre une folie.

> Je compte aller à Darkwood Manor demain. Peut-être. Ce n'est pas un fantôme qui va faire sa loi. J'y serai à 17 heures — peut-être — si jamais Isabella et toi êtes dans les parages. J'apporte les plans au sol. Je veux voir l'inscription sur le mur et l'entrée du souterrain. Je répète : je veux voir. J'ignore encore si j'aurai le cran d'aller jusqu'au bout. Haden.

En lisant les dernières lignes, Donovan esquissa un sourire. Mais la distraction fournie par l'e-mail ne dura pas. Il le pressentait, son esprit allait passer la nuit ailleurs que sur le canapé.

Sur des charbons ardents, il termina son café. Et s'il allait faire un tour dehors ? L'air frais de la nuit lui permettrait peut-être de mater son désir.

Il s'apprêtait à enfiler son blouson quand il entendit Isabella hurler. Il saisit son arme, puis se rua vers la chambre.

Quelqu'un était peut-être entré par la fenêtre pour l'enlever. Il refusait d'envisager la pire éventualité.

Il enfonça la porte d'un coup de pied et entra dans la pièce en braquant son arme.

— Ne tire pas, dit Isabella, avant de tendre un doigt tremblant vers son lit. Je vais bien. Mais… là…

Il vit aussitôt le serpent et baissa les bras.

— Pas de commentaire, dit-elle en faisant un pas sur le côté. Fais-le disparaître de ma vue, et tout ira bien.

Donovan tendit une main vers elle.

— Il ne bouge pas, tu peux contourner le lit.

— De quelle espèce s'agit-il ?

— Je ne sais pas.

C'était faux, mais pourquoi empirer la situation en lui disant la vérité ?

— Il se contente de te regarder, Isabella.

— C'est ce qu'ils font toujours, marmonna-t-elle.

Elle parlait d'une voix altérée, mais au soulagement de Donovan, elle semblait plus énervée que terrifiée.

Il se rapprocha d'elle, dans l'espoir de bloquer son champ de vision. Le plafonnier étant toujours éteint, il alluma la lampe de chevet, éclairant ainsi une partie du lit.

Une fois arrivée près de Donovan, Isabella lui enfonça ses ongles dans les côtes.

— Pourquoi est-ce moi qu'il regarde ?

— C'est sûrement un mâle, répondit-il en rengainant son arme. Il y a une couverture sur la chaise, Isabella.

— Je la vois. Je vais la chercher.

Comme la chaise se trouvait près de la porte, Donovan la laissa faire, tandis qu'il se rapprochait du pied du lit.

Le serpent était lové sur lui-même et dardait sa langue fourchue. Son regard était effectivement fixé sur Isabella. L'animal était un mâle, sans aucun doute, et avait très bon goût, songea Donovan.

— C'est un serpent à sonnette, n'est-ce pas ?

— Si tu le savais, pourquoi me l'as-tu demandé tout à l'heure ? remarqua-t-il en souriant.

— Histoire de faire la conversation, Black. C'est un bon moyen de lutter contre l'hystérie. Tiens, la couverture.

Un bruit de crécelle menaçant résonna depuis le lit. Donovan fit un signe de tête en direction de la porte.

— Tu peux y aller. Je ne vais pas lui faire de mal, et il ne va pas t'attaquer. Il y a du café dans la cuisine, et mon blouson est accroché près de la porte d'entrée.

Il lui tendit sa seconde arme et lui ordonna de verrouiller la porte derrière lui.

Dix minutes plus tard, il revint de sa virée dans les bois. Isabella avait ôté son blouson, mais la serviette avait laissé place à un jean et un T-shirt bleu qui faisait ressortir ses yeux. Aussitôt, il sentit son corps réagir.

Accoudée à l'îlot central de la cuisine, elle semblait avoir repris contenance. Deux bouteilles de vin étaient posées devant elle.

— Je les ai trouvées dans le placard, dit-elle en soufflant sur la poussière qui couvrait le verre. C'est du vin maison, sûrement de la piquette, mais au point où j'en suis, je serais prête à me contenter du tord-boyaux du père de George.

— Elle en a toujours ?

— Oui, même si ses réserves commencent à diminuer, tout comme ses finances. Pourquoi a-t-il mis une clause dans son testament interdisant la vente de l'hôtel ?

— Parce que c'était un enfoiré, dit Donovan en s'avançant vers elle. Tu ne veux pas savoir ce que j'ai fait du serpent ?

— Du moment qu'il est loin de moi, je m'en moque. J'aimerais surtout découvrir qui l'a mis là.

Donovan se posait la même question, mais pour l'instant, c'était le cadet de ses soucis. Dans un état second, il continua d'avancer vers elle. Son corps refusait d'obéir aux injonctions de son cerveau. De toute façon, son bon sens l'avait déserté depuis longtemps quand il s'agissait d'Isabella.

Elle tapota chaque bouchon du bout de l'index, puis passa le bout de la langue sur ses dents.

— As-tu une préférence ? demanda-t-elle.

— Pas vraiment.

— Je m'en doutais, souffla-t-elle, les yeux brillants. Je n'arrive pas à lire tes pensées, agent Black.

— Alors tu es beaucoup moins perspicace que tu en as l'air.

Elle s'écarta de l'îlot et avança vers lui. Comment diable un jean et un T-shirt pouvaient-ils l'exciter plus encore qu'une petite serviette ? s'interrogea Donovan. Il s'était trop longtemps privé de la compagnie des femmes, et celle-ci lui faisait perdre la tête.

Une fois arrivée près de lui, elle glissa un doigt entre deux boutons de sa chemise, tandis qu'un sourire se dessinait sur ses lèvres.

— J'aime qu'un homme ait des scrupules, sauf quand ils deviennent un obstacle.

— Tu sais ce que je veux, Isabella.

— Alors arrêtons de tourner autour du pot.

Elle noua les bras autour de son cou et, d'un bond, enroula les jambes autour de sa taille. Avec fougue, elle plaqua sa bouche sur la sienne.

Avant de succomber à ses hormones, Donovan pria pour que la folie tapie en lui l'achève avant de la tuer, elle.

Isabella se moquait bien de mourir. Elle n'avait jamais ressenti un tel désir et comptait bien profiter de l'incroyable énergie sexuelle qui vibrait entre eux.

Le meilleur whisky de son grand-père semblait fade comparé au goût de la bouche de Donovan. Une bouffée de chaleur la traversa, accompagnée de picotements sur tout le corps. Dieu qu'elle avait envie de lui…

Perchée sur ses hanches, elle céda au besoin impérieux de l'explorer. La langue de Donovan toucha la sienne, tandis que ses mains posées sur ses fesses l'incitaient à rouler contre lui. Une nouvelle vague de désir la submergea.

A bout de souffle, au bord de l'état de choc, elle s'arracha à ses lèvres.

— J'ai l'impression de me noyer.

— Tu veux qu'on arrête ?

— Non, répondit-elle. J'ai juste besoin de faire une pause. Je dois prendre un grand bol d'air avant de m'immerger de nouveau. Je n'ai pas l'habitude de me sentir comme ça.

— Troublée ? Emoustillée ?

— Ça, c'était avant que tu m'embrasses.

Elle avança la tête et lui mordilla le lobe de l'oreille.

— Le mot « bouleversée » devrait convenir. Je dois te prévenir que j'ai prévu pour nous une aventure spectaculaire, ce soir. Mais évitons le lit, d'accord ?

— Pas de problème, murmura-t-il, avant de s'emparer de nouveau de ses lèvres.

D'un simple baiser, il faillit l'envoyer au septième ciel. L'esprit embrumé par la passion, elle perdit pied avec la réalité. Autour d'elle, les bruits de la nuit se confondirent, tandis que l'air froid de la cabane rendait le brasier qui la consumait plus intense encore.

Son dos buta contre une surface dure. Elle se mit à déboutonner fiévreusement la chemise de Donovan, avant de la déchirer avec impatience. Quand il la décolla du mur, elle reposa les pieds par terre et descendit les mains vers son jean.

Il était beaucoup plus habile qu'elle, remarqua-t-elle confusément. Entre deux baisers, il avait eu le temps de lui ôter son haut, et avant même qu'elle n'ait baissé sa braguette, il avait posé sa bouche sur un de ses seins.

Elle laissa échapper un gémissement en sentant sa langue en lécher la pointe durcie. Un éclair traversa son corps frémissant de son mamelon jusqu'à sa cuisse. De nouveau adossée au mur, elle bascula la tête en arrière et cessa de bouger les doigts. Jusqu'à ce qu'elle sente la force de son érection.

En un instant, la moindre pensée rationnelle s'évanouit, laissant place à un besoin physique élémentaire. Elle le voulait en elle, tout de suite, tant que ses muscles et son cerveau fonctionnaient encore.

— Je devrais t'en vouloir, parvint-elle à articuler. Je ne perds jamais le contrôle à ce point.

— On est deux, alors.

Il parcourut de sa langue l'espace entre ses seins, avant de remonter lentement vers sa gorge.

— Si tu veux qu'on arrête, Isabella, dis-le maintenant, parce que dans cinq secondes, on ne pourra plus revenir en arrière.

— C'est un peu effrayant, n'est-ce pas ? remarqua-t-elle en caressant son torse. Mais je crois qu'il est temps que j'affronte l'une de mes plus grandes peurs.

Elle le tira par les cheveux et attira sa bouche vers la sienne.

Son esprit enfiévré se réjouit de recevoir enfin le signal de départ. Une course folle pouvait commencer. Dévorée d'impatience, Isabella avançait comme dans un nuage, seulement attentive au torrent de sensations qui l'inondait.

Ce qui allait suivre pouvait s'avérer aussi dangereux que

les menaces qu'elle recevait. Devait-elle fuir pour autant ? Ou se laisser porter par le courant ?

Le reste de ses vêtements disparut. En un instant, le feu du désir réduisit ses derniers doutes en cendres. Dans ses veines, son sang se transforma en lave brûlante.

Donovan la prit dans ses bras et la déposa sur le canapé, avant de se laisser tomber sur elle.

A son grand dépit, elle le voyait mal à cause de la faible lumière. Impatiente d'apprendre les reliefs de son corps, elle posait les mains partout à la fois.

— On va trop vite, dit-il tout contre ses lèvres. On doit ralentir. Je dois…

Il s'interrompit quand elle le mordit à l'épaule. Il la dévisagea un instant, avant de secouer la tête.

— Tant pis, j'abandonne, marmonna-t-il.

Elle lui adressa un sourire félin, qui laissa place à un soupir quand il glissa la main entre ses cuisses pour la caresser.

Un nouveau brasier s'alluma en elle. Elle enfonça la tête dans le coussin et laissa échapper un gémissement. Le corps en feu, elle souleva les hanches pour aller à la rencontre de ses doigts. Quand il se dégagea pour changer de position, elle se rappela soudain comment respirer.

Dans un maelström d'ombres et de couleurs, elle discerna son visage, ses yeux, le reflet possible de ses peurs. Mais les images fugaces disparurent en un clin d'œil. Emportée dans un tourbillon d'émotions, elle voulait se délecter de chaque sensation jusqu'au bout de la nuit.

La peau et les cheveux de Donovan dégageaient un parfum enivrant. Elle souhaitait se repaître de son énergie et la lui rendre au centuple.

Quand il referma de nouveau les lèvres sur son mamelon, Isabella poussa un cri de plaisir. Son corps entier palpitait. Elle passa fébrilement ses mains sur les côtes et les hanches de Donovan, avant de refermer les doigts sur sa virilité.

Sans qu'elle s'en aperçoive, il avait déjà mis un préservatif.

Dans une autre vie, elle aurait été la première à faire l'éloge de la lenteur, mais pour le moment, elle ne pensait qu'à l'embrasement final qui lui viderait l'esprit de la moindre pensée.

Il pouvait lui apporter cette extase des sens, elle en était sûre. Après tout, à en juger par le fourmillement qu'elle ressentait des pieds à la tête, il était déjà en bonne voie.

Les cheveux de Donovan glissèrent contre sa joue. Il marmonna une phrase inintelligible, avant de nouer ses doigts aux siens. Il lui releva les bras au-dessus de la tête, puis se positionna et la pénétra.

Le souffle coupé, Isabella retint sa respiration jusqu'à en avoir des vertiges. Puis une vague de plaisir monta en elle. Le corps parcouru d'ondes brûlantes, elle se mit à onduler du bassin, répondant avec fougue aux coups de reins vigoureux de Donovan.

La cadence frénétique de leur union lui brouillait la vue. Elle dégagea ses mains et s'agrippa à ses épaules comme à une bouée de sauvetage.

Il continua son inlassable va-et-vient, jusqu'à ce qu'un puissant orgasme emporte Isabella dans un tourbillon de sensations.

Par le passé, elle n'avait jamais eu de mal à garder le contrôle. Mais ce soir, avec Donovan, elle s'était laissée aller. Pour la première fois de sa vie, elle s'était donnée à quelqu'un sans réserve.

Même si cet abandon miraculeux risquait de la hanter pendant longtemps, elle ressentait déjà une légère appréhension. Dans l'euphorie du moment, il était facile de l'ignorer, mais qu'en serait-il au lever du jour ?

Elle refusait d'y songer pour l'instant. Le corps toujours agité de tremblements, elle glissa son pied le long de la jambe de Donovan.

— Tu sais, tu es plus lourd que tu en as l'air.

— C'est toujours le cas des poids morts.

Il roula sur le côté, faisant de son mieux pour l'empêcher de tomber par terre.

— On ne tiendra pas longtemps comme ça, s'exclama-t-elle en riant. On devrait faire du feu et… Oh !

Il la rattrapa avant qu'elle ne glisse sur le sol.

— Bon, ça suffit, dit-elle en s'agrippant à ses épaules. Il faut qu'on s'extirpe de ce canapé avant de commencer à trop réfléchir à ce qui vient de se passer. Je ne serai pas en état de penser avant une autre heure, mais tu es un agent fédéral, alors je suppose que tu as l'habitude de retomber sur tes pieds plus vite que nous autres, pauvres mortels.

Il esquissa un sourire.

— Tu parles toujours autant après avoir fait l'amour ?

— Uniquement quand je claque des dents.

— Tu penses qu'un feu pourrait remédier à ça ?

Serrée contre lui, elle lui caressa la joue du bout du doigt.

— Tu as une meilleure suggestion ?

— Pas vraiment.

Elle poussa un soupir.

— Tu comptes me répondre par monosyllabes encore longtemps ?

— Peut-être.

Tout en soutenant son regard, il glissa une main entre ses jambes. Elle s'arc-bouta aussitôt contre lui.

— Bon sang ! Ce n'est pas juste, Black.

— La vie n'est pas juste.

D'un mouvement fluide, elle se dégagea et s'assit à califourchon sur lui, puis se pencha pour effleurer ses lèvres.

— A moi de jouer. Je vais te montrer comment une ancienne scoute peut transformer une étincelle en brasier.

La femme arriva au rendez-vous avec dix minutes de retard. Elle observa avec déplaisir la mine suffisante de son complice.

— Qu'est-ce que tu as fait ? demanda-t-elle. Tu lui as fait du mal ?

Il brandit un couteau sous la faible lumière du plafonnier.

— J'en doute. Isabella m'a l'air d'être très rapide.

— Ce qui veut dire ?

Les bras croisés, elle le fusilla du regard jusqu'à ce qu'il abaisse le couteau.

— Ta confiance en moi fait plaisir à voir, commenta-t-il.

— Ton plan commence à mal tourner. Qu'est-ce que tu as fait ?

— J'ai tiré profit du point faible dont tu m'as parlé : j'ai mis un serpent dans son lit.

Elle alluma une cigarette avec des doigts tremblants.

— Un boa constrictor ?

— Tu es bien une fille ! Un crotale est plus efficace.

— Espèce d'enfoiré ! Je t'avais prévenu…

Il se déplaça à la vitesse de l'éclair. Il bondit sur ses pieds et leva le couteau d'un geste sec.

— Tu disais ?

Avec la pointe de la lame appuyée sous son menton, elle osait à peine déglutir, mais elle garda les yeux rivés aux siens. Elle tira une bouffée de sa cigarette et souffla la fumée vers le plafond.

— Plus tu t'en prendras à elle, plus il sera à l'affût. A la moindre erreur, il te tombera dessus.

— Parce que tu crois que ça me fait peur ?

— C'est un agent fédéral et un tireur d'élite. Il n'a eu aucun mal à faire mouche sur le costume que j'avais mis en place. Tu veux vraiment continuer sur cette voie ?

Il fit glisser la lame sur sa peau d'un air menaçant, avant de reculer en jetant le couteau.

— L'objectif est le même, seuls les chiffres ont changé. On doit désormais s'occuper de deux personnes au lieu d'une.

Un sourire malfaisant se dessina sur ses lèvres.

— Apparemment, on va devoir se montrer beaucoup plus inventifs. Et beaucoup plus méchants.

11

Conséquences, répercussions et états d'âme…

Chaque mot pesait lourdement sur la conscience de Donovan. A présent que le mal était fait, il devait s'assurer que le seul sang versé soit le sien.

— Tu es têtu comme dix mules, l'accusa Haden. Peut-être même vingt.

Il fit un geste en direction du réfrigérateur.

— Apporte-moi du lait et des œufs, et ensuite, assieds-toi pour boire ton café pendant que je fais du pain perdu pour Isabella. Et ce n'est pas la peine de protester ! Tu lui apporteras son petit déjeuner, même si je dois te suivre jusqu'à la cabane pour m'assurer que tu le fais. Ça y est, tu es en colère ?

Tout en se penchant pour attraper la bouteille de lait, Donovan jeta un regard irrité vers son oncle.

— Je sens que ça monte.

— Parfait. Vas-y, frappe-moi.

— Quoi ?

Haden releva son menton barbu dans un geste de défi.

— Allez, donne-moi un coup de poing. Ne te retiens surtout pas. Vise où tu veux : mâchoire, ventre, voire plus bas, si tu as vraiment besoin de te défouler.

— Haden, je ne…

Son oncle fit un pas en avant.

— Tu préfères que je commence ?

— Non, je…

— Très bien, je me lance.

Il leva son énorme poing et le projeta vers la tête de son neveu.

Avec un juron, Donovan esquiva le coup. Il saisit le poing au vol, avant de faire pivoter son oncle et de le maîtriser en lui bloquant le bras dans le dos.

— Tu as perdu la tête ou quoi ?

— Ça se peut, grommela Haden. Je suis un Dark, après tout. Comme toi, ta mère, George et Darlene. Le même sang coule dans nos veines, autrement dit, nous sommes tous des bombes à retardement génétiques, dont le minuteur nous rapproche à chaque instant de la folie.

Il dégagea son bras de la poigne de Donovan.

— Tu vois où je veux en venir ?

— C'est très clair. Tu es fin prêt à rejoindre ma mère à Bellevue.

— Têtu comme trente mules, maugréa Haden. Allez, lâche-moi avant que ton petit déjeuner ne brûle.

Donovan reprit sa tasse en fixant le dos de son oncle d'un air malveillant.

— Je sais que tu es en train de me fusiller du regard, Donovan. Ce qui est curieux, c'est que je t'ai rendu fou de rage, et pourtant, je suis encore entier. C'est le tonnerre que j'entends ?

— C'est possible. Il pleut. Tu as fini ta petite comédie ?

— Tu promets d'aller chez Isabella lui servir son petit déjeuner ?

— Bon sang, Haden, oui, je vais le faire ! Tu sais, elle aussi a peut-être des réserves en ce qui concerne la nuit dernière.

— A cause de sa fripouille d'ex ?

Toujours irrité, mais plus calme, Donovan se reversa du café.

— Y avait-il une chose chez cet homme que tu appréciais ?

— Pas la moindre, et c'est aussi valable pour cette sangsue qui loge à l'hôtel de George.

— Drake.

— Sais-tu qu'il a déjà acheté quarante hectares de terres au nord du manoir ? Il paraît qu'il négocie pour en acquérir quatre-vingts de plus au sud. Crois-moi, un de ces jours, il va s'en prendre à Isabella, prévint Haden en agitant sa spatule. Je ne comprends pas pourquoi il ne lui a pas sauté dessus dès qu'elle est arrivée en ville. Il doit avoir une stratégie. As-tu des idées pour expliquer les grognements et les gémissements qu'on entend ?

— Une ou deux, rien de concret.

— Et en ce qui concerne la cousine d'Isabella ?

— Même réponse, avec encore plus d'incertitudes.

Haden mit le pain perdu dans une boîte isotherme, ferma le couvercle et plaça une bouteille de sirop sur le dessus.

— Va la rejoindre, mangez et discutez. Repense à notre arbre généalogique : ce sont George et Darlene qui descendent en ligne directe du vieil Aaron. Personne n'a jamais prouvé que sa sœur était folle.

Mais personne n'avait jamais prouvé le contraire, songea Donovan en rejoignant son pick-up au pas de course. Il devait se concentrer sur cette évidence et ne pas se laisser influencer par la nuit passée avec Isabella.

Ce serait difficile, parce qu'il tenait à elle comme à aucune autre femme auparavant. Mais il refusait de l'exposer aux dangers de sa santé mentale à risque.

Les yeux tournés vers le manoir, il remonta le col de son blouson. Une longue plainte douloureuse se mit à résonner, se mêlant au sifflement du vent. Elle gagna en intensité, avant de s'éteindre en laissant place à un silence irréel.

Donovan ne détourna pas le regard de la maison plongée dans la brume. Il croyait peut-être à l'existence d'une démence génétique, mais certainement pas aux fantômes.

Il était temps que le manoir révèle tous ses secrets.

En entendant quelqu'un tambouriner à la porte, Isabella sortit de la salle de bains.

— Ma belle, c'est George, fit la voix de l'autre côté du battant. J'ai un message pour vous.

Pieds nus et vêtue d'un simple peignoir, Isabella traversa la pièce en se frictionnant la tête avec une serviette.

A son réveil, elle avait constaté sans surprise que Donovan avait disparu. Elle était seule, étendue sur le sol sous plusieurs couvertures, devant un bon feu de cheminée. Elle s'était doutée qu'il partirait dès l'aurore. Elle aurait même pensé qu'il s'éclipserait encore plus tôt, mais après tout, elle lui avait donné de bonnes raisons de rester.

— Ma belle ? J'ai vu votre voiture. Vous êtes là ?

Isabella remarqua alors une boîte isotherme posée sur l'îlot et le message qui l'accompagnait.

« J'espère que tu aimes le pain perdu, parce que Haden en a fait assez pour nourrir tous les clients de l'hôtel. Je m'occupe de la disparition de ta cousine. Je suppose que c'est inutile que je te dise de rester à l'abri. Donovan. »

Moi aussi, j'ai passé une excellente nuit, Black, songea Isabella avec un grand sourire. Tout en continuant à se sécher les cheveux, elle ouvrit la porte.

— Isabella ? Ah, vous voilà, s'exclama George en baissant la main. La lumière était allumée, or vous l'éteignez toujours en partant.

Isabella l'invita à entrer, avant de lever les yeux vers le ciel chargé de gros nuages noirs. Elle ressentait un malaise inexplicable, comme si certains éléments se conjuguaient pour la troubler. A commencer par la tenue de George : elle portait une robe bleu clair, une veste blanche et des escarpins rouges.

— Bien le bonjour, Dorothy. Où est Toto ?

George baissa les yeux sur ses chaussures.

— Elles étaient en solde. Je claque trois fois des talons chaque fois que je les mets, mais pour l'instant, je n'ai toujours pas vu la tête du magicien.

— Les souliers n'emmènent pas au pays d'Oz, George. Ils permettent de rentrer chez soi. Voulez-vous du café ?

— Non, merci. J'ai rendez-vous à la banque avec le

responsable des prêts, ce qui m'angoisse beaucoup. Je me suis arrêtée en route pour vous transmettre un message de la part de Donovan. Il se trouve quelque part sur Dark Ridge, peut-être en panne, mais je n'en suis pas sûre. Il veut que vous le rejoigniez au manoir.

— Ah bon ?

— Vous avez l'air surprise.

— C'est le cas. La dernière fois que nous avions prévu de nous retrouver… Enfin, peu importe. Vous a-t-il dit à quelle heure ?

— Le plus tôt possible, d'après ce que j'ai compris.

Les mains pressées l'une contre l'autre, George observa son reflet dans le miroir mural.

— Souhaitez-moi bonne chance. Je vais en avoir besoin.

Le sourire d'Isabella s'effaça.

— Vous avez mis du rouge à lèvres.

— Il est assorti aux chaussures. Ça fait trop ?

— Non. C'est joli. S'agit-il de rouge coquelicot ?

— Ça se peut. Si vous voulez le même, ma belle, allez au drugstore de Vermont Street. Cette semaine, ils donnent des échantillons gratuits.

— A tout le monde ?

— A toutes les clientes, répondit George, avant d'agiter une main devant le visage d'Isabella. Vous vous sentez bien ?

— Pardon ? Oui, ça va, répondit Isabella en reprenant ses esprits. Je dois retrouver Donovan à Darkwood Manor.

Et passer au drugstore avant la fermeture…, ajouta-t-elle en pensée.

— Merci pour le message. Bonne chance à la banque.

Après le départ de George, Isabella se mit à pianoter sur la porte. Un avertissement tracé au rouge à lèvres sur une serviette en papier, des échantillons distribués en ville… Quelqu'un voulait qu'elle s'en aille. Mais comment la disparition de Katie intervenait-elle dans tout cela ?

D'un pas résolu, elle se dirigea vers sa chambre, s'arrêtant au passage pour goûter au pain perdu de Haden. Elle mâchait une grosse bouchée quand son portable se mit à biper.

Avalant avec difficulté, elle regarda l'écran, puis pressa doucement sur la touche « Afficher message ».

> Désolée, Bella. C'est la panique, ici. Je t'expliquerai tout ça très bientôt. N'appelle pas Pitbull. Katie.

Les nuages paraissaient plus bas, plus gros et plus menaçants sur Dark Ridge. C'était sûrement un effet de son imagination, songea Isabella.

Le vent glacial qui venait du nord s'accompagnait d'une pluie diluvienne. Le roulement lointain du tonnerre était ponctué d'éclairs qui zébraient le ciel. Les pensées d'Isabella, tournées vers le second SMS de Katie, étaient aussi sombres que la météo.

Une fois arrivée au manoir, elle ne vit aucune trace de Donovan, ni de son véhicule. Comme la porte d'entrée était entrouverte, elle enfouit la clé dans la poche de son long manteau. De toute façon, l'état des fenêtres et le réseau de tunnels souterrains rendaient le verrou inutile.

Dans le grand vestibule, l'air était moite et étouffant. Le plâtre craquait sous ses pas, tandis que le vent sifflait à travers les trous dans les murs.

Malgré l'ambiance pesante, elle parvint à ne pas sursauter quand son téléphone sonna. Pourtant, quand elle décrocha, son cœur battait la chamade.

— Isabella Ross… Bonjour, papi. Comment vas-tu ?

Le vieil homme ne demandait qu'à entendre ces mots. Il enchaîna les « je voudrais » et « tu devrais » avant de poser la question fatidique.

— Katie n'est pas là, répondit-elle. Je ne l'ai pas vue depuis lundi. Quoi ? Ah bon ? Toi aussi, tu en as reçu un ? Non, ça ne lui ressemble pas.

Elle subit les mêmes récriminations jusqu'à ce que son cerveau arrive à saturation.

— Je rappellerai Pitbull ce soir. Elle est peut-être avec

lui. Oui, je sais. Il est parfois cachottier. Ecoute, je dois descendre à la cave, et il n'y aura plus de réseau. Je te rappelle dès que possible. Je t'embrasse. A plus tard.

Elle raccrocha et éteignit son portable. En le glissant dans la poche qui contenait déjà ses clés, elle toucha du bout des doigts un papier plié : l'arbre généalogique des Black.

Donovan était un Dark, elle ne devait pas l'oublier. Dans ses veines coulait du sang royal roumain, ou plus probablement du sang tzigane. Quelle que soit la combinaison, il était un amant hors pair.

Pourquoi fallait-il que ses pensées se tournent vers lui ? Certes, c'était plus agréable de penser à un homme sexy dont elle était sûrement en train de tomber amoureuse plutôt qu'aux craquements d'une vieille demeure délabrée. Mais après s'être fait agresser ici une fois, elle devait se montrer plus prudente.

Elle commença à marcher vers la salle de bal. En entendant des pas précipités au-dessus de sa tête, elle s'arrêta net. Voilà qui n'avait rien à voir avec le bruit du vent.

Comme lors de sa première visite, les vieux murs du manoir subissaient les assauts d'une tempête. Le tonnerre grondait toujours. Intriguée par le bruit de cavalcade qui continuait, Isabella alluma sa torche et s'avança vers l'escalier.

Pendant qu'elle montait les marches, l'image d'un homme aux allures de chercheur d'or du XIXe siècle ne la quittait pas.

Satisfaire sa curiosité n'était vraiment pas une bonne idée, mais ces manœuvres d'intimidation répétées commençaient à l'agacer. Les questions qui trottaient dans sa tête n'arrangeaient rien.

Pourquoi Katie lui envoyait-elle des SMS au lieu de l'appeler ? Qui était au courant de sa phobie des serpents ? Pourquoi Donovan n'était-il pas là alors que, selon George, il lui avait demandé de le rejoindre ici ? Pourquoi George portait-elle un rouge à lèvres de la même couleur que celui trouvé sur la serviette ?

Un rire aigu s'éleva dans l'air. Décidément, les choses

prenaient un tour angoissant. Et le comble, c'est qu'elle continuait à marcher dans cette direction, alors que tout son être lui hurlait de tourner les talons. Cette maison lui donnait des sueurs froides. Il valait mieux renoncer.

Tandis qu'elle revenait sur ses pas au milieu des débris, elle se rappela que Donovan avait lui aussi un portable. Même s'il ne l'avait pas toujours sur lui, cela valait la peine d'essayer.

Elle avait composé les trois premiers chiffres lorsqu'un nouveau son s'ajouta au fracas de la tempête. Un murmure commença à déchirer l'air confiné.

Le cœur d'Isabella se mit à accélérer. La sensation d'être épiée était acceptable, voire compréhensible, mais une hallucination complète dépassait les frontières du raisonnable.

Le murmure gagna en intensité.

Elle fit volte-face, avant de reculer au son d'une voix féminine qui couvrit le roulement du tonnerre.

— Partez vite, Isabella. Quittez cette maison sur-le-champ et ne revenez jamais. Fuyez avant de subir le même sort que moi.

Puis le cri éclata…

— As-tu complètement perdu la tête ? s'exclama Donovan.

Il jaillit de son pick-up pour attraper Isabella par les bras.

— Que fais-tu plantée près du portail au beau milieu d'une tempête ?

Peu disposée à subir ses reproches, Isabella se dégagea.

— Je ne suis pas dans un espace découvert et je fais les cent pas. George m'a dit que tu voulais que je te rejoigne ici. Etant donné que tu étais en ville quand je t'ai appelé, j'en conclus qu'elle a menti.

— Calme-toi, Isabella.

— Je suis calme.

Mais le ton de sa voix indiquait le contraire. Elle leva les mains dans un geste conciliant.

— Je t'assure que je suis calme. Je veux seulement savoir

ce qui se passe. Qui peut m'estimer assez naïve pour croire aux sombres prédictions d'un fantôme ? J'admets qu'entre les balles et les serpents venimeux, je ne prends pas les menaces de mort à la légère, mais l'imitation de Sybil Dark pousse le bouchon un peu loin, même pour une Irlandaise comme moi.

Donovan contempla le manoir au bout de l'allée.

— La voix t'a-t-elle semblé familière ?

— Non. Elle était faible, et il y avait un écho. Allons, Donovan, modifier sa voix est à la portée du premier venu. Un simple ordinateur, et hop, on obtient une voix désincarnée en un tour de main.

Elle s'éloigna de quelques pas, avant de revenir vers lui.

— Je sais que George a besoin d'argent, mais je ne pense pas qu'elle trempe dans tout ça.

— Ai-je prétendu le contraire ?

Isabella prit quelques secondes pour réfléchir.

— Le rouge à lèvres coquelicot est à la mode en ce moment. J'ai pu me tromper sur la teinte. Ce n'était peut-être pas le même rouge que sur la serviette en papier.

Il se plaça sur son chemin et la saisit par les épaules. Il lui releva le menton jusqu'à ce qu'elle le regarde dans les yeux.

— Je vais faire semblant de comprendre ce que tu racontes. Je dois sûrement en saisir la majeure partie. A mon avis, il ne faut éliminer personne, même si je ne mets pas George en tête de la liste des suspects.

— Elle m'a dit que tu étais sur Dark Ridge et que tu voulais que je te rejoigne au manoir.

— Bon… Elle remonte de quelques places sur ma liste.

— C'est un mensonge trop grossier, déclara Isabella. C'est trop évident, trop…

— Amateur ?

Elle soutint son regard.

— Je veux retourner à l'intérieur. J'ai entendu du bruit à l'étage, des pas et un éclat de rire, mais c'était peut-être dû à mon imagination, ajouta-t-elle en soupirant. Qu'est-ce qui te fait sourire ?

— Je savoure l'instant.

— Je me demande ce qu'il a de particulier pour que tu le savoures à ce point.

Il la poussa vers le portail.

— Je ne faisais pas référence à l'instant présent. J'imaginais l'avenir, avec un criminel fou, mes poings et une grande quantité de sang.

Isabella ravala de justesse une allusion à Aaron Dark et se tourna vers le manoir.

— Cet endroit ferait un hôtel magnifique.

Pour tenter d'alléger l'atmosphère, elle lui donna un coup d'épaule dans le bras.

— Ce serait parfait pour les lunes de miel. Les jeunes mariés pourraient évacuer le stress après la cérémonie.

— Bien sûr. Quoi de mieux que des histoires de morts mystérieuses et de fantôme fou pour débuter un mariage ?

— Les passions tragiques ont un côté romantique, Donovan.

— Qu'y a-t-il de romantique dans le fait qu'Aaron ait jeté sa femme du haut d'une falaise dans un accès de jalousie ?

— Il faudrait raconter les choses un peu différemment, insister sur Sybil, et…

Une détonation en provenance du manoir l'interrompit. Donovan la fit aussitôt passer derrière lui, avant de dégainer son arme. Il se mit à scruter le côté est de la maison.

— Là ! cria Isabella en montrant le jardin du doigt.

Deux personnes couraient en direction des bois. La plus grande des deux semblait tenir un fusil.

12

— Réjouis-toi, Donovan, lança Isabella en le devançant sur le chemin boueux. Ou en tout cas, rassure-toi. Deux gamins avec un bâton valent mieux que deux tireurs avec un fusil.

— C'est une propriété privée, et ils le savent.

— Comme si les ados résistaient à l'attrait d'un territoire interdit…, commenta-t-elle en se tournant vers lui, un sourire aux lèvres. N'oublie pas qu'Halloween approche. Ils voulaient seulement se causer quelques frayeurs, peut-être repérer un lieu pour faire la fête, comme tu l'as sûrement fait toi-même à une époque.

— Je ne ferai aucun commentaire.

Reposant les yeux sur le chemin, elle évita de justesse un nid-de-poule pour mieux enfoncer le pied dans un amas d'aiguilles de pin en décomposition.

— Beurk ! s'exclama-t-elle. Donovan, tu as ordonné à ces gamins de rentrer chez eux pour mettre des vêtements secs. Je pense qu'on devrait les imiter, mais avant, je voudrais m'arrêter en ville pour récupérer quelques échantillons de rouge à lèvres.

— Je croyais que tu ne soupçonnais pas George, remarqua-t-il en lui glissant un regard en coin.

— Non, mais elle ne doit pas être la seule à avoir reçu un tube gratuit. Je vais voir ce qu'ils ont en magasin, je prendrai ce qui se rapproche le plus d'un rouge coquelicot et je le comparerai au message sur la serviette.

— Et qu'espères-tu prouver en faisant ça ?

— C'est toi le flic. A toi de me le dire.

Donovan esquissa un léger sourire.

— Ce qu'il nous faut, c'est le tube qui a été utilisé, Isabella. Sinon, même si les couleurs correspondent, nous ne serons pas plus avancés que lorsque George est passée te voir tout à l'heure.

— Avec un message venant soi-disant de ta part.

— Tu la soupçonnes vraiment, dis donc, observa-t-il avec un sourire amusé.

— Non. Enfin, peut-être… Un peu. Oh ! j'ai horreur de cette situation !

Il la surprit en tirant sur une mèche de ses cheveux. Il passa ensuite un bras autour de ses épaules et déposa un long baiser langoureux sur ses lèvres.

— Bonjour, Isabella.

Elle mit quelques secondes à reprendre ses esprits.

— Tu voulais détourner mon attention de mes soucis ?

— Je me suis surtout fait un petit plaisir. Ne te tracasse pas pour le rouge à lèvres. Les SMS nous seront sûrement plus utiles pour trouver des indices.

— Je pense toujours que Katie ne les a pas envoyés. Pourtant, le second fait bien allusion à Pitbull.

Elle renversa la tête en arrière, offrant son visage à la pluie.

— Je voudrais trouver au moins une réponse logique, poursuivit-elle, avant de jeter un regard déterminé en direction du manoir. On doit le fouiller de fond en comble, Donovan. Il y aura forcément quelque chose à l'intérieur : des signes de lutte, des haut-parleurs, des fils, d'autres portes dérobées… Katie ne se serait pas laissé enlever sans se défendre.

— Sauf si elle a inhalé du chloroforme.

— Et sa montre ? Est-elle tombée accidentellement ou l'homme du tunnel l'a-t-il volée parce qu'il retient ma cousine prisonnière ?

— Tu crois qu'un kidnappeur irait offrir la montre de sa victime à la première serveuse venue ?

— Il en serait capable, si son cerveau est situé en dessous de la ceinture. Les gens agissent parfois bêtement.

— Sus au manoir, alors. Mais tu dois d'abord récupérer ces échantillons de rouge à lèvres.

Il se mit à rire en remarquant son regard insistant.

— La moindre information peut nous être utile. Je pense seulement que les SMS nous en apprendront plus.

Trop frigorifiée pour répondre, Isabella monta dans sa voiture. Elle retourna en ville, suivie de près par Donovan, et prit le chemin du drugstore. A sa grande déception, tous les échantillons avaient été distribués, et la vendeuse ne se rappelait pas le nom des clientes.

Une demi-heure plus tard, elle était toujours abattue, mais au moins, elle n'était plus trempée. Vêtue d'un jean, de bottes plissées et d'une veste militaire grise, elle se rendit au bâtiment principal pour y attendre Donovan.

En dehors de ses péripéties matinales, elle lui avait parlé, l'avait aidé à pourchasser et à renvoyer chez eux des ados en quête de sensations fortes, puis l'avait embrassé sous la pluie. Ils avaient plutôt bien surmonté leur gêne, et tout bien considéré, elle n'avait pensé à leur nuit de passion qu'une bonne vingtaine ou trentaine de fois. Une quarantaine tout au plus. Oui, nu, il était beau comme un dieu, et oui, entre ses bras, elle avait vibré comme jamais auparavant, mais l'amour n'avait rien à voir là-dedans. Et ce n'était pas se voiler la face que de l'affirmer.

En entrant dans le hall de l'hôtel, Isabella aperçut Robert Drake qui sortait du bureau de George.

Quand il la vit, il désigna la pièce qu'il venait de quitter.

— Le téléphone sonnait. Je me suis dit que ça pouvait être important, et comme personne ne décrochait…

— Et ça l'était ? demanda-t-elle en souriant.

— Quoi donc ? Ah ! Non. C'était un vendeur de billets.

— Je vois. Monsieur Drake ?

Le promoteur, qui s'éloignait déjà, s'arrêta. Il agita ses clés d'un air affairé.

— J'ai un rendez-vous et je suis en retard, mademoiselle Ross.

— Oui, je m'en doutais. Y a-t-il une raison pour que vous ne m'ayez pas proposé d'acheter Darkwood Manor ?

Il releva brusquement les yeux pour la dévisager avec intérêt.

— Comme vous êtes dans l'hôtellerie, je n'imaginais pas que vous souhaitiez vendre.

— Je n'en ai pas l'intention, mais étant donné votre métier, j'aurais cru que vous vous renseigneriez.

Les commissures des lèvres de Drake se retroussèrent.

— Je n'aime pas perdre mon temps. Je m'occupe en priorité des gens qui souhaitent vendre.

— Il faut donc que vous ayez préalablement établi une stratégie. A votre place, j'aurais demandé.

Il haussa un sourcil.

— Mais vous n'êtes pas à ma place, mademoiselle Ross, et parfois, une montagne ne peut être déplacée.

— La plupart du temps, je dirais.

Il cessa de faire cliqueter ses clés.

— D'un autre côté, il y a des moyens de contourner les montagnes ou, si besoin est, de couper les voies d'accès.

— C'est vrai, acquiesça-t-elle d'un ton aimable. Mais j'y réfléchirais à deux fois avant de m'attaquer à une montagne susceptible d'entrer en éruption. Les zones situées près d'un volcan, en particulier quand ce volcan est mon grand-père, ont tendance à en pâtir. Or, d'après mes sources, vous ne cessez d'acheter des terres autour de Darkwood Manor.

— Contrairement à d'autres, elles ne présentent aucun danger, mademoiselle Ross. Tout le monde entend les cris qui viennent du manoir. La population locale croit que l'esprit d'Aaron Dark est mécontent parce que sa maison change de propriétaire. De nombreux habitants pensent que, même désincarné, il est capable de commettre un meurtre. Pour vous, c'est un argument de vente, pour moi, un danger de mort potentiel. Mais pour qui le glas sonnera-t-il la prochaine fois ?

Avec un sourire froid, il pivota rapidement sur ses talons… et percuta Donovan de plein fouet.

*
* *

George fut la principale victime de la collision. Après avoir rebondi sur Donovan, le promoteur la heurta violemment.

Elle parvint à éviter la chute grâce au bras de Donovan auquel elle s'agrippait. Mais elle trébucha contre un poteau, ferma les yeux et entama une lente descente vers le sol.

Tandis que Donovan la rattrapait, le promoteur présenta ses excuses et s'éloigna hâtivement.

— Est-elle ivre ? demanda Isabella, avant de se rappeler l'emploi du temps de George. Oh… Elle n'a pas obtenu le prêt.

— Onze minutes, marmonna George, la bouche barbouillée de rouge à lèvres. C'est le temps qu'il a fallu à ce blanc-bec tatillon pour détruire mes espoirs. « Cet hôtel est un gouffre, qu'il a dit. La mise en faillite, c'est ce qu'il y a de mieux. » Heureusement pour lui que je n'étais pas dans cet état quand je lui changeais ses couches.

Elle laissa rouler sa tête vers Donovan.

— Où est Haden ?

— Il doit être au restaurant, répondit-il.

Il haussa un sourcil en direction d'Isabella, qui prit la main de George dans les siennes.

— Le train qui m'est passé sur le corps, c'était Robert Drake ?

— Oui. Nous étions en train de bavarder, répondit Isabella.

— C'est ce qu'il m'a semblé, dit Donovan. Peux-tu t'occuper d'elle ?

— Oui. Tu devrais vérifier le bureau. Drake en sortait quand je suis arrivée.

— Sa chambre est de l'autre côté de la cuisine, à droite. Mets-la au lit. Quelques heures de repos, et il n'y paraîtra plus.

Voilà qui était plus facile à dire qu'à faire. Isabella mit vingt minutes à persuader l'autre femme de se coucher. George répétait que le banquier devait être fusillé, en compagnie d'Orry Lucas.

— L'un est un sale roquet, l'autre est fourbe comme un serpent. Ces maudits serpents, on peut pas s'y fier…

— C'est mon credo.

Isabella déchaussa George, puis la recouvrit d'une couverture.

— Essayez de dormir, d'accord ?

George répondit par un ronflement chevrotant.

Isabella s'arrêta près de la porte et, une main sur l'interrupteur, contempla le visage de la femme endormie. Jusqu'où le désespoir pouvait-il mener ?

Malgré ses talons de huit centimètres, Isabella marchait au même pas que lui. A presque 16 heures, il faisait déjà noir comme dans un four, mais le temps pressait. Donovan avait appris à suivre son instinct à ce sujet.

— Je n'accuse personne. C'est une simple constatation, déclara-t-elle en montant les marches du manoir. George a besoin d'argent. Je suis prête à parier que Robert Drake n'hésiterait pas à remplir ses caisses.

— Mais dans quel but ?

Elle s'arrêta sur le perron.

— Donovan, il y a à peine dix minutes, tu m'as dit que George t'avait confié que le fameux message lui avait été donné par Robert Drake, ce même Drake qui s'est permis de répondre à son téléphone aujourd'hui. Alors réponds-moi : George aurait-elle pu m'envoyer au manoir sous un faux prétexte en échange d'une somme rondelette ?

— Je n'en sais rien, répliqua-t-il, contrarié de ne pas pouvoir nier avec certitude. Elle nous fournissait en packs de bière, mes copains et moi, un an avant notre majorité.

— D'abord, je ne suis pas sûre de voir le rapport, dit Isabella en retenant visiblement un sourire. Et ensuite, suis-je censée la féliciter ?

— Pour trois garçons de Mystic Harbor qui devaient se contenter de deux mauvaises bières par personne le vendredi soir, c'était le bon plan. Denny Lucas volait des bouteilles à la supérette, puis accusait son cousin. Orry a souvent été de corvée de toilettes à la prison en punition de ses méfaits.

— Alors qu'il était innocent, comme tu le savais pertinemment.

Les yeux pétillants, elle lui tapota la joue.

— Tu étais un vrai petit ange, Black. Je te ferais volontiers la morale, sauf que ma tante Mara agissait comme George, et que mes amis et moi préférions le vin à la bière. Je vais m'en tenir à la présomption d'innocence et croiser les doigts pour que son allusion au serpent n'ait rien à voir avec celui qui occupait mon lit hier soir.

Elle le contourna pour pousser la porte d'entrée.

— Mais je continue à me méfier de Robert Drake.

— Et tu as entièrement raison.

Donovan balaya du regard les toiles d'araignée qui pendaient du plafond, puis l'entrée de la salle de bal.

— Es-tu sûre que Katie était là quand elle a disparu ?

— Elle a traité de gargouille l'ange sur cette moulure, alors je sais qu'elle est venue jusqu'ici.

— Aime-t-elle explorer les vieilles demeures ?

— Elle déteste ça. C'est moi, la mordue de vieilles ruines. Alors je m'occupe de la prospection et elle, des chiffres.

— Et ça rapporte, de faire la comptabilité du groupe hôtelier Corrigan-Ross ?

Elle lui jeta un regard entendu.

— C'est plutôt bien payé. Je gagne plus que Katie, si c'est ta prochaine question. Mais je suis dans l'entreprise depuis plus longtemps qu'elle. Elle a enseigné la comptabilité dans une école de commerce de Boston pendant trois ans avant que papi C. ne la persuade de rejoindre l'équipe familiale.

— Persuade ou oblige ?

Isabella fronça les sourcils, visiblement irritée.

— Tu penses que Katie a planifié sa disparition, qu'elle détestait sa vie personnelle et professionnelle et qu'elle a profité de l'occasion pour tout quitter et recommencer.

— Ce sont des choses qui arrivent.

— Peut-être, mais ce n’est pas le genre de Katie. Si elle voulait refaire sa vie, elle aurait démissionné et déménagé de Boston. Mais elle m’aurait d’abord informée de ses projets, parce qu’elle sait que je l’aurais aidée.

Sans le quitter des yeux, elle fit un geste sur le côté.

— L’ange est par là.

Il lui tendit une lampe électrique.

— Montre-moi où tu étais quand tu as entendu l’avertissement fantomatique.

Elle l’entraîna dans la salle de bal.

— Il y a eu un craquement, suivi une vingtaine de secondes plus tard par une voix féminine. On aurait dit qu’elle venait de partout à la fois, mais ça pourrait être dû à un haut-parleur large bande.

Il sentit qu’elle l’observait, puis qu’elle suivait son regard.

— Regardons-nous quelque chose en particulier, Donovan ?

Il réprima un sourire amusé.

— Tu ne sens rien ?

— A part le moisi, le bois pourri et l’humidité, non.

— Rien d’autre ?

Elle fit quelques pas en inspirant profondément.

— Est-ce que la poussière a une odeur ?

En arrivant au niveau de la fenêtre, elle fit volte-face et éclaira l’obscurité.

— Les fantômes ne portent pas d’eau de Cologne bon marché.

Donovan tourna sa lampe vers le mur du fond.

— Sors de là, Lucas.

— Espèce de frimeur, marmonna une voix d’homme. Je vous ai pris pour des intrus jusqu’à ce que j’entende vos voix.

Orry émergea de l’ombre, la main levée pour protéger ses yeux.

— Eteins cette foutue lampe, Donovan. On n’est pas dans une salle d’interrogatoire. Que faites-vous ici ?

— Ce serait plutôt à Isabella de te poser la question.

L'adjoint ouvrait la bouche pour répondre quand un bruit métallique l'interrompit. Figé, il écarquilla les yeux.

— C'était quoi, ça ? demanda-t-il d'une voix tremblante.

Isabella crispa la mâchoire.

— Je ne sais pas ce que ça fait là, mais je suis contente d'avoir des bottes, parce que ça pince fort.

Donovan baissa les yeux et sentit une immense colère monter en lui.

La cheville d'Isabella était enserrée entre les mâchoires d'un très vieux piège à l'aspect dangereux.

Orry rapporta une trousse de secours du véhicule de patrouille, puis se recula à bonne distance, laissant Donovan examiner la cheville d'Isabella.

Grâce à son jean, à ses bottes en cuir et au mauvais état du piège, les dents n'avaient fait qu'entailler légèrement sa peau. Les plaies la picoteraient quelque temps, mais tout compte fait, elle s'en tirait bien.

A en juger par l'expression rageuse de Donovan, il ne partageait pas son avis. Il tourna doucement son pied pour examiner les marques ensanglantées.

— De quand date ton vaccin antitétanique ?

— J'ai eu un rappel en mai. Je ne risque rien.

— Heureusement que le ressort était rouillé.

— Et que mes bottes ont des plis épais. C'est ma tante Mara qui me les a données, dit-elle en contemplant les dégâts d'un air attristé. Elles sont italiennes.

— Elles sont plus aérées, maintenant, commenta Orry de l'autre côté de la pièce.

Donovan déballa une bande de gaze.

— Apporte-moi ta lampe, Lucas. La mienne est en train de rendre l'âme.

— Je devrais plutôt repartir au commissariat.

— Sans nous donner les raisons de ta présence ?

La mine renfrognée, Orry se rapprocha d'eux.

— La fameuse cousine est toujours aux abonnés absents, non ? A votre avis, qu'est-ce que je faisais ?

— A première vue, vous vous cachiez dans un coin, remarqua Isabella.

— Je me suis déjà expliqué, s'exclama Orry en rougissant de colère. J'ignorais si j'avais affaire à des vagabonds.

— Et en digne représentant des forces de l'ordre, vous avez préféré vous mettre à l'abri plutôt que de risquer une confrontation directe.

— J'examinais les lieux, ma petite dame. Parce que votre petit ami l'agent fédéral n'a peut-être…

Il s'interrompit en poussant un cri, et ses pieds se dérobèrent sous lui. Il tomba lourdement sur le dos entre une table cassée et un tapis roulé.

Donovan fit un nœud au bandage et inspecta la cheville d'Isabella une dernière fois, avant de lui saisir le menton.

— Ne bouge pas, ordonna-t-il.

En un quart d'heure, l'obscurité avait envahi le manoir. Isabella enfila sa botte abîmée et se leva pour tester sa cheville. La douleur ne montait plus qu'au genou.

— Est-il conscient ? demanda-t-elle.

— Il s'est cogné la tête sur la table. Ça va aller.

Elle se mit à quatre pattes pour chercher sa torche. Elle la repéra et s'apprêtait à la récupérer quand elle aperçut un objet à moins de dix centimètres de ses doigts tendus.

— Bon sang, murmura-t-elle en reposant sa main par terre. Donovan, il y a un autre piège ici.

Elle ne s'aperçut de son retour auprès d'elle que quand il l'aida à se relever.

— C'est destiné aux écureuils, dit-il.

Elle lui secoua le bras en entendant Orry pousser un grognement.

— On devrait peut-être appeler les secours.

— Tu es plus compatissante que moi.

Le shérif intérimaire roula sur le côté en grognant de nouveau.

— Ne bouge pas, Orry, conseilla Donovan.

— Je suis censé rester ici et me vider de mon sang ? demanda l'adjoint, avant d'inspecter son crâne du bout des doigts. Désolé de te décevoir, mais je préfère ramper jusqu'à ma voiture pour demander de l'aide.

— Fais attention où tu mets les doigts, alors.

Orry se redressa maladroitement sur ses genoux, poussa un glapissement avant de s'effondrer tête la première dans les restes d'un vieux coussin éventré.

— C'est bon, je renonce ! s'exclama-t-il d'une voix chevrotante. J'en ai fini avec cette maison de fous !

Il haussa le ton, et le tremblement s'accentua.

— Vous m'entendez ? Je veux seulement sortir d'ici en un seul morceau. C'est sa maison à elle. Si notre présence vous déplaît, punissez-la, pas moi !

Malgré cette tirade absurde, un frisson parcourut Isabella des pieds à la tête.

— Je déteste quand les gens s'affolent, murmura-t-elle. La panique est contagieuse, ce qui n'arrange rien. Puis-je bouger, Donovan ?

— Oui, mais lentement. Toi aussi, Orry. Relève-toi.

— Je ne peux pas. Le sol… Je ne peux pas.

— Mets tes pas dans les miens, dit Donovan à Isabella. Attrape Orry au passage. Garde-le derrière toi et empêche-le de pousser.

Elle inspecta le sol, mais l'obscurité masquait tout.

— J'ai l'impression d'avancer en terrain miné.

— C'est le cas, répondit Donovan en s'arrêtant. Orry a glissé sur des roulements à billes, et j'ai repéré sept pièges de tailles et de types différents. Les mécanismes sont enclenchés, et les mâchoires prêtes à se refermer.

13

Comme Orry se plaignait de troubles de la vision, ils laissèrent la voiture de patrouille garée derrière le manoir et prirent la direction de l'hôpital. Une infirmière examina la cheville d'Isabella, avant de refaire le bandage, laissant au malheureux médecin le soin de s'occuper du shérif intérimaire.

— Entre deux jurons, Orry m'a confié que plusieurs personnes le poussaient à enquêter sur ce cri récurrent, dit Isabella à Donovan tandis qu'ils retournaient dans la rue.

— Et quand il dit « plusieurs personnes », il sous-entend le maire et le conseil municipal. Orry sait qui lui verse son salaire.

— Il a toutes les qualités requises pour devenir un brillant homme politique, observa-t-elle, avant de désigner le brouillard grandissant. Après une journée pluvieuse, la nuit promet d'être brumeuse.

Elle plongea la main dans la poche de Donovan pour jeter un œil sur son BlackBerry.

— Le temps passe encore plus vite quand on ne s'amuse pas. Il est presque 20 heures. Je comprends mieux pourquoi j'ai faim.

— Alors direction The Cave.

Comme toujours, le lieu était bondé. La carte originale concoctée par Haden et l'ambiance inquiétante, mais accueillante, plaisaient visiblement à la clientèle.

Isabella étudia un portrait à l'huile d'Aaron Dark sous plusieurs angles.

— Chaque fois que je le vois, je me dis que son visage m'est familier.

En voyant Donovan lever un sourcil, elle lui adressa un sourire rassurant.

— Rien à voir avec toi. Mais il me rappelle quelqu'un…, poursuivit-elle en penchant la tête. Peut-être bien Raspoutine.

— Isabella, je t'assure qu'Aaron n'avait rien d'un saint homme.

— Raspoutine non plus. Ils avaient peut-être un lien de parenté éloigné, et c'est pour ça que les gens sont convaincus que le manoir est toujours hanté par le fantôme d'Aaron. Certaines âmes refusent simplement d'aller de l'avant.

— Refusent ou en sont incapables, corrigea Donovan en l'entraînant à travers la foule vers un box vide. Tout dépend de ta façon de voir les choses : la présence supposée d'Aaron peut être le dernier acte de rébellion d'un homme obstiné, ou le destin que lui a imposé une puissance supérieure.

— Ou peut-être un peu des deux, commenta Haden en les rejoignant, les épaules voûtées et la tête baissée. Je me suis dit qu'en ne m'ayant pas vu au manoir, vous viendriez ici. Je ne me suis pas dégonflé, se défendit-il en remarquant le léger sourire de Donovan. Deux de mes employés sont malades.

Il finit par faire un geste penaud.

— Ah, bon sang, je l'avoue : j'ai eu peur. Suivez-moi en cuisine, on en profitera pour discuter. Le plat du jour est de l'élan, si vous vous sentez audacieuse, Isabella.

— C'est de pire en pire, murmura-t-elle tandis qu'ils franchissaient la porte battante à la suite de Haden.

Sur la musique de *S.O.S. Fantômes*, une douzaine de personnes s'affairaient dans un ballet incessant qui la fascina. Malgré l'apparence de chaos, la brigade maîtrisait tout, et rien ne tombait ni ne coulait.

Ils franchirent le champ de bataille culinaire et entrèrent dans le bureau de Haden. Le géant épongea son visage avec une serviette, avant de regarder son neveu.

— Je veux te montrer le plan au sol que je voulais apporter

au manoir. Explique-moi la différence entre les mesures intérieures et extérieures.

Les chiffres et Isabella n'avaient jamais fait bon ménage. Elle abandonna Donovan et son oncle à leur discussion et revint vers la porte.

Les zones de préparation des aliments éveillaient sa curiosité. Elle aurait volontiers admiré le spectacle si elle n'avait pas aperçu l'imprimante haut de gamme de Haden. Son appareil était dans son sac à bandoulière, et elle avait déjà pris deux douzaines de photos que papi C. serait impatient de voir.

— Haden ?

Elle utilisa l'appareil photo qu'elle venait de sortir pour désigner l'imprimante.

— Puis-je m'en servir ?

— Je vous en prie. J'ai beau essayer, cette machine me dépasse.

Il reporta son attention sur le plan et repartit dans une discussion de plus en plus animée avec son neveu.

C'était probablement une mauvaise idée, mais elle ne résista pas à l'envie de contempler le profil de Donovan. Des images de leurs ébats de la veille lui revinrent à l'esprit. Il avait provoqué en elle une explosion de sensations et de sentiments qui avait touché son esprit, son corps… et son cœur.

Non, décidément, elle n'était pas prête à s'engager sur cette voie-là. Elle se concentra de nouveau sur sa tâche et ôta sa veste.

Papi C. refusait de l'admettre, mais sa vue était moins bonne que dix ans auparavant. A présent, il aimait regarder les photos en grand format. Elle augmenta la taille à 20 x 25 et se promit d'offrir une nouvelle cartouche d'encre à Haden.

A sa grande surprise, la carte mémoire contenait plus de quarante clichés. Bien sûr, Darkwood Manor était le sujet principal, mais il n'était pas le seul. Elle découvrit trois photos de Katie qui lui serrèrent le cœur, deux de George avec son tord-boyaux et une de Donovan au milieu du brouillard, vêtu de son blouson, une expression énigmatique sur le visage.

Le souffle coupé, elle s'éventa avec une chemise cartonnée qui traînait sur le bureau.

Une fois les premières photos imprimées, elle les rassembla, toujours troublée par l'image de Donovan. Sur l'insistance de Haden, ils s'installèrent dans un box à peine assez grand pour une personne. Hantée par la dernière photo, elle s'obligea à ne pas regarder son compagnon de table de tout le repas.

Elle commanda des lasagnes, priant pour que la viande ne soit ni de l'écureuil ni de l'élan, et comprit qu'elle avait bu trop de vin en sentant le bout de ses doigts s'engourdir.

Au moment du dessert, elle fonça aux toilettes pour s'empêcher de sauter sur Donovan. Mais fuir était inutile. Le descendant sexy d'Aaron Dark occupait la moindre de ses pensées et, elle devait bien l'admettre, elle était incapable de lui résister. *Le cœur domine la tête*, songea-t-elle, exactement comme l'avait prédit papi C.

Derrière elle, Lindsay fit irruption dans la pièce et la fixa d'un air absent par le biais du miroir.

— Ça vous reviendra, promit Isabella.

La serveuse finit par abattre sa paume sur son poignet nu.

— Je ne crois pas que vous ayez volé la montre, dit Isabella en allant jusqu'au distributeur de serviettes. En fait, j'ai rencontré l'homme que vous avez décrit.

Le visage de Lindsay s'illumina.

— Où ça ? demanda-t-elle.

— Nous nous sommes percutés dans un tunnel sous le manoir.

— C'est vrai ? demanda-t-elle d'un air horrifié. Mais pourquoi étiez-vous là ?

— Parce que je ne crois pas aux fantômes, je suppose.

— Même pas en celui d'Aaron Dark ?

— Lui en particulier.

Lindsay fit quelques pas vers une des cabines, mais s'arrêta en regardant par-dessus son épaule.

— J'ai repensé à autre chose qui pourrait vous intéresser. Quand je lui ai demandé où il avait eu une si jolie montre, il m'a dit qu'elle appartenait à une femme qui était venue à Mystic Harbor quelque temps plus tôt. Il a dit que là où elle allait, et avec qui elle y allait, elle n'en aurait plus besoin.

— Cette pauvre fille ne va plus oser m'adresser la parole, déclara Isabella une heure et demie plus tard. Chaque fois que je la croise, elle finit au poste, à subir à la fois ton interrogatoire et le regard noir d'Orry.

— Orry est trop occupé à s'apitoyer sur son sort pour fusiller qui que ce soit du regard. Attache ta ceinture. Le brouillard est dense, ce soir.

— J'aimerais croire qu'on a progressé, mais je suis à peu près sûre que non. Je suppose que notre mystérieux inconnu sera davantage sur ses gardes, maintenant qu'il sait que nous connaissons l'existence des tunnels.

— Il ne faisait peut-être que fanfaronner, Isabella.

— C'est possible, mais pour l'instant, nous n'avons rien trouvé qui explique les SMS que j'ai reçus, la référence à Pitbull, le fait que Katie est quasiment la seule à m'appeler Bella…

— Sans parler du serpent dans ton lit, des coups de feu, du couteau ou du message écrit au rouge à lèvres. Oublie tout ça pendant quelques heures, lui conseilla Donovan. A force de ressasser tout ça, tu vas devenir folle. Je te promets qu'on va tirer cette histoire au clair.

Il avait raison. Elle s'efforça de maîtriser sa frustration et vérifia si le bout de ses doigts était toujours engourdi. Tout était revenu à la normale. A la fois soulagée et déçue, elle se mit à pianoter en l'air.

— Je ne suis pas soûle, après tout.

— Tu pensais l'être ?

— Au restaurant, j'avais envie de te sauter dessus. Bizarrement, ça a recommencé au commissariat. Je suppose que c'est lié au fait que tu sois un agent fédéral.

Elle tendit le bras pour jouer avec ses cheveux.

— Cette dernière information froisse-t-elle ton amour-propre ?

— Tout dépend de la conclusion.

Comment pouvait-elle lui résister ? Elle n'en avait pas la force.

Une fois devant la cabane, il coupa le contact. Un épais brouillard enveloppa aussitôt le pick-up. Isabella ne parvenait pas à distinguer les lumières de l'hôtel ou celle de sa cabane, mais elle voyait Donovan à la perfection. Elle le désirait ardemment. Elle voulait qu'il caresse sa peau, qu'il touche ses seins, qu'il la pénètre.

Un sourire s'épanouit sur son visage quand il la souleva par-dessus le levier de vitesses et l'installa à califourchon sur lui. Elle effleura ses lèvres, tout en ondulant du bassin.

Puis elle enfouit les doigts dans ses cheveux et l'embrassa passionnément.

Il ne l'aimait pas, c'était impossible. Il avait préservé son cœur pendant trop d'années pour tomber amoureux maintenant.

C'était du désir, rien de plus, songea Donovan. La réaction de ses hormones frustrées face à une femme incroyablement sexy.

Perdus dans un tourbillon de plaisir, ils avaient vécu une nuit torride. Et voilà que les premières lueurs de l'aube pointaient déjà. Il aurait dû partir depuis des heures, pourtant, il était toujours là, à moitié habillé, essayant de se rappeler où ses clés avaient échoué.

Il s'assit sur le canapé et posa ses pieds nus sur la table basse. En buvant le café qu'il avait préparé sans réfléchir, il contempla la silhouette sinistre de Darkwood Manor. Perchée au sommet de la crête, la maison échappait à la brume qui montait de l'océan.

Les gens du coin assuraient que la présence maléfique d'Aaron attirait les forces de la nature les plus hostiles. Voilà qui expliquait le brouillard permanent et la pluie glaciale.

La tête appuyée contre le canapé, Donovan se mit à rassembler les faits.

Un vieux costume et des balles ; des pièges et encore plus de balles ; des avertissements fantomatiques et des couteaux ; une flèche dans la porte d'entrée, une tentative de kidnapping, un message écrit au rouge à lèvres écarlate ; deux SMS envoyés par une cousine disparue dont le petit ami s'appelait Pitbull ; un inconnu dans le passage sous le tunnel ; Orry caché dans la salle de bal la veille ; Darlene entrant dans le commissariat par la porte de derrière.

Darlene travaillait pour Gordie Tallahassee. Gordie était agent immobilier. Robert Drake était promoteur. Drake résidait à l'hôtel de George. George avait besoin d'argent.

L'ex d'Isabella avait acheté Darkwood Manor, avant de mourir dans un accident de voiture en lui léguant le domaine. D'après Haden, et il était d'accord avec lui, les dimensions intérieur-extérieur du manoir ne correspondaient pas.

Son cerveau souffrait du manque de sommeil et d'un trop-plein de sexe. Donovan devait compartimenter ses émotions pour éviter l'implosion. Comme il l'avait appris au cours de sa formation, il déposa ses soucis dans des boîtes mentales dont il referma soigneusement le couvercle.

L'une d'entre elles refusa de se fermer. Aucune boîte n'était en mesure de contenir ses sentiments pour Isabella.

Le téléphone qu'il portait à la ceinture se mit à vibrer. A 5 h 55, il ne pouvait s'agir de bonnes nouvelles.

Il jeta un coup d'œil sur l'écran avant de décrocher.

Tandis qu'il écoutait son interlocuteur, une étrange sensation l'envahit. Mais il s'obligea à garder une expression neutre, tout en absorbant les informations.

Elle se tenait derrière lui. Il avait ressenti sa présence dès qu'elle était entrée dans la pièce. Il sentait l'odeur de ses cheveux et de sa peau. Ce parfum de forêt tropicale lui faisait perdre la tête depuis leur première rencontre.

Quand il raccrocha, elle se pencha pour lui caresser le

torse. Ses cheveux glissèrent contre la joue de Donovan, qui sentit son désir renaître instantanément.

— Tu ferais mieux de me dire les mauvaises nouvelles. Je me doute que tes injures ne visaient pas Haden.

— Je réagissais aux informations, pas à la personne.

Elle pressa sa joue contre sa tempe.

— Et la raison de cet emportement ?

— J'ai demandé à un ami de vérifier les SMS que tu as reçus. Grâce aux antennes-relais, il est possible de localiser la direction générale des appels sortants.

Il préférait lui annoncer la nouvelle face à face. Il se leva et la prit par les bras, les yeux rivés aux siens.

— C'étaient des appels locaux, Isabella. Les deux SMS ont été envoyés de Mystic Harbor.

Donovan, qui ouvrait la marche, désigna le sol du manoir.

— Oriente ta lampe vers le bas. Ce couloir est encore plus semé d'embûches que la salle de bal.

Isabella accrocha son jean à un fil de fer.

— J'avais remarqué. Y a-t-il des roulements à billes ou des pièges rouillés ?

— Pas pour l'instant.

— C'est déjà ça. La cuisine principale est à gauche, dit-elle en évitant une gigantesque toile d'araignée. Ecoute, je sais que tu penses que Katie et Pitbull agissent de concert, mais tu te trompes.

— Je constate seulement que quelqu'un se donne beaucoup de mal pour t'effrayer. D'après moi, ça cache un pot-de-vin.

— Tu veux dire que si jamais je vends le manoir, la personne qui m'y aura poussée récoltera les bénéfices ?

— Oui.

— Depuis quand un enlèvement est-il considéré comme une tactique d'intimidation ? Sans compter les balles qui ont été tirées sur Orry et toi sur la crête, et sur toi et moi sous le manoir. Le couteau est un cas limite s'il a été lancé par une main habile, mais mettre un serpent venimeux dans le lit d'une personne phobique, c'est tout simplement…

— Cruel.

Donovan se retourna pour lui effleurer la joue. Elle soupira, tout agacement évanoui.

— Katie ne prendrait pas part à des manœuvres aussi malsaines. Même Pitbull ne réussirait pas à la convaincre.

— Je te crois, dit-il en éclairant le chambranle d'une porte à double battant. Et si Pitbull agissait sans la coopération de Katie ?

Isabella ouvrit la bouche pour répondre, puis la referma en détournant le regard.

— Tu n'en es pas sûre, n'est-ce pas ?

Elle contourna une caisse de bois.

— Je ne suis pas sûre de t'apprécier quand tu te mets à agir en flic.

Il esquissa un sourire.

— Dans ce cas, je ne perds rien à jouer mon va-tout en te posant des questions sur la relation de ta cousine avec ton ex.

— Katie et David ? demanda Isabella d'un air stupéfait. Tu crois qu'il y avait quelque chose entre eux ?

— Je me demande si Katie ne l'appréciait pas plus qu'elle ne le laissait entendre.

— Donovan, la seule chose qu'elle aimait chez David, c'était sa voiture. Il conduisait une Corvette Sting Ray rouge cerise des années 1960. Au risque de la faire paraître sans cœur, la destruction de la voiture lui a sûrement fait plus de peine que la mort de David.

— Elle n'aurait donc aucune raison de t'en vouloir.

— Dans quel but ? David est mort.

— Il t'a légué Darkwood Manor, Isabella. Quelles que soient tes décisions concernant la maison, la centaine d'hectares qui l'entoure vaut une grosse somme d'argent.

— Oublie cette théorie, répliqua-t-elle avec fermeté. Primo, je le répète, Katie détestait David. Secundo, il était l'homme d'une seule femme. Malgré ses bizarreries, il n'était pas du genre partageur. Il ne m'aurait pas trompée pendant notre histoire, et certainement pas avec une femme déjà prise.

Le sourire de Donovan s'accentua.

— Ne monte pas sur tes grands chevaux. Ce n'est pas ce que je sous-entendais. La jalousie, précisa-t-il devant son regard méfiant. Je veux savoir si tu penses que Katie aurait pu envier ta relation avec David Gimbel.

— Au point de faire tout ça ? La réponse est un non catégorique, Black.

Mais un léger doute commençait à s'insinuer en elle. Elle prit une profonde inspiration et s'exhorta à la patience.

— Je suis consciente que ces questions font partie de ton quotidien, mais je t'assure que tu fais fausse route. C'est vrai, Katie et moi avons parfois été attirées par les mêmes garçons. Mais ça remonte au lycée et à la fac, quand les adolescentes fantasment sur des échanges de regards et des corps musclés. Cette époque est révolue. Quant à ma patience, elle est à bout.

Il s'appuya d'une épaule contre le mur.

— Alors ce n'est pas le moment que je te dise combien tu es belle quand tu es en colère ?

Au comble de l'exaspération, Isabella s'avança vers lui à grands pas, écartant d'un coup de pied un morceau de plâtre qui lui barrait le chemin. Elle saisit des deux mains la chemise de Donovan.

— Tu ne m'as encore jamais vue quand je suis en colère, mon pote.

Elle l'attira vers elle et l'embrassa avec force. Intensément troublée, elle s'écarta et leva les yeux vers lui.

— Attaque-toi encore à ma cousine, et tu risques de voir des étoiles, avec les compliments de Jimmy Corrigan, alias « l'exécuteur irlandais », alias papi C., qui m'a appris à donner une bonne droite à tous les adversaires que je vois arriver.

— Contrairement à ceux qui t'attaquent en douce avec du chloroforme.

Elle remarqua avec plaisir l'éclat qui brillait dans le regard de Donovan. Visiblement, elle n'était pas la seule à être sur des charbons ardents. Elle aurait volontiers succombé à l'énergie qui vibrait entre eux, mais les couloirs sombres et l'ambiance pesante n'étaient guère propices aux intermèdes romantiques.

Elle s'obligea à relâcher la chemise de Donovan. Son cœur manqua un battement quand un grincement semblable à un couinement retentit au-dessus de leurs têtes.

— Cet endroit a tout de la salle de torture. J'imagine volontiers Aaron Dark aux aguets avec un couteau de boucher, remarqua-t-elle.

Donovan lui prit la main.

— Aaron n'a pas démembré sa femme.

Et les fantômes n'étaient pas censés faire gémir les lattes de parquet, mais elle n'était pas rassurée pour autant.

Plus ils s'enfonçaient dans les entrailles du manoir, plus les ténèbres s'épaississaient. Leurs lampes leur frayaient un chemin dans l'obscurité, mais en dehors de l'étroite bande lumineuse, la pénombre restait insondable.

Un second grincement résonna quand ils entrèrent dans la cuisine.

— Ce n'était pas le parquet, constata Donovan.

— Je crois qu'il y a une porte à côté de cette grosse cheminée en pierre, à droite. Je l'ai remarquée le premier jour, quand j'étais trop inquiète à cause de la disparition de Katie pour avoir peur. Il y a aussi une fenêtre sur le mur du fond, mais elle est bloquée par un volet.

Elle lui toucha le bras avant qu'il n'avance.

— J'ai entendu un bruit de pas.

— Reste derrière moi, ordonna Donovan. Dirige ta lampe dans la direction opposée.

Le cœur d'Isabella battait la chamade. Elle suivit Donovan à la trace et tourna sur elle-même, convaincue que le rayon de sa lampe allait éclairer les yeux qu'elle sentait posés sur elle.

— A la place de Sybil Dark, si j'avais été contrainte de vivre ici avec un fou furieux, je n'aurais pas attendu de me faire pousser du haut d'une falaise. J'aurais sauté toute seule.

— C'est peut-être ce qu'elle a fait.

— Très réconfortant, Black.

Des morceaux de bois calcinés provenant du foyer jonchaient le sol. L'un d'entre eux ressemblait à une main carbonisée aux doigts crochus.

Charmant, songea-t-elle en l'enjambant.

— Approche-t-on de la fenêtre ?

— J'y suis. J'ai le loquet dans la main, mais tu avais raison : il est bloqué.

Quelque chose frôla la jambe d'Isabella. Elle abaissa vivement sa lampe, avant d'effectuer un balayage rapide autour d'elle.

Elle ne vit rien d'autre que de la poussière et des débris de bois.

Quelques secondes plus tard, elle aperçut un mouvement du coin de l'œil. Ce n'était pas Donovan, puisqu'il se dirigeait vers le garde-manger.

Le halo de lumière éclaira un évier encastré dans le plan de travail. Elle discerna aussi la queue d'un animal qui sautait du meuble jusqu'au foyer de la cheminée.

Elle inclina sa lampe pour suivre le mouvement et se figea en découvrant deux yeux jaunes qui la fixaient sans ciller.

Au bout de plusieurs secondes, la silhouette d'un énorme chat noir émergea de l'obscurité.

Le soulagement envahit Isabella, aussitôt remplacé par de la curiosité.

— Est-ce toi que j'ai vu dans la pièce secrète il y a quelques jours ? demanda-t-elle en tendant une main vers l'animal, qui la renifla précautionneusement. Je parie que tu connais le moindre recoin de cette maison. Tu nous serais sûrement d'une aide précieuse si tu pouvais parler.

Comme s'il comprenait, le chat miaula et sauta sur le sol. Une plaque était accrochée à son collier. L'animal avait peut-être un nom… ou encore plus instructif, un propriétaire.

Le chat persan de tante Mara la suivait partout. Si celui

du manoir avait la même habitude, cela valait peut-être la peine de vérifier.

Elle appela Donovan, avant de suivre le félin dans un couloir étroit qui formait un coude vers un escalier encore plus étroit. Des marches montaient d'un côté et descendaient de l'autre dans des ténèbres intimidantes.

Elle ignorait où était passé le chat, mais comme elle n'avait pas encore exploré cette partie de la maison, elle promena sa lampe dans toutes les directions.

L'impression d'être observée revint en force. Son ventre se serra, tandis que ses paumes devenaient moites. Cette sensation ne la quittait presque jamais, mais parfois, elle devenait tangible, comme si quelqu'un passait un doigt glacé le long de son échine.

Son cœur pris de panique se mit à tambouriner dans sa poitrine. Avant d'être paralysée par la peur, elle recula et revint sur ses pas.

Tout ça pour un chat qui n'avait sûrement rien à voir avec leurs problèmes et qui aimait déambuler dans les vieilles bâtisses pour chasser les souris…

Dans le couloir, le seul bruit notable était celui de ses talons. Son imagination qui tournait à plein régime lui faisait entendre d'autres sons, à commencer par la respiration lourde qui était sûrement la sienne.

Ou pas.

— Isabella…

La voix masculine était à peine plus forte qu'un écho.

— Merde, jura-t-elle à mi-voix.

Elle continua de marcher en arrière, les yeux balayant l'obscurité.

— As-tu peur ? murmura la voix. Es-tu prête à te soumettre ? Ou vas-tu subir le destin tragique de tes prédécesseurs ?

La colère lui permit de retrouver sa voix et lui donna la force de répliquer.

— Je ne sais pas de qui vous parlez.

Sauf s'il faisait allusion à Katie…

— Et je ne crois pas aux fantômes, alors qui que vous soyez, vous n'obtiendrez pas ce que vous voulez de cette façon.

Il émit un petit rire grinçant qui lui fit l'effet du crissement d'ongles sur un tableau. Pourquoi diable avait-elle rendu à Donovan son arme de secours ? Elle chercha à tâtons la porte qui se trouvait derrière elle.

— Ce que je veux, Isabella, toi seule peux me le donner. Et je récupérerai mon bien, parce que personne ne peut prendre ce qui est à moi.

La voix sinistre se mua soudain en grognement.

— Est-ce que tu m'entends ? Personne n'a le droit de prendre ce qui m'appartient.

Les ombres semblèrent s'entrouvrir, et en un éclair, elle entr'aperçut un bras et un objet en métal noir.

Quelque chose heurta le sol. Un cri étouffé fut aussitôt couvert par le sifflement d'un chat en colère.

Terrifiée, Isabella finit par toucher la porte du bout des doigts. Elle l'ouvrit brutalement et franchit le seuil au pas de course. Elle traversa rapidement la cuisine, avant d'arriver dans le garde-manger.

— Donovan !

Elle tourna sur elle-même et éclaira la pièce avec la lampe qu'elle n'avait pas lâchée. Les étagères qui couvraient les murs du sol au plafond semblaient s'incliner dangereusement dans sa direction. Il lui semblait toujours entendre la respiration de l'homme et son murmure doucereux.

Elle se sentait prise de panique.

— Donovan ? cria-t-elle de nouveau.

Elle aperçut sa lampe qui gisait sur les tommettes cassées à une trentaine de centimètres d'un mur entrouvert.

Mais de Donovan, nulle trace.

14

Elle voulait jouer avec un chat ?

Les pensées qui tourbillonnaient dans la tête de Donovan avaient dû déformer les paroles d'Isabella. Il ouvrit la bouche pour répondre, mais en tournant, il heurta une des étagères qu'il était en train d'observer et entendit un léger déclic.

Les étagères et le mur sur lequel elles étaient montées pivotèrent. Il tira prudemment et découvrit une ouverture de soixante centimètres sur un mètre quatre-vingts environ. Une échelle de meunier descendait dans des ténèbres insondables.

Il vérifia l'encadrement plusieurs fois. Voilà qui était intéressant. Dans une maison remplie d'installations métalliques rouillées et de solives déformées, cette porte dérobée s'ouvrait sans le moindre bruit.

Il passa ensuite aux charnières. Quelqu'un avait mis assez d'huile dessus pour lubrifier trois portes, assez pour aller et venir en silence, comme un fantôme.

L'ouverture suscitait sa curiosité, mais il devait d'abord empêcher Isabella de pourchasser un chat au fin fond du manoir. La porte qu'il avait découverte ne devait pas être la seule à être utilisée par le prétendu spectre.

Alors qu'il s'apprêtait à revenir sur ses pas, il aperçut la silhouette d'un homme sur le mur de la cuisine.

Il dégaina son arme. L'ombre stoppa net. Donovan avança à pas de loup, mais contrairement aux charnières bien huilées, le parquet était loin d'être silencieux. Une des lames gémit bruyamment sous son pied. Alertée, l'ombre fit marche arrière et s'esquiva par une porte latérale. Donovan la suivit hors de la maison en poussant un juron.

Des volutes de brume s'enroulèrent autour de ses jambes, tandis qu'il ralentissait en regardant autour de lui.

L'inconnu connaissait sûrement les bois environnants sur le bout des doigts. Il avait dû prévoir des itinéraires pour s'échapper.

Un bruissement dans les buissons attira son attention. Son arme pointée vers le ciel, Donovan pencha la tête pour écouter.

Le vent était quasiment inaudible, mais le rugissement de l'océan était omniprésent, accompagné du fracas régulier des grosses vagues qui s'écrasaient contre les rochers avant de se briser sur la falaise.

Après avoir entendu de nouveau frémir les feuilles et les branches, il s'engagea sur une sorte de sentier au pas de course. Quelques mètres devant lui, sur sa droite, les buissons tremblèrent, puis s'agitèrent violemment.

Il s'arrêta, observa et attendit. Quand une silhouette jaillit brusquement du feuillage, il abaissa son arme et visa.

Le cerveau d'Isabella était au bord de la saturation. Si un professionnel comme Donovan ne parvenait pas à comprendre ce qui se passait, elle avait peu d'espoir d'y parvenir.

Après avoir aperçu une ombre, il était parti à sa poursuite. Résultat des courses : il avait failli abattre un cerf que le passage du rôdeur avait probablement dérangé.

Au même moment, elle avait reçu une nouvelle menace, mais cette fois, de la part d'un homme. Elle devait être à moins d'un mètre cinquante de lui quand le chat l'avait fait trébucher.

L'animal avait droit à toute sa gratitude, qui que soit son propriétaire.

De retour à l'hôtel de George, Donovan appela un ami policier, tandis qu'Isabella s'asseyait sur une marche d'escalier, en pleine réflexion. Devait-elle appeler papi C. aujourd'hui ou attendre encore un jour ?

En appelant Pitbull, elle obtint la même réponse que les autres fois. Elle laissa un énième message et raccrocha.

En trente minutes, le hall était devenu nettement plus bruyant. Sept tables de poker rondes occupaient la moitié de l'espace. Robert Drake était là, isolé dans un coin. Gordie Tallahassee était arrivé un quart d'heure plus tôt, rouge et essoufflé. Orry brillait par son absence.

La mine renfrognée, Darlene se tenait près de la réception, une cigarette non allumée à la main. Son regard passa de Donovan aux tables, puis à l'escalier.

— Avez-vous vu ma mère ? demanda-t-elle de l'autre bout de la pièce.

— Elle est sortie prendre sa pause cigarette.

Darlene alluma sa cigarette, tout en approchant de l'escalier sans se presser.

— Vous semblez quelque peu troublée, Isabella. Est-ce que le manoir commence à vous tourmenter ?

— Uniquement en ce qui concerne la disparition de ma cousine.

— Au risque de me répéter, vous êtes folle de ne pas vendre.

— Parce que toucher à la maison d'Aaron Dark va l'énerver ? Désolée, ça ne prend pas.

— Je crois bien que votre ex-petit ami a dit quelque chose dans ce genre-là une semaine avant sa mort.

— David conduisait une voiture puissante sur une route glissante. Il roulait trop vite, a mal pris un virage et a eu un accident. Je ne pense pas qu'un fantôme du XIXe siècle en connaisse assez sur les voitures du XXe siècle pour fomenter un coup pareil. Aaron est plus porté sur les cris et les menaces chuchotées. Sans oublier les messages d'avertissement.

Isabella s'obligea à sourire cordialement.

— J'aime bien la couleur de votre rouge à lèvres. Ce n'est pas du rouge coquelicot, n'est-ce pas ?

Darlene aspira une bouffée de cigarette, avant de répondre au sourire d'Isabella.

— Je préfère les teintes plus sombres. A votre place, mon chou, je prendrais…

La porte s'ouvrit, et Orry entra dans la pièce en se pavanant. Darlene marmonna un juron et se détourna vivement lorsque George sortit de la cuisine.

— Quoi ? demanda-t-elle en voyant Isabella hausser les sourcils. D'un côté, il y a un abruti ; de l'autre, une mère prête à me faire la morale. Je vous assure qu'après s'être fait pincer les fesses plusieurs fois, personne n'a envie de servir des bières à cette bande de macaques. Fiche-moi la paix, Orry. Et toi aussi, Donovan, ajouta-t-elle, comme les deux hommes les rejoignaient. Je ne suis pas d'humeur à supporter une joute verbale.

— On est deux.

— Trois, dit Isabella.

— Quatre, grogna Orry hargneusement. Tenez.

Il fourra quelque chose dans la main d'Isabella.

— J'ai trouvé ça au manoir avant que vous et Œil-de-Lynx ne débarquiez et que je termine avec une commotion cérébrale.

Isabella contempla la boucle d'oreille posée au creux de sa paume. C'était un bijou simple, en or blanc et jaune, représentant un C et un R entrelacés. Le seul problème…

— Ce n'est pas à moi.

— Ça dit « CR », ma petite dame, comme dans Corrigan-Ross, lança Orry d'un air méprisant.

Elle secoua la tête, avant de regarder Donovan.

— Ce n'est pas à moi.

— Ce serait à Katie ?

— C'est coordonné à la montre.

Donovan attrapa la boucle par l'attache.

— Il est temps de retourner au manoir.

*
* *

— Je ne vois pas pourquoi je dois t'accompagner, s'exclama Orry en jetant un regard noir au manoir. A cette heure, je pourrais faire une centaine d'autres choses plutôt que de te suivre dans une maison qui déteste les humains n'ayant pas de sang Dark dans leurs veines.

Donovan coupa le contact et scruta les fenêtres à travers la pluie battante.

— Une maison ne peut pas détester, dit-il d'un ton distrait.

— Ce qui reste d'Aaron en est parfaitement capable.

— Il est en bonne compagnie.

— Très drôle, Donovan, répliqua Orry.

Il claqua la portière du pick-up et courut s'abriter sous l'avancée du toit.

— La seule raison qui fait que les gens et les fantômes t'apprécient, c'est qu'ils te trouvent super cool. Eh bien, moi aussi, j'attire l'attention, tu sais.

— Oui, j'ai vu le rouge à lèvres sur ton col, dit Donovan en empochant ses clés. Qu'en pense ta femme ?

Les joues du shérif intérimaire s'empourprèrent.

— Occupe-toi de tes affaires ! Est-ce que les pièges sont toujours là ?

— Pour autant que je sache. Je n'en ai vu aucun sur le périmètre. En évitant le centre de la pièce, nous ne risquons rien.

A l'entrée de la salle de bal, il repositionna son arme.

— Où était la boucle d'oreille ?

— A quelques mètres, à gauche de ce truc dépourvu de bras.

— Tu parles sans doute de la réplique de la Vénus de Milo.

— Tous les goûts sont dans la nature, répliqua Orry avec une moue dédaigneuse.

Un claquement bruyant le fit sursauter.

— Qu'est-ce que c'était que ça ?

— Un piège, et une raison de moins de s'inquiéter. Il n'y a rien entre nous et Vénus, Orry.

— Il n'y avait rien autour d'elle non plus, hormis des

morceaux de plâtre, des insectes morts et une boucle d'oreille qui brillait, dit l'adjoint. Tout ça est ridicule. Isabella dit que cette boucle d'oreille appartient à sa cousine. Est-ce que je soutiens le contraire ? Elle assure que quelque chose est arrivé à cette femme. Très bien, je tiens compte de son opinion. Personne ne sait où est passée la voiture de la cousine Katie, mais je reste confiant. Elle est sûrement en Floride, là où la fille s'est rendue après avoir planifié sa disparition, mais qui suis-je pour mettre en doute ses intentions ? Une seconde… Je suis le shérif intérimaire. Et même si partir à la chasse aux chimères fait partie de mes fonctions, j'aimerais autant les chasser dans mon Etat.

En écoutant Orry, Donovan éprouva un vague sentiment de culpabilité. N'avait-il pas pensé la même chose à un moment donné ? Même quand Isabella lui jurait que ce n'était pas possible ?

Orry passa son bras sur le sol.

— Tu vois ? Il n'y a rien d'autre ici.

Donovan s'agenouilla pour mesurer la distance jusqu'au mur.

— Bon, on est venus, on a vu… Sortons d'ici, dit Orry.

Mais dans sa hâte de partir, il marcha sur quelque chose qui poussa un glapissement. Il hurla à son tour et rebondit contre l'épaule de Donovan, avant de heurter le mur.

— Je comprends comment ce stupide buste a perdu ses bras, dit-il en se redressant. Cette maison est truffée de pièges en tout genre. Je me demande comment tu as réussi à me convaincre de… Quoi ? demanda-t-il en voyant Donovan désigner son holster.

— Ton arme.

L'adjoint écarquilla les yeux.

— Pourquoi ?

— Parce qu'on descend.

Orry sauta sur ses pieds. En voyant le passage dérobé qui s'était ouvert, il recula.

— C'est quoi, ça ?

— Une embrasure de porte.

— Sans poignée. Et des marches qui descendent. Dans le noir.

Un léger sourire apparut sur les lèvres de Donovan quand Orry ajouta fermement :

— Je reste ici pour couvrir tes arrières.

Convaincu que l'adjoint le gênerait plutôt qu'autre chose, Donovan n'insista pas et franchit l'ouverture.

— Ne te laisse pas effrayer par les portraits, Orry. On dirait qu'ils nous suivent des yeux, mais ce n'est qu'une impression.

Après avoir vérifié son arme, il s'enfonça dans les ténèbres.

— Vous savez pourquoi il ne voulait pas que vous y alliez.

Haden écarta le couvercle de la marmite pour pouvoir goûter à la soupe.

— Il faut plus d'oignons, décréta-t-il. La dernière fois que vous avez passé du temps au manoir, vous avez failli vous faire amputer de la cheville. Et vous avez remarqué comme Orry a traîné des pieds toute la journée. Il serait plus que ravi de vous pousser dans un autre piège si ça lui permettait de l'éviter. Vous êtes bien mieux au restaurant, à tester mes nouveaux plats et à imprimer des photos pour votre grand-père.

Dépitée, Isabella n'avait aucune envie de se cantonner à ces activités.

— Y a-t-il beaucoup d'habitants de Mystic Harbor qui peuvent retracer leur lignée jusqu'à Aaron ou sa sœur ?

Tout en faisant le tour de son bureau, Haden nota quelques remarques sur le potage.

— Pas aussi directement que nous quatre, mais ils sont nombreux à se réclamer d'un lien de parenté éloigné. Bien entendu, Sybil aussi avait de la famille : des oncles, des cousins, etc. Certains d'entre eux sont très contrariés de n'avoir aucun droit sur le manoir. D'après les lois actuelles, ils auraient peut-être raison. Mais le manoir a été vendu il y a très longtemps, alors toute cette controverse est une tempête dans un verre d'eau. Le manoir est à vous jusqu'à ce que vous décidiez du contraire.

Et en cet instant précis, Isabella rêvait d'être sur sa propriété, en pleine exploration. Mais quand elle avait fait part de ses intentions à Donovan, il l'avait embrassée, réduisant comme d'habitude ses neurones en bouillie. D'un côté, elle lui en voulait ; de l'autre, il lui fallait bien admettre que cet homme savait la mener par le bout du nez.

L'imprimante cracha le reste de ses photos de Mystic Harbor. Isabella les alignait quand un élément sur la dernière feuille attira son attention.

Elle avait pris ce cliché la nuit où George l'avait rejointe devant sa cabane. Darkwood Manor se dressait sur la crête, mais ce n'était pas la maison qui l'intéressait. Elle regarda attentivement les arbres, et en particulier la silhouette qui se cachait au milieu des troncs.

Si elle n'avait pas agrandi les photos, elle n'aurait sûrement rien remarqué, même si la lune presque pleine éclairait bien le paysage. Le format 20 x 25 était décidément instructif : la silhouette tenait un couteau et semblait sur le point de le lancer.

Après avoir imprimé un agrandissement, elle l'examina à la lumière. Devant le résultat, elle n'hésita qu'un bref instant avant d'aller retrouver Haden.

— J'aurais dû m'en douter.

Le géant se donna une tape sonore sur la tête, avant de la secouer, envoyant des gouttes de pluie dans toutes les directions.

— Cette fille est une insatisfaite chronique. Elle en a toujours voulu plus, elle a toujours rêvé de partir d'ici. Cela dit, je n'aurais pas dû être aussi brusque avec elle au téléphone.

A la surprise d'Isabella, il ouvrit la porte d'entrée de l'agence immobilière avec prudence.

— Darlene, c'est Haden. Tu es occupée ?

Bloquée sur le trottoir derrière lui, Isabella lui donna un coup dans les côtes.

— Navrée d'avoir à vous bousculer, mais je suis sous les chutes du Niagara.

Il ne bougea pas d'un pouce.

— Vous savez, Darlene n'a pas besoin d'un couteau pour agresser les gens. Cette fille a un caractère de cochon.

— Elle n'est pas la seule.

Toute patience envolée, Isabella poussa Haden et entra dans la zone de réception désordonnée.

— Inutile de vous cacher, Darlene. Le propriétaire du magasin d'à côté nous a dit que vous étiez là.

Une mince volute de fumée passa sous la porte du placard à fournitures. Quand Isabella ouvrit la porte, la cousine de Donovan sortit de sa cachette.

— Fichez-moi la paix, mon chou. Je prends ma pause.

— Dans le placard.

— J'aime mon intimité.

— Vous aimez aussi lancer des couteaux, dit Isabella en agitant la photo sous le nez de Darlene. Pouvez-vous m'expliquer ça, championne ?

Darlene souffla une bouffée de fumée avec insolence.

— Non. Vous devriez filer avant que je n'appelle Orry et qu'il ne vous arrête pour violation de propriété privée.

Haden poussa un grognement étranglé.

— Tu oublies qu'il s'agit d'un endroit public et que nous sommes entrés pendant les heures de bureau.

Il agita un doigt épais dans sa direction.

— Tu as lancé un couteau sur Isabella. Ce n'est pas la peine de le nier : cette photo en est la preuve. Tu as une excellente vue et un bras puissant. Maintenant, assieds-toi et dis-nous pourquoi tu as agi comme ça.

Les lèvres pincées, Darlene exhala sa fumée par le nez.

— Vous n'avez jamais couru le moindre danger, dit-elle d'une voix calme.

— Vous voulez que je vous lance un couteau dessus pour voir l'effet que ça fait ?

— J'imagine que je finirais à l'hôpital. Il n'y avait aucun risque en ce qui vous concerne.

— Alors pourquoi l'avez-vous fait ?

— Parce qu'il… Je…

Elle s'interrompit pour siffler entre ses dents.

— Vous et votre maudit appareil photo ! Je n'ai jamais eu l'intention de vous toucher. Je voulais seulement vous faire un peu peur.

— C'est ce que je me suis dit, répondit Isabella en subissant le regard dur de Darlene sans broncher. Qui est ce mystérieux « il » ?

— Si vous êtes intelligente, vous laisserez tomber.

— Quel genre d'emprise a-t-il sur vous ?

— Quoi ? Aucune, répondit-elle, avant de perdre un peu de sa superbe. Je ne sais pas ce qu'il a en tête. Il est plus malveillant que je ne le pensais. Mais pas tant que ça. Quelque part entre les deux. Tout ce que je sais, c'est qu'il veut que vous vendiez le manoir et que vous retourniez à Boston.

— Le vendre à qui ?

— Qui rêve d'acquérir la propriété ? répondit Darlene en lui adressant un sourire cynique.

— Robert Drake.

— Bingo.

— Drake est-il votre complice ?

— Absolument pas.

Isabella soupira.

— Je me doutais que ça ne serait pas aussi simple.

— Pourquoi pas ? demanda Haden d'un air perplexe.

— Parce que c'est trop évident. De toute façon, Drake m'a tout l'air d'être un vautour. Il laissera quelqu'un d'autre se charger de la basse besogne et s'abattra quand la proie sera tuée.

— Tuée ! Mon Dieu, Darlene ! s'exclama Haden, le visage blême. Tu voulais qu'Isabella meure ?

— Je voulais seulement qu'elle s'en aille, répondit-elle en tirant une bouffée de sa cigarette. Mon objectif, c'était l'argent. Si j'aidais à faire aboutir une vente, mon complice me refilait un bon gros pot-de-vin.

Elle roula une épaule en direction d'Isabella.

— Mais vous avez vu juste en ce qui concerne Drake : c'est un charognard. Il ne veut pas se salir les mains, mais il informe absolument tout le monde qu'il cherche à acquérir des terrains. Il en a acheté une partie directement, mais après en avoir discuté avec votre grand-père, il a compris qu'il devait changer de tactique pour obtenir les vôtres.

Poussée par une rafale, la pluie vint marteler la vitre. Tandis que Darlene tournait le regard vers la rue, Isabella prit une profonde inspiration.

— Votre complice s'en est-il pris à ma cousine ? Est-il capable de commettre… un meurtre ? demanda-t-elle avec difficulté.

— C'est la question à cent mille dollars. Oh ! Haden, au nom du ciel, arrête de me regarder comme si j'étais une combinaison de l'Etrangleur de Boston et de Jack l'Eventreur. Quelqu'un m'a fait une proposition, et j'ai accepté. Je croyais que nous allions seulement lui faire peur, jusqu'à ce qu'elle croie à l'histoire de fantôme ou ne supporte plus d'être harcelée. Dans tous les cas, ça se serait terminé par une grosse vente, et à moi l'argent.

Darlene frotta le dos de sa main contre son front.

— A un moment donné, nous avons dévié de notre plan, et ça ne me convenait plus. En tout cas, je vous jure que je n'ai rien à voir avec ce qui s'est passé dans les tunnels et la tentative d'enlèvement.

De façon inattendue et un peu déconcertante, elle attrapa le poignet d'Isabella et le serra avec force.

— Suivez mon conseil : fichez le camp de Mystic Harbor. Si moi, j'ignore de quoi il est capable, personne ne le sait.

Isabella l'observa à travers l'écran de fumée.

— Donnez-nous un nom, Darlene.

Les yeux de la jeune femme effleurèrent le bâtiment situé de l'autre côté de la rue. Elle détourna le regard et écrasa la cigarette qu'elle avait fumée jusqu'au filtre.

Sous l'éclairage fluorescent du néon, la trace de rouge à lèvres sur le mégot rappela quelque chose à Isabella. Elle avait toujours eu l'œil pour les couleurs. Darlene ne portait pas de rouge coquelicot, mais une nuance plus sombre de bordeaux.

Comme le rouge à lèvres que Donovan avait vu sur le col d'Orry Lucas.

15

Donovan n'avait pas eu l'intention de pousser l'adjoint à l'accompagner. Pourtant, trente secondes après son entrée dans le tunnel, Orry le rejoignit précipitamment, son arme à la main et une expression troublée sur le visage.

— Je te déteste, maugréa-t-il, avant de poursuivre d'un ton belliqueux. Allez, finissons-en.

Il prit la tête de leur petit cortège, les mâchoires crispées, sans doute pour empêcher ses dents de claquer, songea Donovan peu charitablement.

— Je devrais sûrement retourner voir un médecin pour ma tête. J'ai horreur des endroits sombres et humides. Sans compter que je n'ai rien à prouver, ni à toi ni à personne.

Comme Orry ne lui laissait pas d'autre choix, Donovan se retrouva à fermer la marche. Restant constamment à un pas de l'adjoint, il leva les yeux vers le plafond rocheux.

— Je ne t'ai pas traîné dans ce tunnel, finit-il par remarquer. Tu aurais pu rester dans la salle de bal.

— Pour être observé, jugé sans intérêt et abattu par le taré qui a installé ces pièges ? Sans façons, mon vieux.

Il fit un geste avec son arme.

— Sais-tu où on est ?

— Oui. Dans un passage, à une trentaine de minutes de l'escalier qu'on a descendu pour venir ici.

Une heure passa, puis une heure et demie. Donovan avait perdu toute notion de temps et d'espace. Orry avait gardé un silence inhabituel, qu'il finit par rompre en agitant nerveusement une épaule.

— Il doit y avoir au moins un millier de passages là-dessous.

— Disons une centaine, répondit Donovan en souriant.

— Et en sachant ça, tu t'imagines qu'avec nos deux lampes et nos deux armes, on a la moindre chance de retrouver la cousine d'Isabella et de sortir d'ici avant de fêter nos quatre-vingts ans ?

Il avait l'air plus nerveux que fâché. Donovan observa un mince ruisseau alimenté par l'eau qui tombait goutte à goutte du plafond.

— Je te l'ai dit, on recherche un homme. Celui que Lindsay, la serveuse de Haden, a rencontré au Raven en début de semaine.

— C'est ça… Le fantôme que personne n'a vu. Oh ! pardon ! Isabella l'a vu. Tu m'as déjà parlé de ce petit épisode souterrain, non ?

— Ah bon ?

— Quelqu'un l'a fait, en tout cas, répliqua Orry d'un ton brusque. Elle l'a peut-être aperçu, mais ça ne veut pas dire qu'il existe vraiment. Après tout, Mlle Ross prétend aussi avoir une cousine, mais à part elle, personne ne l'a vue, même pas toi.

— Je pensais que tu la croyais, pour Katie.

— J'ai dit que je tenais compte de son opinion. Je ne crois que ce que je vois. Ou ce que j'entends, ajouta-t-il après s'être arrêté.

Donovan leva les yeux. Le shérif intérimaire fit volte-face.

— J'ai entendu un clapotement.

— Chut…

Orry cessa de parler, mais se mit à respirer bruyamment.

— Attends-moi ici, ordonna Donovan.

Tandis qu'il s'enfonçait dans le tunnel, il entendit un autre bruit d'eau et regarda derrière lui. C'était seulement Orry qui lui emboîtait le pas d'une démarche lourde.

— Est-ce que c'est ma faute s'il y a des flaques partout ? demanda l'adjoint, éreinté.

Donovan se désintéressa de son compagnon et se concentra sur le labyrinthe souterrain.

Ils évoluaient en descente depuis une demi-heure. L'air était incroyablement froid et humide. L'homme qu'Isabella avait vu ne vivait sûrement pas ici. Alors pourquoi multipliait-il les allées et venues dans le manoir ? Pourquoi donnait-il la montre de Katie à une inconnue et tirait-il sur des gens dans le noir ?

Il laissa la dernière question en suspens et arrêta Orry d'une main.

Aux aguets, ils ne bougèrent pas d'un pouce. Le flic flac de l'eau qui coulait du plafond était le seul son qui venait troubler le silence.

— C'était peut-être un rat, suggéra Orry d'une voix rauque.

Mais Donovan était loin de partager cette idée. Arme levée, il garda les yeux rivés sur les ombres à peine troublées par le rayon de sa lampe.

Vingt secondes s'écoulèrent, puis trente. Enfin, ils entendirent un plouf discret, droit devant eux.

— Je m'en occupe, dit Donovan en démarrant si vite qu'il prit Orry de court.

Un martèlement de pas précipités s'éleva soudain dans le tunnel. Un juron retentit, suivi d'un grognement. Donovan se mit à pourchasser l'inconnu en suivant le son de ses pas sur le sol détrempé. Lorsqu'il l'entendit tourner à gauche, Donovan suivit la même direction. L'eau plus profonde et le sol inégal rendaient sa progression difficile.

Gagnait-il du terrain ? Difficile à dire… Mais il avait une lampe de ceinture et d'excellents yeux. De plus, les passages annexes semblaient moins nombreux, comme si le réseau formait un goulot d'étranglement.

De loin, il aperçut une échelle. Un homme courait à toute vitesse dans sa direction.

Je te tiens, salopard, pensa Donovan, avant de crier un avertissement.

L'homme hésita, puis sauta sur les échelons, apparemment

pris de panique. Il eut à peine le temps d'agripper les montants que Donovan l'arrachait de l'échelle et le plaquait contre la paroi boueuse.

Les lèvres de l'inconnu se retroussèrent en un rictus qui découvrit ses dents. Des cheveux sombres et bouclés encadraient son visage mal rasé et lui tombaient dans les yeux. Tout en essayant d'écarter l'avant-bras appuyé contre sa gorge, il émit un bruit étranglé.

Il envoya un poing dans les côtes de son assaillant, puis leva le genou vers son aine. Aucun des coups ne porta. Donovan lui attrapa le poignet, le fit pivoter brutalement et l'expédia tête la première contre la paroi.

— Tu perds ton temps, mon vieux, cracha l'homme. J'ai les mains vides et je ne suis pas en liberté conditionnelle.

— C'est toujours bon à savoir. C'est quoi, ton nom ?

— Va te faire foutre.

— Je n'en attendais pas moins. Je vais devoir t'embarquer au poste.

— Pour quel motif ? Comme je l'ai dit, j'ai les mains vides.

— Pour tentative d'agression sur un agent fédéral. Comme je ne me suis pas identifié en t'épinglant, je vais laisser couler.

Tout en parlant, il relâcha légèrement sa prise. L'homme resta immobile un instant, puis se retourna en tentant de le frapper. Un sourire aux lèvres, Donovan esquiva le coup et le repoussa contre le mur.

— Bon sang ! s'exclama l'homme. Tu l'as fait exprès !

— Ma main a glissé, dit-il en lui tordant le bras de plus belle. A présent, mon cher ami, il s'agit d'une tentative d'agression associée à une violation de propriété privée. Veux-tu profiter de l'occasion pour discuter un peu ?

L'homme souffla comme un taureau enragé.

— Je ne veux pas me retrouver mêlé à cette histoire.

— C'est déjà le cas.

— Pas comme tu l'imagines.

— Si tu sais ce que j'ai dans la tête, alors tu sais ce qui se trame au manoir. A toi de voir si tu veux être impliqué ou pas. D'une façon ou d'une autre, la vérité finira par éclater. A ce moment-là, je suppose que voie de fait et violation de propriété privée ne seront pas les seuls chefs d'accusation retenus contre toi.

— Je ne… C'est bon, j'ai compris. Je dis ce que je sais, et tu me laisses filer. C'est ça, le marché ?

Donovan le poussa rudement.

— A ton avis ?

— Ce serait dans ton intérêt, sinon toi et ta jolie petite copine risquez de bientôt disparaître du paysage.

Les muscles de Donovan se crispèrent.

— Tu as cinq secondes, prévint-il.

L'homme grimaça.

— D'accord ! Pas la peine de m'arracher le bras ! Je ne sais pas qui est cet homme, mais je l'ai vu deux fois quand il se croyait seul.

— Que faisait-il ?

— Il rôdait dans la grande pièce à côté de l'entrée principale. La première fois, il farfouillait parmi les débris. La seconde fois, il a déposé ou ramassé quelque chose par terre. Je n'ai pas bien vu, mais je n'allais certainement pas lui demander.

— Tu as peur de lui.

L'homme eut un rire rauque.

— Une peur bleue. Toi aussi, tu serais effrayé, si tu l'avais observé un tant soit peu. Ce type fout carrément les jetons. Il a sûrement l'air normal en plein jour, mais il ne faut pas se fier aux apparences. Il est dangereux.

— Est-ce que tu l'as reconnu ?

— Je ne sors pas beaucoup, à vrai dire.

— Tu es sorti de ta tanière assez longtemps pour offrir une montre à une femme au Raven.

— Ah, ça.

— Oui, ça.

— J'ai trouvé la montre dans la grande salle.

— Avant ou après avoir vu le type bizarre fouiner partout ?

— Avant, je crois. Je ne tiens pas de journal, mais je suis

à peu près sûr que c'était avant. Parfois, j'en ai assez, de vivre comme une taupe, alors je monte dans la maison. L'autre nuit, je me baladais, et j'ai vu la montre par terre. J'avais un petit creux et envie d'une bière, alors j'ai pris le risque et je suis allé en ville. Je suis tombé sur une jolie fille, et comme j'avais envie de compagnie, je l'ai draguée.

— Et après ?

L'homme haussa les épaules.

— La fille était moins enthousiaste que prévu.

— Peux-tu décrire l'homme de la salle de bal ?

— Franchement, tu penses que j'étais assez près pour le voir ? C'était un homme, et il restait tapi dans l'ombre. Dans cette maison, c'est facile à faire.

— Si tu ne l'as pas vu, comment sais-tu qu'il est bizarre ?

— A sa façon de bouger la tête.

Donovan sentait sa patience fondre comme neige au soleil.

— Sois plus précis.

— La première fois que je l'ai vu, il agitait la tête comme s'il écoutait de la musique sur son iPod. C'était peut-être le cas. Tout à coup, il a dégainé une arme. Il a agité la tête, puis il a fait semblant de tirer. La fois suivante, il avait deux armes et il les brandissait en criant : « Ta ta ta ta. » La fois…

— Tu as dit que tu ne l'avais vu que deux fois, l'interrompit Donovan.

— Entre les deux fois où je l'ai vu, j'ai eu l'occasion de l'entendre. C'était le jour où toi et la jolie petite dame êtes venus dans les tunnels. J'étais en train de m'occuper de mes affaires quand je vous ai entendus parler. Je me suis arrêté pour vous laisser passer, quand soudain, plusieurs balles ont volé au-dessus de ma tête. Je me suis aplati contre le mur. Quelqu'un est passé en courant dans un sens. Quelques secondes plus tard, il est repassé dans l'autre sens, en marmonnant qu'il voulait récupérer ce qui lui appartenait. Ensuite, tu es arrivé. J'ai entendu d'autres coups de feu, mais je me fichais de qui les tirait. Je voulais seulement sortir de là en un seul morceau. Je me suis mis à courir, et c'est là que j'ai croisé le chemin de la jolie dame. Je l'ai poussée et je suis allé jusqu'à la grotte la plus proche.

— As-tu remarqué autre chose sur cet homme, à part qu'il agite la tête, qu'il reste dans l'ombre et qu'il aime jouer avec des armes ?

— Je te l'ai déjà dit : je ne me mêle pas des affaires des autres. Si je le revois, je le préviendrai qu'il tirait sur un agent fédéral.

Donovan plissa les yeux.

— Qu'est-ce que tu veux dire ?

— C'est toi que le type visait ce jour-là.

Donovan relâcha sa prise et regarda l'homme avec un vague soulagement.

— Tu dis qu'il voulait me tuer, moi ? Pas Isabella ?

— Je répète seulement ce que j'ai entendu. Quand il m'a dépassé en courant, il disait à haute voix qu'il était prêt à tout pour se débarrasser du salaud qui était avec elle. Ce type a l'air d'être prêt à te tuer pour récupérer ce qui lui appartient.

— Pourquoi ferait-il ça, Isabella ? répéta Haden. Je le connais depuis des années. Il a toujours rêvé d'avoir une situation prestigieuse. Mais à en croire Darlene, ces derniers temps, il s'est plusieurs fois transformé en Mister Hyde.

— Oui, je sais.

Isabella en frémissait intérieurement. En sortant ses clés de voiture de sa poche, elle fit tomber par mégarde l'arbre généalogique. Haden rattrapa de justesse le papier plié avant qu'il n'atterrisse dans une flaque.

— Ce n'est pas un Dark. J'en suis quasiment sûr, en tout cas.

— Haden, la folie n'est pas limitée à la famille Dark, déclara Isabella en se glissant derrière le volant. Et puis Darlene a seulement dit qu'elle ignorait de quoi il était capable, pas qu'il était bon à enfermer.

— C'est vrai.

Le géant commença à chiffonner la feuille de papier, avant de se raviser et de la défroisser sur sa cuisse.

— Etes-vous sûre que Donovan est injoignable ?

— J'ai déjà essayé trois fois, répondit Isabella en lui tendant son portable. S'il est descendu dans les tunnels, il n'y a pas de réseau. Mais il ne va pas y rester éternellement.

Elle se refusait à envisager le pire. Haden se remit à tortiller le papier entre ses doigts.

— Il y a beaucoup de nuages noirs au-dessus de Dark Ridge. J'ai vu un éclair au-dessus de l'eau. Le tonnerre ne devrait pas tarder.

Autour d'eux, les arbres commençaient déjà à ployer sous la force du vent.

— Ça va être violent, prédit-il. La pluie ne me pose aucun problème, mais les tempêtes me donnent la chair de poule.

Ses épaules se voûtèrent.

— Saviez-vous que le fils d'Aaron, celui qui est mort jeune, était chimiste ? Certains prétendent qu'il essayait de découvrir comment soigner ce qu'il appelait la déficience de l'hémisphère droit. Il aurait testé son remède sur la benjamine de son frère qui en aurait apparemment souffert.

Isabella observa les nuages chargés de pluie en frissonnant, avant de mettre les essuie-glaces en vitesse rapide.

— A-t-il réussi ?

— J'en doute. Il avait une trentaine d'années quand sa nièce l'a retrouvé mort. D'après le docteur, il avait eu une crise cardiaque pendant son sommeil, mais certaines personnes ne croient pas à cette version.

— Haden...

Il leva les mains en signe de protestation.

— Je n'ai pas de troisième œil, Isabella. Je dis seulement ce qui est. Beaucoup d'habitants de Mystic Harbor trouvent que je suis un drôle de bonhomme. La famille de George est une source d'interrogations depuis des décennies. En fin de compte, ça ne veut rien dire. George et Darlene ne descendent pas de cette fille-là. Elle s'appelait Elspeth. Elle-même a eu une fille, mais je n'ai jamais entendu parler de folie…

Il s'agrippa à son siège pendant qu'une forte rafale de vent secouait la voiture.

— On aurait dit qu'un géant tendait la main pour nous attraper et nous ratait de justesse.

Isabella contourna un nid-de-poule de la taille d'un cratère, puis se pencha pour regarder à travers le pare-brise.

— Le portail est ouvert, et le pick-up de Donovan est garé juste là. J'aimerais bien savoir si c'est bon signe.

— Nous ne le saurons qu'une fois à l'intérieur.

Haden redressa les épaules. Visiblement, il n'avait aucune envie de mettre les pieds dans le manoir. C'était tout à fait compréhensible. Entre le tonnerre qui faisait trembler le sol et les éclairs qui zébraient un ciel menaçant, leur tâche s'annonçait éprouvante.

Il fallait rester calme et concentré, se raisonna Isabella. Donovan était capable de se défendre en cas de danger. En outre, Darlene estimait qu'il faisait peur à son complice, en tout cas quand il était en mode « docteur Jekyll ». Mister Hyde était sûrement plus courageux.

Fantastique, songea-t-elle, exaspérée. La tension qui l'avait envahie depuis que Haden et elle avaient quitté la ville montait en flèche. Elle s'efforça de la réprimer, avant de pousser la porte d'entrée et de s'aventurer dans le noir.

Elle avait l'impression étrange de franchir le seuil d'un autre monde et de pénétrer dans la quatrième dimension. Haden s'agrippa à l'arrière de son manteau. Un courant d'air glacé balaya ses joues. Une pluie torrentielle s'abattait sur le vieux toit, tandis que le vent faisait trembler les fenêtres.

— Il est ici, murmura Haden d'une voix rauque. Je le sens. Il nous observe.

Le cœur battant à se rompre, Isabella promena sa lampe dans le vestibule rempli de toiles d'araignées.

— Je ne sais pas si je préfère que vous parliez du complice de Darlene ou du fantôme d'Aaron Dark.

— A mes yeux, les deux se valent.

Elle tendit le bras sur le côté pour atteindre l'interrupteur.

— Donovan ?

Sans surprise, elle n'obtint aucune réponse, mais à son grand soulagement, la faible lumière du plafond s'alluma.

— Voilà qui est mieux, commenta Haden en passant une main sur son front. J'ai cru que mon cœur allait bondir hors de ma poitrine.

En massant ses côtes, il lui tendit l'arbre généalogique chiffonné et prit son portable pour rappeler Donovan. Il avait le pouce sur le bouton de rappel quand un gémissement sourd émergea de la salle de bal.

Isabella tourna vivement les yeux vers la porte.

— Ce n'était pas le vent, murmura-t-elle, la bouche sèche.

Haden secoua la tête d'un air terrifié. Une pensée effroyable traversa l'esprit d'Isabella, qui se mit à courir sur le sol encombré.

La crainte qu'elle éprouvait pour Donovan menaçait de la submerger, mais elle tenta de se raisonner. Un agent fédéral surentraîné ne pouvait pas se laisser manipuler par un fou.

Quand Haden parvint à la rattraper, elle écarta la main qu'il tendait vers elle et appuya sur l'interrupteur. La faible lueur qui provenait de l'autre bout de la pièce lui permit de distinguer une forme. Cette fois, ce n'était pas une bâche qui gisait sur le sol, mais un homme en noir.

Haden la retint fermement par les bras.

— Vous avez dit que la pièce était truffée de gros pièges.

— Je sais, répondit-elle en se dégageant. Je ferai attention.

— Mais…, commença-t-il, avant d'expirer bruyamment. D'accord, allons-y, mais en douceur. C'est peut-être un traquenard.

A l'extérieur du manoir, le vent mugissait. Quelque chose heurta le mur. Une branche d'arbre se mit à frotter contre la fenêtre.

L'ampoule se balançait mollement au bout d'un long fil

usé. L'homme étendu sur le sol poussa un autre gémissement et remua faiblement.

Tendue comme un arc, Isabella s'approcha de lui prudemment. Son poing se serra autour de la boule de papier qu'elle tenait, tandis que Haden crispait les mains sur son manteau.

Les trente secondes qu'ils mirent à traverser la pièce parurent durer trente minutes.

— Arrêtez, arrêtez, chuchota Haden. J'ai vu quelque chose bouger près du mur.

— Il y a un chat dans le manoir.

Isabella ne détourna pas les yeux de l'homme. Il avait cessé de bouger. Etait-ce du sang qui coulait sur les débris autour de lui ?

Une fois à proximité, elle le contourna jusqu'à ce qu'elle puisse voir son visage. Le souffle coupé, elle se laissa tomber à genoux. Elle lâcha le papier et avança la main pour prendre son pouls.

— Est-il vivant ? demanda Haden.

— Je crois, répondit-elle en s'efforçant de réfléchir posément. Mais tout juste. Il faut appeler une ambulance.

Elle se pencha sur le blessé.

— Ne bougez pas, d'accord ? On appelle les secours.

L'homme ouvrit un œil. L'un de ses doigts se recourba.

— Ne bougez pas, répéta-t-elle.

Il n'eut pas l'air de l'entendre. Quelques secondes plus tard, il toussa, et un filet de sang gicla de sa bouche.

L'œil qui la contemplait devint vitreux et le doigt replié s'immobilisa.

Elle lui toucha de nouveau le cou, puis relâcha un souffle tremblant et s'assit sur ses talons.

— C'est fini, dit-elle d'un ton morne.

Haden ne l'entendit pas, trop occupé à crier au téléphone. Il se mit à gesticuler frénétiquement.

— C'est le complice de Darlene, cria-t-il. Elle pensait qu'il allait s'en prendre à Isabella, mais apparemment, il s'est blessé tout seul.

Isabella lui arracha le portable et le colla à son oreille.

— C'est trop tard, dit-elle à l'opératrice en retenant son envie de hurler. Il est mort. Je ne peux pas dire si c'est dû à une balle ou à un coup de couteau. Oui, je le connais.

Elle n'arrivait pas à détourner le regard de l'œil sans vie de la victime. La gorge serrée, elle eut du mal à terminer sa phrase.

— Il habite à Mystic Harbor. Il est agent immobilier. Il se fait appeler Gordie Tallahassee.

16

— Nous ne pouvons pas rester là, s'écria Haden en serrant le bras d'Isabella. Et nous ne pouvons pas partir non plus.

Il tournait la tête dans tous les sens.

— Nous devons faire quelque chose.

— Je sais, répondit-elle.

Mais toutes ses pensées étaient tournées vers Donovan et l'empêchaient de réfléchir.

— Il m'a donné une arme, se rappela-t-elle, tandis qu'ils retournaient dans le vestibule. Elle est dans ma voiture.

— Nous pouvons nous enfermer à l'intérieur en attendant l'ambulance.

Ou les shérifs adjoints, songea Isabella. L'un d'entre eux, un homme plus âgé, était lent mais efficace. Il les aiderait peut-être à retrouver Donovan. Quant à Orry…

Les lumières autour d'eux vacillèrent, puis baissèrent d'intensité. Ils coururent sous la pluie jusqu'à la voiture. Isabella tâtonna dans la boîte à gants jusqu'à ce qu'elle mette la main sur l'arme de secours de Donovan.

— Et si nous allions sur la route pour trouver de l'aide ? demanda Haden d'une voix affolée.

Il frotta ses paumes moites sur son pantalon.

— Je ne veux pas abandonner Donovan, mais c'est un professionnel surentraîné, et pas nous. Qu'en pensez-vous ?

Isabella n'eut pas le temps de répondre. En entendant un terrible craquement de bois, elle s'agrippa au bras de Haden. Ils observèrent avec une fascination horrifiée un gros arbre qui commençait à s'incliner.

— Il faut sortir ! cria Haden.

Il jaillit de son siège et se jeta sur le sol couvert de flaques. Isabella l'imita, puis se releva pour courir.

Derrière eux, l'arbre sembla se mettre à tanguer. A la rafale de vent suivante, le tronc se brisa en deux.

Le gigantesque pin s'abattit lourdement sur le sol, évitant en grande partie la voiture. Seules les branches du haut heurtèrent le toit et rebondirent, avant de s'immobiliser.

— Retournons à l'intérieur, cria-t-elle à Haden, qui restait bouche bée devant les dégâts. Il ne faut pas rester dehors.

Des rafales violentes les secouaient comme des pruniers. Malgré sa stature, Haden progressait difficilement. Il plaqua ses deux mains dans le dos d'Isabella et la poussa jusqu'à ce qu'ils aient franchi la porte. L'effort les laissa pantelants et tremblants. A présent, ils étaient à l'abri, mais sûrement aussi peu en sécurité que lorsqu'ils se tenaient sous le pin, songea Isabella.

Une fois la porte fermée, le vacarme de la tempête diminua. Isabella écarta les mèches trempées de son visage. Elle devait remettre ses idées en ordre. Donovan était là, quelque part. En compagnie d'un homme mort et d'un assassin.

Le complice de Darlene était donc Gordie Tallahassee, un homme qu'elle avait fini par trouver dangereux. Alors qui l'avait tué et pourquoi ? Et où était passé Donovan ?

Les doigts pressés contre ses tempes, elle se laissa tomber sur une large marche en bas de l'escalier.

Haden resta assis à côté d'elle un long moment, avant de sortir un grand mouchoir de sa poche et de se lever pour faire les cent pas. L'arbre généalogique qu'il avait également fourré là atterrit sur les marches.

Au-dessus d'eux, la lumière vacilla. Isabella ramena ses mains sur ses genoux et serra convulsivement l'arme de Donovan.

Orry l'avait accompagné ici, aujourd'hui. Certes, il était venu de mauvais gré, mais il était venu. Etait-ce une bonne ou une mauvaise chose ? Le shérif intérimaire avait-il des secrets à cacher ? Elle fixa la lumière jusqu'à ce que sa vision se trouble.

— Arrête, s'admonesta-t-elle, avant de détourner les yeux de l'ampoule. Donovan va bien. Il ne risque rien. Il a peut-être déjà capturé l'assassin de Gordie.

D'autres grosses branches cognaient contre le toit et les murs. Le tonnerre éclata au-dessus de la maison.

Au bord de la panique, Isabella ferma les yeux pour s'empêcher de hurler. Elle finit par les rouvrir, tout en inspirant et en expirant profondément. Elle aperçut alors le papier posé près d'elle, effleura un nom du regard, puis détourna la tête.

Un éclair zébra le ciel noir. Elle tressaillit, et dans un coin obscur de sa mémoire, un souvenir s'éveilla.

— Morris…

Elle répéta le nom de famille qu'elle venait de lire par mégarde. En proie à une sensation étrange, elle examina l'arbre généalogique. Son sang se figea dans ses veines.

Les lignées partaient vers le haut, le bas et les côtés. A gauche, elle lut le nom Georgina — George — Solomon Calvert. A droite, au bout d'une lignée descendant d'Aaron par le biais de sa nièce Elspeth, il y avait une femme appelée Davina Morris.

— Oh ! mon Dieu !

Elle se leva lentement, le papier à la main, sans prêter attention à un bruit sourd qui résonna dans la pièce.

— Haden, je connais l'une des personnes de l'arbre. Davina Morris est restée mariée dix-huit mois. Son mari et elle ont eu un fils prénommé Da…

Elle releva les yeux et eut un hoquet de surprise, avant d'énoncer la dernière syllabe du prénom dans un souffle.

— … vid.

— Bonjour, Isabella.

Son ex-petit ami arborait un large sourire. Il semblait se réjouir de sa stupéfaction. Paralysée, elle était incapable de détourner le regard de son visage. Elle avait le sentiment de nager en plein cauchemar.

David Morris Gimbel était mort. Elle avait vu l'acte de décès. Elle était allée à son enterrement et à l'ouverture de son testament. Elle avait déposé des fleurs sur sa tombe.

Des milliers de pensées se bousculaient dans sa tête.

Il avait assommé Haden, d'où le bruit sourd qu'elle venait d'entendre. De toute évidence, il avait assassiné Gordie Tallahassee.

Quelles autres atrocités avait-il pu commettre ?

Sans le quitter des yeux, elle pointa son arme sur son torse.

— Où est Donovan ? demanda-t-elle.

L'expression amusée de David disparut, remplacée par un regard de reproche.

— C'est tout ce que tu trouves à dire ? Je reviens miraculeusement dans le monde des vivants, et tu te contentes de me parler d'un homme qui est lui-même aux portes de la mort ?

Elle en savait assez sur la situation et sur David pour ne pas afficher son soulagement.

— Tu es un Dark, dit-elle d'une voix atone. C'est pour ça que tu as acheté le manoir.

— Non, non, non, répondit-il en agitant un doigt. C'est comme ça que j'ai convaincu le vieux propriétaire de me le vendre. J'ai vraiment sorti les violons, Isabella. A un moment, j'ai même failli avoir la larme à l'œil. Mais mon achat était motivé par une tout autre raison.

Du coin de l'œil, elle vit la poitrine de Haden se soulever, mais resta impassible. Il valait sans doute mieux qu'elle contrôle ses réactions devant David. La peur pouvait l'exciter, tandis que la colère risquait de le pousser à bout.

En le voyant bouger vers elle, elle tendit le bras, l'arme braquée sur lui. Il retrouva le sourire.

— Ma douce Isabella…, dit-il en tendant les mains, paumes vers le haut. Tu n'oserais pas tirer sur un homme désarmé.

— Où est Donovan, David ? Où est Katie ? Pourquoi avoir conçu un plan aussi élaboré ?

— Tes questions sont très pertinentes. Baisse ton arme, et je te répondrai.

— Ecarte-toi d'abord de Haden.

Il posa une main sur son cœur.

— Je suis vexé, vraiment. Me crois-tu capable de frapper un homme quand il est déjà à terre ? Ah, j'ai compris.

Il changea la position de ses mains, tout en pivotant lentement.

— Tu dois penser que je…

Il dégaina un Glock 9 mm et visa la tête de Haden.

— … risque de le tuer.

Les yeux sombres de David brillaient avec une intensité telle qu'un frisson de peur parcourut Isabella de la tête aux pieds.

— Et tu as absolument raison. Lâche ton arme, Isabella, ou Papa Ours nous fait ses adieux définitifs.

Il le ferait, il le tuerait sans la moindre hésitation, songea-t-elle. Convaincue par son regard féroce, elle baissa le bras.

— Je crois bien t'avoir demandé de la lâcher, ma chérie, insista-t-il.

Elle regarda de nouveau Haden, puis finit par obéir. David eut un sourire en coin.

— Cette fille est vraiment futée, lança-t-il en clignant de l'œil vers l'homme inconscient gisant à ses pieds. C'est pour ça que je l'ai choisie pour être mon éternelle maîtresse. J'aurais pu dire « ma femme », mais ce terme n'évoque ni fascination ni romantisme. Aaron a commis une erreur en épousant Sybil. Le mariage a ôté tout le piquant de leur relation, et elle a dû chercher le grand frisson ailleurs. Comme Isabella l'a fait quand elle m'a cru mort.

Ses yeux devinrent froids comme la glace.

— J'ai été extrêmement contrarié de découvrir qu'elle avait des sentiments pour votre neveu, le futur défunt. Mais bien sûr, ces sentiments n'avaient rien de réel, poursuivit-il en appuyant à moitié sur la détente, les lèvres étirées en un léger rictus. N'est-ce pas, mon amour ?

— C'est vrai, répondit-elle précipitamment. Donovan n'est pas… Je ne ressens rien pour lui.

Le sourire de David s'accentua, mais ses yeux n'exprimaient aucun amusement.

— Elle est incroyablement futée. Je dirais même plus : elle est brillante. Dis-moi que tu m'aimes, Bella.

Elle s'obligea à ne pas serrer les poings.

— Dis-moi d'abord où est Katie. Et Don… le neveu de Haden.

— Brillante, répéta David en donnant un violent coup de pied dans la jambe de Haden. Oups… J'avais pourtant dit que j'éviterais de faire ça.

— Je t'en prie, David, où sont-ils ?

Il plaça son pied sur le dos du géant et poussa un profond soupir.

— Quel entêtement… Waouh ! s'exclama-t-il en levant les yeux vers le plafond. Ce coup de tonnerre a fait vibrer toute la maison. A ton avis, mon pistolet peut-il faire encore plus de bruit ?

Avant qu'elle n'ait pu répondre, il braqua son arme dans une autre direction et tira. L'une des fenêtres vola en éclats.

— Quel dommage ! La pluie va tout inonder, maintenant. On va devoir s'installer ailleurs, Bella. Mais j'ai un dilemme…

Il s'accroupit et planta le canon fumant dans la tempe de Haden.

— Est-ce qu'on laisse Papa Ours en vie ? Ou va-t-on lui réserver le même sort que le crétin qui se vide de son sang dans l'autre pièce ?

Il mit la main en cornet autour de son oreille.

— Il me semble entendre le doux son des sirènes. A toi de choisir, mon amour. Tu as cinq secondes.

Il commença à appuyer sur la détente.

— Quatre… trois… deux…

*
* *

Donovan ne fut pas surpris d'apprendre qu'on voulait le tuer, mais la nouvelle le laissa froid. Après tout, c'était loin d'être la première fois, et à ses yeux, seul comptait le sort d'Isabella.

— Je te jure que je ne l'ai pas bien vu, insista l'autre homme. Il n'y a que les femmes qui retiennent mon attention.

Donovan l'observa un long moment, cherchant à jauger sa sincérité. Il finit par le relâcher et lui donna une bourrade.

— Allez, débarrasse-moi le plancher. Et évite de te retrouver sur mon chemin.

L'homme, qui prétendait s'appeler Smith, s'éloigna sans demander son reste. Au bout d'une dizaine de mètres, il se retourna.

— Grâce à la dame pour qui tu t'inquiètes, j'ai eu quelques jours de répit. Elle est jolie, et mon chat l'aime bien, alors je vais te dire autre chose avant de partir. Le type qui veut te tuer a laissé un objet à l'entrée de la salle de bal, la veille du jour où ta copine a été blessée par le piège. Je l'ai pris, parce que je pensais que la pierre était peut-être un diamant.

Il plongea la main dans une de ses poches.

— A toi de voir si ça peut t'aider.

Il tendit à Donovan un porte-clés en argent massif, avec un emplacement vide où une pierre précieuse avait dû être incrustée et trois initiales gravées.

DMG.

Tout en fonçant dans les tunnels, Donovan remarqua distraitement qu'Orry parvenait à suivre son rythme. Mais l'inquiétude qu'il ressentait pour Isabella supplantait tout le reste. Elle courait un grave danger si DMG, autrement dit David Morris Gimbel, parvenait à la capturer.

— Je ne comprends pas, dit Orry en haletant. Tu prétends que Gimbel est derrière tout ça, mais il est mort. J'étais sur le lieu de l'accident avec le shérif Crookshank. J'ai vu la voiture, j'ai vu le corps, et ton oncle lui parlait quand il est passé par-dessus la falaise. Le second du bateau de pêche de Milt Walker a vu une Corvette rouge prendre feu.

— La voiture a brûlé, Orry, avec quelqu'un au volant, mais ce n'était pas David Gimbel.

— C'est incroyable. Es-tu sûr que ce Smith ne t'a pas raconté des histoires ?

— La balance penche en sa faveur.

— Alors Gimbel est vivant… Je suppose qu'il s'est lancé dans cette aventure avec un objectif en tête. En dehors du fait qu'il soit bon à enfermer dans une chambre capitonnée, il avait sûrement une autre raison pour agir ainsi.

Donovan se posait la même question depuis quelques centaines de mètres, mais n'avait toujours pas trouvé de réponse satisfaisante.

Le plan de Gimbel n'avait sûrement rien à voir avec les activités des deux comploteurs locaux. Smith avait vu le duo entrer et sortir furtivement du manoir, disposer des pièges, éparpiller des roulements à billes et enfoncer une flèche dans la porte.

La respiration d'Orry devint sifflante, mais il parvint à poser une autre question.

— Pourquoi nous a-t-il… tiré dessus… sur la falaise ?

A l'embranchement, Donovan tourna à gauche.

— Je ne crois pas qu'il l'ait fait. Je t'expliquerai plus tard. Pour l'instant, on doit remonter dans le manoir.

— Quoi ? Attends ! s'exclama Orry en lui attrapant le bras et en le forçant à s'arrêter. Au cas où tu aurais oublié, il y a un dingue qui se balade dans la maison. Désolé, mais je n'ai pas envie de me retrouver sur une table d'autopsie à la morgue.

Donovan se pencha en avant pour reprendre son souffle.

— Gimbel n'a pas installé ces pièges dans la salle de bal, Orry. Ce n'est pas lui qui nous a tiré dessus, et il n'a rien à voir avec le cri qui résonne au manoir.

— Mais…

— Je n'ai pas de temps à perdre. Je dois faire confiance

à ce vagabond et tu dois me faire confiance. Gimbel veut Isabella. Je présume qu'il la veut vivante, mais je ne sais pas pourquoi ni pour combien de temps. Une seule chose est sûre : je vais l'arrêter. Soit tu m'accompagnes et tu m'aides, soit tu sors d'ici. Quoi qu'il en soit, je monte. Pigé ?

L'adjoint le dévisagea, hébété, avant de hocher la tête.

— D'accord. Je te suis. Je vais…

Epuisé, il fit un geste vers l'avant du tunnel.

— Allons-y.

Bien plus tard, après quelques détours imprévus, ils finirent par arriver en bas de l'escalier qui menait à la salle de bal. La porte dérobée était fermée. Donovan délaissa son arme au profit de sa lampe et dirigea la lumière vers le haut.

Orry décida de ne pas attendre. Il dépassa Donovan et gravit les marches de pierre. Il s'efforçait de débloquer l'ouverture quand Donovan repéra soudain un fil-piège. Avec un juron, il monta l'escalier quatre à quatre.

— Orry, attends ! Il y a un…

Il n'eut pas le temps d'en dire plus. Une seconde plus tard, le fil céda, la porte explosa et le souffle projeta les deux hommes en bas des marches.

Une sorte de vibration se propagea le long du passage et fit trembler les lampes électriques que David avait fixées aux parois du tunnel. Cette fois, le tonnerre ne pouvait être mis en cause.

A quelques pas devant lui, Isabella fit volte-face. En découvrant l'expression amusée sur le visage de David, elle sentit la panique l'envahir.

— Qu'est-ce que tu as fait ?

— Avec un peu de chance, ma chère Bella, j'ai réussi à anéantir toute compétition.

Figée par le choc, elle eut soudain l'impression de suffoquer. Il eut un hochement de tête enthousiaste devant l'horreur qu'elle n'arrivait pas à dissimuler.

— C'est ça ! Un petit boum et puis s'en va. Au revoir, monsieur l'agent fédéral ! Je vais devoir m'assurer qu'il est bien mort, mais je parierais volontiers dessus. J'aurais sûrement mieux fait de supprimer son oncle, mais comme tu l'aimes bien, et qu'il n'a pas vu mon visage, j'ai décidé de l'épargner. Après ce dernier geste de gentillesse, il ne me restera plus qu'à commettre un acte passablement odieux, et j'en aurai terminé avec Darkwood Manor.

La tête d'Isabella tournait, mais elle avait l'intime conviction que David Gimbel n'était pas assez intelligent pour tuer Donovan. Comme il prenait plaisir à observer ses réactions, elle se remit à marcher.

— Tu es ignoble, David. Mais tu n'avais pas besoin d'aller jusque-là. Je t'ai dit que je n'étais pas amoureuse de Donovan.

— Mouais… J'ai peut-être gâché une excellente bombe, mais quels que soient tes sentiments, feu l'agent Black était amoureux de toi.

— Qu'attends-tu de moi ?

— Pas grand-chose, dit-il. Je ne veux rien d'autre que toi. J'aimerais avoir ton affection, mais je me contenterai de ta présence physique si tu n'as rien de mieux à m'offrir.

— C'est ça, ta réponse ?

— C'est une réponse très précise.

Il se rapprocha d'elle et utilisa le canon de son pistolet pour jouer avec ses cheveux.

— Tu vois, ma jolie, tu m'as quitté. Tu as décidé que je n'étais pas l'homme idéal et tu t'es éloignée de moi. Tout comme Sybil s'est éloignée d'Aaron.

— Sybil avait un amant. Et elle ne s'est pas seulement éloignée de lui. Elle s'est enfuie.

— Peu importe. Un jour, elle appartenait à Aaron, le lendemain, elle prétendait le contraire. Alors il l'a pourchassée, a tué son amant et a emprisonné Sybil. Je n'insisterai pas sur le fait qu'elle était enceinte de l'autre homme, parce que ça ne s'applique pas à notre parcours parallèle. Ce qui est important, c'est qu'il avait l'intention de la confiner jusqu'à la fin de ses jours, et c'est exactement ce que je veux faire avec toi. C'est vraiment dommage de devoir en passer par cet acte odieux, ajouta-t-il d'un ton joyeux.

A sa grande surprise, Isabella parvenait encore à marcher malgré ses jambes en coton. Au prix d'un gros effort, elle lui adressa un regard impassible.

— Parce que tu peux faire pire que de préparer un enlèvement et commettre plusieurs meurtres ?

— Peut-être pas dans le grand ordre des choses. Mais d'un point de vue personnel, tu n'oublies pas quelqu'un ?

— Je te l'ai dit, David, je n'aime pas… Katie ! s'exclama-t-elle avec un hoquet horrifié.

Le pistolet effleura sa joue.

— C'est intéressant : ta cousine, dont tu es si proche, semble avoir été oubliée au profit d'un homme qui ne signifie rien pour toi.

— C'est sûrement dû au choc de te revoir, et d'avoir ton arme pointée sur mon visage, répliqua Isabella, incapable de maîtriser son tempérament plus longtemps.

— Voyons, Bella, tu ne peux pas t'attendre à ce que je te fasse confiance. Je suis peut-être un Dark de naissance, mais je suis aussi un avocat cynique. D'ailleurs, aimes-tu toujours le pigeonneau ?

— Je n'ai jamais aimé ça.

Il en resta bouche bée.

— Quoi ? Tu as menti ?

Elle repéra le piège un peu trop tard.

— Je faisais preuve de politesse, dit-elle. Je ne voulais pas vexer ta sœur.

— Ma belle-sœur. Celle que tu as surnommée plus d'une fois Cruella d'Enfer.

Il lui releva le menton avec son Glock.

— Tu l'aimes, n'est-ce pas ?

— C'est important ? répondit-elle calmement.

— Je te le dirai plus tard. Continue à marcher. On est presque arrivés.

Mais il la retint et approcha sa bouche de son oreille, puis souffla légèrement sur ses cheveux. Il soupira en constatant qu'elle ne frissonnait pas.

— Quel entêtement, observa-t-il, avant de la pousser. Allez, avance. Je traîne dans cette ville depuis trop longtemps. J'ai déposé une boucle d'oreille à ton intention. Elle a fini par être trouvée. J'ai laissé une carte de visite très particulière avec mes initiales gravées dessus. Malheureusement, quelqu'un a volé l'objet avant que tu n'arrives. On ne peut décidément se fier à personne, de nos jours. Et on sait tous les deux comment notre virée en camionnette a terminé grâce à feu ton ami.

Il souffla dans son oreille, avant de la pousser de nouveau.

— Arrête de traîner les pieds, Isabella. Mon calendrier a peut-être changé, mais je dois le respecter.

— Ton calend…

Etonnée, elle s'interrompit en entendant son gloussement hystérique. Il fit danser ses doigts le long de son omoplate et sur son épaule.

— Tu as envie de me frapper, Bella, n'est-ce pas ? Tu pries de toutes tes forces pour que ton flic ne soit pas mort, pour que ton preux chevalier vienne déjouer les plans infâmes du méchant prince.

Il baissa la voix, adoptant un ton sinistre.

— Ne te fais pas trop d'illusions, mon cœur. J'ai eu la main lourde en préparant mon engin explosif.

Il passa le bras qui tenait l'arme autour du cou d'Isabella.

— Tu ne peux compter que sur toi-même pour m'échapper, chuchota-t-il, tout en lui enserrant la gorge avec ses doigts. En attendant, voudrais-tu entendre mon plan ?

— Ai-je vraiment le choix ?

Il eut un petit rire.

— Quel entêtement ! s'exclama-t-il en embrassant sa tempe, avant de la forcer à marcher. En fait, j'en ai deux : celui que je préfère et la solution de remplacement. Dans la première version, toi et moi nous envolons pour une charmante île des Caraïbes que j'ai achetée l'an dernier sous un faux nom.

Nous y vivons ensemble dans l'isolement le plus complet. Des bateaux de ravitaillement viennent à intervalles réguliers. Nous sommes heureux, Bella, très heureux et très vivants.

— David…

— Chut, coupa-t-il en lui tapotant les lèvres avec son index. Je n'ai pas terminé. Dans l'autre version, tu refuses de m'accompagner, parce qu'à vrai dire, tu es la digne petite-fille de James Corrigan. Cela dit, ce qui est à moi reste à moi.

La pression autour de sa gorge augmenta douloureusement.

— David, tu m'étrangles.

Son visage s'illumina.

— Exactement ! répliqua-t-il avant de frotter son oreille du bout du nez. Le scénario que j'aime le moins ? Si tu refuses de coopérer ou si tu essaies de me jouer un sale tour, je t'enferme dans une tour tropicale.

Il laissa échapper un autre gloussement.

— Et ensuite, je te tue.

17

Il céda ensuite à une pulsion de violence et l'embrassa avec une brutalité qui la terrorisa.

Après avoir violenté sa bouche, il l'attrapa par les cheveux et l'entraîna dans un passage mal éclairé. Ils finirent par atteindre un cul-de-sac situé suffisamment haut pour être hors de portée de la marée. Les lampes torches tubulaires que David avait fixées sur la paroi rocheuse éclairaient un espace à l'ameublement spartiate : un lit de camp dans un coin, un tabouret à trois pieds posé à côté et des caisses ouvertes remplies de provisions.

— Tu vois, c'est tout confort, bébé, commenta-t-il en lui tirant les cheveux une dernière fois. De quoi manger, de quoi s'asseoir et de quoi dormir. Ça te dit, d'essayer ce petit lit ?

Ses yeux brillaient d'une lueur sauvage, tandis que des gouttes de transpiration perlaient au-dessus de sa lèvre supérieure. Isabella se frotta l'arrière de la tête et garda un silence prudent.

Il se mit à faire les cent pas, enfouissant nerveusement les mains dans ses cheveux.

— Tu m'as quitté, dit-il enfin. Tu m'as dit qu'on n'était pas faits l'un pour l'autre, puis tu t'es envolée pour Bangkok.

— Tu étais d'accord pour qu'on se sépare, remarqua-t-elle, les yeux rivés sur son visage.

Il cessa ses allées et venues pour la regarder fixement.

— Excuse-moi, mais est-ce qu'on était dans la même pièce quand c'est arrivé ? Dans mon souvenir, tu as monopolisé la conversation. Tu as reconnu être égoïste et égocentrique, tu as admis que j'étais trop bien pour toi, ce qui est tout à fait vrai. Mais de quel droit as-tu estimé que c'était fini entre nous ?

— David, je n'ai rien dit…

Elle s'interrompit en remarquant son regard malveillant.

— Peu importe.

— Ce soir-là comme les autres, tu n'as parlé que de toi : ce que tu voulais, ce que tu attendais de notre vie, combien tu te sentais seule dans cet endroit isolé, à quel point tu méritais d'être heureuse. Je ne comprenais même pas pourquoi tu ne l'étais pas déjà.

Abasourdie, Isabella renonça à lui faire entendre raison. David semblait complètement perdu dans son monde. Il finit par agiter un doigt accusateur dans sa direction.

— C'est moi qui décide du quand et du comment, Bella ! Ni toi, ni mon partenaire juridique, ni les frères et sœurs par alliance que ma mère m'a imposés en se remariant après avoir largué mon père. « Viens nous chercher, papa, avais-je l'habitude de prier. Sois un homme et viens récupérer maman. Ne me laisse pas au milieu de ces foutus inconnus. » Mais il n'a jamais rien fait. Mama Davina a obtenu ce que Sybil voulait, et moi, j'ai été puni. Merci, Sybil Dark.

Il cracha le nom avec fiel. Isabella ignorait comment réagir. Devait-elle compatir, rationaliser ou ne rien dire jusqu'à ce qu'il se calme ? Elle choisit la dernière solution et garda le silence, un œil fixé sur le pistolet.

— J'ai souvent rêvé de tuer ma mère. Qui sait… Un jour, je le ferai peut-être. Pour le moment, je vais satisfaire mes désirs et montrer à Aaron comment les choses se seraient passées pour lui s'il s'y était mieux pris.

Il regarda à gauche, puis à droite, avant de se pencher vers elle en chuchotant bruyamment :

— Cet homme n'avait aucune subtilité. Ce n'était pas vraiment sa faute, après tout. Il vivait à une époque archaïque. Il n'y avait pas de contraception, ajouta-t-il avec un rire guilleret.

— David, tu ne crois pas que…

— Tais-toi, menaça-t-il en levant son arme, avant de sourire et d'étendre les mains dans un geste de fierté. De nouveau, elle fait ce qu'on lui dit. Avec une femme aussi intelligente et obéissante, je suis le plus chanceux des hommes.

Elle devait lire au-delà de ses mots, réfléchir à ce qu'il avait fait et à ce qu'il prévoyait de faire. Il avait été très clair : il n'hésiterait pas à la tuer. Il ne l'aimait visiblement pas, mais ne supportait pas qu'elle ait mis un terme à leur prétendue relation.

Il continua à faire les cent pas. De minute en minute, ses foulées se raccourcissaient, tandis qu'il devenait de plus en plus agité.

Trop effrayée pour bouger, Isabella s'exhorta à la patience. David pouvait perdre les pédales au moindre prétexte. S'il n'aimait pas son expression ou ses commentaires, il risquait de lui tirer dessus.

Il se mit à marmotter entre ses dents, tout en énumérant sur ses doigts.

— Assommer un sans-abri, le mettre dans la Corvette. Ça m'a vraiment peiné de devoir faire ça à ma voiture. Un coup de fil providentiel. La falaise qui approche. Sauter. Au revoir, monsieur le SDF, brûle à ma place. Avance rapide, à présent. Compte en banque suisse. Retrait, virement. Un peu de brassage. Dommage pour le cousin Burt et la bouteille de vin que quelqu'un — moi — lui a donnée. Il avait quatre-vingt-deux ans et vivait à Smallville, en Louisiane.

Il laissa échapper un éclat de rire amusé.

— Comme si quelqu'un dans ce trou aurait pensé à examiner des traces de poison chez un reclus brièvement riche et soudainement mort. Pistes brouillées. Tout va bien.

Il se redressa et se tourna vers Isabella, l'air rayonnant.

— Il ne me reste plus qu'une chose à faire, ma chère. En fait, il y en a deux, mais je ne vais pas t'obliger à regarder un corps réduit en charpie, même si je suis toujours convaincu que tu l'aimais. Tu sais quelle est la première chose, n'est-ce pas ? Allons, sers-toi de ton intelligence. Souviens-toi, j'ai dit « odieux », précisa-t-il comme elle gardait le silence.

— Mon Dieu, David, ne fais pas de mal à Katie ! s'exclama-t-elle, le cœur battant.

Apparemment blessé, il recula d'un pas.

— Tu penses que je ferais du mal à ta cousine préférée ? Pour qui me prends-tu ? Un monstre ?

Il inclina son arme et visa la gorge d'Isabella, un œil fermé.

— Ce sera rapide et sans douleur. Une balle suffira. Ma chérie, je te promets qu'elle ne sentira rien.

Les sourcils froncés, il fit volte-face en un éclair.

— C'était quoi, ça ? J'ai entendu un bruit.

Elle jeta un coup d'œil sur la lampe située sur sa gauche et fit un pas prudent dans cette direction.

— Je n'ai rien entendu.

— Il y a eu un couinement.

— C'était peut-être un rat.

— Les rats ne portent pas de chaussures.

Les lèvres retroussées en un rictus féroce, il tira dans l'ombre. Des éclats de rochers volèrent dans toutes les directions.

Elle n'aurait sûrement pas d'autres occasions d'agir, pensa Isabella. Elle attrapa la lampe torche et l'abattit contre les rochers. Elle saisissait la seconde quand David se retourna vers elle et tira une balle qui s'enfonça à quelques centimètres au-dessus de sa tête.

Elle attendit qu'il lui tourne de nouveau le dos pour attraper la seconde lampe et la fracasser sur le sol.

— Arrête ça tout de suite ! cria-t-il en tournant sur lui-même. C'est mon plan ! Tu es à moi ! Ces tunnels m'appartiennent !

Elle se baissa vivement, profitant de la pénombre. Elle explora rapidement les caisses de provisions, dans l'espoir de trouver une arme. Elle finit par découvrir une bouteille de verre probablement remplie de vin.

— Arrête, arrête, arrête ! hurla David.

Il tira plusieurs balles qui ricochèrent sur la paroi. Quelque chose — un chat ? — siffla rageusement. Le hurlement de David s'acheva en juron étonné. Peu après, quelqu'un plaqua une main sur la bouche d'Isabella et une voix inconnue lui ordonna de ramper.

Elle obéit sans protester. Elle ne savait pas où elle allait et elle ne connaissait pas son sauveur, mais du moment qu'elle s'éloignait de là…

— Tu es morte ! glapit David. Tu m'entends, Bella ?

Une balle siffla près de sa joue. L'homme derrière elle la poussa avec insistance.

— Tout ce bazar pour quelques antiquités de malheur… Ouvrez la marche, ma petite dame.

Elle aperçut une silhouette en mouvement devant eux. Un bras, une chaussure de sport, et enfin, du cuir noir.

— Donovan ! s'écria-t-elle, soulagée au point d'en avoir les jambes coupées. Je savais qu'il n'était pas mort.

— C'est ce qui nous attend si vous continuez à lambiner, grogna l'homme.

— Je n'y suis pour rien. Vous me poussez contre la paroi.

— Allez de l'autre côté, alors…

L'inconnu expira bruyamment, comme s'il avait reçu un coup, et s'effondra sur elle, la faisant valdinguer. Avant qu'elle ne puisse se dégager, deux mains se refermèrent sur sa gorge.

— Personne… ne… prend… ce… qui… m'appartient ! proféra David entre ses dents.

Pendant un court instant, elle crut défaillir de terreur. Puis il ôta les mains de son cou, et elle s'effondra contre la paroi.

Un léger bruit, comme un trottinement, parvint à leurs oreilles.

— Je te tiens, don Juan, dit David d'une voix triomphante. Je dirai à Sybil que tu es mort avec panache.

Hébétée, Isabella se redressa en secouant la tête pour éclaircir sa vision. Elle finit par apercevoir la silhouette de David qui levait son arme et cria son nom.

Un seul coup de feu retentit. David se tourna pour lui faire face, un sourire narquois aux lèvres. Le rictus s'effaça peu à peu, et il laissa tomber les bras. Il chancela, avant de s'effondrer à un pas d'elle.

Laissant l'inconnu qui l'avait aidée marmonner tout seul, Isabella chercha Donovan du regard. Couvert de bleus et de sang, il était appuyé sur un genou. Le chat noir était assis à son côté, tandis qu'une lampe torche était en train de rendre l'âme derrière lui. Il esquissa un sourire, puis laissa tomber son bras. La lampe s'éteignit, les plongeant dans les ténèbres.

— Je n'en peux plus, déclara Haden. Je ne supporte plus le chaos qui trouble notre paisible petite ville. J'ai bien envie de faire mes valises pour déménager en Nouvelle-Ecosse.

Il agita son énorme main avec conviction, mais resta confortablement avachi dans un fauteuil de la salle d'attente de l'hôpital de Mystic Harbor.

— Des nouvelles de Donovan ?

— Non, aucune, répondit Isabella.

Folle d'inquiétude, elle recommença à tourner comme une lionne en cage. Avec une grimace, Haden se toucha la tête.

— Ne vous en faites pas pour lui. Ce garçon a le crâne solide. Il n'est pas du genre à se laisser perturber par quelques bleus et quelques bosses. Apparemment, l'état d'Orry est plus préoccupant, mais ça, c'est lui qui le dit. Il n'a rien de grave, mais il cherche à s'attirer la sympathie des gens, et surtout celle de sa femme.

Il lança un regard sévère à Darlene, qui était affalée sur le canapé en face de lui, l'air renfrogné.

— C'est plutôt toi qui devrais passer un examen du cerveau. Qu'est-ce qui t'a pris d'aller coucher avec Orry ? Bon sang, fillette, tu es allée à l'école avec lui et sa femme. Tu devrais avoir honte.

Les bras croisés, George contempla sa fille avec dédain.

— Cette liaison avec Orry n'est que la partie émergée de l'iceberg, Haden. Ma fille était de mèche avec Gordie. Elle essayait de terroriser Isabella pour qu'elle vende le manoir et quitte la ville. Tout ça pour en partir elle-même !

Darlene fixait le sol d'un air rebelle.

— Je lui ai écrit un message pour la mettre en garde, quand j'ai trouvé que Gordie dépassait les bornes.

Elle leva les yeux vers Isabella.

— J'ai utilisé un échantillon de rouge à lèvres coquelicot.

— Après avoir prétendu être le fantôme d'Aaron Dark, avoir installé un vieux costume à l'une des fenêtres du manoir et tiré trois fois en direction de ton amant et de ton cousin, ajouta George. Franchement, Darlene, si tu n'avais pas l'air aussi pitoyable, je te mettrais sur mon genou pour te flanquer une fessée. Mais vu ce qui t'attend quand le shérif Crookshank s'occupera de toi, j'ai moins de regrets. Arrête de me lancer des regards piteux. Tu dois payer pour tes erreurs. Des cris et des avertissements, une flèche enfoncée dans une porte, un serpent à sonnette dans un lit…

— Ça, c'était l'idée de Gordie. Il a agi seul. J'ai fait ma part en ce qui concerne les cris et les avertissements, mais le serpent, je n'y suis pour rien.

— Orry n'était pas dans le coup ?

— Non.

— Dans ce cas, pourquoi a-t-il passé autant de temps à rôder autour du manoir ? demanda Isabella. Et ne me dites pas qu'il enquêtait sur Katie.

Darlene haussa les épaules.

— Il me cherchait sûrement. Je crois qu'il me soupçonnait de coucher avec un autre homme que lui.

— Oh ! pour l'amour du ciel ! s'exclama George en levant les mains en l'air. Faites-lui la morale, Isabella, je vous en prie.

— Je n'ai pas envie de crier, je suis trop inquiète pour Donovan et Katie, répondit Isabella. Mais ce n'est que partie remise, ajouta-t-elle en adressant un sourire amical à Darlene.

George lui tapota l'épaule.

— Donovan va s'en sortir. Haden a raison : nous, les descendants des Dark, avons des caboches en acier trempé. Mais comment va votre pauvre cousine ? Elle a dû passer des moments terrifiants dans cette horrible petite niche souterraine.

Isabella aurait aimé oublier l'expression sur le visage de Katie quand ils l'avaient retrouvée. Donovan ayant refusé de quitter les tunnels, ils avaient suivi le chemin de lampes installées par David jusqu'à un autre cul-de-sac, tout près de celui où il avait retenu Isabella.

Katie était ligotée et bâillonnée depuis des jours. David l'avait nourrie, mais aussi menacée chaque fois qu'une de ses tentatives pour enlever Isabella avait échoué.

— Je ne sais pas pourquoi il m'a gardée en vie, Bella, lui avait-elle confié sur le chemin du retour. Il comptait peut-être se servir de moi pour t'attirer dans ses filets. J'aurais dû crier quand je l'ai vu au manoir, mais j'étais sous le choc. Quand je me suis retournée, il était là, bien vivant et indéniablement perturbé. Ce n'est pas mon genre de souhaiter la mort de qui que ce soit, mais son décès est sûrement ce qui pouvait arriver de mieux pour tout le monde, y compris pour lui.

Une voix dans le haut-parleur ramena Isabella à la réalité.

George s'était assise sur le canapé pour sermonner Darlene. Haden continuait de tâter sa tête bandée. Dans le couloir, la femme d'Orry faisait les cent pas, les lèvres pincées et les sourcils froncés.

— Je n'aimerais pas être à votre place, shérif intérimaire, murmura Isabella. Haden, êtes-vous sûr de ne pas devoir passer la nuit ici ?

Son expression horrifiée fut une réponse éloquente.

Isabella dépassa Mme Lucas et avança jusqu'au bout du couloir. Les brouhahas des conversations ne couvraient pas entièrement une musique d'ambiance à la fois inquiétante et apaisante.

A l'extérieur, la tempête continuait de se déchaîner sur la ville. Par le haut de la fenêtre, Isabella aperçut des éclairs zébrer le ciel dans les environs de Darkwood Manor.

— On dirait qu'Aaron est de mauvaise humeur.

— Donovan ! s'exclama-t-elle en se retournant si vite qu'ils faillirent se heurter. Tu es… Waouh ! Tu es couvert de bleus.

Choquée et inquiète, elle lui effleura la pommette du bout du doigt.

— Tu ne devrais pas être au lit ?

— Je fais si peine à voir que ça ?

— Encore plus que tu ne l'imagines.

Elle laissa glisser ses yeux vers l'éraflure qui barrait sa tempe.

— Je ne suis pas sûre de vouloir savoir à quoi ressemble le reste de ton corps.

— Imagine une momie à moitié couverte de bandelettes. C'est mon épaule droite qui a le plus souffert, tout ça parce que Orry m'est tombé dessus.

Elle passa doucement le bout du doigt sous sa lèvre inférieure.

— Ta bouche n'a pas souffert, heureusement.

Il lui adressa un léger sourire.

— Tu as envie de me taper dessus, je me trompe ?

— C'est que j'ai cru mourir de peur quand je t'ai vu tomber dans le tunnel, répondit-elle, amusée. Je savais que tu avais pris des risques à cause de moi.

Comme il avait l'air de marcher droit, elle se permit de lui donner un petit coup de hanche.

— J'ai perdu dix ans de ma vie, Black. Ce n'est même pas à cause de ce que David a fait, c'est de te voir après sa mort. Sa seconde mort, précisa-t-elle, avant de pousser un soupir agacé. Je ne sais pas ce qu'il cachait d'autre, mais je suis heureuse que ce cauchemar soit terminé.

Une immense fatigue s'abattit d'un coup sur elle. Donovan attira sa tête contre son épaule, et les contours de la pièce commencèrent à se brouiller.

— J'ai refusé de croire à ta mort. Il avait beau se vanter de t'avoir tué, je savais que tu étais vivant.

Elle inspira avec délice l'odeur de cuir et de pluie, de savon et d'homme, puis leva la tête.

— Qui était cet homme dans le tunnel ? Celui qui m'a

plaquée contre une paroi pendant que David et toi entamiez votre duel ?

— Il prétend s'appeler Smith. C'est faux, mais ça n'a aucune importance. A mon avis, c'est un contrebandier qui utilise les grottes sous Dark Ridge pour entreposer ses marchandises.

— Des marchandises volées ?

— Probablement. J'ai passé un coup de fil à un ami de Portland.

— Mais ce Smith t'a aidé, ce soir. En tout cas, moi, il m'a aidée. Est-ce vraiment correct de le dénoncer ?

— Je lui ai donné vingt-quatre heures, Isabella. Il va contacter son complice, et ils fermeront définitivement leur base locale.

— Un échange de bons procédés, c'est ça ?

— En quelque sorte. Nous découvrirons sûrement que les produits qu'il passe en contrebande ont déjà été volés par quelqu'un d'autre.

— Autrement dit, il prend aux riches voleurs pour donner aux plus pauvres. Pourquoi a-t-il accepté de t'aider ? Et comment va le chat ?

— C'est son chat, et il va très bien. Smith m'a aidé parce que la configuration des tunnels nous a placés devant la même entrée dérobée au même moment. Quand la porte a explosé, je suis tombé sur Smith et Orry m'est tombé dessus. Le chat a assisté au spectacle à bonne distance.

Elle reposa sa joue contre l'épaule de Donovan.

— Quoi qu'il ait à cacher, je lui dois beaucoup pour avoir trouvé la montre de Katie et l'avoir offerte. Ça donnait du poids à une histoire qu'Orry n'aurait jamais crue sinon. En parlant du loup… Comment va le shérif intérimaire ?

— Il est vivant, répondit Donovan, les yeux fixés sur la femme qui faisait les cent pas un peu plus loin, les poings serrés et le visage écarlate. Pour l'instant.

— Seigneur ! s'exclama Haden dans leurs dos. On dirait que tu as fait quelques allers-retours en enfer !

Il s'avança vers eux et les prit dans ses bras. Puis il abattit ses deux énormes mains sur les épaules de son neveu, fit un clin d'œil à Isabella et annonça à tous ceux qui voulaient l'entendre — autrement dit tout l'étage — qu'une grande fête aurait lieu dans son restaurant le lendemain soir. Les boissons et la nourriture seraient offertes, et personne, pas même Darlene, ne serait refoulé à l'entrée.

— Quant à vous, Isabella, dit-il en lui tapotant le dos, vous avez l'air à bout.

— C'est vrai, acquiesça-t-elle. Est-ce que Katie... dort...

Elle ne sut jamais si Haden lui avait répondu. Sa tête était remplie d'ombres aux formes étranges. Consciente que Donovan la soulevait dans ses bras, elle voulut protester, mais les ombres qui refusaient de se disperser l'empêchèrent de parler.

Dans les brumes de sa conscience, elle vit les yeux d'Aaron Dark se transformer et prendre l'aspect de ceux de David, puis de Donovan. Pour la première fois depuis son arrivée à Mystic Harbor, elle sombra dans un sommeil sans rêves.

Epilogue

Une bonne nuit de sommeil aurait été le dénouement rêvé de cette histoire riche en rebondissements, mais l'enquête était loin d'être terminée. De nombreuses questions restaient en suspens, des décès devaient être authentifiés et des excuses étaient dues.

Orry étant indisponible, l'adjoint le plus âgé le remplaça dans ses fonctions. Vu son manque de vivacité, les choses ne risquaient pas d'être résolues avant juin, songea Isabella. Heureusement, le shérif Crookshank avait prévu de revenir d'ici quelques jours.

Une fois remise de ses émotions, Katie raconta ce qui lui était arrivé. Après l'avoir enlevée, David s'était servi de son téléphone portable pour contacter Isabella, probablement dans l'espoir d'éviter l'intervention de la police. Comme il l'avait volontiers admis, il avait chloroformé et kidnappé Isabella. C'était également lui qui avait failli l'attaquer dans un des couloirs du manoir le jour où elle avait suivi le chat de M. Smith.

Les bras croisés, une moue boudeuse sur les lèvres, Darlene était venue lui assurer qu'elle ignorait tout de David et de son plan machiavélique. Elle avait présumé que Gordie était responsable de tous les coups tordus.

Les allées et venues au commissariat durèrent une bonne partie de la journée. A la tombée de la nuit, Haden prit les commandes de la fête avec toute l'autorité d'un sergent instructeur. Il ordonna à Donovan de s'occuper du bar et demanda à Isabella de prendre les commandes de boisson. Puis il s'épousseta les mains et hocha la tête avec satisfaction.

— Vous risquez d'avoir du mal à vous éviter, maintenant.

Isabella aurait voulu protester qu'elle n'y était pour rien, mais à quoi bon ? Même si c'était Donovan qui avait décidé de se tenir à l'écart toute la journée, au final, le résultat était le même.

Ce soir-là, les trois quarts des habitants de Mystic Harbor débarquèrent dans le restaurant de Haden, impatients de connaître tous les détails sordides. Un autre Dark, dont la vie présentait d'étranges similitudes avec celle de son ancêtre, était devenu aussi fou qu'Aaron. La Société historique locale était au septième ciel.

Pendant trois heures, Isabella répondit de bonne grâce aux questions qui l'assaillaient de toutes parts. Quant à Katie, dont la voiture n'avait toujours pas été retrouvée, elle se vit proposer une occasion à un prix intéressant par un homme, qui l'invita ensuite à passer la soirée avec lui.

— Ne vous en faites pas, ma belle, lui dit George, l'air légèrement éméchée. Le jeune homme qui fait du plat à Katie est mon petit-cousin. Sous ses dehors bavards, et en apparence frivoles, il est adorable. Et puisqu'on aborde ce sujet…, ajouta-t-elle en gesticulant vers le bar. Donovan a l'air un peu esseulé.

— Je crois qu'il aime ça.

— Ne vous fiez pas à son air bravache. Allez-y, insista-t-elle. Mettez les choses au clair. J'ai parié que vous réussiriez à lui faire oublier son credo que tous les Dark sont coulés dans le même moule avant la fin de la nuit.

— Votre confiance en moi est stupéfiante.

— Autant que l'impudence de ma fille. Merci encore de ne pas avoir porté plainte. Elle a une sacrée chance de ne pas avoir fini comme Gordie. Mais si jamais la femme d'Orry l'attrape, elle risque de subir un sort encore plus terrible.

Isabella sourit rien qu'en imaginant la scène.

— Elle terminerait probablement dans le même état qu'Orry.

Elle serra brièvement l'autre femme contre elle.

— Merci pour le petit coup de pied aux fesses.

— Je vous en prie.

Après avoir donné son plateau à Lindsay, Isabella retroussa ses manches et s'avança vers le barman avec détermination.

Donovan tirait une bière à la pression quand elle abattit ses mains sur le comptoir.

— On peut parler ici ou dehors, Black. A toi de décider.

Un sourire au coin des lèvres, il acheva de remplir la chope et la fit glisser le long du bar jusqu'à un homme à la mine tendue. Isabella écarquilla les yeux en reconnaissant Robert Drake.

— Il n'a pas encore quitté la ville ?

— Il n'était pas impliqué, lui rappela Donovan.

— Et le message qu'il a transmis à George me demandant de te rejoindre au manoir ?

— L'appel était réel, Isabella. Il a été passé d'une cabine téléphonique située près du port. D'après Darlene, Gordie voulait que tu entendes le cri de plus près.

— Le cri et l'avertissement que Darlene m'a donné d'une voix sépulcrale.

Elle observa le promoteur avec une pointe d'amusement.

— On dirait qu'il a fait une conquête. C'est bien la femme d'Orry qui s'étale langoureusement sur lui ?

— Elle s'est jetée sur lui dès qu'il est entré.

Donovan lui attrapa le menton, l'obligeant à se pencher au-dessus du bar.

— Tu m'as proposé d'aller dehors, n'est-ce pas ?

Comme chaque fois qu'elle se noyait dans ses yeux, la fascination lui coupa le souffle, et elle répondit d'un simple hochement de tête.

Un brouillard épais avait envahi la ville après la tempête

de la veille. Des volutes de brume flottaient près de la porte de service et glissaient le long des vieux murs de brique.

Isabella sortit dans la ruelle en boutonnant son manteau. Un hoquet de surprise lui échappa quand Donovan l'attrapa par le bras pour la faire pivoter vers lui.

Il plaqua sa bouche sur la sienne sans prévenir. Au bout de dix secondes pleines d'intensité, il s'écarta, et Isabella s'amusa à faire un constat : sa tête tournait, ses pensées étaient embrouillées et ses lèvres continuaient de picoter.

— C'était… incroyable, dit-elle après avoir repris ses esprits. Pourquoi as-tu l'air de vouloir frapper quelqu'un ?

— Je n'ai pas envie d'avoir des sentiments pour toi, Isabella.

— J'avais compris.

Elle toucha ses lèvres avec fascination. Oui, elles picotaient toujours.

— David Gimbel était fou, déclara Donovan.

— C'est le moins qu'on puisse dire.

— Il a légué le plus gros de ses biens à un parent très éloigné et très âgé.

— Le cousin Burt. David l'a empoisonné.

Dovonan lui adressa un regard indéchiffrable.

— Après avoir piégé le vieil homme en le forçant à signer un testament qu'il avait lui-même rédigé à l'avance, il a commencé à transférer l'argent sur un compte en banque suisse.

— J'ai compris l'essentiel de l'histoire dans les tunnels. David possédait une île aux Caraïbes. Il avait l'intention de m'y emmener et de m'y garder, vivante ou morte. Il estimait que je lui appartenais et que personne n'avait le droit de prendre ce qui était à lui. J'avoue que tout ça me dégoûte rétrospectivement.

— Pourquoi ?

— Voyons voir… Parce que je suis sortie avec lui pendant deux mois et que je n'ai jamais vu le monstre qui se cachait en lui ? En tout cas, si jamais j'ai eu des doutes, j'étais trop occupée ou trop égocentrique pour creuser la question.

— Ça s'appelle un manque d'intérêt, Isabella.

— Je sais, soupira-t-elle en contemplant le brouillard qui flottait à ses pieds. Je ne suis pas sûre de ce que je pense, de ce que j'ai manqué, de ce que j'aurais pu éviter si j'avais ouvert les yeux plus tôt. Pendant que j'étais à sa merci, il m'a donné toutes sortes de surnoms, il a fait allusion à des choses sans aucun lien avec notre relation. J'ai compris qu'il nous confondait avec Aaron et Sybil, qu'il prenait leur histoire pour la nôtre, même si nous n'avons rien vécu d'exceptionnel. Il avait perdu la tête, sûrement depuis des années, et je ne me suis rendu compte de rien.

— Pas plus que son partenaire juridique, ses clients ou ta cousine.

— Katie ne l'a jamais aimé.

— Ce n'est pas la même chose que de suggérer qu'il était fou.

— Tu essaies de me consoler, n'est-ce pas ?

Il s'approcha d'elle en souriant.

— Tout comme tu essaies de changer le sujet d'un descendant d'Aaron Dark à un autre. Même après être sortie deux mois avec Gimbel, tu ne t'es jamais aperçue de rien ?

Cette fois, elle reconnut le piège.

— Non, mais je n'avais pas envie d'être avec lui. Sans pouvoir me l'expliquer, je sentais qu'il valait mieux faire marche arrière. Même si nous ne les écoutons pas toujours, notre espèce possède quand même certains instincts.

— Et de la même façon, nous avons certaines propensions, répliqua-t-il.

Il s'approcha nonchalamment d'elle, assez près pour qu'elle puisse le toucher.

— Ta nature, c'est de toujours croire le pire sur toi-même, dit-elle en lui effleurant le torse d'un air suggestif. La mienne, c'est de prendre des risques. Alors… lequel de nous deux remporte ce rapport de forces ?

— Peut-être aucun des deux.

— Et pourquoi pas les deux ? Donovan, tu ne ressembles en rien à David. Pas plus que Darlene, malgré son manque de jugeote. George est adorable, Haden est un gros nounours et… Tu as envie de m'embrasser, n'est-ce pas ?

— J'y pense sérieusement.

Les yeux rivés aux siens, il posa les mains sur sa taille.

— Ça peut très mal tourner, tu sais.

— J'ai le goût du risque, lui rappela-t-elle.

Les yeux pétillants, elle se colla à lui et passa les bras autour de son cou.

— Et si on reparlait de ce baiser…

Il l'interrompit en prenant possession de sa bouche. Au contact de ses lèvres chaudes, elle perdit le fil de ses pensées et se laissa gouverner par ses instincts les plus profonds. Donovan couvrit sa mâchoire et son cou de baisers brûlants qui la firent frissonner.

Elle pencha la tête sur le côté, émerveillée par les sensations qu'il déchaînait en elle.

— Si Aaron avait embrassé Sybil comme ça, elle ne l'aurait jamais quitté, remarqua-t-elle.

— Ça ne l'aurait pas rendu sain d'esprit pour autant.

— Elle n'y aurait sûrement attaché aucune importance.

Il la regarda droit dans les yeux.

— Je t'aime, Isabella, mais tu joues avec le feu de l'enfer.

— Je t'aime aussi, Black. L'enfer, c'est ce que j'ai vécu ces derniers jours. Mais c'est terminé, et j'ai très envie que tu me fasses brûler.

— Gimbel…

— Est mort. Le manoir est à moi. Les fantômes qui ont croisé notre chemin n'étaient pas réels, mais leur histoire tragique attirera les touristes en foule. Qu'y a-t-il d'infernal là-dedans ?

— Tu ne sais pas tout.

Il la prit par les épaules et la fit pivoter. Ensemble, ils

contemplèrent le manoir voilé par la brume. Il baissa la tête pour murmurer au creux de son oreille :

— J'ai discuté avec Darlene, Isabella. Elle reconnaît avoir écrit le message sur la serviette en papier et avoir diffusé tous les cris lugubres. Mais elle jure sur la tombe de son grand-père que la voix au manoir qui t'a ordonné de fuir sans jamais revenir n'était pas la sienne.

KARA LENNOX

Le voile du doute

BLACK *ROSE*

éditions HARLEQUIN

Titre original : A SCORE TO SETTLE

Traduction française de CHRISTINE BOYER

© 2011, Karen Leabo. © 2012, Harlequin S.A.
83-85, boulevard Vincent-Auriol, 75646 PARIS CEDEX 13.
Service Lectrices — Tél. : 01 45 82 47 47
www.harlequin.fr

1

Coincée dans un embouteillage, Jamie McNair avançait à la vitesse d'une tortue sur l'autoroute de Houston. Elle fulminait. Pour qui ce Daniel Logan se prenait-il ? De quel droit la convoquait-il chez lui comme un vulgaire larbin ? Lorsqu'elle avait appris que le milliardaire comptait intenter une action en justice afin d'obtenir l'annulation de l'un de *ses* verdicts, elle avait voulu s'expliquer sans tarder avec lui pour lui prouver qu'il avait tort. Mais elle avait espéré le faire selon ses conditions *à elle*.

Malheureusement, il lui avait coupé l'herbe sous le pied, ce qui l'exaspérait davantage encore. Et à présent, comme le supérieur hiérarchique de Jamie craignait Daniel Logan et sa fondation caritative, il l'avait obligée à se plier aux desiderata de ce dernier.

Un entretien dans les bureaux de Project Justice lui aurait paru un compromis acceptable. Mais non, Logan avait décrété qu'il la verrait chez lui !

Elle détestait être manipulée. Logan lui imposait peut-être l'heure et le lieu de cette entrevue, mais elle avait la ferme intention de lui démontrer qu'il se trompait. Dans son attaché-case, elle avait réuni tous les documents nécessaires pour lui prouver que si Christopher Gables croupissait dans le couloir de la mort, c'était bel et bien parce qu'il avait assassiné sauvagement son collaborateur.

Elle avait mieux à faire qu'à se plier aux caprices d'un milliardaire trop gâté qui se plaisait à jouer les bons Samaritains. Logan avait beau être un homme riche et puissant, il avait lui-même été condamné pour meurtre. C'était d'ailleurs le propre père de Jamie qui l'avait poursuivi en justice, plusieurs années plus tôt, et il n'était pas du genre à faire des erreurs.

Pour se préparer à cette entrevue, Jamie avait glané tous les renseignements possibles sur Logan. Elle avait découvert beaucoup d'éléments relatifs à son arrestation et à son procès, ainsi que sur sa société pétrolière. Malheureusement, elle n'avait pas trouvé grand-chose sur sa vie privée.

La photo de lui qu'elle avait eue entre les mains était assez floue et datait du jour où il avait été libéré après six ans de prison. A l'époque, il était grand et maigre, il avait le visage blafard et les cheveux mal coupés. Sur les clichés pris au cours de son procès — plus de douze ans plus tôt —, il apparaissait comme un jeune homme séduisant mais terrifié.

L'embouteillage se résorba, et Jamie put enfin quitter l'autoroute. Quelques minutes plus tard, elle longeait les grilles en fer forgé des propriétés de River Oaks, un des quartiers les plus huppés d'Amérique. Même si elle bouillait de colère, elle ne pouvait nier une certaine curiosité à l'idée d'entrer chez un milliardaire. De l'extérieur, la belle demeure de Logan ressemblait à un manoir anglais du XIXe siècle, avec ses murs de briques patinées par le temps et ses fenêtres à meneaux. Jamie se serait crue dans un roman de Jane Austen.

La jeune femme s'apprêtait à s'extraire de son véhicule — une vieille japonaise qui détonnait complètement dans ce décor — pour aller appuyer sur l'Interphone quand les grilles s'écartèrent sans bruit. Elle les franchit et remonta l'allée jusqu'à la maison.

Comme elle descendait de sa voiture, un de ses talons se coinça entre deux pavés, et elle se tordit la cheville. Etouffant un juron, elle se dirigea en boitillant vers l'entrée du manoir. Les deux énormes battants de chêne semblaient provenir d'un vieux château fort.

Elle chercha la cloche, mais avant qu'elle ait eu le temps de l'actionner, la porte s'ouvrit.

Une jeune et jolie blonde apparut, vêtue d'un pull en

cachemire lavande, d'un pantalon cigarette noir et de bottines élégantes. Sans être particulièrement portée sur la mode, Jamie savait reconnaître des vêtements de qualité quand elle en voyait.

Manifestement, même les domestiques de Daniel étaient nantis.

— Bonjour, madame McNair. Entrez, je vous prie.

— Merci, vous êtes sans doute Jillian.

Jamie avait reconnu l'assistante personnelle de Logan à son léger accent anglais.

L'intérieur du manoir était aussi impressionnant que sa façade. Le hall d'entrée était dallé de marbre. D'immenses tableaux qui auraient pu figurer dans un musée — des portraits ou des paysages réalisés à la peinture à l'huile — étaient accrochés aux murs.

Et, parmi eux — elle eut du mal à en croire ses yeux ! —, se trouvait un Van Gogh.

— Vous êtes un peu en retard, remarqua Jillian.

— Oui. La circulation…

Jamie refusait de présenter ses excuses pour ses vingt minutes de retard. Logan avait insisté pour qu'elle le rencontre chez lui et non en ville, alors que les bureaux de Project Justice étaient tout proches du palais de justice où elle travaillait. Qu'il ne s'en prenne donc qu'à lui.

— Malheureusement, M. Logan avait un autre rendez-vous, et il ne sera donc en mesure de vous recevoir que dans une heure. En attendant, je suis sûre que vous aimeriez vous restaurer.

Jamie mourait de faim, mais il n'était pas question de laisser Logan la mener par le bout du nez.

— Je suis désolée, mais mon temps est également compté, d'autant que les embouteillages compliquent mes impératifs. Si M. Logan ne peut m'accorder un entretien maintenant, peut-être acceptera-t-il de me retrouver dans mon bureau le jour qui lui conviendra.

Les yeux de Jillian s'écarquillèrent. Elle avait sans doute

tellement l'habitude que les gens se plient comme des carpettes aux exigences de son patron que le comportement de Jamie la surprenait.

— Accordez-moi un instant, et je vais voir ce que je peux faire.

Son ton s'était un peu refroidi.

Jillian quitta le vestibule, laissant Jamie seule et furieuse. Ce n'était pas parce qu'elle était fonctionnaire qu'elle allait laisser Logan la traiter de façon cavalière. Que cela plaise ou non à ce type, elle allait prendre ses cliques et ses claques, se dit-elle en se dirigeant vers la sortie.

Entendant du bruit dans son dos, Jamie se retourna, pensant que Jillian revenait, mais elle vit surgir un labrador. Comme il se précipitait vers elle en agitant la queue, elle craignit un instant qu'il lui saute dessus. Mais il s'arrêta à quelques pas et la regarda de ses grands yeux bruns.

Elle le caressa prudemment. Il avait l'air gentil, mais peut-être ne fallait-il pas se fier aux apparences. Il frétillait, manifestement heureux qu'elle s'intéresse à lui. Il pencha la tête pour qu'elle lui gratte le crâne derrière les oreilles.

Jillian réapparut enfin.

— Tucker, sois sage.

Docilement, le chien abandonna Jamie et trotta jusqu'à Jillian pour s'asseoir à ses pieds. Il était visiblement bien dressé.

— M. Logan va vous recevoir maintenant. Mais il vous prie de bien vouloir l'excuser pour sa tenue plutôt… euh… décontractée.

Il aurait pu être habillé d'un sac de pommes de terre, Jamie s'en moquait comme de l'an quarante. Elle avait surtout hâte d'en finir avec cet entretien. Connaissant Project Justice de réputation, elle savait que la fondation se chargeait souvent de cas qui méritaient d'être défendus.

Mais celui-ci n'en faisait pas partie.

Le chien sur les talons, Jillian précéda Jamie dans un salon richement décoré, tout en contrastes. Des tapisseries anciennes côtoyaient des meubles modernes, une cheminée de pierre tranchait avec le sol de marbre, une table antique en ivoire faisait face à une autre en granit.

Mais elle n'eut pas le temps de s'appesantir sur la décoration. Elles longèrent un vestibule orné de tableaux, avant d'emprunter un escalier qui descendait.

Cette demeure disposait-elle d'un sous-sol ?

A Houston, les maisons en étaient généralement dépourvues. Où était-elle allée se fourrer ? Logan donnait peut-être l'image d'un gentleman raffiné, mais il avait été condamné pour meurtre. Certes, le gouverneur l'avait gracié, mais la condamnation n'avait jamais été annulée. Raison pour laquelle Jamie se sentait un peu nerveuse à l'idée de le rencontrer dans un bunker souterrain.

Finalement, elles parvinrent dans une immense salle de musculation équipée d'appareils luxueux dignes d'un club de fitness huppé. Mais le regard de Jamie fut surtout attiré par l'homme étendu sur une table de massage, auprès duquel officiait une blonde en survêtement rose.

Sa tenue, en effet, était pour le moins « décontractée », songea Jamie : il n'avait qu'une simple serviette-éponge autour des hanches !

— Daniel, Mme McNair est là, annonça Jillian d'un ton un peu réprobateur.

— Plus doucement, Greta, ordonna l'homme à moitié nu qui devait être Daniel Logan.

S'il était aussi grand qu'à l'époque de sa libération, il n'avait plus rien de l'homme maigre et blafard juste sorti de prison. Son bronzage était éclatant et, l'espace d'un instant, Jamie envia cette Greta qui avait la chance de toucher des muscles aussi fermes.

Tournant la tête, Daniel dévisagea Jamie pour la première fois. Leurs regards se croisèrent et se soutinrent quelques instants.

D'une beauté saisissante, Daniel Logan ne ressemblait en rien au stéréotype du milliardaire texan ayant fait fortune dans le pétrole. Pas de bottes, pas de chapeau, pas de cigare, pas d'accent. Sa voix était raffinée, éduquée.

— J'ai bien peur que vous me surpreniez à un mauvais moment, madame McNair. Mais je souffre de spasmes musculaires, et Greta est la seule personne qui parvient à soulager mon dos.

Nul doute qu'en compagnie de Greta, son dos ne devait pas être la seule partie de son anatomie sujette aux spasmes, songea-t-elle.

— Dans ces conditions, il ne nous sera pas possible de discuter convenablement, répliqua-t-elle sèchement. Je suggère donc que nous reportions cette entrevue à une date ultérieure ou que nous nous entretenions du dossier au téléphone. Vous n'aurez qu'à contacter mon bureau…

— Non, attendez, je vous en prie.

Daniel se souleva sur ses bras puissants et se mit sur son séant, se drapant de sa serviette pour dissimuler la partie la plus intime de son anatomie.

— Je tiens à m'entretenir avec vous maintenant.

Greta lui tendit un peignoir de soie qu'il passa tout en sautant de la table. Il fit rouler ses épaules, tourna la tête d'un côté, puis de l'autre, et sourit.

— Je crois que vous avez réussi à me soulager, Greta. Maintenant, si cela ne vous ennuie pas, pourriez-vous nous laisser ?

Sa requête s'adressait également à Jillian.

Greta disparut aussitôt, mais Jillian parut hésiter.

— Etes-vous sûr que vous ne voulez pas que je reste pour prendre des notes ? Ou pour vous apporter un dossier ?

— Cela ne sera pas nécessaire, merci.

Il se pencha pour flatter le chien qui attendait depuis un moment que son maître daigne s'occuper de lui.

— Ça va, Tucker ?

Jetant un regard mauvais à Jamie, Jillian quitta la pièce.

— Mon bureau est par ici, dit Daniel. Merci d'être venue.

Vous ne regretterez pas votre visite, je crois que ce que j'ai à vous dire va vous intéresser.

Jamie était ébahie par le luxe qui l'entourait. Dans ce sous-sol, curieusement, les pièces semblaient éclairées par la lumière du jour. Mais Jamie était surtout impressionnée par Daniel Logan lui-même.

A présent, ses cheveux n'avaient plus rien de mal coupé. Dès qu'il s'était redressé, ses mèches brunes s'étaient remises en place à la perfection. Ses tempes argentées lui donnaient une classe folle. Il était beau comme le péché.

Les recherches qu'elle avait effectuées lui avaient appris qu'il avait trente-cinq ans, mais il semblait un peu plus âgé. Peut-être ses années en prison l'avaient-elles vieilli prématurément.

Pourtant, elle refusait de s'apitoyer sur le sort de cet homme. Après tout, il avait été condamné pour meurtre. Sa place était en prison. Seuls son argent et ses relations lui permettaient de jouir de la liberté et de tout ce luxe.

Sa victime, Andreas Musto, n'aurait plus jamais l'occasion de profiter de quoi que ce soit.

Le bureau de Daniel fut une autre surprise. Elle s'attendait à des œuvres d'art — des originaux, bien évidemment — voire à un énorme poisson empaillé ou un tapis en fourrure d'ours, quelque chose de très masculin, en tout cas. Au lieu de quoi, elle se retrouva dans un antre high-tech.

Elle n'avait jamais vu tant d'appareils électroniques réunis au même endroit. Une immense table en forme de fer à cheval trônait au centre de la pièce, recouverte de gadgets en tout genre. Des téléphones sophistiqués, des claviers, des imprimantes, trois ordinateurs, tous allumés. L'un d'eux était relié à un écran de la taille d'un écran de cinéma. Accrochés au mur, quatre postes de télévision diffusaient les programmes de différentes chaînes.

Daniel invita Jamie à s'asseoir dans un des grands fauteuils recouverts de soie qui faisaient face à son bureau. Il prit place à son tour, tandis que Tucker se couchait à ses pieds pour regarder son maître avec adoration.

Original et dédié à la haute technologie, l'endroit était très beau. De fausses fenêtres éclairaient la pièce d'une lumière artificielle, le plancher de chêne était orné d'un tapis persan et, au-dessus de leurs têtes, se balançaient deux magnifiques lustres.

— Bien, venons-en aux faits, commença Jamie qui tenait à entamer la conversation. Pour des raisons qui m'échappent, vous vous êtes persuadé de l'innocence de Christopher Gables. J'ignore d'où vous vient cette conviction, mais je vous garantis que les faits prouvent sa culpabilité sans l'ombre d'un doute. Gables et son associé s'étaient disputés. Quelques heures plus tard, le cadavre de ce dernier a été découvert dans la cuisine de leur restaurant, la gorge tranchée. Un couteau ensanglanté a été découvert près du corps, qui portait les empreintes de Gables — et uniquement les siennes. Gables, qui restait en général dans l'établissement jusqu'à sa fermeture, a été incapable de dire où il se trouvait à l'heure du meurtre. Voilà ce que les procureurs appellent un cas d'école, monsieur Logan. Les jurés ont rendu leur verdict en moins d'une heure.

Les yeux rivés aux siens, Daniel Logan l'écoutait avec la plus grande attention. L'expression grave, il la dévisageait avec une rare intensité, opinant du chef de temps à autre. Son regard pénétrant agaça Jamie. Elle avait l'impression qu'il ne se contentait pas d'assimiler ses mots, mais qu'il notait également les expressions de son visage, ses gestes, et qu'il la décryptait davantage qu'elle ne l'aurait souhaité.

— Alors, qu'avez-vous à opposer à ces faits, monsieur Logan ? lança-t-elle enfin, s'efforçant de masquer la note d'arrogance dans sa voix. Si votre seul argument est l'ADN inconnu sur le tablier de Sissom, sachez que les empreintes digitales sont plus probantes que des traces ADN. Quatre experts indépendants, y compris celui engagé par la défense, ont certifié que les empreintes découvertes sur l'arme appartenaient à Gables. Le tablier a pu être taché par n'importe qui et ces traces ADN ne prouvent rien.

De nouveau, Logan hocha la tête.

— Le dossier était solide. Vous l'avez merveilleusement bien instruit.

Oui, en effet. Cette sombre histoire avait été la première affaire importante dont elle avait été chargée. Après le verdict, elle avait eu le sentiment que son père aurait été fier d'elle. Bien sûr, elle n'en aurait jamais la certitude puisqu'il était mort avant la fin de ses études.

Elle ne remercia pas Logan du compliment. Elle se voulait insensible aux flatteries.

— Alors quel est votre point de vue ?

— Et si je vous disais que nous avons affaire à un tueur en série ?

Daniel sentit tout de suite qu'il avait réussi à éveiller l'intérêt de Jamie, ce qui était, bien entendu, l'objectif qu'il visait. Il devait maintenant exposer ses arguments. Mais, au moins, était-il parvenu à ébranler son exaspérante suffisance. Bouche bée, les yeux écarquillés, elle était manifestement surprise et attendait qu'il s'explique.

Il ne s'était pas attendu à rencontrer une jeune femme aussi ravissante. Les photos et les vidéos d'elle ne lui rendaient pas justice. Aucun appareil photo ne pouvait capturer l'opulence de sa chevelure auburn, le mystère de ses prunelles bleu des mers du Sud, le velouté de sa peau.

Il s'interdit de s'attarder plus longtemps sur ses lèvres délicatement ourlées.

Il n'osait pas l'observer avec trop d'attention.

Interrompant le cours de ses pensées, elle reprit la parole.

— Vous pensez que Christopher Gables n'en était pas à son premier meurtre ? Qu'il avait déjà tué auparavant ?

Cette éventualité ne l'avait jamais effleurée.

— Non, je crois que quel que soit le meurtrier de Frank

Sissom — qui a piégé Christopher pour lui faire porter le chapeau —, il avait déjà du sang sur les mains. Il m'avait également piégé pour me faire endosser la responsabilité de son crime.

Jamie finit par recouvrer sa voix.

— Vous plaisantez, je suppose. Ne me dites pas que vous m'avez convoquée ici, que vous avez bouleversé mon emploi du temps, pour me servir un conte à dormir debout à propos d'un tueur en série ?

— J'admets que je ne suis pas encore en mesure de prouver ma théorie. Mais n'êtes-vous pas curieuse de savoir pourquoi j'essaie de vous convaincre du bien-fondé de mon point de vue ?

— Parce que vous aimez manipuler les gens et que vous avez les moyens d'y parvenir ? rétorqua-t-elle sur un ton cinglant.

Il se mordit la lèvre pour maîtriser sa colère. Comme la plupart des procureurs, elle était certaine d'avoir raison, persuadée de l'infaillibilité du système judiciaire.

— Pardonnez-moi, mais vous me semblez un peu nerveuse. Laissez-moi deviner pourquoi… Je sais ! Vous avez faim, vous n'avez pas eu le temps de prendre un solide petit déjeuner, ce matin.

— Mes habitudes alimentaires ne vous concernent pas. En avons-nous terminé ? ajouta-t-elle en se levant.

— Des résidus de métal. En avez-vous découvert sur le cadavre de Frank Sissom ?

Il s'agissait de l'une des deux anomalies mises en lumière lors du procès de Daniel. Le procureur n'avait jamais réussi à expliquer leur provenance de façon satisfaisante, mais Daniel était persuadé qu'ils venaient des vêtements du tueur.

Désormais, grâce aux techniques de la police scientifique, il était possible d'en tirer des éléments pour l'enquête. Les analyses réalisées n'avaient peut-être pas la perfection d'un ADN ou d'une empreinte digitale, mais certaines affaires avaient été résolues grâce à des preuves similaires.

L'autre anomalie provenait d'une molécule d'ADN découverte sur un des vêtements d'Andreas qui n'avait pas été identifiée. Un trait commun avec le cas Gables/Sissom que Jamie venait elle-même de mentionner.

— Je ne me rappelle pas avoir entendu dire que des résidus métalliques se trouvaient sur le cadavre, répondit-elle.

Daniel s'efforça de dissimuler sa déception. Il avait lancé l'hypothèse un peu au hasard.

— Retraçons alors les faits tels que je les analyse.

Jamie consulta sa montre.

— Je regrette, j'ai un autre rendez-vous aujourd'hui. Vous m'enverrez tout cela par e-mail.

Quelqu'un frappa à la porte. Daniel sut immédiatement de qui il s'agissait.

— Entrez, Jillian.

Un plateau à la main, un verre de thé glacé dans l'autre, son assistante apparut.

— Désolée de vous déranger, mais Claude craint que le poulet ne soit immangeable s'il n'est pas servi de suite. La sauce risque de figer.

En général, Daniel déjeunait plus tôt. Mais son spasme musculaire — et l'arrivée tardive de Jamie — avait perturbé son emploi du temps. Jillian savait qu'il accordait beaucoup d'importance à ses repas, certain qu'il était impossible de réfléchir sans s'être au préalable correctement nourri. Mais elle savait aussi ne pas interrompre un entretien important.

Il accepta l'assiette qu'elle lui tendait.

— Merci, Jillian, mais il serait très grossier de ma part de me restaurer devant mon invitée. D'autant qu'elle n'a pas pris de petit déjeuner.

— Je n'ai jamais dit ça ! protesta Jamie.

— Non, mais c'est la vérité.

Son ton défensif lui donna la certitude qu'il avait raison.

— J'ai, bien sûr, apporté une assiette pour Mme McNair, répliqua Jillian.

— Je ne reste pas.

— Donnez-moi un quart d'heure pour vous convaincre, demanda Daniel en se levant. Déjeunez avec moi. De toute façon, vous avez besoin de vous nourrir. Vous gagnerez du temps.

Et votre humeur s'améliorera peut-être, songea-t-il.

De plus, rien de tel que de partager un repas pour créer des liens. Il avait besoin de la convaincre qu'il n'était pas un ennemi. Si elle pouvait admettre son point de vue, ils deviendraient alliés et lutteraient ensemble pour sauver la vie d'un innocent. Etant le procureur qui avait instruit cette affaire, elle était la seule qualifiée pour mener à bien des tâches qu'il aurait des difficultés à effectuer seul.

Jamie prit une profonde inspiration. Sans doute tentée de goûter la cuisine de son chef — les menus qu'il concoctait étaient toujours succulents —, elle finit par céder.

— D'accord, puisque vous insistez. Je dois en effet déjeuner. Mais n'allez pas imaginer que vous m'amadouerez avec de bons petits plats.

Pourtant, il était certain que ce repas la mettrait dans de meilleures dispositions.

Jillian les installa dans une petite salle jouxtant le bureau où Daniel avait l'habitude de prendre ses repas lorsqu'il avait beaucoup de travail. Il l'avait conçue pour éviter tout stress.

Même si la pièce n'avait pas de fenêtre, elle semblait éclairée par la lumière du jour et des plantes vertes permettaient de renouveler l'air.

— Seigneur ! s'exclama Jamie en découvrant la pièce.

2

— Quelque chose ne va pas ? demanda Daniel d'un air innocent.

Jamie secoua la tête, les yeux fixés sur la table en fer forgé sur laquelle Jillian posait assiettes, serviettes et couverts en argent.

— Non, rien, sauf que l'espace d'un instant, je me suis crue dans un restaurant en Toscane. C'est incroyable !

— Je suis heureux que cette pièce vous plaise

Daniel aimait beaucoup surprendre les gens.

— Et il s'agit vraiment de… vraies grappes de raisin ? s'enquit-elle en désignant la vigne couverte de fruits.

— Tout à fait. J'ai voulu planter un pied de vigne ici. Je ne savais pas s'il s'adapterait à cet environnement mais, apparemment, il se plaît ici.

— Où avez-vous déniché cette fontaine ? demanda-t-elle d'un ton suspicieux.

— Chez un antiquaire. La transaction était tout ce qu'il y a de plus légale, je vous le garantis. Elle a été découverte dans le champ d'un fermier italien, démontée et transportée jusqu'ici. La restaurer m'a coûté les yeux de la tête. Et si nous passions à table ?

Il lui offrit une chaise avant de prendre place à son tour. Il adorait cette pièce. Déjà, il sentait une grande partie de ses tensions s'envoler. Il bougea la nuque, le dos, et se rendit compte que son spasme avait disparu.

La richesse avait parfois du bon.

Quand Jillian les laissa, Daniel se pencha vers son assiette et la huma avec appétit.

— Je demanderai le nom de ce plat à mon chef pour lui dire de m'en refaire.

— Cela a l'air délicieux, dit Jamie en examinant la cuisse de poulet nappée de sauce, accompagnée de pommes de terre sautées et d'asperges.

Daniel prit ses couverts, mais son attention était focalisée sur Jamie. Il avait envie qu'elle apprécie son repas.

Portant un morceau à sa bouche, elle le savoura d'un air pensif.

— Votre quart d'heure va bientôt être écoulé.

— Exact.

Il avait presque oublié la raison de sa présence. Quelle importance qu'elle aime ou non la cuisine de Claude ? Le plus important était qu'elle l'écoute et qu'elle accorde un peu de crédit à ses convictions.

— Avez-vous entendu parler du meurtre d'Andreas Musto ? reprit-il.

— Vous avez été accusé de l'avoir assassiné, oui, je suis au courant, répondit-elle avec prudence.

Ce qui signifiait qu'elle avait appris l'essentiel de l'affaire par les médias. Les journalistes adoraient ce genre de faits divers croustillants — un fils de milliardaire accusé d'un meurtre sordide — et en faisaient leurs choux gras.

— Permettez-moi de vous rafraîchir brièvement la mémoire. Andreas Musto était mon associé. Nous étions tous deux propriétaires d'un restaurant. Son cadavre a été découvert dans l'établissement en question, la gorge tranchée, l'arme du crime près de lui — un couteau de cuisine bien aiguisé. Mes empreintes se trouvaient sur le manche. Je n'avais pas d'alibi. Cela vous dit-il quelque chose ?

Jamie, qui avait savouré son poulet pendant qu'il lui rappelait les faits, s'essuya délicatement les lèvres de sa serviette.

— Je reconnais qu'il existe quelques similarités avec le meurtre de Frank Sissom. Mais c'est le cas de nombreux crimes. Il n'y a pas tant de façons différentes de tuer quelqu'un. Vous pouvez lui tirer dessus, le poignarder, l'empoisonner, l'étrangler, le noyer ou le frapper à mort.

— Mais combien de meurtriers apparemment intelligents — comme Christopher Gables ou moi — laissent-ils derrière eux l'arme du crime avec leurs empreintes dessus ?

— Les criminels se comportent souvent sans grande logique. Dans le feu de l'action, ils perdent leur capacité à réfléchir. Pensez à ce type qui a braqué une banque et qui a écrit ce qu'il exigeait au dos d'un de ses propres chéquiers. Ou à cet assassin qui, peu après son forfait, a fait ses courses en utilisant la carte de crédit de celui qu'il venait de tuer.

— Et combien de victimes de meurtres ont-elles la gorge tranchée par un couteau de cuisine ? Dans un restaurant ?

— Beaucoup de meurtres sont perpétrés dans les restaurants. Ils restent ouverts une grande partie de la nuit, la recette est importante…

— Le vol n'était pas le motif de ces deux assassinats.

— Quoi qu'il en soit, les deux crimes ont eu lieu à des années d'intervalle, poursuivit Jamie. Et dans des lieux distants d'une centaine de kilomètres. Je suis désolée, mais j'ai vraiment du mal à y voir la marque d'un tueur en série.

Il avait cessé de l'intéresser, il le devinait à son regard.

— Est-ce la raison pour laquelle Project Justice a décidé de prendre la défense de Christopher Gables ? poursuivit-elle. Son crime vous rappelle celui qui vous a conduit en prison ?

— En partie.

Il préférait ne pas lui parler de Theresa Chavez avant d'avoir lui-même interrogé cette femme. Mais il devait faire quelque chose pour ébranler les certitudes de Jamie.

— Je ne nie pas que les similitudes entre les deux affaires aient joué un rôle dans ma décision de prendre en charge l'affaire Gables.

Son équipe en avait été stupéfaite. Jamais encore il n'avait mené d'enquête lui-même.

— Il m'est facile de me mettre à la place de Christopher. Mais l'élément déterminant a été le témoin.

— Le témoin ? Il n'y en avait pas.

— Mais si, justement. Une jeune Espagnole chargée du ménage du restaurant El Toreador. Elle a appelé la police, baragouiné des propos incohérents dans sa langue natale, puis s'est enfuie avant d'avoir pu être interrogée.

Jamie se cala sur sa chaise.

— Theresa Chavez. C'est elle qui a découvert le cadavre, mais elle n'a pas été témoin du crime.

— Vous avez donc entendu parler d'elle.

Et lui qui avait espéré prendre Jamie par surprise !

— Elle a été brièvement soupçonnée du meurtre, avant d'être rapidement innocentée. Elle n'avait pas vingt ans et ne pesait pas plus de cinquante kilos toute mouillée. Frank Sissom était grand et fort. Elle n'aurait pas pu le poignarder.

— Mais elle n'a jamais été interrogée.

— Theresa était une étrangère en situation illégale. Apparemment, elle avait peur d'être expulsée et a préféré se cacher. Nous ne l'avons jamais retrouvée.

— L'avez-vous beaucoup cherchée ?

— La police s'est efforcée de remonter sa piste, répliqua Jamie, sur la défensive. Mais une personne sans carte de crédit, sans numéro de sécurité sociale et sans permis de conduire n'a pas trop de mal à disparaître dans la nature.

— Mais pas pour toujours. Sans doute torturée par sa conscience, Theresa a dernièrement donné signe de vie. Elle a déclaré avoir vu un inconnu dans la cuisine du restaurant quelques instants avant que Frank soit poignardé. Il ne s'agissait donc pas de Christopher Gables qu'elle connaissait très bien.

Ses révélations n'eurent pas l'effet escompté. Jamie ne parut pas bouleversée ni même étonnée. Elle leva un sourcil sceptique.

— Après six ans ? Sa conscience la torture après tout ce temps ?

Il ne pouvait lui reprocher ses doutes. Son travail la mettait quotidiennement au contact de criminels de la pire espèce, et la plupart d'entre eux n'hésitaient pas à faire ou à dire n'importe quoi pour se sortir d'un mauvais pas.

— Les circonstances ont changé, d'où ce revirement, répondit Daniel, remarquant avec satisfaction qu'elle avait terminé son assiette. Theresa a toujours été torturée par sa conscience. Mais depuis peu, elle a obtenu sa carte verte et n'a donc plus à craindre d'être expulsée. De plus, sa maîtrise de la langue s'est considérablement améliorée en six ans.

— Bon, si elle a quelque chose à dire, j'aimerais l'entendre, répondit Jamie d'un ton qui laissait entendre le contraire. Demandez-lui de contacter mon bureau. J'écouterai au moins ce qu'elle a à dire.

— Vraiment ?

— Je m'y engage. Mais gardez à l'esprit que les témoignages visuels n'ont plus l'importance qu'ils avaient autrefois. Tant d'éléments peuvent modifier les souvenirs. Des années ont passé, des commentaires des médias ou de tiers ont pu l'influencer, parfois même le désir inconscient d'avoir vu autre chose. Et bien entendu, la promesse d'une rétribution peut améliorer la mémoire de quelqu'un de façon spectaculaire.

Elle devenait odieuse.

— Vous pensez que je paierais quelqu'un pour… Vous m'accusez de tenter de…

— Je n'accuse personne, répliqua-t-elle aussitôt. Je me borne à mentionner des éléments à prendre en compte et qui incitent à relativiser la valeur des témoignages. J'accepte de recevoir cette femme et d'écouter ce qu'elle a à dire. Mais de façon générale, je préfère de loin les preuves matérielles aux témoignages qui peuvent être toujours sujets à caution.

— Etes-vous en train de dire qu'un témoin oculaire qui aurait assisté au crime ne suffirait pas à vous convaincre de rouvrir le dossier ?

— Je refuse de me prononcer avant d'avoir entendu cette Theresa. Comment puis-je avoir la certitude qu'elle est bien la personne qui travaillait dans ce restaurant et qui a appelé la police, vu qu'elle n'avait à l'époque ni papiers ni bulletins de salaire pour l'attester ?

— Nous trouverons le moyen de le prouver, faites-moi confiance.

— C'est justement le problème. Je ne vous fais pas confiance, je ne fais confiance à personne.

Jamie et lui avaient au moins ce point en commun. Daniel, non plus, n'accordait sa confiance à personne, à l'exception peut-être de ses plus anciens collaborateurs de Project Justice et des personnes qui travaillaient chez lui. Il n'allait pas reprocher à Jamie la méfiance qu'il nourrissait lui-même vis-à-vis de ses semblables.

— Tout ce que je vous demande est de donner à cette femme la possibilité de s'expliquer.

— Si elle appelle mon bureau pour prendre rendez-vous, je la recevrai.

Jamie porta à ses lèvres le dernier morceau d'asperge qu'elle savoura avec une expression satisfaite.

Daniel ne pouvait espérer davantage. Ayant atteint l'objectif qu'il s'était fixé, il devait mettre un terme à l'entretien. Il avait appris depuis longtemps qu'une fois un accord obtenu, le mieux était toujours de prendre ses distances avant de dire ou de faire quelque chose susceptible d'inciter cette personne à changer d'avis.

Mais il répugnait à pousser Jamie vers la sortie. Depuis combien de temps n'avait-il pas partagé de repas en si charmante compagnie ? Certes, à l'occasion, il lui arrivait de déjeuner avec Jillian lorsqu'ils avaient un emploi du temps chargé et qu'elle l'aidait sur un dossier. Mais c'était sans commune mesure. Il la considérait comme une jeune sœur, la connaissait depuis toujours et ne s'était jamais imaginé que leur relation pourrait prendre un tour plus intime.

En revanche, il était difficile de regarder Jamie sans penser au sexe. Curieusement, elle lui faisait beaucoup d'effet.

Lorsqu'il était en prison, l'absence de femmes avait été pour lui l'un des pires aspects de la vie carcérale, et il avait alors cru que, s'il recouvrait la liberté, sa priorité serait de trouver une jolie fille consentante et de lui faire l'amour pendant des jours et des jours.

Bien sûr, la réalité avait été autre. Une fois libéré, il avait dû se reconstruire physiquement et psychologiquement avant de songer à nouer une relation avec qui que ce soit. Puis il avait dû affronter la mort de ses parents, emportés par la maladie à peu de temps d'intervalle, tout en gérant la naissance de sa fondation et d'incessantes crises au sein de Logan Oil & Gas.

Jamie était, depuis très longtemps, la première femme en chair et en os envers laquelle il ressentait une attirance.

— J'espère que vous avez gardé une petite place pour le dessert, dit-il contre tout bon sens.

Jamie parut s'extraire du plaisir procuré par ce repas digne d'un restaurant gastronomique.

— Oh ! non, je n'ai pas le temps !

Daniel saisit un téléphone installé dans une niche et appuya sur une touche pour entrer en communication avec l'assistante de son chef cuisinier.

— Cora, nous avons fini. Pourriez-vous nous apporter le dessert sans tarder, s'il vous plaît ? Qu'est-ce que Claude a prévu ?

— Des tiramisus. Je viens tout de suite.

— Des tiramisus, répéta-t-il pour Jamie.

— Je dois vraiment y aller.

— Cela ne vous prendra qu'un instant…

— Non, je *dois* vraiment y aller.

Elle s'était exprimée avec plus de fermeté cette fois. Elle se leva.

Daniel fut tenté de la convaincre à tout prix de rester. Mais il risquait de la mettre en colère, alors qu'elle venait à peine de perdre son expression butée, s'adressant à lui comme à un être humain, cessant de le considérer comme un insecte qu'elle aimerait écraser du pied.

— Je vais vous reconduire, alors, répondit-il aimablement.

S'emparant de nouveau du téléphone, il appela Jillian. Ils repassèrent brièvement dans son bureau pour permettre à Jamie de récupérer son attaché-case avant de remonter l'escalier et de suivre un dédale de couloirs jusqu'à la sortie.

— Qui sont tous ces gens ? s'enquit Jamie devant la galerie de portraits accrochés dans le hall d'entrée. Vos ancêtres ?

— Seigneur, non ! La plupart de mes ancêtres étaient de modestes paysans écossais, et aucun artiste ne les a immortalisés. Mon grand-père Logan a acheté ces tableaux.

— Votre grand-père était donc un self-made man ?

— En fait, il a fait fortune grâce à la découverte d'un gisement de pétrole sur un de ses terrains ; il la devait donc à la chance plus qu'à son travail.

— J'imagine que pour bâtir un empire de la taille du sien, il faut pourtant davantage que de la chance.

— Il faut aussi beaucoup de travail, c'est vrai. Mon père n'avait jamais le temps de dîner à la maison. Il s'est d'ailleurs tellement consacré à son entreprise qu'il est mort prématurément.

— Apparemment, vous avez une autre philosophie de la vie.

— Ne vous fiez pas aux apparences, Jamie. Je travaille énormément. Mais je prends le temps de me nourrir convenablement et je tiens à ce que mon personnel suive mon exemple. A quoi bon se tuer à la tâche si vous ne profitez pas du fruit de vos efforts ?

— A mon avis, les gens se sacrifient pour que leurs enfants aient une meilleure existence que la leur, répondit-elle.

— Est-ce ce qu'a fait votre père ?

— Oh non ! Mon père souhaitait pour moi la vie qu'il a lui-même connue.

Daniel crut déceler dans sa voix une légère pointe de désapprobation.

— Il travaillait lui aussi dans le domaine de la justice ? Comme procureur ?

Daniel avait mené une petite enquête qui lui avait appris que Jamie avait grandi dans un foyer sans père.

Elle ne répondit pas, et Daniel préféra en rester là. Ils arrivaient dans l'entrée où les attendait Jillian, une petite boîte en carton à la main qu'elle tendit à Jamie avec un sourire.

— Qu'est-ce que c'est ?

— Des tiramisus. Vous pourrez les déguster en route si vous vous retrouvez encore coincée dans les embouteillages. Daniel tenait à ce que vous y goûtiez. Même si Claude, notre chef cuisinier, est français et non italien, ses tiramisus sont un délice.

— Merci, répondit Jamie d'un ton hésitant.

— Je vous en prie, ne me remerciez pas, intervint Daniel. Je suis conscient de vous avoir forcée à vous déplacer jusqu'à River Oaks, et j'ai vraiment apprécié. Je pense que, au bout du compte, vous ne le regretterez pas.

Quand elle se tourna vers lui, son visage avait repris son expression têtue.

— Monsieur Logan, dans le meilleur cas de figure, vous m'aurez fait perdre mon temps. Dans le pire, vous me ferez passer pour une incapable, et cela me coûtera mon poste.

— J'espère que non.

— Si vous avez raison, ce sera pourtant inévitable. Croyez-le ou non, j'accepterai pourtant de me retrouver au chômage si vous parvenez à prouver que j'ai commis une terrible erreur. Mais je refuse de passer pour une incompétente simplement parce que vous avez de l'argent et le bras long. Je ne renoncerai pas simplement pour en finir avec cette histoire. Je me battrai contre vous et la qualité de vos tiramisus n'y changera rien.

Sur ces mots, Jamie prit congé et se dirigea vers sa voiture.

Jillian referma la porte avec un peu plus d'énergie que nécessaire.

— C'est une dure à cuire.

— Je l'ai trouvée fantastique ! Intelligente, carrée, passionnée…

— Et ravissante, observa sèchement Jillian. Vous n'êtes pas tombé amoureux d'elle, j'espère. Si ?

— Jillian, je vous en prie, je n'ai plus quinze ans. J'ai passé l'âge des coups de foudre.

— En tout cas, il vaudrait mieux que vous ne laissiez pas vos sentiments prendre le pas sur votre devoir. Car pour libérer Christopher Gables, vous devrez sans doute avoir la peau de cette femme ravissante et passionnée.

Que venait-il de se passer ?

Lorsque Jamie démarra, ses mains tremblaient. Elle s'était rendue chez Daniel Logan, furieuse, prête à le réduire en bouillie en lui assenant faits et preuves indiscutables. Au lieu de quoi, elle s'était retrouvée devant un homme à moitié nu avant de partager avec lui — vêtu d'un simple peignoir ! — un des plus succulents repas qu'elle ait pris de sa vie et de lui accorder quelque chose qu'elle n'aurait jamais dû accepter.

A présent, elle s'était engagée à recevoir Theresa Chavez. Et si celle-ci affirmait avoir vu, de ses yeux vu, quelqu'un d'autre que Christopher Gables tuer Frank Sissom, Jamie, en conscience, ne pourrait pas ne pas en tenir compte.

Il lui faudrait ordonner une enquête. Elle devrait découvrir si cette femme était bien celle qui avait trouvé le cadavre avant de s'enfuir et mesurer la crédibilité de son témoignage.

Rien de tout cela ne remettait en cause le fait que l'arme du crime portait les empreintes de Christopher Gables et aucune autre. Mais si elle n'effectuait pas correctement de nouvelles investigations, Daniel Logan ne la laisserait jamais tranquille.

Elle savait comment opérait Project Justice. Dans le passé, les membres de cette fondation avaient réussi, à force de recherches acharnées, à faire annuler des condamnations du tribunal sur certaines affaires instruites par son bureau. Daniel — qui était tellement persuadé que la justice était dans l'erreur dans cette histoire qu'il avait décidé de s'en charger personnellement — ne renoncerait pas avant d'avoir la conviction absolue que son client était coupable.

Quel cauchemar, songea-t-elle. Winston Chubb, le procureur général du district, n'allait pas apprécier la tournure que prenaient les événements. Nul doute qu'il lui ferait porter le chapeau. Winston, en effet, savait s'attribuer le mérite des succès de ses collaborateurs et leur faire endosser la responsabilité de ses échecs.

Les effluves des tiramisus lui chatouillaient les narines, de délicieux effluves de chocolat, de vanille et de café. Elle allait jeter la petite boîte blanche — fermée par un ruban ! — dans la première poubelle venue, décida-t-elle. Ce dessert symbolisait le désastre de cet entretien, y compris sa réaction idiote au charme du milliardaire.

Qui aurait pu l'imaginer, elle, Jamie McNair, attirée par un meurtrier ? Pourtant, elle était tombée sous son charme.

En réalité, il lui était difficile de se représenter Daniel Logan sous les traits d'un assassin. Même en connaissant son passé, elle ne s'était sentie à aucun moment mal à l'aise en sa présence sauf, bien sûr, lorsqu'elle avait pris conscience du trouble que suscitait en elle la proximité de cet homme séduisant.

Cela dit, bon nombre de criminels étaient appréciés par leur entourage qui ne se doutait de rien.

Une demi-heure plus tard, Jamie avait regagné son bureau, et la petite boîte blanche était vide — elle se maudissait d'avoir été incapable de résister à la tentation !

Beaucoup de travail l'attendait, comme l'attestait la pile de courriers posée devant elle. La plupart émanaient d'avocats de la défense désireux de négocier les peines de leurs clients ayant décidé de plaider coupable. Jamie acceptait les requêtes qui lui semblaient raisonnables et rejetait les demandes d'accusés récidivistes ou violents.

Elle passa l'heure suivante à rappeler les personnes qui avaient tenté de la joindre par téléphone et à s'entretenir avec trois inspecteurs de police d'une affaire d'attaque à main armée, avant de consulter son emploi du temps du lendemain.

Le matin, elle devrait réunir un jury pour statuer sur le cas d'un chauffard qui s'était rendu coupable d'un délit de fuite ; l'après-midi, trois rendez-vous étaient planifiés.

Un quart d'heure avant la fin de sa journée officielle, Jamie fit ce que, depuis son arrivée, elle savait devoir faire. Elle ouvrit le dossier Gables/Sissom et, dans une pile de rapports, chercha celui envoyé par le laboratoire de la police scientifique à propos des éléments collectés sur la scène du crime — les traces de sang, les empreintes digitales, le couteau et enfin, les vêtements de la victime.

La plupart des analyses se rapportaient aux traces de sang, ainsi qu'à une petite tache sur le tablier de Sissom qui n'avait jamais été identifiée. Figurait également la liste des autres substances trouvées sur la chemise de la victime : huile d'olive, sauce tomate, sel, ce qui n'avait rien d'extraordinaire pour quelqu'un qui passait beaucoup de temps dans les cuisines d'un restaurant.

Soudain, l'attention de Jamie fut attirée par un élément curieux : « Une substance poudreuse noire provenant probablement d'une imprimante laser ou d'une photocopieuse. »

« Probablement » ? Depuis quand les techniciens chargés d'analyser les scènes de crime se satisfaisaient-ils de probabilités ? Le restaurant était sans doute équipé d'une imprimante et d'une photocopieuse. Comme Frank Sissom était l'un des propriétaires de l'établissement, il n'était pas exclu qu'il ait, ce jour-là, remplacé une cartouche d'encre.

Mais une substance poudreuse noire pouvait également provenir de résidus métalliques. Bon sang !

Elle appela le type qui avait signé le rapport, Eddie Goddard. Il était employé au laboratoire criminel depuis des lustres mais, même si elle reconnaissait sa valeur et la fiabilité de ses analyses, elle ne l'appréciait pas particulièrement. D'un tempérament machiste, il ne supportait pas que les femmes lui dictent sa conduite.

— Eddie, je vois que vous travaillez tard, comme moi.

— En fait, je m'apprêtais à partir. Que puis-je faire pour vous ?

Manifestement, il n'avait pas envie d'être retardé.

— Je ne vous retiendrai pas très longtemps, lui promit-elle, espérant ainsi l'amadouer. Mais demain matin, j'aimerais vous apporter un des vêtements issus du dossier Frank Sissom, pour une analyse complémentaire.

— Vous plaisantez, je suppose ? Cette histoire date de plusieurs années.

— Peut-être, mais j'ai besoin de convaincre une personne de la fiabilité de votre rapport, avant que cette personne aille balancer n'importe quoi aux médias et nous pourrir la vie. Un bref regard dans un microscope devrait suffire.

En tout cas, elle l'espérait.

— D'accord, répondit-il d'un ton monocorde.

Demain matin, elle demanderait à la police de lui remettre cette pièce à conviction, la déposerait au laboratoire et prierait pour que cette Theresa Chavez ne l'appelle pas.

3

— Daniel, désolée de vous déranger, mais Jamie McNair est au téléphone. Ligne deux.

Les quatre hommes et les deux femmes assis dans la salle de conférences de Daniel semblèrent surpris par cette interruption. Tous ses collaborateurs savaient qu'ils ne devaient jamais interrompre les conseils de direction de Logan Oil & Gas. La société était à l'origine de la fortune personnelle de Daniel et celui-ci tenait à poursuivre l'œuvre de son grand-père.

Cette réunion était donc importante, mais Jamie était prioritaire.

— Je dois prendre cet appel, dit Daniel en se levant. Accordez-moi quelques instants.

Quand Jamie était partie de chez lui, deux jours plus tôt, il n'était pas sûr qu'elle donne suite à leur entrevue. Il était donc à la fois surpris et ravi qu'elle le rappelle.

— Jamie, je suis heureux de vous entendre.

— Bonjour, monsieur Logan.

Son ton n'était pas des plus chaleureux.

— Theresa a-t-elle pris contact avec vous ?

Il savait déjà que c'était le cas, il y avait personnellement veillé. Il avait mis à la disposition de la jeune femme une voiture avec chauffeur pour la conduire jusqu'au bureau du procureur.

— Oui, et pour être tout à fait franche avec vous, elle a piqué mon intérêt.

— Vous allez donc rouvrir le dossier, dit-il, confiant.

— N'allez pas si vite en besogne ! Je la crois sincère, mais je n'ai encore aucune preuve qu'elle se trouvait bien sur les lieux au moment du crime. Elle pourrait être une actrice que vous auriez embauchée.

Daniel réprima la réplique cinglante qui lui montait aux lèvres. Pourtant, après plus de six ans passés derrière les barreaux à tenter de prouver son innocence, il n'aurait pas dû être surpris par la réaction de Jamie.

— Je peux vous envoyer les documents dont vous avez besoin…

— Je me débrouillerai pour les obtenir de mon côté, merci. Et si je découvre qu'elle ment, je la poursuivrai en justice, je vous le garantis. Et si j'apprends que vous l'avez payée pour mentir, c'est à vous que j'intenterai un procès.

Daniel blêmit. Il ne supportait plus ce genre de comportement. Naturellement, le bureau du procureur du comté de Harris ferait tout pour éviter l'annulation d'une condamnation. Project Justice avait dernièrement réussi à faire libérer le fils d'un gangster condamné à tort pour le meurtre de sa petite amie, et cette affaire avait mis le procureur dans l'embarras.

— Apparemment, vous ne me portez pas dans votre cœur. Mais allez-vous laisser vos sentiments personnels se mettre en travers de la justice ?

— Je vous en prie, épargnez-moi vos réactions primaires. Je suis certaine d'avoir eu raison de condamner Christopher Gables. Il va me falloir des preuves solides pour me convaincre que j'ai commis une erreur.

— La vie d'un homme est en jeu dans cette histoire.

— Oui, la vie de Frank Sissom, la victime de Gables. Avez-vous autre chose à verser au dossier ? En ce cas, dites-le-moi.

— Et l'ADN non identifié ?

— Si vous avez une théorie sur son origine, je suis disposée à en débattre. Contrairement à ce que vous semblez penser, je ne suis pas bornée. En réalité, j'ai même demandé au laboratoire criminel de procéder à un nouvel examen de la chemise de Frank Sissom.

— Vraiment ?

Elle avait réussi à l'étonner.

— J'aurai les résultats demain.

— Bien, nous en reparlerons à ce moment-là. Quand pouvez-vous venir ? Votre heure sera la mienne, je m'arrangerai pour me libérer quand vous voudrez.

— Je suis heureuse de l'entendre, parce que, pour ma part, je suis surchargée de travail. Je suis disposée à vous accorder une heure d'entretien demain après-midi ou lundi matin, ici, à mon bureau.

Le cœur de Daniel se serra, et il s'obligea à prendre une profonde inspiration.

— Il m'est impossible de venir en ville.

— Vous craignez de manquer votre massage de l'après-midi ? Etes-vous vraiment motivé pour faire libérer votre client ? Permettez-moi d'en douter. J'ai chamboulé tout mon emploi du temps pour venir à River Oaks. Si vous voulez coopérer avec moi, il faut y mettre un peu du vôtre. De plus, vous aurez peut-être envie de vous entretenir avec des gens du laboratoire criminel ou des inspecteurs impliqués dans l'enquête. Ils sont tous en ville.

— J'enverrai quelqu'un.

Et il reconnaîtrait ainsi devant ses collaborateurs qui faisaient déjà preuve de scepticisme qu'il n'était pas capable de prendre en charge un dossier ? La pilule serait amère.

— Très bien. Votre assistant rencontrera le mien.

Maintenant, elle se moquait de lui.

— Madame McNair, cette affaire est trop grave pour la prendre avec légèreté.

— Avec légèreté ? C'est vous qui m'avez imposé d'assister à un de vos massages et renvoyée chez moi avec des tiramisus pour tenter de m'amadouer, permettez-moi de vous le rappeler.

Peut-être avait-elle raison.

— Vous ont-ils plu, d'ailleurs ? Mon chef est un génie.

— C'est possible, mais j'ai beaucoup à faire et je n'ai pas

de temps à perdre avec des hypothèses à dormir debout. Vous croyez Gables innocent ? Très bien. Montrez-moi que vous êtes prêt à vous battre pour le prouver. Je vous écouterai, mais je refuse de traiter avec des sous-fifres. C'est vous qui avez déclenché le processus. A présent, il vous faut assumer et vous engager. Personnellement.

Cette femme le troublait tellement — le simple son de sa voix au bout du fil lui donnait des frissons — qu'il résolut de passer à l'action. Elle voulait traiter personnellement avec lui ? Soit. Ses arguments semblaient imparables, mais il n'en était pas totalement dupe. Peut-être avait-elle envie de passer du temps avec lui comme lui-même en avait envie. Il en aurait été ravi sans les problèmes de logistique que son ultimatum provoquait.

— Alors, que décidez-vous ? dit-elle. Je suis attendue au tribunal dans dix minutes.

— Donnez-moi un jour, une heure, j'y serai. Mais je compte sur vous pour ne pas ébruiter notre entrevue. Sortir en public peut me créer des problèmes.

— Croyez-moi, je tiens autant que vous à rester discrète. 14 heures, demain ? Je réserverai la salle de conférences.

— J'y serai.

Quoi qu'il lui en coûte, il honorerait ce rendez-vous.

Le conseil de direction se termina peu avant midi. Après avoir raccompagné tous les participants à leurs voitures, Jillian revint dans le bureau de Daniel pour discuter du programme de l'après-midi.

— Si vous le souhaitez, pourquoi ne pas prendre le déjeuner au bord de la piscine ? suggéra-t-elle. Voilà plusieurs jours que vous n'avez pas pris l'air.

Il s'interdit de rappeler à Jillian que l'air filtré qui entrait chez lui était infiniment plus pur que l'atmosphère polluée de Houston.

— Bonne idée.

Pollution ou non, il aimait s'installer dehors, écouter les oiseaux et le vent dans les arbres. Cela l'aidait à réfléchir, et il avait justement de nombreux sujets de réflexion. Et cela lui rappelait qu'il était un homme libre.

— Par ailleurs, Jillian, merci de demander à ce que la limousine soit prête demain à 13 h 30, non plutôt 13 h 15. Je dois me rendre au palais de justice pour y retrouver Mme McNair… Quoi ?

Jillian en resta bouche bée.

— Vous vous rendez en ville ?

— Oui, mais peut-être pas en limousine, tout compte fait. Mieux vaut ne pas attirer l'attention. La Bentley sera peut-être préférable.

— Vous vous rendez en ville, répéta-t-elle.

— C'est au sujet de l'affaire Christopher Gables. Mme McNair veut en parler, et j'avoue que je ne m'attendais pas à tant de bonne volonté de sa part.

— Vous comptez honorer ce rendez-vous ? Personnellement ?

— Jillian, avez-vous des problèmes d'audition ? Je suis tout à fait capable de me déplacer. Je le reconnais, en général, je préfère rencontrer les gens sur mes terres, mais c'est important.

— Avec tout le respect que je vous dois, monsieur, je vous rappelle que vous n'avez pas quitté la propriété depuis trois ans.

— Trois ans, vraiment ? Etes-vous sûre de ne pas vous tromper ?

— C'était pour assister aux obsèques de votre grand-mère, à Miami, le 3 octobre deux mi…

— Cela n'a pas d'importance, la coupa-t-il. J'irai, je dois y aller.

Le visage de Jillian s'adoucit.

— Souhaitez-vous que je vous accompagne ?

Les tensions dont il était la proie depuis qu'il avait accepté ce rendez-vous se calmèrent un peu en s'imaginant Jillian assise près de lui, réglant les détails pratiques. Mais lorsqu'il se représenta en grande discussion avec Jamie, il comprit qu'il avait envie d'être seul avec elle.

Bon sang, il n'avait pas besoin de Jillian, toujours à le surveiller et à s'agiter autour de lui. Il était capable de gérer seul la situation. Il s'était engagé à prendre la défense de Christopher Gables et il y parviendrait.

— Non, merci, Jillian. Je demanderai à Randall de m'y conduire pour assurer ma sécurité. Cela devrait suffire.

Jillian parut vouloir discuter, mais y renonça, se contentant de hocher la tête.

— Bien, monsieur.

Le lendemain, au prix d'un effort surhumain, Daniel prit place dans la limousine garée devant le manoir. Finalement, il avait décidé de se rendre en ville dans sa voiture la plus grande… et la plus ostentatoire. Cela lui semblait plus sûr.

Il avait un attaché-case rempli de documents sur l'affaire Sissom/Gables et sur le meurtre d'Andreas Musto. En effet, il était persuadé que les similitudes entre les deux meurtres n'étaient pas dues à une simple coïncidence. Il avait même dressé un tableau illustré d'un graphique pour mettre en évidence les points communs aux deux cas. Et s'il y avait la moindre chance qu'il parvienne à coincer le type qui lui avait volé six ans de sa vie…

Comme ses avocats l'avaient maintes fois répété au procès, Daniel n'était pas un homme violent. Mais s'il se retrouvait face au type qui lui avait fait porter le chapeau pour son crime, il se sentait capable de le tuer à mains nues. Cette pensée l'avait réconforté au cours de ses longues nuits d'insomnie.

Sa Mercedes était confortable et sentait bon le cuir, mais elle avait près de quatre ans.

— Randall, dit-il avant que son chauffeur et garde du corps referme la portière, occupez-vous de commander une autre limousine.

— Celle-ci ne vous plaît plus ? demanda l'homme d'un air soucieux.

Il se chargeait personnellement de l'entretien du véhicule.

— Si, mais il est temps de changer.

Il ne s'agissait pas de standing, mais d'image qu'il se devait de donner. Le moindre élément susceptible d'être interprété comme un signe de faiblesse pouvait susciter des rumeurs capables d'affecter le cours des actions Logan en Bourse.

Un instant plus tard, les grilles en fer forgé s'ouvrirent pour leur céder le passage.

Daniel sentit un poids tomber sur sa poitrine.

La voiture était sécurisée comme celle du président, avec des portières blindées, des vitres à l'épreuve des balles, et son chauffeur-garde du corps avait longtemps été agent secret. Il savait conduire dans les situations extrêmes, tirer, se battre à mains nues. Mais Daniel ne pouvait s'empêcher d'imaginer le pire, un accident, une panne, des ralentissements, Randall saisi d'un brusque malaise…

Daniel comprit que la perspective de rencontrer Jamie le rendait nerveux. Elle avait entrebâillé une porte. S'il arrivait trop tard, elle la lui claquerait au nez, lui compliquant davantage encore la tâche. En réalité, il mourait d'envie de faire demi-tour et de rentrer chez lui. Dans sa propriété, il dirigeait son monde et maîtrisait les événements.

Hors de ce cocon, tout pouvait lui arriver.

Qu'est-ce qui ne tournait pas rond chez lui ? Dans le passé, il aimait l'aventure. Il avait beaucoup voyagé, pris des risques professionnels, pratiqué tous les sports possibles et imaginables. Il avait escaladé des montagnes, fréquenté des stars de cinéma et décroché un diplôme à Harvard.

Or, aujourd'hui, sortir de chez lui nécessitait un courage monumental.

Oui, avoir été accusé d'un meurtre qu'il n'avait pas commis, avoir enduré un procès et six ans d'incarcération dans le couloir de la mort, l'avait profondément changé. Une fois libéré, il s'était installé chez lui où, pour la première fois depuis très longtemps, il s'était senti en sécurité et aimé.

Pourtant, même depuis sa sortie de prison, il n'était pas resté calfeutré dans son domaine. Depuis la mort de son père, il se rendait souvent dans l'entreprise familiale et dans les bureaux de Project Justice. Il assistait aux enterrements et allait chez le médecin.

Ces dernières années cependant, il s'aventurait de plus en plus rarement hors de chez lui, préférant laisser des personnes compétentes se charger de la bonne marche des affaires.

Je vais bien, bon sang.

Sa façon de vivre lui convenait. Après avoir traversé tant d'épreuves, s'être fait voler une bonne partie de ses années de jeunesse, il avait le droit de savourer sa liberté recouvrée comme il l'entendait. Grâce à son père et à son grand-père, ainsi qu'aux décisions judicieuses qu'il avait prises, il avait l'argent nécessaire, et il refusait de culpabiliser à ce sujet.

Concentre-toi sur le but à atteindre, se dit-il.

Il devait penser à Christopher. Réussir sa mission, obtenir justice pour Christopher signifiait redonner la vie à un homme, et Daniel était bien placé pour mesurer l'importance de cette mission. Sans compter qu'un succès aurait un impact positif sur Project Justice, et donc pour de nombreuses personnes qu'ils pourraient aider par la suite.

Il devait également reconnaître qu'il avait envie de montrer à cette Jamie, si sûre d'elle, qu'elle ne savait pas tout. Pourtant, cette perspective ne le satisfaisait pas autant qu'elle l'aurait dû.

Enfin, il y avait la satisfaction que lui apporterait la revanche.

Daniel entrouvrit la vitre, humant avec délice l'air du dehors. Un air sauvage, insécurisant.

— La journée est belle, dit Randall. Parfois, je regrette le temps où nous n'étions que tous les deux et roulions en Jaguar.

— C'est vrai que nous avons pris du bon temps, à sillonner la région sans nous soucier de rien.

A l'époque, Daniel se croyait invincible.

La présence de son garde du corps le rassurait. Randall avait toutes les qualités. Discret et implacable si la situation l'exigeait, il avait l'air ordinaire, voire inoffensif avec son visage bienveillant et ses cheveux poivre et sel.

Mais il ne fallait pas se fier aux apparences.

Daniel considérait Randall comme un ami. Il était d'agréable compagnie, bien élevé, intelligent, drôle. Et ils passaient beaucoup de temps ensemble.

Mais dernièrement, les occasions de se parler en tête à tête s'étaient faites plus rares.

Daniel consacra le trajet à consulter des papiers, des documents qu'il connaissait déjà par cœur. Il avait une mémoire photographique. Mais il tenait à avoir toutes les réponses à portée de main quand Jamie lui poserait ses questions.

Jamie. L'idée de la revoir le plongeait dans un trouble étrange. Elle était la première personne depuis longtemps à le défier et à le stimuler tout à la fois. Bien qu'il ne la connaisse que sur un plan professionnel, le courant qui passait entre eux quand ils se retrouvaient dans la même pièce ajoutait une pointe d'intérêt à l'affaire.

Daniel ne fréquentait pas de femmes. Il ne parvenait pas à s'imaginer nouer une relation romantique. Il craignait qu'ouvrir à une femme son cœur et le fragile univers qu'il avait reconstruit depuis sa sortie de prison rompe l'équilibre précaire qu'il avait réussi à instaurer. Mais cela ne l'empêchait pas de rêvasser à l'occasion et, dernièrement, Jamie McNair jouait le premier rôle dans ses fantasmes et ses rêves. Il en perdait le sommeil.

Il avait probablement tort de lui accorder tant d'importance, songea-t-il. Lorsqu'il l'aurait remise à sa place en lui prouvant qu'elle n'était pas infaillible, il était peu probable qu'elle lui tombe dans les bras.

La circulation était fluide et, bientôt, ils arrivèrent en ville. Les rues étaient peuplées, bruyantes.

Daniel referma la vitre pour se protéger du monde extérieur. Malgré cette précaution, il sentit une vague de panique s'emparer de lui.

Mais il était trop tard pour reculer. Pour faire demi-tour, ou annuler ce rendez-vous, ou transmettre le dossier à Ford ou à Raleigh, ses bras droits. L'appel de Christopher avait été rejeté, et la date de son exécution, qui n'avait pas encore été fixée, était sans doute imminente.

Le désir de fuir était si fort que Daniel fut saisi de vertige.

— Connaissez-vous le numéro du bureau de Mme McNair ? s'enquit soudain Randall.

Daniel se tourna vers Jillian avant de prendre conscience qu'elle n'était pas là. Son niveau de panique augmenta.

— J'ai dû le noter quelque part.

Il s'agissait d'un détail, mais, soudain, il avait l'esprit totalement vide.

Il consulta son emploi du temps sur son téléphone. Oui, voilà. Sixième étage.

Il s'efforça de se concentrer, mais il avait désormais les plus grandes peines du monde à imaginer cette entrevue avec Jamie. Etait-ce parce qu'il s'apprêtait à pénétrer dans un bâtiment inconnu où il allait croiser des étrangers ? Ou parce que cette femme était imprévisible ? Peut-être.

Pour la première fois depuis longtemps, il ne maîtriserait pas son environnement. Cela le terrifiait et l'excitait en même temps.

Il secoua la tête. Des millions de gens pénétraient dans des endroits nouveaux sans frôler la syncope. Il était ridicule. Si Jamie devinait sa nervosité ou sa faiblesse, elle en profiterait. Surtout sur son terrain.

Comme ils s'engageaient sur Franklin Street, Daniel ne put en croire ses yeux. Trois camionnettes d'une chaîne de télévision équipées d'antennes et de relais satellites étaient garées devant le palais de justice. Des journalistes armés de micros, des cameramen, avaient envahi le trottoir devant l'édifice, une foule de curieux massée autour d'eux.

— Que signifie ce…

Si Jamie était à l'origine de cet accueil, il allait lui tordre le cou. N'avait-il pas insisté en lui demandant de se montrer discrète sur leur entretien ? Avait-elle sciemment cherché à saboter ses efforts ?

— Savez-vous ce qui se passe ? demanda Randall.

— Non.

Il se connecta à la hâte sur internet pour tenter de comprendre la raison de cette effervescence.

Les gros titres des actualités qui s'affichèrent sur l'écran le rassurèrent. Les médias n'étaient pas sur le pied de guerre à cause de lui.

— Le juge John Harlow a été surpris à l'arrière d'une voiture avec une gamine de quinze ans. Le scandale a éclaté ce matin.

— Vous ne pouvez pas sortir comme ça, déclara Randall d'un ton ferme. Si la presse a vent de votre présence…

— Ecoutez, je crois vraiment que personne ne fera attention à…

— Daniel, ce n'est pas possible. Si les médias apprennent que vous rencontrez le procureur à propos de l'affaire Christopher Gables, cela fera la une des journaux demain.

Daniel pensait maîtriser les médias et l'opinion qu'ils avaient de lui. Après tout, il passait son temps à regarder les différentes chaînes de télévision. Rien de ce qui le touchait de près ou de loin ne lui échappait.

Mais qu'allait-il faire maintenant ? Il regretta de n'avoir pas amené Jillian, elle aurait pu contacter Jamie, arranger les choses avec elle, reprogrammer un rendez-vous…

Bon sang, il était capable de l'appeler lui-même, non ? Il avait le téléphone portable le plus perfectionné de la planète.

Quelques instants plus tard, il composait le numéro de Jamie, se faisant une joie d'entendre sa voix.

Jamie s'était préparée du mieux possible à son rendez-vous avec Logan. Elle avait réservé la salle de conférences et était allée chercher des plateaux-repas chez le traiteur du coin qu'elle avait payés avec ses propres deniers. Daniel l'ayant nourrie, elle se sentait un peu obligée de lui servir un en-cas.

Elle avait été surprise — et heureuse, bien que ce sentiment lui paraisse incongru — qu'il accepte les conditions qu'elle avait fixées pour leur entrevue. Tout en rassemblant les documents qu'elle avait l'intention de lui montrer, elle ne pouvait nier une certaine fébrilité, qui s'accompagnait d'une appréhension. En effet, elle avait l'impression de courir au-devant d'une catastrophe.

Si Daniel parvenait à ses fins, elle risquait son poste. Ses chances de grimper dans la hiérarchie seraient fortement compromises. Winston Chubb avait blêmi quand elle lui avait appris les intentions de Daniel Logan. Même s'il craignait beaucoup le milliardaire, Chubb l'avait exhortée à neutraliser Logan et ses efforts en mettant en œuvre tous les moyens à sa disposition.

Tous les moyens.

Alors qu'elle retournait à son bureau consulter ses messages une dernière fois avant cet entretien, le téléphone retentit. Le numéro de son correspondant n'apparaissait pas sur l'écran, et elle hésita à prendre l'appel, avant de se raviser. Si c'était Daniel qui lui annonçait qu'il avait du retard, elle lui rappellerait poliment que son emploi du temps était trop serré pour qu'il lui soit possible de le recevoir — comme il l'avait fait pour elle.

— McNair, dit-elle d'un ton un peu plus sec qu'elle ne l'aurait voulu.

— C'est Daniel. Je suis devant le palais de justice, mais je suis piégé. Des journalistes campent devant le bâtiment, et si je tente de sortir de la voiture, je me retrouverai sous les feux de la rampe.

— Ce n'est pas possible !

Elle tenta de se calmer et s'approcha de la fenêtre pour juger par elle-même de la situation. Du haut de son sixième étage, elle bénéficiait d'une vue parfaite sur l'entrée. Comme Daniel le lui avait dit, il y avait foule sur le trottoir.

— C'est à cause du juge Harlow, j'imagine, poursuivit Daniel.

Jamie poussa un soupir de frustration. Elle n'avait pas encore lu le journal ce matin mais, bien sûr, elle était au courant de l'histoire. Tout le monde en parlait au bureau. Comme si la ville avait besoin d'un scandale de ce genre.

— Y a-t-il une autre entrée ? demanda Daniel.

— J'ai bien peur que non. Pour des raisons de sécurité, le personnel comme les visiteurs passent par la porte principale. Vous devez vous débrouiller.

— C'est impossible.

Une pointe de panique était perceptible dans sa voix.

— Il est fort peu probable que je parvienne à entrer sans me faire remarquer. Et ni vous ni moi n'avons intérêt à voir notre entretien faire la une des journaux.

Il avait raison.

— Que suggérez-vous ? Mon temps est compté. J'attends le verdict d'un jury et je peux être rappelée au tribunal à tout moment.

— Nous pourrions discuter dans ma voiture. Elle est grande, confortable, et sécurisée.

Jamie n'aimait pas cela. Pas du tout. Tentait-il de la manipuler, de l'obliger à renoncer à ses plans pour mener cette entrevue selon ses codes à lui ? Une fois de plus ?

Mais elle devait reconnaître qu'un problème se posait. Les journalistes rassemblés devant l'immeuble semblaient aux aguets, et s'ils ne parvenaient pas à apercevoir le juge ou à obtenir une déclaration de l'attaché de presse, ils se jetteraient sur autre chose.

En l'occurrence, la tentative de Daniel Logan de faire libérer Christopher Gables. Quelle aubaine ! Ils s'apercevraient vite des similitudes entre les deux affaires, et la couverture médiatique ne ferait que lui nuire.

— Très bien, notre entretien se déroulera donc dans votre véhicule, articula-t-elle avec effort. Donnez-moi un instant pour réunir mes documents.

Et recouvrer mes esprits.

Elle s'apprêtait à s'installer à l'arrière d'une voiture avec un homme qui pouvait anéantir sa carrière.

— Merci, répondit-il avec sincérité.

Son soulagement était perceptible.

— Je vous attends dans la Mercedes noire garée au coin de la rue.

Cinq minutes plus tard, elle se fraya un chemin parmi la foule des journalistes et des cameramen. Malgré ses efforts pour passer inaperçue, un reporter la reconnut et se précipita vers elle, un micro à la main.

— Madame McNair, pouvez-vous nous dire un mot à propos du scandale…

— Même si je savais quoi que ce soit, et ce n'est pas le cas, je ne m'exprimerais pas sur ce sujet. Excusez-moi.

Elle s'écarta, espérant que le type allait se focaliser sur quelqu'un d'autre.

Un chauffeur en uniforme sortit de la luxueuse limousine pour lui ouvrir la portière, et elle se précipita à l'intérieur, priant pour que personne ne la remarque. La seule fois où elle avait été l'objet de l'attention des médias, au cours du procès de Christopher Gables, cela avait été une épreuve difficile pour elle. Pourtant, elle devait s'y habituer si elle envisageait une progression à sa carrière.

Jamie veilla à s'asseoir correctement et à garder l'esprit en alerte. Ce n'est qu'une fois installée qu'elle se tourna vers Daniel Logan.

Au moins, cette fois-ci, était-il habillé. Mais en costume gris et en cravate, l'effet qu'il produisit sur ses hormones n'en fut pas moins dévastateur. Jamie sentit son cœur bondir dans sa poitrine, et elle eut le souffle coupé.

Il lui tendit la main.

— Jamie, je suis désolé de vous imposer cette situation.

Elle lui serra la main.

— Merci d'être venu, Daniel.

C'était la première fois qu'elle l'appelait par son prénom. Jusqu'alors, elle évitait toute familiarité qui lui paraissait déplacée. Ils étaient des adversaires dans cette histoire.

Mais elle se sentait incapable de continuer à l'appeler « monsieur », alors que lui-même lui servait du « Jamie ».

Dès qu'elle le put, elle se libéra de son emprise. La main dans la sienne, elle se sentait en confiance. Comment réussissait-il ce tour de force ? Et elle, que lui avait-elle communiqué ? Son extrême nervosité ?

— Vous n'avez pas affronté trop d'embouteillages ? demanda-t-elle, puisque aucune conversation à Houston ne commençait sans une question sur l'état des routes.

— Je n'y ai pas fait attention, répondit-il. Je relisais mes notes. Mais je pense que ça roulait. Nous sommes arrivés assez vite dans le centre-ville.

Bien sûr, il n'avait pas à se soucier des conditions de circulation. Il avait un chauffeur à sa disposition et une limousine impressionnante. Elle essaya de s'imaginer vivre comme lui, avec une batterie de domestiques à son service, un manoir de trois étages, des courts de tennis, une écurie. Elle ne parvenait même pas à concevoir une existence sans avoir à travailler comme une bête, à faire attention à ses dépenses, à économiser pour sa retraite.

Elle enviait son train de vie. Bien sûr, les six ans passés dans le couloir de la mort n'avaient pas dû être une sinécure. Mais il avait été condamné pour meurtre. Et maintenant, il avait décidé de jouer les bons Samaritains, de mettre son argent et son temps au service d'autres criminels pour leur éviter de payer le prix de leurs forfaits.

Mentalement, elle se représenta dans une coquille qui la protégerait de la présence perturbante du beau milliardaire.

— Bien, dit-elle. Le chauffeur ne peut nous entendre, n'est-ce pas ?

— Non, pas un mot. Nous pourrions hurler à pleins poumons, il ne s'en apercevrait pas.

Cela ne la rassurait qu'à moitié.

— Bien, commençons, alors. Mon temps est compté, comme je vous l'ai dit.

— Parfait. Parlez-moi de Theresa.

C'était un bon début.

— Elle m'a paru crédible, sincère. Mon enquête m'a

apporté la certitude que c'est bien elle qui avait appelé le 911 et demandé l'intervention de la police. Et ses déclarations selon lesquelles elle aurait vu un inconnu dans la cuisine du restaurant peu avant le meurtre me semblent plausibles.

— Seulement plausibles ? Vous ne croyez pas qu'elles soient vraies ?

— Non, seulement plausibles, répéta-t-elle fermement.

Les yeux de Daniel brillaient, tandis qu'il l'écoutait attentivement. Elle aimait ce caractère entier, mais elle détestait le reste. Trop de gens — les hommes, en particulier — faisaient mine d'écouter, n'attendant en réalité que le moment de prendre la parole.

— Je suis heureux de vous l'entendre dire. Lui avez-vous montré des clichés anthropomorphiques ? Avez-vous demandé à un dessinateur de dresser un portrait-robot du tueur tel qu'elle s'en souvient ? Si vous voulez, nous en avons un à Project Justice qui fait du bon travail.

Ils abordaient maintenant un terrain délicat.

— Comme je vous l'avais expliqué, les déclarations d'un témoin oculaire présentées tant d'années après les faits ne pèsent pas lourd face à des preuves concrètes. Theresa n'a pu me donner qu'une description vague de ce type. Elle a vu un inconnu parler à la victime dans la cuisine. Un peu plus tard, alors qu'elle nettoyait les tables, elle a entendu un grand bruit et elle est allée voir ce qui se passait. C'est alors qu'elle a découvert le cadavre.

— Mais elle vous a donné une description de l'assassin, non ? Il s'agissait d'un homme de type caucasien d'une trentaine d'années, de taille moyenne…

— Coiffé d'une casquette de base-ball, ce qui signifie qu'elle n'a pu voir la couleur de ses cheveux.

— Mais en tout cas, elle vous a dit qu'il ne s'agissait pas de Christopher Gables…

— Oui, reconnut Jamie. Mais quand j'ai insisté pour avoir des détails, elle a été incapable d'en fournir. L'esprit humain joue parfois des tours. Son inconscient a pu lui souffler des détails uniquement pour me faire plaisir.

Comme Daniel ouvrait la bouche pour protester, elle l'interrompit.

— En l'occurrence, cela n'a pas été le cas, mais la mémoire n'est pas fiable. Vu votre expérience en la matière, je suis sûre que vous le savez aussi bien que moi.

— Pourtant, il me paraît hautement probable que si cet inconnu était la dernière personne à parler à Frank avant sa mort, il est plus suspect que Christopher.

— N'oubliez pas que ce sont les empreintes de Christopher qui figuraient sur l'arme du crime.

Daniel serra les lèvres, et Jamie eut l'impression de marquer un point. Au moins, l'avait-elle convaincu que ses propos étaient insensés.

Elle tenta de pousser son avantage.

— J'ai apporté le dossier avec moi. Je suis prête à revoir avec vous point par point tous les éléments qui m'ont conduite à faire condamner cet homme.

— Très bien.

Au moment où elle ouvrait une chemise, son téléphone retentit. Il était grossier de prendre un appel pendant une réunion, mais elle attendait un verdict.

— Excusez-moi, c'est peut-être important. Oh ! cela vous intéressera peut-être, ajouta-t-elle en voyant le nom d'Eddie s'afficher sur l'écran. C'est le technicien du laboratoire que j'ai chargé d'effectuer des analyses complémentaires sur un des vêtements de Frank Sissom. Oui, Eddie ?

— J'ai les résultats que vous m'avez demandés. En effet, il ne s'agit pas de taches d'encre, comme nous l'avions pensé au départ.

Elle sentit son estomac se nouer.

Faites qu'il s'agisse de poussière, de cendre de cigarette…

— Il s'agit de résidus de métal, de fer.

Comment ? Du fer ? Exactement ce que Daniel avait prédit.

— Merci, Eddie, je vous rappellerai.

— Alors ? demanda Daniel.

Ses traits s'adoucirent.

— Jamie, qu'est-ce qui ne va pas ? reprit-il. Vous êtes toute pâle. Vous a-t-il dit quelque chose qui vous a bouleversée ?

Glacée, elle balbutia.

— Vous parliez d'un tueur en série ?

4

— Que voulait-vous dire ? demanda Daniel.

Quel que soit son correspondant, ce qu'il lui avait dit avait profondément secoué Jamie.

— Le type du laboratoire, celui à qui j'ai demandé de réexaminer la chemise de Frank Sissom, a découvert quelque chose que personne d'autre n'avait vu. Des résidus de métal.

Daniel eut du mal à en croire ses oreilles. Son insistance avait finalement porté ses fruits.

— Jamie, c'est énorme ! Mesurez-vous ce que cela signifie ?

Dans son enthousiasme, il l'enlaça et l'embrassa. Enfin, quelqu'un l'avait entendu à propos des résidus métalliques !

— Etes-vous toujours aussi expansif quand vous recevez une nouvelle qui défend la cause d'un de vos clients ?

Prenant soudain conscience de ce qu'il faisait, il la lâcha.

— Désolé, dit-il en reculant.

A force de vivre en ermite depuis longtemps, avait-il oublié la façon correcte de se conduire avec une femme qu'il connaissait à peine ?

En réalité, il avait l'impression de la connaître. Depuis vingt-quatre heures, il avait étudié à fond le passé de Jamie, ce qui n'avait fait qu'accroître son admiration pour elle.

Ses origines étaient très modestes. Elle avait été élevée dans un petit deux pièces par une mère célibataire qui avait exercé de nombreux emplois peu rémunérés. Jamie n'avait pas vécu avec son père, et Daniel n'était même pas parvenu à découvrir l'identité de ce dernier.

Pourtant, à la force des poignets, Jamie avait réussi à se

former. Grâce à son travail, elle avait fait de brillantes études. Elle ne roulait toujours pas sur l'or à en juger par son tailleur démodé et ses chaussures usées.

La modestie de sa tenue ne ternissait en rien sa beauté. Cette femme aurait été ravissante, même vêtue d'un sac de pommes de terre.

Daniel se força à se concentrer.

— A ce que je vois, vous ne partagez pas mon optimisme.

— Franchement, je suis trop abasourdie pour analyser ma réaction. A l'origine, le labo avait supposé que la substance noire et poudreuse découverte sur la chemise de Frank Sissom provenait de l'encre d'une photocopieuse. A l'époque, personne n'avait poussé plus loin les investigations. Cela ne semblait pas justifié.

— Les petits détails apparemment sans importance peuvent souvent confondre un coupable ou innocenter un homme. Alors, sommes-nous en phase, à présent ? Croyez-vous comme moi que nous ayons affaire au même tueur ?

— En tout cas, l'hypothèse semble devoir être creusée, répondit-elle d'un ton résigné. Permettez-moi de remarquer quelque chose. Frank Sissom a été assassiné deux mois à peine après votre libération. Si nous avons affaire à un tueur en série, qui me dit qu'il ne s'agit pas de vous ?

Daniel sentit la peur le saisir. Pas un instant, il n'avait imaginé qu'il risquait d'être perçu comme un suspect dans cette affaire. Il s'empara d'une bouteille d'eau et en avala une gorgée pour apaiser sa gorge devenue soudain très sèche.

— Pourquoi me battrais-je pour faire innocenter Christopher et trouver le véritable meurtrier si j'étais le tueur ? demanda-t-il.

Elle haussa les épaules.

— D'accord, écartons cette hypothèse pour l'instant. Mais il reste possible que Gables ait tué quelqu'un d'autre.

Daniel eut du mal à maîtriser son agacement.

— A l'époque du premier crime, Gables était encore à la fac.

— Beaucoup d'étudiants se rendent coupables d'homicides.

Ne cherche pas à aller plus vite que la musique.

Daniel en savait plus maintenant que la dernière fois qu'il s'était entretenu avec Jamie. Il devait simplement continuer à progresser.

— Revenons à ces résidus métalliques. Votre technicien a-t-il pu distinguer de quel métal il s'agissait ou même leur origine ?

— Il m'a dit qu'il s'agissait de fer. Nous n'avons pas encore été plus loin. Les analyses plus fines demandent du temps… et de l'argent.

— Je vous donnerai les coordonnées d'un laboratoire qui a l'habitude de pratiquer des investigations poussées dans ce domaine. Nous obtiendrons alors l'exacte… qu'y a-t-il ?

De nouveau, elle se fermait.

— Il ne s'agit pas seulement d'un problème de temps ou d'argent. Mon patron va piquer une crise.

— Faut-il vraiment le tenir au courant ?

— Evidemment ! Si vous avez raison, si Christopher Gables est impliqué dans deux meurtres…

— Attendez. Il est impossible de considérer sérieusement Gables comme un tueur en série.

— Qu'est-ce que j'en sais ? Regardez l'affaire de mon point de vue, Daniel. Je suis absolument persuadée que Christopher Gables a assassiné Frank Sissom. La présence de ses empreintes sur l'arme du crime en est la preuve irréfutable. Si de nouveaux éléments permettent d'établir un lien entre ce meurtre et un autre, Christopher est sans doute impliqué dans ce dernier. Ce serait logique.

C'était ridicule.

— Voulez-vous que je vous livre mon explication sur la présence de ses empreintes digitales ? demanda Daniel.

— Absolument.

Daniel y avait beaucoup réfléchi. Parce que, contrairement à Jamie, il savait, sans l'ombre d'un doute, qu'il n'avait jamais tué personne, même si ses empreintes avaient été découvertes sur l'arme du crime.

— Christopher s'est servi de ce couteau pour autre chose, plusieurs jours ou peut-être même plusieurs mois avant le meurtre. Si personne d'autre ne l'a touché dans l'intervalle, ses empreintes sont restées sur le manche. Le véritable tueur s'est servi d'un couteau similaire pour commettre le crime. Il portait des gants, et il a pris soin de mettre du sang de Frank sur celui sur lequel étaient les empreintes de Christopher avant de laisser l'arme près du cadavre. Le tour était joué. Un autre allait être accusé du meurtre à sa place.

— Le légiste a affirmé que le couteau correspondait à la blessure mortelle, objecta Jamie.

Daniel ouvrit son attaché-case et en sortit un extrait du compte rendu du procès. Certains passages étaient surlignés en jaune.

— « La plaie constatée sur la gorge de M. Sissom est compatible avec le couteau à découper de la marque Messermeister Elite, lame 18 cm, le couteau trouvé près du cadavre. » Reconnaissez-vous ce témoignage, Jamie ?

Elle ferma brièvement les paupières.

— Oui.

— « Compatible » ne signifie pas « correspond exactement à », si ?

— Je vous en prie, ne jouez pas sur les mots. Nous ne sommes pas au tribunal. Vous m'avez donné votre point de vue. Le meurtre a pu être perpétré avec un couteau similaire.

— Vous n'imaginez pas combien de nuits blanches j'ai passées à me demander comment mes empreintes avaient pu atterrir sur l'arme du crime. Je n'avais pas souvenir d'avoir un jour utilisé le couteau qui a servi à tuer mon associé. Je ne suis pas cuisinier et je passais peu de temps en cuisine.

— Alors comment l'expliquez-vous ?

— J'ai tenté de réfléchir à quelle occasion j'aurais pu avoir eu à utiliser un couteau. Et c'est là que j'ai compris. J'en avais sans doute eu besoin un jour pour ouvrir un paquet. Pas le jour du meurtre, mais avant. Je gardais en général un canif dans ma poche, parce que nous recevions sans cesse des colis au restaurant. Mais il est probable qu'un jour je ne l'aie pas eu sur moi et que j'aie pris le premier couteau qui me soit tombé sous la main.

Daniel voyait presque les rouages se mettre en branle dans le cerveau de Jamie.

— Christopher n'était pas cuisinier non plus, dit-elle enfin. Pour nous, Christopher s'est battu avec Frank dans la cuisine, sachant très bien qu'il aurait à sa disposition bon nombre de couteaux pour le tuer.

— J'aimerais lui parler, dit Daniel. Voir s'il se rappelle avoir touché ce couteau à une occasion quelconque.

— Je peux vous donner sa réponse. Il nous a dit s'en être servi ce jour-là pour couper une pomme à son déjeuner. Ce qui était manifestement un mensonge, parce qu'il prenait toujours le menu, et trois témoins affirment qu'il avait pris des cerises.

— C'était un mensonge, je vous l'accorde. Il l'a probablement inventé dans le feu de l'action, dans un moment de peur et de désespoir. Avez-vous vous-même été interrogée par la police, Jamie ?

— Non, mais j'ai lu les rapports de nombreux interrogatoires et visionné des centaines de vidéos.

— Ce n'est pas pareil. Tant que vous n'aurez pas été enfermée dans une salle d'interrogatoire avec des flics aux yeux mauvais, pointant sur vous des doigts menaçants, se payant votre tête, vous ne pouvez pas savoir ce que c'est. Dans ces moments-là, la tentation est grande de dire n'importe quoi, que ce soit vrai ou non, stupide ou malin, juste pour que ces types vous laissent tranquille.

— C'est ce qui vous est arrivé ? demanda-t-elle, non sans une certaine compassion.

— Non, mais j'étais rassuré par la certitude que mon père, qui avait de l'argent et le bras long, allait m'aider à sortir de là. Christopher n'avait pas cette chance. Il a menti parce qu'il était terrorisé. Et son avocat lui a conseillé de continuer, de s'enfoncer, plutôt que de reconnaître qu'il mentait.

Jamie digéra l'information.

Daniel lui laissa un peu de temps avant de revenir à la charge.

— Raleigh, notre conseillère juridique, a demandé un entretien en tête à tête avec Christopher. J'aimerais que vous l'accompagniez quand elle se rendra à la prison pour le voir.

— Raleigh ? Pourquoi pas vous ?

— Pour s'entretenir avec un détenu incarcéré dans le couloir de la mort, il faut être avocat. Je ne le suis pas.

— Daniel, je sais comment opère Project Justice. Vos collaborateurs discutent avec des condamnés à mort en permanence, la plupart du temps sans la présence d'un avocat.

— Cette fois-ci, cela ne marcherait pas.

— Je suppose que vous n'êtes pas la meilleure personne pour discuter du comportement de Christopher. Non seulement votre jugement est biaisé à cause des similitudes entre les deux crimes, mais il vous est difficile d'apparaître en public, vous l'avez vous-même reconnu. Dans ces conditions, pourquoi ne pas confier le dossier à quelqu'un qui s'en chargerait complètement ? Ce serait plus simple pour tout le monde.

— C'est justement parce que cette histoire ressemble beaucoup à la mienne que je suis le mieux qualifié pour obtenir la libération de Christopher.

— Ne croyez-vous pas alors que vous seriez également le plus qualifié pour l'interroger ?

Elle avait raison. Pourtant, l'idée de retourner dans cette prison — où lui-même avait été incarcéré — lui était insupportable.

— Si j'accepte, m'accompagneriez-vous ? En tant que procureur dans cette affaire, vous me semblez également la mieux qualifiée pour repérer et mettre à mal les théories fumeuses. Mieux que personne, vous savez ce qui passera et ce qui ne passera pas devant un juge.

— Je dois en parler avec mon supérieur.

Et comme elle le lui avait dit, son supérieur n'avait aucune envie de rouvrir le dossier.

— Je vais organiser quelque chose pour la semaine prochaine. Cela vous donnera la possibilité de libérer votre emploi du temps.

— Dans l'intervalle, j'enverrai les résidus de métal pour des analyses plus complètes. Quel est le nom de votre laboratoire ?

— Prak Tech Labotaries. Ils sont certifiés, cela ne devrait donc pas poser de problème. Bien entendu, Project Justice paiera la note.

Elle secoua la tête, les lèvres serrées.

— Je n'arrive pas à croire que je vous laisse m'entraîner sur ce terrain. Cette histoire va sans doute me coûter ma carrière, et tout ça pourquoi ? Christopher Gables ne sera pas libéré, à moins qu'un autre n'avoue ses crimes.

Il en était ennuyé pour elle. Sincèrement.

— Vous le faites, parce que la vie d'un homme est en jeu. Vous êtes quelqu'un de bien, et vous n'avez pas plus envie que moi de voir un innocent payer pour un crime qu'il n'a pas commis.

— A moins que vous ne soyez, vous, quelqu'un de très persuasif.

— Peut-être aussi.

Il sourit, pour la première fois depuis qu'elle était montée dans la voiture, et elle lui rendit son sourire.

— Je vérifierai l'endroit où se trouvait Christopher Gables au moment du meurtre d'Andreas Musto.

— Si vous ne le faisiez pas, vous manqueriez à vos devoirs, Jamie… Mais je tenais à vous dire que je vous en suis très reconnaissant.

— Parce que vous avez réussi à me coincer, le dos au mur ?

— Parce que vous faites ce qu'il faut faire. L'homme qui a instruit mon procès — Chet Dotie, comme vous le savez certainement — réduisait systématiquement à néant tous mes efforts pour tenter de lui prouver mon innocence. Il les prenait pour des attaques personnelles et s'arrangeait toujours pour m'empêcher de clamer la vérité, que ce soit déontologique ou non.

— Je suis sûre que…

Elle détourna les yeux, moins assurée soudain.

— Les procureurs investissent beaucoup de temps et d'argent dans les affaires qu'ils instruisent. Mais il ne s'agit pas seulement de cela. La plupart croient… ils se battent avec passion.

— Ce n'était pas le cas de Dotie. Un jour, en me regardant droit dans les yeux, il m'a dit qu'il se moquait que j'aie ou non tué mon associé. Il ne voulait pas qu'un fils de milliardaire s'en sorte, simplement parce qu'il pouvait profiter de l'argent de son père.

Jamie leva un sourcil surpris.

— Je ne vous le répète pas pour critiquer l'un de vos confrères, ajouta Daniel. Mais par contraste, l'ouverture d'esprit dont vous faites preuve me réjouit.

Elle ne parut pas apprécier le compliment.

— Nous verrons si vous vous sentirez toujours aussi bien au terme de cette affaire.

Son téléphone retentit de nouveau, et elle prit l'appel, sans s'excuser, cette fois.

— McNair… D'accord, j'arrive.

— Le verdict va-t-il être prononcé ?

— Oui. Vous me tiendrez au courant quand vous aurez du nouveau, d'accord ?

— J'en attends autant de vous.

Elle sortit de la voiture comme si elle avait le diable à ses trousses. Quelques journalistes tentèrent de l'aborder, mais elle se servit de son attaché-case comme d'un bouclier, et ils s'écartèrent.

Elle semblait douce et gentille parfois, mais elle pouvait se déchaîner brutalement. Le contraste était intéressant.

Elle l'intéressait. Comme les journalistes se tournaient vers la limousine, Daniel ouvrit la vitre qui l'isolait de son chauffeur.

— Allons-nous-en.
— Très bien.

Tout en se hâtant vers son bureau, Jamie avait l'impression d'étouffer. Ce que Daniel Logan avait dit à propos de son père était-il vrai ? Ou avait-il inventé de toutes pièces cette histoire pour tenter de la manipuler ?

Daniel était peut-être un grand manipulateur, mais elle ne l'avait encore jamais surpris à lui mentir. Le peu qu'elle avait lu à propos de son arrestation et de son procès montrait qu'il n'avait jamais changé de version sur le déroulement des événements. A la différence de Christopher, il n'avait jamais menti pour tenter d'expliquer quelque chose.

Raison pour laquelle elle se demandait si son père avait bien été l'homme qu'elle avait cru connaître.

Elle n'avait jamais entretenu de relations chaleureuses avec Chet Dotie. Même si elle avait toujours su son nom, sa mère ne l'avait jamais autorisée à avoir le moindre contact avec l'homme qui l'avait conçue.

Apparemment, son père envoyait de l'argent de temps à autre. Même s'il n'avait jamais essayé de faire la connaissance de sa fille, au moins ne l'avait-il pas complètement oubliée.

Voilà pourquoi, à sa majorité, elle avait décidé de le rencontrer, sa mère n'ayant plus alors la possibilité de l'en empêcher. Il avait été surpris, gêné, et avait assez mal accueilli cette initiative qu'il avait vécue comme une intrusion. Mais en se rendant compte qu'elle n'avait pas l'intention de faire état de leurs liens ni de ternir sa réputation, il s'était peu à peu adouci.

Il avait commencé par s'intéresser à ses études, lui payant ses frais de scolarité à l'occasion, la conseillant sur des cours en option. Même si elle avait été attirée au départ par l'art et la littérature, il l'avait dissuadée de prendre cette direction. Elle avait besoin d'exercer un métier qui lui assurerait des revenus conséquents, lui avait-il dit. Le droit lui semblait une voie royale.

Au début, elle avait renâclé, avait tenté de se rebeller, mais elle n'avait pas tardé à comprendre que le domaine juridique la passionnait, et elle était rapidement devenue une étudiante brillante.

Chet considérait ses bons résultats comme naturels. Elle pensait qu'il attendait qu'elle soit diplômée pour la féliciter. Mais il était mort avant qu'elle décroche son diplôme.

Elle aurait pu exercer dans le privé, mais elle tenait à suivre les traces de son père. Devenir procureur, veiller à ce que les criminels paient pour leurs crimes, lui semblait une noble cause. Son père avait été très respecté, et elle voulait l'égaler.

Tout cela n'avait-il été qu'illusion ? L'idée qu'il ait pu lancer à un accusé qu'il se moquait qu'il soit ou non coupable la troublait profondément.

Elle aurait dû dire à Daniel que Chet était son père. Mais lancer une telle bombe aurait compromis leur collaboration. Elle préférait rester en bons termes avec lui. Surtout s'il s'avérait que sa « théorie du tueur en série » était exacte.

Si Christopher Gables n'en était pas à son premier crime et qu'elle était celle qui le révélait au grand jour, elle en récolterait toute la gloire, d'autant que c'était elle qui l'avait mis en prison.

En revanche, si les meurtres étaient bien liés, mais que leur auteur n'était pas Christopher… Non, elle préférait ne pas envisager cette hypothèse. C'était impossible. Daniel avait imaginé une jolie histoire digne d'Agatha Christie pour expliquer la présence d'empreintes digitales sur l'arme du crime, mais ce n'était que pure fiction.

Elle devait cesser de le laisser abattre ses défenses !

Jamie fonctionna en mode automatique quand le verdict fut prononcé dans l'affaire du chauffard. Coupable. L'homme fut condamné à cinq ans de prison, ce qu'elle considéra comme une victoire personnelle.

Etape suivante : le bureau du procureur général. Son cœur

se serra en imaginant comment Winston Chubb allait prendre les derniers développements dont Daniel et elle venaient de discuter. La première fois qu'elle avait évoqué l'affaire Gables, il avait failli s'étrangler.

La secrétaire de Winston lui avait trouvé une place entre deux rendez-vous. Quand Jamie frappa à sa porte, il lui fit signe d'entrer sans un sourire de bienvenue.

Grand et maigre, Winston Chubb était à moitié chauve et avait des yeux globuleux. Il terrifiait tout le monde au tribunal.

— Je vous en prie, dites-moi que le jury a condamné Mosely.

— Oui, il a écopé de cinq ans de prison.

— C'est du bon travail. Pourquoi vouliez-vous me voir ?

Il ne perdait pas de temps en conversation futile.

— C'est à propos de l'affaire Christopher Gables.

— Je pensais vous avoir dit de laisser tomber ! tonna-t-il.

— J'aurais bien aimé. Mais le témoin dont je vous ai parlé était crédible. Par ailleurs, des pièces à conviction ont été réexaminées et…

— Qui a autorisé ces analyses ?

Il tentait de l'intimider, mais elle refusa de se laisser marcher sur les pieds.

— Moi. J'étais curieuse. Il apparaît que ce meurtre est sans doute lié à un autre, perpétré il y a quelques années, celui d'Andreas Musto.

— Vous plaisantez, je suppose ?

— Je ne plaisanterais pas sur un sujet pareil. Les similitudes entre les deux meurtres m'intriguent.

— Je vous en prie, Jamie, laissez tomber. Quand je vous ai envoyée parler à Logan, je pensais que vous lui expliqueriez calmement qu'il faisait fausse route. Il n'est pas question de provoquer un nouveau scandale. J'ai toujours des ennuis à propos de l'affaire d'Anthony Simonetti. Quant à vous, votre carrière est en jeu. Vous non plus ne pouvez vous permettre ce genre d'histoires.

Il lui lançait un avertissement.

— J'ai bien peur que nous n'ayons pas le choix. Daniel Logan en fait une affaire personnelle. Il est convaincu de l'innocence de Gables et va tout faire pour obtenir sa libération.

— Sa libération ? Je croyais que vous pensiez que Gables avait commis un autre meurtre, quelques années avant celui pour lequel on l'a condamné ? Pas qu'il était innocent.

— M. Logan et moi avons des opinions divergentes sur l'explication des nouveaux résultats d'analyses. Je crois qu'il est important de poursuivre pour connaître la vérité.

— La vérité ? Vous êtes bien naïve, Jamie. Il n'y a pas de place pour la vérité dans le système judiciaire. Il ne s'agit que d'interprétations différentes sur les faits et les preuves.

Le pensait-il vraiment ? Etait-elle le seul procureur à se soucier de la culpabilité ou de l'innocence d'un homme ?

— Si nous laissons tomber, Logan continuera seul, et nous risquons un scandale plus énorme encore.

— Il n'est pas question de rouvrir ce dossier, Jamie, que ce soit bien clair. Notre budget a été réduit comme peau de chagrin, et vous savez comme moi que tous nos assistants sont débordés. Je ne peux pas vous autoriser à perdre du temps sur les divagations d'un milliardaire qui aboutiront, de toute façon, à faire condamner une nouvelle fois un condamné à mort ou à innocenter un homme qui a déjà été gracié.

— Et si nous avions condamné un innocent ? Nous ne pouvons pas laisser Christopher Gables être exécuté si nous avons commis une erreur et qu'il s'avère qu'il n'est pas coupable.

— Si vous aidez Logan à prouver que nous nous sommes trompés, les conséquences seront tragiques pour tous ceux qui ont été impliqués dans sa condamnation.

Mais pas pour Christopher.

Il n'allait pas être facile pour Jamie d'annoncer à Logan qu'elle était désolée, mais que leur coopération allait devoir s'arrêter là si elle ne voulait pas perdre son travail.

Surtout, ce serait se comporter en lâche.

— Jamie, vous êtes l'un de nos meilleurs éléments, reprit Chubb. Si vous continuez à effectuer correctement votre travail en évitant soigneusement d'impliquer le système dans des scandales aussi retentissants qu'inutiles, vous avez de grandes chances d'occuper un jour ma place.

— Moi ? Procureur général ?

Elle faillit tomber de sa chaise.

— Et pourquoi pas ? Vous êtes séduisante, intelligente, travailleuse, droite. Je ne cherche pas à me faire réélire. Quelqu'un va me succéder, et je vous y vois très bien.

Winston la congédia d'un geste.

— Allez-y, Jamie. Faites le travail pour lequel vous êtes payée, et ne laissez pas votre cœur vous égarer.

Stupéfaite, Jamie sortit du bureau de son supérieur et referma la porte. Procureur général ? Elle n'appréciait pas qu'il ait d'abord mis en avant son apparence, mais s'il parlait sérieusement…

En revanche, s'il s'avérait qu'elle ait fait condamner un innocent dans une affaire qui avait agité l'opinion publique, elle perdrait toutes ses chances de prendre du galon.

Pourtant, elle ne pouvait oublier la requête de Daniel Logan. Puisque le procureur général ne l'autorisait pas à coopérer, elle le ferait pendant ses heures de repos, le week-end, le soir. Il ne pouvait en être autrement.

Avoir une conscience plongeait parfois dans de sérieux dilemmes.

5

Laramie, le cheval préféré de Daniel, traversait au triple galop le champ de polo. Penché sur la nuque de l'animal, les yeux rivés sur la balle, Daniel ne faisait plus qu'un avec lui.

Levant son maillet, il frappa la balle avec une précision d'orfèvre et l'envoya droit dans le but de l'équipe adverse.

Une clameur s'éleva dans les gradins, et Daniel se redressa, tapotant l'encolure de sa monture pour féliciter son fidèle compagnon. Gagné par l'euphorie, il lui fit faire un tour de piste.

Il invitait souvent l'équipe de polo locale à venir jouer chez lui, pour continuer à pratiquer un sport qu'il appréciait depuis le lycée et pour donner l'occasion à ses chevaux de faire un peu d'exercice. L'intense effort mental et physique exigé par un match de polo l'aidait à libérer son esprit de pensées parasites et lui permettait ensuite de mieux se concentrer sur son travail à Project Justice.

Ce jour-là, il avait particulièrement besoin de décompresser. Ses tentatives pour réunir les preuves dont il avait besoin pour faire libérer Christopher Gables n'avaient pas donné grand-chose. La date de l'exécution de Gables serait fixée prochainement. Le temps passait, lui échappant totalement.

Il n'avait pas eu de nouvelles de Jamie pendant le week-end, et il s'était interdit de la contacter. Il devait la traiter avec égard. Il devait maîtriser son sentiment d'urgence pour ne pas risquer de brusquer la jeune femme et de faire capoter l'affaire.

La partie était finie, et il était temps de ramener les chevaux à l'écurie pour un repos bien mérité. Il venait de mettre pied à terre et de tendre les rênes à un palefrenier quand il aperçut Jillian. Les sourcils froncés, elle marchait d'un pas décidé.

En général, elle ne se laissait pas dominer par ses émotions. Son inquiétude manifeste ne lui ressemblait pas.

Parvenue à sa hauteur, elle lui tendit un téléphone portable.

— Jamie McNair. Vous m'avez demandé de vous la passer en toutes circonstances.

— Merci, dit-il en s'emparant de l'appareil. Oui, Jamie ?

— Il vous faut du temps pour répondre.

— Jillian a dû me chercher. Parfois, je m'éloigne des téléphones pour me vider la tête.

— Elle m'a dit que vous disputiez une partie de polo.

Jillian savait pourtant qu'il détestait qu'elle donne des informations sur lui lorsque ce n'était pas indispensable.

— Oui, cela me détend.

— Pour ma part, quand j'ai besoin de me détendre, je me contente de respirer à fond.

— Je serais heureux de vous apprendre à jouer au polo, dit-il avec chaleur, refusant de culpabiliser d'avoir de l'argent.

Il avait appris à ne pas s'excuser d'être riche.

— Je n'en ai pas le loisir, je le crains. Je le serai davantage après mon travail, vers 18 heures. J'espère que vous êtes libre.

Il sourit à son léger ton directif. En proie sans doute à une sourde rancœur, elle était bien décidée à lui prouver qu'il ne pouvait pas la forcer parce qu'il était riche et puissant. Elle craignait d'apparaître faible.

Pourtant, il était sûr qu'elle était dotée d'une grande douceur qu'elle cherchait simplement à dissimuler.

— Si j'avais quelque chose de prévu, je m'arrangerais pour me libérer. Pour vous. Dînons ensemble, d'accord ?

— Ce n'est pas indispensable.

— Mais si ! Nous travaillerons mieux si nous avons pris le temps de nous restaurer…

— Oui, oui, vous me l'avez déjà dit.

— Et vous êtes d'accord avec moi, non ?

— Je me sens juste un peu ridicule d'apprécier ces repas.

Ce n'était pas la première fois qu'il était confronté à cette attitude. Les gens, surtout ceux qui avaient grandi dans la misère, culpabilisaient de se faire du bien.

— Si vous préférez, je demanderai à mon chef de nous confectionner une bouillie au pain noir.

Elle se mit à rire.

— A tout à l'heure.

— Y a-t-il une raison à votre venue ou préférez-vous entretenir le suspense ?

Elle murmura presque sa réponse.

— Je ne peux pas en parler ici. A plus tard.

Elle lui parut bien mystérieuse.

Après avoir raccroché, il confia l'appareil à Jillian qui semblait toujours aussi tendue.

— Qu'y a-t-il ?

— Je n'aime pas cette femme. Je la trouve tyrannique et arrogante.

— Elle se sent simplement en danger et tente de s'imposer. Comme vous l'avez remarqué, elle risque de perdre son travail à cause de moi, et qu'elle continue malgré tout à échanger avec moi me semble remarquable.

— Mais elle croit que Christopher Gables est un tueur en série. C'est stupide, non ?

— Elle le croit parce que si c'est faux, elle risque d'avoir fait condamner un innocent à mort. Si j'arrive à arranger les choses, elle va changer.

— Elle vous plaît, non ?

— Oui, sans doute.

En réalité, il rêvait de coucher avec elle, mais même s'il partageait beaucoup de choses avec Jillian, il préférait ne pas aborder le sujet avec elle.

— Vous devenez tout excité dès que vous lui parlez ou que son nom surgit dans la conversation.

— Vraiment ?

— Cela ne me regarde sans doute pas, Daniel, mais si

vous avez envie de nouer des relations amoureuses avec quelqu'un, vous auriez intérêt à choisir une autre femme. Elle pourrait être dangereuse. Les gens deviennent fous quand leur gagne-pain ou leur existence est menacé.

Daniel prit une profonde inspiration.

— Vous avez raison, Jillian. Cela ne vous regarde en rien.

Jamie, dangereuse ? Peut-être. Mais elle ne tenterait pas de le tuer.

Tournant le dos à Jillian pour aller remercier l'équipe du club de polo, il eut le temps de voir la profonde douleur qui assombrissait les yeux de Jillian.

Il ne voulait pas la blesser. Il la considérait comme une petite sœur. Leurs pères avaient été amis, et elle travaillait pour les Logan depuis son adolescence.

Mais il refusait qu'elle lui donne des conseils dans le domaine amoureux. Même s'il ignorait à quoi elle occupait son temps libre, il n'était pas certain qu'elle ait un petit ami. Elle était aussi asociale que lui.

Peut-être devait-il lui proposer un autre poste dans l'empire Logan. Si elle travaillait pour Logan Oil et ne vivait plus au domaine, elle pourrait sans doute mener une existence plus normale.

Il se promit de s'en occuper plus tard. Pour la première fois depuis des années, il n'avait pas envie d'avoir Jillian dans les jambes. Elle semblait vouloir juger de ce qu'il faisait ou ne faisait pas avec Jamie McNair, et il n'était nullement disposé à la laisser faire.

Jamie fut surprise et déstabilisée quand Daniel en personne lui ouvrit la porte, Tucker sur les talons.

— Entrez, Jamie.

Il lui sourit, mais son regard était grave.

— Merci. Votre majordome est en congé ?

— Vous savez, si nous devons travailler ensemble, il va falloir que vous dépassiez votre ressentiment.

— Pardon ?

— Vous m'en voulez d'être riche. M'apprécieriez-vous davantage si je donnais toute ma fortune aux plus démunis et vivais sous un pont ?

Elle entra, faisant claquer ses talons sur le sol de marbre.

— Vous n'allez quand même me faire croire que votre fortune est un handicap ?

— Loin de là. Chaque jour, je remercie le ciel de m'avoir fait naître avec une cuillère d'argent dans la bouche. Mes parents m'ont donné toutes les chances, m'ont aidé sur tous les plans. Sans leurs moyens financiers, je serais sans doute mort. Mes talents en matière juridique n'auraient pas suffi à obtenir la grâce que la justice a fini par m'accorder. L'argent m'a aidé à payer des avocats, des analyses scientifiques. Mon père a tout mis en œuvre pour m'innocenter. Il y consacrait tout son temps.

Jamie le regarda, interloquée. Lorsqu'elle lui avait lancé sa pique à propos du majordome, elle ne s'attendait pas à cette sortie.

Lui en voulait-elle d'être si riche ? Peut-être un peu. En tant que procureur, elle avait un budget limité et de faibles ressources. Peut-être était-elle agacée de constater qu'il ne manquait ni de l'un ni de l'autre.

— L'étendue de votre fortune me dépasse, dit-elle avec sincérité. Je ne peux pas l'imaginer. Mais je ne cherchais pas sciemment à dire du mal de votre père.

Elle se pencha pour caresser Tucker. Il était plus facile de croiser son regard de chien affectueux que les yeux laser de Daniel.

— Vous ne l'avez pas fait, et peut-être suis-je trop susceptible. Allons nous asseoir. Le dîner va nous être servi dans une heure. Cela vous convient-il ?

— C'est… parfait.

Quel que soit le menu, elle savait qu'elle se régalerait, ce qui n'aurait pas été le cas si elle était restée chez elle, à mettre un plat congelé à réchauffer au micro-ondes.

Elle avait pensé qu'il l'entraînerait de nouveau au sous-sol, mais à sa grande surprise, il la conduisit à travers un dédale de couloirs jusqu'à une bibliothèque, sans doute plus grande que celle où elle allait pour emprunter des livres lorsqu'elle était enfant. La pièce était une symphonie de bois, de cuir et de pierre, à la fois masculine, cosy et chaleureuse. Une énorme cheminée trônait au milieu de la salle et un feu y avait été allumé qui conférait une ambiance intime à la pièce.

Les murs étaient tapissés d'étagères couvertes de livres. Certains étaient anciens, d'autres étaient des best-sellers récents. Dans un coin, était dressé un bar bien garni en bouteilles de toutes sortes.

L'œil de Jamie fut tout de suite attiré par le sapin de Noël. Immense, il touchait le plafond et embaumait la résine.

L'arbre n'était pas encore entièrement décoré. Mais à la vue des guirlandes et des bougies qui l'ornaient, elle déclara :

— J'avais presque oublié l'approche des fêtes de fin d'année.

— Jillian tient beaucoup au sapin. Elle adore le décorer.

— Si j'avais une maison comme celle-ci, je crois que cela m'amuserait aussi.

Elle s'imagina un matin de Noël dans ce manoir, les cadeaux entassés devant la cheminée, l'arbre étincelant de lumière, un feu… Les hivers à Houston étaient toujours très doux, mais qu'importe !

Puis elle imagina des enfants criant de joie en découvrant les présents que le Père Noël leur avait apportés, l'odeur du chocolat chaud…

Elle secoua la tête, alarmée par le tour curieux de son imagination. Elle n'avait vu des gosses battant des mains le matin de Noël qu'à la télévision. Sa mère avait toujours travaillé pendant les fêtes, parce qu'elle était payée le double ces jours-là, et la malheureuse n'avait jamais eu les moyens d'offrir quoi que ce soit à sa fille pour Noël.

Un jour, un bénévole de la paroisse avait sonné pour tendre un paquet enrubanné à Jamie, mais sa mère l'avait refusé, expliquant sèchement qu'elle n'acceptait pas qu'on lui fasse la charité.

— Jamie ?

Elle revint brutalement à la réalité.

— Pardon. Je suis curieuse de savoir… Comment fêtez-vous Noël ? Distribuez-vous des BMW et des rivières de diamants à vos amis ? Achetez-vous les oies les plus grasses que vous fourrez au caviar ?

— Vous recommencez…

— C'est vrai, excusez-moi.

— Mes Noëls sont toujours très calmes. Je donne des jours de congé à mes employés pour leur permettre de passer les fêtes avec leurs proches.

— Vous restez donc seul au manoir ? Je sais que vos parents ne sont plus de ce monde, mais n'avez-vous pas de famille ?

— J'aime la solitude. Et non, je n'ai pas de famille. J'ai bien des cousins à Philadelphie que j'invite chaque année, mais ils ne sont pas venus depuis des lustres… Ce n'est pas simple, ils ont de jeunes enfants.

Sa famille avait-elle peur de lui présenter des petits ? Parce qu'ils le prenaient pour un meurtrier ?

Cette éventualité emplit Jamie de tristesse. Même si elle avait cru à un moment qu'il était un tueur, peut-être même un tueur en série, elle ne le pensait plus, tant l'homme qu'elle commençait à connaître lui semblait très loin d'un criminel.

— Quant à moi, je ne fête jamais Noël, dit-elle. Je n'ai plus de famille, et je trouve qu'on en fait trop, que cette fête a perdu son sens.

— Cela nous fait donc un point commun. Nous ne sommes pas pris dans le tourbillon de fin d'année. Je suis sûr que vous n'en souffrez pas, si ?

— Vous avez tout à fait raison. Les gens deviennent fous. Ils dépensent trop d'argent pour acheter des jouets dont leurs enfants se désintéresseront en quelques jours.

— Ils se goinfrent, prennent du poids et passeront le mois de janvier à tenter de rattraper leurs excès.

— Ils coupent des arbres qui finissent dans une poubelle.

— Le mien a des racines et je le replanterai dans mon parc.

— Dans ces conditions, vous avez le droit de mettre un sapin dans votre maison.

Daniel lui sourit, et elle sentit qu'un nœud au creux de son ventre se desserrait un peu. Peut-être se sentait-elle agressée face à un homme privilégié et fortuné. Elle détestait les gosses de riches qu'elle avait fréquentés à l'université et qui la prenaient de haut parce qu'elle conduisait une vieille voiture et n'était pas habillée à la dernière mode.

Daniel n'avait rien d'un riche égoïste. Il mettait son argent au service d'une cause altruiste. Son entreprise faisait partie des sociétés qui se souciaient de l'environnement et qui reversaient des millions de dollars pour la préservation des fonds marins. Indépendamment de Project Justice, Daniel était un donateur généreux qui aidait de nombreuses associations caritatives.

Peut-être n'avait-elle pas et n'aurait-elle jamais son train de vie, mais elle n'avait pas le droit de le condamner parce qu'il avait de l'argent.

Condamner. Curieux qu'elle utilise ce mot.

— Peut-être devrions-nous revenir à notre affaire, dit-elle dans l'espoir de canaliser le fil de ses pensées.

— Bonne idée. Nous pouvons travailler ici.

Il la conduisit à une table de bridge, assez grande pour pouvoir y étaler leurs documents. A peine y étaient-ils installés qu'un domestique entra, chargé d'un plateau de hors-d'œuvre, de petites assiettes, de serviettes et de verres à vin.

Comme il s'emparait de la bouteille, Daniel leva la main.

— Pas d'alcool, ce soir, Manuel. Nous travaillons.

— Bien, monsieur.

En voyant ce que le domestique leur avait apporté à grignoter, Jamie en eut l'eau à la bouche. Des châtaignes d'eau drapées de fines tranches de bacon, des champignons au riz sauvage. Du fromage et des petits canapés en pagaille.

— Bien. Alors, Jamie, pouvez-vous me dire à présent pourquoi vous avez souhaité me voir ?

Elle avait presque oublié la raison de sa venue.

— Avant toute chose, j'aimerais que vous me donniez votre parole que vous ne divulguerez pas ce que je m'apprête à vous dire. Que vous n'en parlerez à personne.

— Si cela peut aider à faire libérer Christopher…

— Non, cela ne sera pas le cas.

— D'accord, je vous le promets.

— Très bien, parce que avec cette histoire, vous auriez la possibilité de me faire virer. Je suis venue parce que j'ai envie de découvrir s'il y a bien un lien entre le meurtre de Frank Sissom et celui d'Andreas Musto. Malheureusement, le procureur général estime qu'il n'est pas nécessaire de pousser plus loin les investigations, et même qu'il ne faut surtout pas chercher à creuser la question. Il m'a interdit de vous aider. Pour tout vous dire, il m'a exhortée à mettre tout en œuvre pour vous empêcher de mener à bien cette enquête.

Daniel posa le petit canapé qu'il s'apprêtait à savourer.

— Quelle histoire !

— C'est mon supérieur, et je suis censée suivre ses directives. Mais je ne peux pas laisser tomber. Je ne partage peut-être pas votre certitude quant à l'innocence de Christopher, mais j'ai envie de découvrir ce qui s'est réellement passé. Qui était l'homme que Theresa a vu dans la cuisine ? D'où proviennent ces résidus de métal ? A qui appartient l'ADN découvert sur les vêtements de la victime ?

— Nous n'espérons peut-être pas le même résultat, mais nous souhaitons tous les deux que la vérité éclate et nous pouvons nous aider mutuellement.

— Mais désormais, je ne pourrai plus le faire sur mon temps de travail. Je vous assisterai les soirs et les week-ends. Et ma collaboration devra impérativement rester secrète jusqu'au moment où nous aurons réuni assez de preuves pour déclencher une action qui conduirait, le cas échéant, à l'annulation du jugement de Christopher.

— Bien sûr. Vous pouvez me faire confiance. Je n'ai aucune envie que vous soyez virée, cela ne servirait en rien mes intérêts.

— Et puis-je compter sur la discrétion absolue de vos domestiques ? Jillian, Manuel et… votre chef, Claude ?

— Totalement. Toutes les personnes qui travaillent pour moi sont dignes de confiance, je m'en suis personnellement assuré. Jillian travaillait déjà pour ma famille quand j'étais encore en prison, Manuel a grandi au manoir, son père était le jardinier de mes parents, et je connais Claude depuis la fac. Il faisait partie de mon équipe quand j'ai ouvert mon premier restaurant à la fin de mes études.

Daniel baissa la voix.

— Ce fut un échec monumental. J'ai appris alors qu'un beau diplôme et un chef cuisinier talentueux ne garantissent pas le succès d'un établissement.

— Vous aviez monté une entreprise qui a fait faillite ? s'exclama Jamie, sidérée.

— Mon père aurait pu nous tirer d'affaire, mais il a voulu que j'assume. Pour ne jamais réitérer mes erreurs.

— La leçon a dû être douloureuse. Votre père était un chef d'entreprise légendaire. A-t-il été difficile de lui succéder ?

— Parfois, oui. Il ne vivait que pour sa société. Je crois qu'il a été déçu que je veuille me lancer dans la restauration, mais il m'avait encouragé à concrétiser mon rêve. Il me laissait décider et me soutenait, quoi qu'il advienne. Quand j'ai été arrêté, il n'a jamais douté de mon innocence. Pas un instant. Il n'a jamais cru que j'aurais pu commettre un crime, un meurtre. Mais ces années à se battre pour tenter de m'innocenter ont précipité sa fin. Ma mère aussi a beaucoup souffert de mon incarcération.

Jamie en éprouvait une profonde tristesse.

— Ils sont morts tous les deux dans l'année qui a suivi votre libération, n'est-ce pas ?

— Oui, mon père a été emporté par un infarctus, ma mère par un cancer. Elle était déjà gravement malade à mon retour à la maison qui n'a pas été aussi gai qu'on pourrait le penser.

Jamie comprit soudain que Daniel n'était pas un homme heureux. Il faisait bonne figure en public, mais au fond, il était très solitaire. Peut-être sa fortune avait-elle été un handicap pour lui. Il ne pouvait faire confiance à personne et devait s'assurer que l'intérêt des gens vis-à-vis de lui n'était pas motivé par sa fortune.

— Quoi qu'il en soit, revenons à nos moutons, dit-il, refusant de s'appesantir sur le sujet. J'ai demandé à voir Christopher Gables en prison. Malheureusement, l'heure de visite a été fixée en pleine journée. S'il vous est impossible de vous libérer pour m'accompagner, ce serait regrettable, mais bien sûr, je m'efforcerai d'être souple, vu vos nouvelles contraintes.

— Je pourrais prendre un jour de congé.

Elle s'aventurait sur un terrain dangereux. Si Winston l'apprenait… Mais elle avait quand même le droit de s'accorder un jour de repos, non ?

Pendant l'heure suivante, ils discutèrent de l'entretien qu'ils auraient avec Christopher Gables. Même si cette entrevue ne serait pas une partie de plaisir, Daniel fut heureux d'en parler avec une femme aussi intelligente que Jamie.

Elle avait apporté le compte rendu de l'interrogatoire de Christopher qu'elle avait déjà lu et surligné — elle avait dû y passer la nuit. Ils retinrent quelques déclarations, dressant la liste des questions à lui poser et des éclaircissements à lui demander.

Parfois, Daniel se surprenait à admirer la somptueuse chevelure de Jamie, à avoir envie de lui caresser la joue, de la respirer.

En prison, il avait passé beaucoup de temps à se remémorer les fragrances des femmes. Qu'elles soient adeptes de lotions hydratantes ou de parfums capiteux, leurs effluves étaient bien particuliers, et ne plus pouvoir les respirer lui avait cruellement manqué pendant ses longues années d'incarcération.

Un jour, son imagination lui avait fait défaut, et il s'était rendu compte qu'il n'arrivait plus à se souvenir de leurs parfums. Une panique sans nom s'était alors emparée de lui. Il avait eu peur de perdre sa capacité à penser, peur de devenir fou.

La peau de Jamie sentait-elle la vanille ? Et ses cheveux ?

Goûter son corps serait-il aussi délicieux que la respirer ?

— Ici, il précise qu'il a noté l'heure à laquelle il était rentré chez lui, disait Jamie.

Il s'obligea à reporter son attention sur l'affaire.

— Mais un quart d'heure plus tard, poursuivit-elle, il a déclaré qu'il ne portait pas de montre. Pourquoi cette contradiction ?

— Cela peut s'expliquer de multiples façons. Il a peut-être allumé la télévision au moment où démarrait une émission particulière. Il a pu jeter un coup d'œil sur l'horloge dans sa voiture ou remarquer l'heure inscrite sur son four à micro-ondes ou encore son téléphone portable.

Jamie prit des notes.

— Je veux lui poser la question.

— Nous n'aurons pas beaucoup de temps. Pensez-vous que c'est vraiment important ?

— Oui, parce que je peux découvrir s'il ment.

Ils savaient déjà que Christopher avait menti à certains moments. Même s'il leur donnait une réponse sincère, cela ne signifiait rien en termes de culpabilité ou d'innocence. Mais Daniel ne discuta pas. Jamie était de son côté, avec lui, et il ne voulait rien faire qui puisse remettre cet état de choses en question.

— Nous avons une psychologue qui travaille pour nous à la fondation, Claudia Ellison. La connaissez-vous ?

— Bien sûr, elle est très souvent sollicitée comme experte au tribunal.

— C'est une experte du langage du corps. Elle a visionné les interrogatoires de Gables et est certaine qu'il dit la vérité sur les points importants.

— Je ne suis pas d'accord. Je me souviens avoir pensé en regardant ces vidéos qu'il mentait.

— Mais vous aviez un intérêt évident à ce qu'il soit coupable.

— Raison de plus pour l'interroger.

— Dans un esprit d'ouverture ?

— Oui, Daniel.

Il poussa un soupir.

— Il est 19 heures, Claude a dû servir le dîner. Faisons une pause.

— D'accord. J'en profiterai pour vous lire un passage qui concerne…

Il lui toucha la main pour l'empêcher de se saisir ces papiers.

— Nos cerveaux ont, eux aussi, besoin de se reposer. Si nous avons parlé d'autre chose pendant le repas, nous nous replongerons avec plus d'efficacité dans le dossier ensuite.

— Mais…

— Faites-moi confiance. J'ai étudié la question. Travailler trop ne signifie pas travailler avec efficacité.

Elle se mit à rire. Il adorait ce rire si rare et inattendu.

— Vous parlez comme ces spécialistes à l'air inspiré qui animent des séminaires de développement personnel.

— Exactement. A une époque, j'ai suivi ce genre de formations. C'était après ma remise de diplôme, je voulais me donner toutes les chances de réussir à monter ma boîte. J'ai bien compris les conseils que j'ai reçus à cette occasion.

— Ces séminaires sont-ils vraiment utiles ?

— En tout cas, ils m'ont appris une chose essentielle, dit-il en se levant. Pour relever un défi physique ou intellectuel, il faut prendre soin de votre corps.

— C'est plus facile à faire quand quelqu'un vous mitonne de bons petits plats.

— C'est sûr, mais je n'ai pas toujours eu un cuisinier à mon service. J'ai vécu seul autrefois.

— Tout seul ? Sans domestique, sans assistante ?

— Même si cela vous paraît difficile à croire, oui. Après mes études, j'ai travaillé pour Logan Oil au marketing, et j'ai loué un studio. Je préparais seul mes repas.

— Vous viviez donc normalement ?

— Pas comme maintenant, c'est ce que vous voulez dire ?

Il prit sa main — douce, belle — et la posa sur son bras. Sa mère lui avait appris qu'il fallait offrir le bras aux dames pour les conduire à table.

Elle ne protesta pas, mais eut un petit sourire sec.

— Très galant. Avez-vous suivi des cours de maintien ?

— Les filles suivent des cours de maintien, pas les garçons.

— Vraiment ?

— Ma mère voulait que son fils ait de bonnes manières, et elle me les a apprises.

Daniel l'emmena dans la salle à manger. Comme il fallait s'y attendre, elle en resta bouche bée.

— Seigneur ! Vous pourriez inviter tous les légistes du Texas ici. Où avez-vous trouvé une table de cette taille ? Pas chez IKEA, j'imagine.

Ce fut au tour de Daniel de rire.

— Elle vient d'un château en Espagne.

— Et les lustres ?

Il haussa les épaules.

— Je ne sais pas. Mon père voulait que cette maison ressemble aux somptueuses demeures européennes. Il était prétentieux, je l'admets. Ma mère s'est efforcée de décorer le manoir comme il le souhaitait.

— On se croirait dans un vieux château irlandais. Mais j'espère que nous n'allons pas nous asseoir chacun aux deux extrémités. Il nous faudrait hurler pour nous entendre.

Elle plaisantait, car elle voyait bien que les deux couverts avaient été disposés côte à côte.

Mais Jillian n'avait pas utilisé la bonne porcelaine, remarqua

Daniel. Il avait voulu créer une oasis de confort et de beauté pour oublier un moment l'atmosphère sordide des meurtres dans laquelle ils étaient plongés.

Lorsqu'il déjeunait dans le patio, il se servait d'une vaisselle ordinaire qu'il pouvait casser par inadvertance sans crainte. Il n'y avait pas non plus de set de table.

Cette erreur était surprenante de la part de Jillian. Normalement, elle veillait scrupuleusement à respecter ses desiderata, anticipant ses désirs et besoins sans qu'il ait besoin de les exprimer. Peut-être était-ce Manuel ou Cora qui avait mis le couvert et avait mal compris ses attentes.

— Vous froncez les sourcils.

— Ce n'est rien.

Il ne voulait pas évoquer sa contrariété pour ne pas que Jamie le prenne pour un riche snob vivant sur une autre planète.

Il lui offrit un siège et alluma les chandeliers avant de s'asseoir près d'elle. La lumière des bougies la rendait plus belle encore.

— Prenez-vous toujours vos repas ici ?

— Souvent, oui. Quand mes parents étaient encore en vie, ils tenaient aux dîners formels. Ils s'habillaient pour cette occasion. Ma mère aurait été incapable de se mettre à table sans une jolie robe et des bijoux.

— Daniel, ne croyez pas que je veuille vous critiquer, mais votre vie est vraiment étrange. Vous passez votre temps au sous-sol, à regarder des programmes de télévision et à étudier les données que vos équipes vous font parvenir. Le soir, vous dînez ici. Vous ne quittez jamais le manoir.

— L'autre jour, je suis sorti pour aller vous voir.

— Mais vous n'êtes pas sorti de votre voiture. Ce n'est pas normal pour quelqu'un d'aussi fortuné.

Il refusait d'en discuter, elle le jugeait sur ce qu'elle voyait. Il savait qu'il ne se comportait pas comme le commun des mortels. Il préférait se dire qu'il vivait comme il voulait quand les autres n'avaient pas le choix.

Mais Jamie le prenait pour un excentrique.

Il en fut ennuyé. Il n'avait pas envie qu'elle le considère ainsi. Pourtant, il aurait dû se moquer de son opinion. Jamie McNair n'était qu'un moyen pour arriver à ses fins. Il se servait d'elle pour faire libérer un homme.

Mais il lui était impossible de la considérer comme une adversaire. Il la voyait comme une femme ravissante, pleine de vie, à qui il aimerait faire l'amour.

A une époque, les conquêtes féminines lui étaient faciles, et il croyait que le célibat était son choix depuis sa sortie de prison. En réalité, il n'avait pas tenté de séduire une femme depuis sa libération. Même si dans sa cellule, il se promettait de faire l'amour des jours durant dès sa sortie, le fait est qu'il n'avait plus envie de sexe ni d'amour romantique.

Sa libido avait choisi le plus mauvais moment pour se réveiller.

Pour la première fois, il croyait qu'il avait la possibilité de trouver l'homme qui lui avait fait porter le chapeau pour son crime. Quand il l'aurait démasqué, il le lui ferait payer. Et Jamie cesserait alors de lui trouver le moindre charme. Elle aurait envie de le jeter en prison.

6

Jamie se força à se détendre. Puisqu'un milliardaire avait l'intention de lui offrir un autre excellent repas, pourquoi protester ? Comme il le lui avait fait remarquer, elle devait se restaurer.

Elle avait l'impression d'être dans le décor d'un film consacré aux Tudors ou aux Bourbons. Certes, les assiettes étaient ordinaires, mais les chandeliers semblaient sortir tout droit d'un musée.

La porte de la salle à manger s'ouvrit et un homme en tenue de cuisinier entra, poussant un chariot garni de saladiers aux mystérieux contenus. Agé d'une trentaine d'années, il avait des cheveux blonds coupés très court sous sa toque, et un visage rond au teint rouge.

— Claude ? s'exclama Daniel, surpris. Qu'est-ce qui vous sort de votre cuisine ?

Voilà donc le fameux Claude qui concoctait des dîners somptueux, songea Jamie.

— J'ai entendu dire que vous aviez une invitée, répondit-il avec un merveilleux accent français. Et je voulais m'assurer que tout était parfait.

Il promena les yeux sur la table et fronça les sourcils.

— D'où sortent ces assiettes ?

— Un malentendu, répondit Daniel d'un ton qui sous-entendait qu'il ne souhaitait pas poursuivre sur le sujet. Quel est le souci ?

— Il n'est pas question de servir mon bœuf bourguignon

dans des assiettes aussi ordinaires. Ce serait une hérésie. Je vais tout de suite les remplacer par celles qui…

— Non, Claude, c'est vraiment inutile, intervint Jamie. Celles-ci sont très bien. Nous avons beaucoup de travail à faire, ce soir, et…

— Je vous présente Jamie McNair, mon associée.

Son associée ? Pourquoi pas, après tout, pensa-t-elle.

— Je suis ravi de faire votre connaissance, mademoiselle. Je vous apporte une salade de ma composition, poursuivit-il. Je vous présente mes excuses pour la table qui a été dressée en dépit du bon sens. Une jolie femme ne devrait dîner que dans de la porcelaine de Chine.

Jamie fut charmée.

— Je vous assure que celle-ci va très bien. J'ai l'habitude de faire réchauffer des plats au four à micro-ondes.

Claude parut effondré.

— Des plats réchauffés au micro-ondes ? Seigneur !

Il entreprit d'aiguiser ses couteaux, puis coupa rapidement une gousse d'ail. Avec la grâce d'un jongleur, il leur présenta des œufs, des anchois, de la sauce vinaigrette, de la moutarde, de l'huile d'olive. Jamie se détendit enfin. Les difficultés de la journée, son conflit avec Winston, ses doutes croissants sur le jugement rendu au cours du procès de Gables s'éloignèrent.

Elle applaudit, tandis que Claude lui servait sa salade et y ajoutait un peu de parmesan et des croûtons grillés.

Ce fut un festin de roi. Le bœuf était si tendre qu'elle avait à peine besoin de son couteau, le riz pilaf délicieusement aromatisé. Même les petits pois à la française, qu'elle n'appréciait pas en général, lui parurent un régal.

Comme Manuel débarrassait la table, Jillian apparut, vêtue d'un pantalon de cuir moulant et d'un corsage de soie. Elle salua Jamie d'un bref mouvement de tête avant de se tourner vers son patron.

— Je travaille sur la soirée de Noël de l'entreprise, et je pensais que ce serait une bonne chose qu'elle ait lieu ici.

— Quelle idée !

— Nous avons toute la place nécessaire, et Claude préparera le buffet. Cela coûtera moins cher.

— Je me moque de…

Il s'interrompit, pour ne pas dire devant Jamie qu'il se moquait du prix de cette réception.

— Pourquoi ne pas l'organiser à l'hôtel Windsor comme d'habitude ?

— Leur grande salle est déjà réservée, et il est impossible de changer la date. Nous avons prévenu tout le monde que cette réception se tiendrait le 3 décembre.

Et pourquoi Jillian venait-elle l'embêter sur le sujet à 8 heures du soir ? se demanda Jamie. Cette question ne réclamait nullement qu'une solution soit trouvée dans l'heure. Mais Jamie pensait avoir compris.

— Il n'est pas possible de convier tous nos invités ici. Cela poserait des problèmes de sécurité sans nom.

— Daniel, il s'agit de votre personnel. Vous les connaissez, ne leur faites-vous pas confiance ?

— J'ai confiance en eux. Mais je ne connais pas leurs épouses, leurs enfants…

— Nous les soumettrons au détecteur de métaux, répliqua Jillian d'un ton pragmatique. Avant et après la soirée, de manière à nous assurer qu'ils ne partent pas avec l'argenterie.

— Nous verrons plus tard, Jillian. Je n'ai pas envie de me soucier de cette question maintenant. Je travaille sur un important dossier.

— Oh ! je croyais que vous étiez en train de dîner.

— C'est un repas de travail. Nous reprendrons cette discussion plus tard.

Il la congédiait, ce qu'elle n'appréciait manifestement pas, se dit Jamie. Jillian quitta la pièce, non sans lancer un regard empreint d'hostilité à l'invitée de Daniel.

Pour le dessert, le chef leur servit une fine tranche de gâteau nappé de crème vanille et agrémenté de framboises.

Jamie eut envie d'en reprendre, mais craignait d'avoir du mal à garder l'esprit vif si elle avait l'estomac trop chargé.

Elle finit son assiette, réprimant avec difficulté un gémissement de plaisir, et posa ses couverts.

— Vous n'aimez pas ? s'enquit Daniel.

— Au contraire ! Mais je vais éclater. Daniel, êtes-vous conscient que votre assistante est amoureuse de vous ?

Daniel faillit s'étrangler.

— Pardon ?

— Jillian est amoureuse de vous.

Daniel prit une gorgée d'eau pour tenter de recouvrer une contenance.

— C'est ridicule. Je la considère comme une petite sœur. Je la connais depuis qu'elle est gamine. Quand elle était lycéenne, elle travaillait pour ma mère l'été, pour se faire de l'argent de poche.

— Peut-être la prenez-vous pour une petite sœur, mais elle, elle ne vous voit pas du tout comme un grand frère, répliqua Jamie, amusée. Au début, je me suis demandé pourquoi je lui déplaisais à ce point.

— Vous ne lui déplaisez pas, j'en suis certain. Elle ne vous connaît pas.

— Elle sait que je suis une femme libre, qui passe beaucoup de temps avec vous. Invitez-vous souvent des filles d'Eve à venir ici ?

— Ce n'est pas exceptionnel. Je convie souvent l'équipe de direction de Logan Oil, j'y organise des réunions…

— Partagez-vous souvent vos repas en tête à tête avec une femme ?

— Pratiquement jamais, c'est vrai.

— Jillian se sent menacée. Même si nous savons, vous et moi, que vous ne vous intéressez à moi que dans une optique professionnelle, elle craint qu'il y ait autre chose.

— En êtes-vous certaine ?

Si Jamie avait vu juste, il se retrouvait confronté à un vrai problème.

— Sûre et certaine. Elle fait déjà pour vous ce que toute épouse fait pour son mari. Elle dirige votre maison, organise votre emploi du temps, s'occupe de satisfaire vos besoins. Je parie qu'elle se charge de vous acheter vos vêtements.

Bon sang, elle avait raison.

— Elle ne fait pas *tout* ce que fait une épouse, remarqua-t-il.

— Non, mais elle le voudrait. Elle a envie d'organiser la soirée de Noël de l'entreprise ici, parce qu'elle pourra alors apparaître comme la maîtresse de maison, la reine-mère. Elle est certainement persuadée que si elle parvient à vous séduire, vous lui passerez la bague au doigt.

— Depuis quand nourrit-elle un béguin pour moi ?

La question était rhétorique, mais Jamie y répondit pourtant.

— Probablement depuis qu'elle vous connaît. Réfléchissez-y. Elle est jeune, impressionnable, vous êtes plus âgé, rassurant, l'héritier d'un empire. Elle doit vous considérer depuis toujours comme un héros. Quand vous étiez en prison, elle vous a attendu.

— Elle était alors à l'université, objecta-t-il.

— Et vous écrivait toutes les semaines, non ?

— C'est vrai. Elle fait partie de rares personnes à l'avoir fait. Sa loyauté m'avait touché.

— Lui répondiez-vous ?

— Oui, je n'avais rien d'autre à faire. Ses lettres me réchauffaient le cœur, et il aurait été grossier de ma part de les laisser sans réponse.

— Elle l'a perçu comme un lien entre vous, un secret que vous partagiez. Vous incarniez un personnage romantique. Et à votre retour, elle a sans doute décidé de tout faire pour vous faire oublier l'horreur que vous aviez vécue. L'avez- vous embauchée d'entrée comme votre assistante ?

— Oui.

— A-t-elle fréquenté un petit ami depuis toutes ces années ?

— Non, je ne crois pas. Jamie, vous me faites passer un interrogatoire.

Elle était penchée vers lui et elle recula brusquement.

— Désolée, c'est une mauvaise habitude qui explique sans doute que mes relations ne durent pas.

Daniel enregistra l'information, se promettant d'y réfléchir plus tard. Dans l'immédiat, il avait à résoudre un problème plus pressant.

— Si vous avez raison, je suis très mal. Que vais-je bien pouvoir faire ?

— Si vous ne partagez pas ses sentiments…

— Evidemment, je ne les partage pas. Je l'aime beaucoup et j'ai confiance en elle, mais…

— Alors, vous devriez lui parler, lui dire qu'il n'y a aucune chance que vous tombiez amoureux d'elle. Vous ne pouvez la laisser se consumer pour vous.

Il pesa le conseil de Jamie.

— Ou alors, je lui confie un autre poste à Logan Oil ou même à Project Justice. Je la muterai et lui louerai un appartement. Quand elle ne me verra plus en permanence, elle rencontrera d'autres hommes, nourrira d'autres intérêts…

— Ce serait assez lâche de votre part.

— Je n'ai jamais prétendu être courageux. Mon Dieu, comment vais-je me débrouiller sans elle ?

— Elle s'est arrangée pour se rendre indispensable. Maintenant, vous dépendez d'elle. Couper les liens sera une bonne chose pour vous deux.

Il était contrarié que Jamie perçoive si bien les choses. Elle était très observatrice. Comment savait-elle tout ça ?

Quand Manuel entra pour prendre leurs assiettes, Daniel se rendit compte qu'il avait oublié la raison de la venue de Jamie. Il était temps de se replonger dans le dossier.

— Merci, Manuel. Dites-moi, à votre avis, Jillian est-elle amoureuse de moi ?

Il espérait que son domestique allait répondre par la négative avant d'éclater de rire, mais l'homme détourna les yeux en se mordillant les lèvres.

— Ce n'est pas à moi de le dire, monsieur. Vous nous répétez toujours que vous détestez les ragots, d'ailleurs.

Sur ces paroles définitives, il sortit de la pièce, les mains chargées de plats vides.

— Je vais la muter dès le 1er janvier, après la soirée de Noël. Elle aime tellement organiser les fêtes que je ne peux pas la priver de ce plaisir. Maintenant, remettons-nous au travail.

— Je suis prête.

Ils travaillèrent jusqu'à minuit, dressant la liste des questions à poser à Christopher. La manière dont chacun envisageait cet entretien révélait leurs différences de vues. Une fois d'accord pour que les questions amicales de Daniel viennent en premier et celles plus agressives de Jamie ensuite, ils progressèrent rapidement.

Mais à la fin, Jamie s'avoua vaincue.

— Je dois être au tribunal aux aurores demain. Même si ces meurtres me fascinent, j'exerce un métier.

— Je comprends. Nous avons bien avancé. Demain, vous enverrez les résidus de métal au laboratoire Prak Tech ?

— Oui.

Elle tenta d'imaginer comment le faire sans que Winston s'en aperçoive. Heureusement, il y avait peu de chance qu'il l'apprenne. Il était trop occupé à soigner l'image qu'il donnait en public, à vérifier que son nœud de cravate était parfait, pour s'intéresser au reste.

— Bien, je vous raccompagne.

Daniel avait les manières d'un gentleman. Sa courtoisie était peut-être un peu archaïque à une époque où l'égalité des sexes était la norme. Mais elle se surprenait à en être charmée, même si elle ne pouvait s'empêcher de se demander s'il lui passait de la pommade, s'il ne cherchait pas à la manipuler pour obtenir d'elle toujours davantage.

— Demain, j'essaierai de récupérer les vêtements avec les traces des ADN inconnus, découvertes pour les deux affaires, et de les leur envoyer pour des comparaisons. Je vais aussi soumettre une nouvelle fois ces ADN à la banque de données. A l'époque, aucun ne correspondait à ceux du fichier, mais celui-ci s'enrichit chaque année.

— Excellente idée. Et vous tenterez de vous libérer mercredi, n'est-ce pas ?

Toute la soirée, elle lui avait dit qu'elle préférait réfléchir avant de s'engager sur ce point. Elle n'avait jamais manqué une journée de travail de sa vie et encore moins pour braver une interdiction d'un supérieur.

Mais elle n'aurait pas préparé aussi bien cette entrevue avec Gables si elle n'avait pas eu l'intention de s'y rendre.

— Oui. Comment nous rendrons-nous à Wichita Falls ? C'est loin.

— Par avion, bien sûr.

Bien sûr. Quand l'argent n'était pas un problème, prendre l'avion était la meilleure solution.

— Je paierai mon billet.

Elle ne voulait pas lui être redevable et se mettre en position de devoir rembourser cette dette d'une façon ou d'une autre.

— Très bien, je vous enverrai la facture.

A son grand sourire, elle devina qu'il n'en ferait rien.

C'était drôle, il y a quelques jours encore, elle ne se serait jamais imaginée prendre l'avion pour se rendre dans une ville inconnue avec Daniel sans le dire à quiconque. Mais plus elle passait du temps avec lui, plus il lui était difficile de le considérer comme un assassin. Si son père avait eu la possibilité de connaître Daniel, l'aurait-il fait condamner ?

Daniel l'aida à mettre sa veste avant d'ouvrir la porte du manoir pour l'accompagner jusqu'à sa guimbarde qui faisait encore plus minable que d'habitude au milieu de ce décor somptueux. De nuit, l'endroit était magnifique, elle devait le reconnaître. Joliment éclairée, la fontaine de pierre au centre de la cour gargouillait doucement.

Dans d'autres circonstances, elle aurait trouvé l'endroit particulièrement romantique. Un homme, une femme, seuls…

Il s'agit d'une affaire professionnelle, ne l'oublie pas.

— Jamie, merci d'être venue et… merci pour tout. Je sais que vous prenez beaucoup de risques pour moi et cela me touche.

— Ce n'est pas pour vous.

— Pour Christopher alors.

— Et pour moi. Si je me suis trompée au procès… cela ébranle ma foi dans tout le système judiciaire de notre pays.

— Le système judiciaire n'est pas parfait parce qu'il repose sur des hommes et des femmes qui ne le sont pas. L'erreur est humaine. Ce n'est pas une raison pour douter de vous ou pour penser que vous ne faites pas bien votre travail.

Il avait tort, cela remettrait tout en cause. Elle s'accrochait toujours à l'éventualité que Christopher soit responsable des deux meurtres, mais elle préféra garder le silence.

Pour le moment, elle avait besoin de rentrer chez elle et de recouvrer ses esprits. Passer tant de temps dans cet univers de conte de fées finissait par la perturber.

Elle ouvrit sa voiture, s'installa à l'intérieur, mit la clé dans le contact et la tourna. Mais… rien ne se produisit. Le moteur semblait mort.

— Oh ! non, ce n'est pas le moment ! grommela-t-elle.

Elle n'avait aucune envie d'être en panne ici et à cette heure-ci. La situation promettait d'être embarrassante.

Comme elle rouvrait sa portière, Daniel, qui s'éloignait déjà, revint sur ses pas.

— Il y a un problème ?

— Ma batterie est à plat. Je vais appeler mon assurance. Ils peuvent contacter un dépanneur vingt-quatre heures sur vingt-quatre. Quelqu'un viendra me dépanner. Pourrez-vous lui ouvrir ? Je vais l'attendre.

— Il n'en est pas question. Il est tard, et vous avez besoin de vous reposer. J'ai une chambre d'amis à votre disposition et demain matin, votre voiture sera en état de marche. Je demanderai à Randall de s'en occuper.

Comme il devait être agréable d'être riche ! Cette fois, pourtant, elle n'eut pas envie de se moquer de son train de vie.

Elle fit une dernière tentative.

— Ne vous sentez pas obligé de m'aider, je peux me débrouiller.

— Ecoutez, je ne vais pas vous laisser dans ce froid à attendre un dépanneur hypothétique. Je ne pourrais pas dormir. Et moi aussi, j'ai besoin de me reposer. Acceptez, cela simplifiera les choses pour tout le monde.

— D'accord. Merci, dit-elle à contrecœur.

Elle détestait dépendre de lui.

Et si c'était lui qui avait trafiqué sa voiture pour qu'elle ne marche plus ? Maintenant, il allait l'attirer par la ruse dans sa chambre et l'obliger à devenir son esclave sexuelle.

En se rendant compte qu'un tel destin ne la contrarierait pas autant qu'elle l'aurait pensé, elle serra les dents. Daniel la troublait, indéniablement.

Quand Jamie se réveilla, le lendemain matin, elle eut l'impression d'être une princesse de conte de fées. La chambre était royale, tapissée de satin bleu, le lit immense.

Même si elle n'avait aucune envie d'affronter cette journée, elle s'obligea à se lever et se dirigea vers la salle de bains.

Celle-ci était équipée d'une grande cabine de douche et d'une baignoire assez large pour que deux personnes puissent s'y prélasser. Elle ne put s'empêcher de s'imaginer avec Daniel, nus dans un bain moussant.

Bon sang, il lui fallait se concentrer très vite sur des sujets plus sérieux. Elle décida de prendre une douche froide pour se calmer.

Mais quand elle tourna les robinets, la pomme de douche ne s'ouvrit pas. Fronçant les sourcils, elle actionna ceux de la baignoire et l'eau jaillit. D'accord, elle prendrait donc un bain. Elle renversa des billes de bain moussant dans l'eau, provoquant des montagnes de bulles dans lesquelles elle se plongea avec délice.

Un poste de télévision était accroché au-dessus de la baignoire. Parfait, elle allait la regarder tout en se prélassant dans l'eau. La télécommande étant posée au-dessus du lavabo, elle sortit de son bain pour s'en emparer. Elle s'apprêtait à regagner la baignoire quand le poste de télévision se décrocha soudain de son socle et tomba dans l'eau en éclaboussant la pièce. Il y eut des étincelles. Jamie sentit l'air se charger d'électricité. Tout s'éteignit.

Le cœur battant à tout rompre, Jamie s'écroula sur le sol. Ses jambes ne la portaient plus.

Elle venait d'échapper de justesse à une électrocution.

Très vite, la colère se substitua à la peur. Fallait-il être stupide pour accrocher un poste de télévision au-dessus d'une baignoire ! Daniel aurait pu au moins veiller à la sécurité de l'installation, à ce que le poste soit solidement fixé !

D'une main tremblante, elle coupa l'eau, enfila un peignoir et s'apprêta à sortir de la suite pour aller trouver Daniel et lui faire part de sa fureur.

Ce ne fut pas nécessaire. Comme elle ouvrait la porte de la salle de bains, Daniel se précipitait dans sa chambre en criant son nom, Tucker sur les talons.

— Jamie, Dieu merci, vous n'avez rien. La sécurité m'a signalé un énorme court-circuit dans cette partie du manoir. Je vous ai appelée plusieurs fois mais vous ne répondiez pas.

A la grande consternation de Jamie, il la prit dans ses bras et l'embrassa. Alors qu'elle n'était vêtue en tout et pour tout que d'un peignoir !

La colère reprit brutalement le dessus, et elle s'écarta.

— Daniel, j'ai failli mourir. Le poste de télévision… s'est décroché et est tombé dans la baignoire.

— Quoi ?

Il se dégagea doucement et l'obligea à s'asseoir sur le lit. Elle resserra plus étroitement les pans de son peignoir contre elle.

— Je prenais un bain. A un moment, j'ai voulu aller chercher la télécommande et je suis sortie de l'eau.

Daniel se rendit dans la salle de bains et jura copieusement.

— Comment cela a-t-il pu se produire ? La télévision n'aurait jamais dû se décrocher. J'en ai une dans ma salle de bains et un bûcheron ne parviendrait pas à l'arracher.

Tucker posa sa tête sur les genoux de Jamie et la regarda comme pour s'assurer qu'elle allait vraiment bien. Elle le caressa distraitement.

Livide, Daniel sortit de la salle de bains.

— Jamie, je suis désolé. Quand j'ai fait installer ces postes, l'entreprise m'avait assuré qu'il n'y avait aucun danger, qu'il était même possible de les toucher les mains mouillées.

— Vous devriez les contacter. Et les poursuivre en justice.

Il lui sourit.

— Cela me rassure que vous envisagiez cette possibilité. Cela prouve que vous allez bien.

— Je vais bien, dit-elle en prenant son téléphone portable. Je dois m'habiller et partir travailler, à présent.

— Le petit déjeuner vous attend.

— Je n'ai pas le temps. Je dois faire un crochet chez moi pour me changer. Et qu'en est-il de ma voiture ? ajouta-t-elle soudain.

— Elle est en état de reprendre la route. Un câble était détaché, ce n'était rien. Et regardez dans les placards et la commode. Vous devriez y trouver tout ce dont vous avez besoin pour vous changer.

Bien sûr.

Dès qu'il quitta la pièce, l'électricité se remit en marche. Jamie n'avait pas l'intention de s'approcher de nouveau de la baignoire. Elle fit un brin de toilette dans le lavabo avant d'ouvrir le placard où elle trouva en effet un tailleur élégant qui lui allait à la perfection.

Surprenant. En tout cas, elle avait du coup le temps de prendre son petit déjeuner. Qu'elle ait envie de partager ce repas avec Daniel la surprenait davantage encore.

C'était la deuxième fois qu'il embrassait spontanément Jamie McNair. Pourtant, il n'avait jamais été très porté sur les effusions.

Tout en se dirigeant vers l'escalier, Tucker sur les talons,

Daniel s'interrogeait sur le sens de son comportement actuel. La première fois, il l'avait embrassée par gratitude. Cette fois, le soulagement intense qui l'avait submergé en la voyant saine et sauve l'avait poussé à la prendre dans ses bras.

Ayant passé beaucoup de temps avec elle ces derniers jours, il se sentait très proche d'elle. Mais au point de se comporter avec elle de façon aussi insensée ?

Jillian le rejoignit dans une pièce ensoleillée où serait servi le petit déjeuner. Les plantes vertes et ses baies vitrées comme les tomettes anciennes qui couvraient le sol rendaient cette pièce particulièrement chaleureuse et agréable aux yeux de Daniel.

Avec son cachemire bleu et son pantalon noir, Jillian tranchait un peu dans le décor.

— Daniel, que se passe-t-il ? Un court-circuit ?

— Un poste de télévision est tombé dans la baignoire. Jamie a failli en mourir. Jillian, appelez tout de suite la société qui nous avait installé ces appareils et…

— Attendez… Jamie McNair est ici ?

Elle blêmit.

— Elle a eu un problème de voiture et n'a pu rentrer chez elle hier soir. Il était plus simple de l'inviter à passer la nuit au manoir.

— Hier soir, sa voiture était en panne et, ce matin, elle frôle la mort. Ne me dites pas que vous ne voyez pas à quoi rime toute cette comédie !

— Jillian, dit-il fermement.

— Daniel, je sais que cette femme vous a tapé dans l'œil, mais avez-vous perdu la raison ? Elle a dû saboter elle-même sa voiture puis démonter le poste de télévision pour le faire tomber. C'est évident. Ils ne se sont jamais décrochés.

— Celui-ci s'est pourtant descellé. Et vous avez tort d'insinuer que Jamie en est responsable.

Cela dit, maintenant qu'il y pensait, il lui semblait étrange de ne pas avoir soupçonné un instant Jamie de s'être livrée à une mise en scène.

Elle aurait facilement pu retirer un câble de sa batterie. Mais dans ce cas, il le verrait sur les caméras de surveillance. Et si elle lui avait tendu un piège pour lui reprocher ensuite de l'avoir mise en danger de mort, afin de le forcer à renoncer à s'intéresser à l'affaire Gables ?

— Vous voyez bien que j'ai raison ! s'exclama Jillian, une note de triomphe dans la voix.

Il refusa d'abonder dans son sens.

— Appelez-les, je m'occupe de Jamie. Et mettez Tucker dehors.

Comme elle sortait de la pièce en traînant le chien derrière elle, il prit le téléphone pour contacter le responsable de la sécurité.

— Doug ?

— Brandon, monsieur.

— D'accord. J'aimerais que vous visionniez une vidéo. Hier soir, j'ai reçu une invitée qui est venue à bord d'une Subaru bleue. Merci de vérifier qu'elle n'a pas ouvert le capot en arrivant et de regarder également si quelqu'un s'est approché de sa voiture pendant qu'elle était à l'intérieur, ajouta-t-il après un instant de réflexion.

— D'accord, je m'en occupe, monsieur.

— Tenez-moi au courant dès que vous aurez les réponses.

Il serait heureux de prouver à Jillian qu'elle se trompait.

Pourquoi n'avait-il pas soupçonné un instant Jamie, envisagé l'hypothèse d'un coup monté ? s'interrogea-t-il. L'idée que Jamie ait pu avoir des arrière-pensées ne l'avait pas effleuré avant que Jillian évoque cette possibilité.

Une idée terrible s'empara soudain de lui. Et si Jillian était responsable de tout ? Jamie prétendait que la jeune femme était amoureuse de lui. Pouvait-elle être jalouse de Jamie au point d'avoir envie de se débarrasser d'elle ?

Non. D'abord, elle n'y connaissait rien en moteurs, et il ne l'imaginait pas davantage démonter un poste de télévision. Il la connaissait bien. Elle savait se montrer têtue et elle aimait prendre tout en charge, mais elle n'était pas sournoise et encore moins criminelle.

Il s'agissait d'une succession de hasards malheureux, voilà tout.

7

Quelques instants plus tard, Jamie retrouva Daniel dans la petite salle à manger. Manifestement, elle avait trouvé des vêtements qui lui allaient dans le placard parce que, la veille, elle ne portait pas de tailleur gris ni de corsage rose. La jupe courte lui moulait si joliment les fesses que Daniel dut faire un effort pour en détacher son regard.

— Vous êtes très belle, dit-il.

— Merci. Mon salaire de procureur ne me permettrait pas de m'offrir ce genre de tenue, mais je suis contente d'être ainsi vêtue. Je les ferai nettoyer et vous les rapporterai dès que possible.

D'un geste, il repoussa ses scrupules.

— Gardez-les. Cet ensemble vous va très bien.

— Je n'ai pas le droit d'accepter de cadeaux de mes électeurs. Je vais déjà avoir du mal à expliquer à mes collègues pourquoi j'arbore un tailleur de si belle qualité.

En effet, l'ensemble sortait de chez un grand couturier. Lui le savait, mais serait-ce le cas des personnes avec qui elle travaillait ? Il en doutait.

Cora arriva, poussant une table roulante chargée d'œufs brouillés, de toasts, de bacon et de saucisses, de fruits frais ainsi que de café.

Jamie regarda le tout avec une expression troublée.

— Je n'ai pas l'habitude de prendre de petit déjeuner.

— Mais c'est une terrible erreur.

— J'ai toujours entendu dire qu'il ne fallait jamais sauter de repas, mais quand je suis trop pressée par le temps…

Elle prit un fruit, un yaourt et un toast.

Il mit la même chose dans son assiette.

— Avez-vous décidé pour demain ?

— Oui, maintenant que j'ai préparé à fond cet entretien, je tiens à me rendre à Wichita Falls. Je prendrai un jour de congé.

— Parfait.

Une vague de plaisir le submergea à l'idée de passer une journée entière avec Jamie. Puis il se rappela où ils allaient et sa joie diminua. Lorsqu'il était sorti de cette prison, six ans plus tôt, il avait été à mille lieues d'imaginer qu'un jour il voudrait y revenir, même en simple visite.

— Je passerai vous chercher, demain, à 7 heures.

Comme le téléphone de Daniel retentissait, elle l'encouragea d'un geste de la tête à prendre l'appel.

— Allez-y, répondez.

— Brandon ?

— Oui, monsieur. A son arrivée, votre invitée s'est rendue directement au manoir sans ouvrir le capot de sa voiture et personne ne s'est approché de son véhicule pendant qu'elle se trouvait à l'intérieur.

Daniel sentit s'envoler le poids qui lui était tombé sur les épaules.

— Merci, mon Dieu.

— Pardon ?

— Merci, Brandon.

Le lendemain matin, comme Jamie cherchait dans son armoire une tenue chic pour aller à la prison, son regard tomba sur le tailleur gris et le corsage rose qu'elle avait pendus avec soin la veille au soir en se promettant de les déposer bientôt chez le teinturier.

Cet ensemble lui avait créé beaucoup d'ennuis. Elle savait qu'il était de bonne étoffe, mais elle n'avait pas fait attention à la marque. Elle ignorait que ce tailleur sortait des mains d'un grand couturier et coûtait les yeux de la tête. En général, elle achetait des vêtements d'occasion ou en grandes surfaces. Elle choisissait toujours des tenues strictes, professionnelles, bon marché, dans lesquelles elle se sentait à l'aise.

Dès qu'elle était entrée dans son bureau, ses collègues avaient repéré sa nouvelle tenue, et l'une d'elles lui avait demandé comment elle avait pu s'offrir un tailleur de chez Tonio Cucci.

Elle n'avait pas osé faire allusion à Daniel. Mise sur la sellette, elle avait finalement raconté qu'une de ses amies lui avait prêté cet ensemble. Puis, dès qu'elle avait été seule, elle avait tapé le nom de Tonio Cucci sur son moteur de recherche et avait appris que son tailleur valait plus de mille dollars.

Daniel achetait donc des tenues à plus de mille dollars pour les laisser dans une chambre d'amis, au cas où une de ses invitées en aurait besoin ?

Elle ne parvenait pas à concevoir un homme riche à ce point. Elle-même se contentait de disposer des brosses à dents dans sa chambre d'amis — où elle ne recevait que rarement quelqu'un, d'ailleurs. Mais une ribambelle de vêtements de grands couturiers de tailles différentes, non.

C'était de la folie.

L'autre soir, elle avait été la proie d'une douce euphorie chaque fois que Daniel lui avait effleuré le bras par inadvertance ou qu'il défendait avec passion son point de vue.

Elle ne le considérait plus comme un meurtrier ayant obtenu une remise de peine grâce à ses relations. Maintenant, elle le voyait comme un homme avec lequel elle avait d'ailleurs beaucoup en commun. Quelqu'un avec qui elle pouvait parler des heures durant, quelqu'un qui la stimulait.

Quelqu'un à propos duquel il lui arrivait de nourrir de douces rêveries. Elle imaginait qu'ils pourraient devenir amis, peut-être un peu plus. Une fois l'affaire Christopher Gables terminée, peut-être pourraient-ils envisager d'aller au cinéma tous les deux… ?

Jouer au polo ?

Arrête, Jamie, s'intima-t-elle.

Daniel Logan n'était pas un homme pour elle, il évoluait dans un monde totalement différent du sien, comme le prouvait ce tailleur. Quand ils auraient fini de s'occuper de Christopher Gables, ils n'auraient plus rien en commun.

Et surtout, quand ils en auraient terminé avec cette affaire, l'un d'eux serait très déçu du résultat. Si Project Justice réussissait à faire libérer Gables, elle aurait alors le sentiment que le système judiciaire dont elle faisait partie n'avait pas bien fonctionné. Si, en revanche, elle parvenait à prouver que Christopher était impliqué dans le meurtre d'Andreas Musto, Daniel ne serait pas uniquement déçu, il en serait très affecté.

L'heure tournait, et Jamie prit rapidement une décision. Elle enfila un pantalon noir, une veste beige, un corsage et des escarpins à petits talons. Un jour, au cours de sa carrière, elle avait commis l'erreur de porter une jupe en prison. Quand elle avait traversé la cour, elle avait eu droit à tant de huées et de sifflements — sans parler des propos salaces — qu'elle avait eu envie de s'enfuir en courant.

Elle se surprit à se demander ce que Daniel penserait de sa tenue, avant de se reprendre immédiatement. Avait-elle vraiment envie de ressembler à ces femmes pathétiques qui envoyaient des lettres d'amour à Daniel et faisaient le pied de grue devant sa propriété dans l'espoir de l'apercevoir ?

Elle prit son attaché-case et son magnétophone avant de décider à la dernière minute d'enfiler un manteau. Wichita Falls se trouvait plus au nord, et il y faisait sans doute déjà froid.

Comme elle poussait la porte de son immeuble, une somptueuse Bentley noire se garait devant chez elle. Combien Daniel possédait-il de voitures ?

Pas de chance, sa voisine Frances sortit à cet instant précis de chez elle pour prendre son courrier. Elle s'arrêta et loucha sur la Bentley.

Jamie retint un gémissement. Pourquoi ne roulait-il pas

dans une berline ordinaire ? Pourquoi fallait-il que tout ce qu'il ait ou fasse ait ce caractère de démesure ?

— Cette limousine de rêve vient te chercher, Jamie ? s'enquit Frances, sidérée.

Quelle explication allait-elle donner ?

— Euh, oui. Je consacre bénévolement une partie de mon temps à une fondation caritative, et cette voiture appartient au type qui la dirige.

C'était la stricte vérité.

— Je sens que je vais commencer à m'intéresser au bénévolat, dit Frances.

Jamie n'avait pas le temps de s'inquiéter de ce que pensait sa voisine. Un homme en uniforme sortait déjà de l'habitacle.

— Bonjour, madame, dit-il avec un sourire amical. Je suis Randall, votre chauffeur.

— Si cela ne vous ennuie pas, je préfère m'asseoir devant, avec vous.

Elle n'était pas du genre à s'installer sur la banquette arrière comme une princesse.

— Comme il vous plaira, dit-il en lui ouvrant la portière avant.

— Je suis capable d'ouvrir une portière, vous savez.

— Je n'en doute pas, assura-t-il. Mais mon travail consiste à le faire pour vous. Vous n'avez pas envie que je perde mon job, n'est-ce pas ?

Levant les yeux au ciel, elle prit place à l'intérieur.

Un instant plus tard, Randall s'installa au volant et démarra.

— Depuis combien de temps travaillez-vous pour Daniel ? demanda-t-elle.

— Très longtemps. J'ai commencé quand il était étudiant.

— Est-il un patron agréable ?

— C'est un homme formidable. Comme l'était son père. Les Logan sont des gens bien. La plupart des personnes qui travaillent pour lui travaillaient déjà pour lui avant son… incident.

— Avant son arrestation.

— Evidemment, pendant ces années-là, je n'avais pas à conduire Daniel quelque part ni à assurer sa protection, mais son père m'avait confié d'autres responsabilités. Il était certain qu'un jour, son fils serait libéré. Tout le monde partageait cette certitude. Nous savions tous qu'il avait été condamné par erreur, qu'il n'aurait jamais commis un tel crime.

— Et vous ne vous trompiez pas.

En tout cas, Daniel avait bien été libéré.

— Non, madame.

— A quel aéroport nous rendons-nous ? demanda soudain Jamie.

Elle n'avait pas pensé à se renseigner sur ce point.

— Le jet de M. Logan stationne dans un aéroport privé au nord de la ville.

— Il possède un jet privé ?

— L'appareil appartient à Logan Oil, mais Daniel y recourt chaque fois qu'il en a besoin.

— Le pilote-t-il lui-même ?

— Il a une licence de pilote. Mais il laisse les commandes du jet à un professionnel.

Ils allaient à Wichita Falls à bord d'un jet privé…

Malgré elle, Jamie ne put réprimer un frisson d'excitation à l'idée qu'elle, Jamie McNair, une pauvre fille qui achetait ses vêtements d'occasion, qui n'avait jamais d'argent pour sortir au cinéma avec ses amis, se trouvait dans une Bentley pour se rendre dans un aéroport privé d'où elle prendrait un jet privé pour voyager avec un multimilliardaire.

Et elle n'avait personne à qui le dire !

Une fois qu'elle saurait si Christopher était coupable ou innocent, elle serait peut-être forcée de parler publiquement de sa collaboration avec Project Justice. Mais en attendant, personne ne devait être au courant si elle voulait garder son gagne-pain.

Ce qu'elle faisait n'était pas contraire à l'éthique de sa profession. Elle avait pris un jour de congé, et elle n'avait pas précisé à quoi elle occuperait cette journée. Mais si Chubb apprenait qu'elle n'avait pas envoyé promener Daniel comme il l'avait priée de le faire, il risquait l'apoplexie !

Le petit aéroport se trouvait aux portes de la ville. Sur le tarmac les attendait un avion rutilant portant le logo de la société Logan Oil.

Randall se gara près de l'appareil.

— Je vous ouvre la portière, dit-il.

Elle le laissa faire. Pour une fois, elle pouvait jouer à la princesse. Personne ne la verrait, mis à part le personnel de Daniel, et elle ne doutait pas de leur discrétion.

Un petit escalier permettait d'accéder à l'intérieur de l'avion. Randall l'escorta jusqu'au pied de l'appareil et resta à son poste jusqu'à ce qu'elle soit à bord.

Seigneur !

La cabine sentait le neuf et le cuir. L'endroit était si bien conçu et confortable qu'elle aurait pu se croire dans le salon d'une maison luxueuse. Un canapé et des fauteuils entouraient des tables de toutes tailles en noyer. Les meubles étaient bien sûr cloués au sol. D'épais rideaux étaient accrochés aux hublots.

Le regard de Jamie se posa enfin sur Daniel, assis au centre comme un roi sur son trône.

Il se leva pour la saluer.

— La journée est belle, le vol devrait être agréable.

La gorge de Jamie devint sèche. Elle avait cru avoir fait preuve d'élégance en s'habillant de son tailleur d'occasion mais le costume que Daniel portait… Il était très simple, mais, dans un sens, lui donnait l'air du milliardaire qu'il était.

— Pourquoi ne voyageons-nous pas sur un vol commercial ? demanda-t-elle.

— Parce que je ne vole jamais à bord d'appareils ordinaires, répondit-il avec aisance, même si une lueur dans son regard trahissait une certaine gêne. Pour des raisons de sécurité. Vu mes responsabilités à Logan Oil, ma vie est assurée et ma compagnie d'assurances a posé des conditions strictes.

— Pourtant, statistiquement, voyager en jet privé est plus risqué qu'en avion de ligne.

— Oui, mais les personnes que j'accepte à bord ne sont pas des inconnus et ont dû toutes montrer patte blanche. Beaucoup de gens ne m'apprécient pas, vous savez. D'anciens salariés dont j'ai dû me séparer, des écologistes forcenés et tous ceux qui critiquent les efforts de Project Justice. Faites-moi confiance, un jet privé est plus sûr et en plus, plus confortable. Asseyez-vous.

— Où ?

— Où vous voulez, il n'y a pas de place assignée sur Logan Air.

Elle s'installa dans un fauteuil, ayant encore du mal à croire que ce luxueux salon prendrait bientôt son envol.

— Bonjour, Randall, dit Daniel comme son chauffeur montait à bord.

— Bonjour, monsieur.

— Randall vient avec nous ?

— Randall n'est pas uniquement un merveilleux chauffeur, il est avant tout le meilleur garde du corps du monde. Il a longtemps travaillé pour les services secrets, il était chargé de la protection du président. Si le président de notre pays lui faisait confiance pour veiller sur lui, je suppose que je peux à mon tour lui confier ma vie.

Du coin de l'œil, Jamie observa Randall avec curiosité. Curieusement, il semblait assez banal et totalement inoffensif avec son visage de chérubin et ses yeux pétillants d'humour.

Mais elle savait qu'il ne fallait pas se fier aux apparences. Au cours de sa carrière, elle avait rencontré des tueurs qui ressemblaient à de gentils gamins, mais qui avaient déjà du sang sur les mains.

— Je suis sûr que vous serez heureuse d'apprendre que j'ai résolu le mystère de la chute du poste de télévision. L'entreprise qui avait installé ces postes s'est précipitée chez moi lorsque je leur ai raconté les événements. Apparemment, le ciment qu'ils avaient utilisé n'a pas bien pris. En tout cas, ils reconnaissent l'entière responsabilité de l'accident. C'est assez rare à notre époque pour être souligné. Ils vont vous adresser sous peu une lettre d'excuse et vous offrir un poste de télévision en dédommagement.

— Vraiment ? Vous n'allez donc pas les poursuivre en justice ?

— Non. Et vous ?

Elle secoua la tête.

— Malgré mon métier, je ne suis pas procédurière. Je passe tellement de temps au tribunal, je n'ai pas envie d'en rajouter.

— J'espère ne jamais avoir à revoir l'intérieur d'un tribunal de ma vie.

Bientôt, le jet décolla, et Cora, la charmante jeune femme qui leur avait servi le petit déjeuner au manoir, la veille, vint leur proposer du café et des viennoiseries.

Comme Jamie n'avait pas eu le temps de se restaurer en se levant, elle fut heureuse de se régaler. Comme elle s'y attendait, ce fut excellent. Mais pour la première fois depuis qu'elle le connaissait, Daniel ne parut pas s'intéresser à la nourriture.

— Avez-vous pris un copieux petit déjeuner, ce matin ? s'enquit Jamie.

— Euh, non, mais je suis incapable d'avaler quoi que ce soit pour le moment.

— Comment cela ? Vous m'avez longuement sermonnée sur le rapport entre bonne alimentation et efficacité intellectuelle.

— Oui, mais cela ne marche pas si vous avez un poids sur l'estomac.

Elle regretta aussitôt sa légèreté.

— Pardonnez-moi, Daniel. Je ne voulais pas me moquer de vous. Avez-vous peur en avion ?

La probabilité était faible, puisqu'il avait une licence de pilote.

— Je ne me sens pas à l'aise, aujourd'hui. Savez-vous que c'est la première fois que je quitte Houston depuis trois ans ?

— Vraiment ? Puisque vous avez un jet à votre disposition et des moyens illimités, j'aurais pensé que vous en auriez profité pour sillonner le monde. A votre place, en tout cas, c'est ce que je ferais.

— Aimez-vous voyager ?

— J'ai rarement eu l'occasion de le faire. Mais si j'avais une fortune personnelle, je pense que je partirais aux quatre coins du monde.

— Je l'ai longtemps fait, répondit Daniel qui semblait se détendre en discutant. Mais avec l'âge, cela m'amuse moins.

— Vous n'aimez plus débarquer dans des endroits inconnus, aller à l'hôtel, vivre avec une valise à la main ?

— Je me suis un peu lassé de dépenser mon argent de cette manière. J'ai toujours su que, comme mon père, je me consacrerais à un métier passionnant et utile pour les autres.

— Est-ce la raison pour laquelle vous aviez ouvert un restaurant ?

— Servir des plats sains et équilibrés à un prix raisonnable pour que tout le monde puisse se nourrir correctement me semblait une noble cause. J'avais de grandes idées sur ce que je voulais accomplir, les changements que j'instaurerais dans le monde grâce à mon argent.

— Vous opérez des changements dans le monde, remarqua-t-elle. Je suis procureur, et je devrais vous détester, mais si je suis objective, je dois bien reconnaître que vous corrigez certaines erreurs que commettent des gens de ma profession.

— Donc, vous ne me détestez pas ?

— Bien sûr que non. Je ne suis toujours pas convaincue d'avoir tort à propos de la culpabilité de Christopher Gables, mais je garde l'esprit ouvert.

— Peu de procureurs font preuve d'ouverture d'esprit. Vous êtes formidable, Jamie McNair.

Elle se sentit bêtement flattée qu'il approuve son comportement. Par automatisme, elle se demanda s'il la caressait dans le sens du poil pour tenter de la manipuler. Mais elle finit par décider de prendre son compliment pour ce qu'il était.

— Vous n'êtes pas mal non plus, Daniel Logan.

Quand il lui décocha un grand sourire chaleureux, elle ne put s'empêcher de le lui rendre. Elle avait presque envie de rire. Elle avait trouvé un ami à l'endroit le plus improbable, et ses rêveries sur l'éventualité de nouer des relations plus intimes encore avec lui reprirent vie.

Comme le jet amorçait sa descente, ils firent un dernier point sur la conduite de l'interrogatoire, mais Jamie sentit que Daniel n'avait pas l'esprit à ça, et, bientôt, ils laissèrent le silence s'installer entre eux. Plus ils se rapprochaient de Wichita Falls, plus Daniel devenait tendu. Il finit par se lever pour arpenter la cabine, nerveux comme un lion en cage.

Elle n'avait pas l'habitude de le voir ainsi. Il lui semblait si maîtrisé en général.

— Ça ne va pas ?

— Si, si, tout va bien, répondit-il avec brusquerie.

D'accord.

Ils finirent par atterrir sur un petit aéroport. L'endroit était réduit au strict minimum, une piste goudronnée et un baraquement. A peine l'avion posé, une limousine vint se garer à côté.

Randall ouvrit l'appareil et descendit l'escalier. Il était vraiment l'homme à tout faire de Daniel. Il sortit le premier pour s'assurer que tout allait bien. Ce n'est que lorsqu'il cria que la voie était libre que Daniel consentit à se lever.

— Les dames d'abord, dit-il.

Sa galanterie la fit sourire. Elle avait si rarement été traitée avec le respect dû aux femmes.

Comme elle arrivait au bas de l'escalier, Daniel lui offrit le bras. A ce contact, l'électricité qui passa entre eux faillit la renverser à terre. Fort heureusement, elle parvint à recouvrer son équilibre sans lui laisser deviner son émoi.

Elle appréciait beaucoup son côté protecteur. Personne

ne s'était jamais soucié d'elle à ce point, personne ne l'avait jamais traitée comme une petite fleur fragile.

— Merci, dit-elle, comme il lui tenait toujours la main.

Il finit par rompre leur contact.

Randall les aida à prendre place dans la limousine louée pour l'occasion. Jamie s'assit, son attaché-case sur les genoux, comme un bouclier susceptible de la protéger de l'attirance qu'exerçait sur elle cet homme hors du commun. Elle aurait voulu réussir à s'extraire du trouble dans lequel il la plongeait et qui l'épuisait.

— Il n'y a rien ici, murmura-t-elle, tandis que la voiture démarrait.

Daniel n'avait toujours pas l'air en grande forme. Livide, il regardait par la vitre. Jamie commençait à s'inquiéter à son sujet.

— Etes-vous sûr que ça va ? insista-t-elle.

— Oui, oui.

Pourtant, le ton de sa voix prouvait le contraire.

Très vite, ils arrivèrent aux abords de la prison de James T. Conklin Unit. Dressée au milieu d'immenses terrains agricoles labourés, sans même un arbre à l'horizon, elle semblait sinistre. Une route conduisait à plusieurs bâtiments récents lugubres et gris.

Conklin accueillait les condamnés à mort du Texas depuis une quinzaine d'années. La sécurité était maximale, l'endroit jouissait d'une bonne réputation, mais Jamie ne se sentait pas très à l'aise quand ils en franchirent les portes.

Randall s'arrêta devant la cahute d'un garde avec qui il échangea quelques mots à mi-voix. Ils étaient attendus, et une femme en uniforme les invita à la suivre. Un autre garde les escorta jusqu'au bâtiment qui abritait la cellule de Christopher.

Les visites aux condamnés à mort devaient être rares, vu le déploiement du personnel de la prison pour l'occasion.

Randall lui ouvrit la portière en premier, elle fut donc la

première à s'adresser au gardien. Son nom était inscrit sur son uniforme, Bill Palusky.

— Bonjour, lui dit-elle. Je suis Jamie McNair.

— Vous êtes procureur à Houston, non ?

— Oui, mais je ne suis pas en service aujourd'hui. Merci de nous recevoir.

— Ce n'est pas tous les jours que Daniel Logan nous rend visite, répliqua l'homme d'un ton jovial en lui serrant la main.

Il regardait derrière elle Randall aider Daniel à sortir.

Finalement, Daniel apparut avec un pâle sourire et salua le gardien d'une voix inaudible.

— Par ici, leur dit Palusky.

Des parterres de fleurs ornaient le pied des bâtiments, pâle tentative pour égayer l'endroit lugubre.

Au cours de sa carrière, lorsqu'elle était parvenue à faire condamner un criminel à une peine de prison, Jamie avait toujours eu le sentiment d'avoir réussi à empêcher une personne dangereuse de sévir dans les rues. Mais elle s'était toujours efforcée de ne pas imaginer la vie des détenus derrière les barreaux et ce qu'il advenait d'eux par la suite.

Tout en les guidant vers le bâtiment, Bill leur parlait avec effusion de cette prison où il était employé depuis sa construction. Son comportement chaleureux et gai offrait un contraste radical avec ce qui les entourait. Jamie se demanda si cet effort n'était pas indispensable pour ne pas déprimer totalement dans un tel cadre.

Elle remarqua que Daniel et Randall discutaient à voix basse à l'écart. Mal à l'aise, le gardien s'arrêta et se tourna vers eux.

— Je suis désolé, monsieur Logan, mais le règlement demande aux visiteurs de rester groupés.

Quand Daniel s'arrêta et releva la tête, Jamie comprit qu'il était malade. Son visage avait pris une teinte verdâtre.

Affolée, elle se précipita vers lui.

— Daniel ! Qu'est-ce qui ne va pas ?

— Accordez-moi un instant…

Il ferma les yeux et déglutit plusieurs fois avec peine.

Jamie se tourna vers Randall, mais le chauffeur était totalement focalisé sur son patron.

— Ça va aller, Daniel ?

Daniel secoua légèrement la tête.

— Je suis désolé, Jamie.

8

Soudain, Jamie prit conscience de ce qui se passait et se reprocha immédiatement son manque de présence d'esprit. Ils se trouvaient dans la prison où Daniel avait été incarcéré. Il se sentait évidemment très mal à l'idée de revenir dans cet endroit où il avait passé six horribles années de sa vie, attendant son exécution.

Livide, Daniel secoua de nouveau la tête.

— C'est à cause de… l'odeur, dit-il.

— Vous n'avez pas à vous justifier, répondit-elle, très professionnelle. Nous allons reporter cet entretien.

— Non, Jamie. Je ne veux pas que Christopher nous attende en vain parce que je suis… malade. Nous ne savons même pas quand son exécution est programmée. Peut-être est-elle imminente. Je vais y arriver.

Randall, qui s'était discrètement emparé du poignet de Daniel pour prendre son pouls, semblait grave.

— Cela ne me paraît pas une bonne idée, patron. Votre cœur bat si vite que vous risquez de vous trouver mal.

— Je vais interroger seule Christopher, décida soudain Jamie. Nous avons tellement préparé cette entrevue qu'il n'y aura aucun problème. Je sais quels renseignements vous cherchez à obtenir, quelles questions lui poser, je me débrouillerai. J'ai eu plusieurs fois l'occasion d'interroger des détenus.

Tant pis s'ils avaient passé des heures à se dire que mener cet interrogatoire à deux créerait une dynamique, chacun complétant l'autre. Elle ne voulait pas être responsable si Daniel faisait un malaise.

— Allez-y, dit-elle à Randall. Je m'occupe du reste.

Daniel poussa un juron, mais il ne résista pas quand Randall l'entraîna.

— Attendez ! Vous ne pouvez pas…

Palusky, qui avait perdu toute jovialité, sortit un talkie-walkie de sa poche pour contacter un collègue. Quelques instants plus tard, un garde apparut.

— Escorte M. Logan et son chauffeur jusqu'à leur voiture, ordonna Palusky. Assure-toi qu'il va bien.

Il se tourna ensuite vers Jamie.

— Les choses ne se passent pas comme prévu, dit-il.

— Daniel ne pouvait prévoir sa réaction, je suis désolée. Il ne s'est pas senti bien de la matinée. Mais j'aimerais quand même voir M. Gables.

L'homme hocha la tête.

— Je vais vous y conduire.

Il la guida jusqu'à une pièce plutôt étrange. Grande comme une penderie, elle était séparée en deux par une cloison de verre épais. Deux chaises et une table étaient installées d'un côté. L'autre partie était meublée d'un simple tabouret. Une grille de métal encastrée dans la paroi vitrée permettait aux détenus de s'entretenir avec leurs visiteurs.

Elle attendit quelques instants, puis un bruit de l'autre côté de la cloison l'avertit de l'arrivée de Christopher. Elle s'apprêtait à le saluer, mais il prit les devants, agressif.

— Que venez-vous faire ici ?

— Bonjour, monsieur Gables. Je suis Jamie McNair et…

— Je sais très bien qui vous êtes !

— Je ne suis pas ici en tant que procureur, se hâta-t-elle de préciser. Je travaille avec Project Justice sur votre…

— Vraiment ? *Vous* collaborez avec Project Justice, *vous*, la garce qui m'a saqué et envoyé dans cet enfer ?

Préoccupée par l'état de Daniel, Jamie n'avait pas pensé

que Christopher Gables risquait de mal réagir en la voyant elle, et elle seule, de l'autre côté de la cloison.

— Je vous en prie, monsieur Gables. Si vous voulez bien m'écouter…

— Où est Daniel Logan ? Je refuse de vous parler. Il était censé être là.

Gables avait l'air très mal. A l'époque de son procès, il avait de beaux cheveux blonds et un visage poupin. Maintenant, son crâne était rasé, ses joues creuses, son corps amaigri.

— Malheureusement, M. Logan a été retenu. Pouvons-nous commencer ?

— Il est hors de question que je vous parle. Vous êtes le diable.

Il frappa la grille de son poing, et Jamie bondit en arrière, le cœur battant.

— Si vous, vous êtes associée à mon dernier espoir, alors je n'ai plus qu'à mettre mes affaires en ordre, parce que je ne vais plus tarder à rejoindre le Créateur.

— Ecoutez-moi, Christopher. Les choses ont changé. J'ai découvert de nouvelles preuves, je ne suis plus certaine de votre culpabilité. Réfléchissez à l'impact qu'aurait votre ancien procureur clamant votre innocence.

Cependant, elle n'en était pas arrivée à ce stade, loin de là. A regarder ce qu'était devenu Christopher, il était facile de l'imaginer en tueur. Son regard avait une lueur hallucinée, et il lui manquait une dent.

— Laissez tomber, je ne marche pas. Vous posez des questions pièges, vous faites dire aux accusés le contraire de ce qu'ils veulent dire, et les gens croient les histoires que vous leur racontez. Vous êtes ici pour vous assurer qu'on va bien m'exécuter.

Il lui tourna le dos, pressa un bouton et, bientôt, un garde apparut. Christopher lui tendit les bras pour que l'homme lui passe les menottes.

— Christopher, je vous en prie, ne partez pas ! Je dois vous parler.

Mais il l'ignora.

Le garde la regarda, haussa les épaules et entraîna son prisonnier hors de la pièce.

Jamie éprouva soudain le désir ardent de s'en aller au plus vite, de quitter cet endroit qui suintait le désespoir. Mais elle était enfermée, la porte était verrouillée. Et si personne ne venait lui ouvrir ? La chercher ?

Pendant un moment de pure folie, elle comprit la peur de Daniel. Elle se rendit compte brutalement qu'elle était entre les mains des gardiens de la prison, qu'ils avaient tout pouvoir sur elle. Personne ne la savait ici, Daniel et son personnel mis à part. Et si elle disparaissait, personne n'aurait l'idée de la chercher ici.

En proie à une panique folle, elle appuya à répétition sur un bouton.

La porte s'ouvrit, et Palusky surgit.

— Que s'est-il passé ?

Elle inspira plusieurs fois pour tenter de se calmer.

— Il a refusé de me parler. Pas sans Daniel.

— Je suis désolé que vous soyez venue de si loin pour rien. Peut-être pourrez-vous reprogrammer cet interrogatoire quand… euh, M. Logan se sentira mieux.

— Bien sûr.

Mais Jamie se doutait que ce ne serait pas simple. Daniel serait peut-être obligé de transmettre le dossier à un de ses collaborateurs qui pourrait rencontrer Gables en tête à tête.

Seul Gables détenait les réponses dont elle avait besoin. Mais rien ni personne ne l'obligeait à parler à quiconque s'il ne le voulait pas. Ils ne pouvaient l'y forcer, faire pression sur lui, et comme il avait manifestement perdu tout espoir de s'en tirer…

Palusky l'escorta jusqu'au parking, mais la limousine n'était nulle part en vue. Que se passait-il ? Daniel ne l'aurait jamais laissée en plan ici. Elle se rendit compte soudain que son téléphone portable était éteint — elle ne voulait pas risquer d'être dérangée pendant l'interrogatoire. Elle l'alluma et s'aperçut que Daniel lui avait envoyé un SMS, court et gentil.

« La voiture revient vous chercher bientôt. »

— Ils arrivent, dit-elle au garde. Vous n'avez pas besoin de l'attendre avec moi.

Palusky secoua la tête.

— Pardonnez-moi, mais je préfère rester. Toute cette visite a été tellement étrange.

Il voulait sans doute s'assurer qu'elle allait bien quitter le site et qu'aucun d'eux trois ne tenterait de faire passer des armes aux détenus ou de les aider à se faire la belle. Elle pouvait difficilement lui reprocher sa méfiance.

Un quart d'heure plus tard, la limousine réapparut. Jamie fut soulagée de voir Randall au volant.

— Je suis désolé de vous avoir fait attendre, madame. Etes-vous prête à partir ? ajouta-t-il en lui ouvrant la portière.

Elle hocha la tête et s'engouffra à l'intérieur. Elle ne fut pas surprise de ne pas trouver Daniel assis sur la banquette. Dès que le chauffeur démarra, elle fit descendre la vitre de séparation.

— Daniel va bien ?

— Il nous attend à l'aéroport.

— Vous ne m'avez pas répondu…

— « Bien » est peut-être beaucoup dire.

Ce qui signifiait qu'il n'allait pas bien.

— Je suis désolée, je vous ai sans doute paru très détachée avec lui tout à l'heure.

— Le comportement de Daniel est parfois pénible, même pour les plus patients.

Elle ne l'avait pas trouvé pénible, mais terrifiant.

— L'interrogatoire s'est-il bien déroulé ? Il n'a pas duré très longtemps.

— « Bien » est sans doute beaucoup dire.

Même si elle faisait confiance à Randall, elle préférait d'abord raconter le fiasco à Daniel.

Quand la voiture s'arrêta au pied de l'avion, elle n'attendit pas que Randall lui ouvre la portière. Elle sortit de l'habitacle et grimpa à la hâte l'escalier.

Daniel arpentait la cabine. Lorsqu'il la vit, il consulta sa montre avant de reporter les yeux sur elle.

— Que s'est-il passé, bon sang ? Vous n'êtes pas censée être déjà de retour !

Etait-ce un reproche ? Elle releva la tête, surprise de la colère qu'elle sentait monter en elle.

— Il s'est passé que Christopher Gables a refusé de me parler. C'est vous qu'il attendait et il est tombé sur moi, la femme qui l'a jeté en prison et fait condamner à mort.

— Lui avez-vous expliqué que…

— J'ai essayé, mais il n'a pas voulu m'écouter.

Elle posa son attaché-case dans un coin.

— Nous n'avons donc rien ?

— Nous n'avons rien.

Elle se laissa choir sur le canapé, totalement découragée.

— J'ai risqué mon poste, ma carrière, tout ça pour me faire insulter et menacer par un type qui ne veut de l'aide de personne !

Daniel secoua la tête.

— Je le craignais.

— Que voulez-vous dire ?

— D'après le gardien, cet entretien n'enchantait pas Christopher. Il disait qu'il avait été trop souvent roulé dans la farine, que chaque fois qu'il s'était remis à espérer, il avait été cruellement déçu ensuite et qu'il ne croyait plus que quiconque puisse lui venir en aide.

— Et vous n'avez pas songé à me prévenir ?

Il se frotta les tempes, comme pour soulager une migraine.

— J'espérais réussir à l'amadouer, à le convaincre de…

— Vous pensiez qu'il serait tellement impressionné de recevoir la visite d'un milliardaire qu'il oublierait son hostilité.

— Oui, plus ou moins. J'ai fait capoter l'affaire avec mon malaise, non ? ajouta-t-il en la regardant en face.

— Nous n'aurons sans doute pas d'autres occasions de

parler avec Gables. Même le gardien semblait embêté pour nous quand je suis partie.

— Il faut beaucoup de temps et d'efforts pour approcher un prisonnier en isolement.

— En isolement ?

— Les détenus du couloir de la mort sont toujours isolés des autres prisonniers. Vous l'ignoriez ?

— Je ne me suis jamais interrogée sur la question, je l'avoue.

— Contrairement à moi.

Bon sang ! Elle se focalisait tellement sur les événements de la matinée et l'échec de leur visite qu'elle en avait oublié ce que Daniel devait éprouver. Elle savait qu'elle n'était jamais particulièrement chaleureuse, mais cette fois, elle faisait preuve d'une insensibilité inégalée.

Randall choisit ce moment pour entrer dans l'appareil dont il referma la porte.

— Nous rentrons à la maison ?

Daniel hocha la tête.

— Nous n'avons plus rien à faire ici, c'est certain.

Devinant l'humeur sombre de son patron, Randall se dirigea vers le cockpit où l'ambiance serait sans doute plus chaleureuse.

Daniel passa derrière un petit bar installé dans un coin de la cabine.

— Aimeriez-vous boire quelque chose ? J'ai à bord une bouteille d'un whisky écossais de trente ans d'âge.

— Il doit valoir dix mille dollars au moins ?

Il haussa les épaules.

— Je n'en sais rien. Il est bon, voilà tout.

Jamie consulta sa montre. Il n'était même pas midi. Elle n'aimait pas le whisky, mais celui-ci était un des meilleurs au monde.

— Une goutte alors, pour oublier nos malheurs.

Daniel remplit deux verres de glace avant d'y verser la boisson demandée et d'y ajouter de l'eau gazeuse.

Il avait retiré sa veste et sa cravate, ouvert le haut de sa chemise et retroussé ses manches. Pourtant, Jamie n'avait pas si chaud dans l'appareil. En le regardant s'activer, elle sentit son irritation s'envoler. Daniel était vraiment un très bel homme. Elle avait presque l'impression de contempler un tableau dans un musée. Sauf qu'il parlait, bougeait et souffrait.

Elle voyait la douleur assombrir son regard et peser sur chacun de ses gestes. Peut-être sa souffrance avait-elle toujours été là, et qu'elle n'en prenait conscience qu'à cet instant même. Peut-être laissait-il tomber le masque et pouvait-elle enfin deviner ce qu'il éprouvait.

Il prit une gorgée du breuvage pour le goûter, hocha la tête d'un air satisfait et lui tendit un verre.

— Monsieur Logan, nous sommes prêts à décoller, annonça le pilote.

Daniel s'assit à côté de Jamie et tous deux attachèrent leur ceinture. Quand Daniel leva son verre, elle l'imita.

— Je n'arrive pas à imaginer à quoi nous pourrions porter un toast, dit-il. J'ai peut-être fait perdre la vie à un homme.

Jamie reposa son verre.

— Non, ce n'est pas votre faute.

— Qui est à blâmer, à votre avis ?

— D'abord, ce n'était qu'une étape du processus. Il s'agit d'un revers, mais il n'est pas définitif. De toute façon, je ne suis pas certaine que Gables nous aurait dit quelque chose d'utile.

— Je tenais à ce que vous assistiez à cet entretien pour être à même de juger de sa sincérité. Maintenant, votre opinion sur lui doit être pire.

— Je ne laisse pas tomber l'affaire, Daniel.

— Vraiment ? s'exclama-t-il d'un air surpris. Je comprendrais que vous le fassiez.

— Rien de ce qui s'est passé ici n'a permis de répondre aux questions que je me pose à propos de ces crimes.

— Alors peut-être ai-je bien un toast à porter, après tout.

Il avala une gorgée de whisky, et elle se sentit obligée de

l'imiter, consciente qu'elle avait dans son verre un breuvage de grande valeur.

Quelle horreur ! Elle réussit de justesse à ne pas recracher sur le tapis. Il lui brûlait si fort la gorge qu'elle en eut les larmes aux yeux.

— Vous n'aimez pas ?

— Je n'ai pas l'habitude de boire de l'alcool, et celui-ci est très fort, dit-elle en reposant son verre.

— Ne vous inquiétez pas, je le boirai.

— Daniel, que s'est-il passé dans cette prison ?

— Mis à part le fait que je me suis comporté comme un imbécile et ai failli me trouver mal sur le parking ? Pas grand-chose.

— Je *sais* qu'il s'est passé quelque chose. J'étais là. Avez-vous été victime d'un flash-back ? Un stress post-traumatique ?

— Pourquoi ce soudain intérêt pour mes états d'âme ?

— Je ne vous interroge pas poussée par une curiosité morbide. J'ai besoin de savoir. Vous souvenez-vous du jour où nous avons fait connaissance ? Vous m'avez dit que vous vous efforciez toujours de connaître les personnes avec qui vous travaillez. Il en est de même pour moi. Si nous devons poursuivre notre collaboration, j'ai besoin de comprendre ce qui se passe. Je ne veux pas vous mettre dans une autre situation qui…

— Jamie, nous n'allons pas poursuivre notre collaboration. Comme vous avez pu le constater, je suis incapable de m'occuper d'une affaire de cette importance tout seul. Je vais repasser le dossier à Ford ou à Raleigh. J'aurais dû le faire dès le départ, mais je croyais que…

— Vous avez cru que cette affaire présentait tant de similitudes avec la vôtre que vous seriez plus efficace qu'un autre.

— Exactement. Mais je me trompais. Je sais enquêter et conseiller, parce que je peux le faire de chez moi, en sécurité. Mais je ne suis pas… Je suis fini, Jamie.

Elle mourait d'envie de lui dire que non, qu'il n'était pas fini. Tous les gens avaient des phobies, des cauchemars, des passés douloureux. Mais les problèmes de Daniel étaient sans doute plus sombres que la moyenne.

Jamie n'avait ni paroles de sagesse à lui délivrer, ni conseils, ni mots de réconfort. Elle n'avait que sa compassion à lui offrir, et elle n'aimait pas ce sentiment.

Pourtant, elle éprouvait quelque chose pour lui. Elle avait vu l'homme intelligent et drôle dont il donnait l'image en privé, son côté passionné, entier, attentionné. Et maintenant, elle mesurait sa douleur.

Comme l'avion accélérait pour décoller, elle posa la main sur le bras de Daniel. Il se tendit comme s'il ne voulait pas de son soutien.

Mais il ne l'écarta pas.

— Je n'ai pas la possibilité d'imaginer l'horreur que vous viviez, mais j'aimerais vous aider.

— J'ai consulté les meilleurs thérapeutes, et ils ne sont arrivés à rien. Que pourriez-vous faire de plus ?

Je pourrais être avec vous, je pourrais vous aimer.

Cette pensée la traversa, à sa grande surprise. L'aimer ?

Non, certainement pas. Sa mère lui avait donné l'exemple à ne pas suivre, et Jamie avait retenu la leçon. Il ne fallait pas tomber amoureuse d'un homme blessé, imaginer que l'amour allait le guérir.

Tous les amants de sa mère — et elle en avait connu beaucoup — avaient eu besoin d'aide. Ils étaient alcooliques ou drogués, paumés, au chômage, désespérés.

Elle n'allait pas tomber dans ce piège. Même si Daniel l'attirait beaucoup, même s'il y avait indéniablement une forte alchimie entre eux, il n'était pas question pour elle de s'aventurer dans cette direction.

Heureusement, elle n'avait rien dit.

Mais il y avait quelque chose qu'elle pouvait faire pour lui.

— Vous avez raison, je n'ai pas la possibilité d'effacer les dégâts causés par six ans dans le couloir de la mort. Mais cela ne veut pas dire que je laisse tomber, que je renonce à poursuivre cette enquête. Je n'ai pas envie que vous confiiez le dossier à un associé, je n'ai pas envie de tout recommencer avec quelqu'un d'autre. Nous pouvons avancer avec ou sans la coopération de Gables.

— Le souhaitez-vous vraiment ?

— Je ne vous le proposerais pas si je ne le souhaitais pas. Je ne suis pas gentille.

Il lui sourit.

— Je vous trouve adorable, au contraire.

La main de Jamie était toujours sur lui et il la couvrit de la sienne avant de lui caresser le bras. Elle sentit un courant passer entre eux, et un long frisson la parcourut.

Son cœur battait à tout rompre dans sa poitrine. Elle était incapable de rompre le charme, de s'écarter. Il la fixait, l'hypnotisait, la clouait à son siège, elle avait l'impression d'être une statue de sel attendant que quelque chose la fasse revenir à la vie.

Ce quelque chose fut un baiser.

Ce baiser fut si spontané, si naturel, qu'elle ne put faire autrement qu'y répondre.

Lorsque Daniel captura sa bouche, une kyrielle de sensations alluma la moindre fibre de son corps. Il ne faisait que la caresser de ses lèvres, mais elle eut l'impression d'une renaissance. Sentir ses doigts contre ses joues, la chaleur de sa peau, la bouleversa.

Elle le désirait. Elle avait beau se répéter que ce serait une erreur, une complication inutile, qu'elle était procureur et lui à la tête d'une association qui cherchait à remettre en cause la justice… elle le désirait.

Un instant, il parut hésiter, comme si sa raison tentait d'empêcher ce moment de folie.

Puis, il l'embrassa de nouveau. Sa bouche était chaude, exigeante, passionnée.

Elle eut envie de lutter contre le désir qui la submergeait comme une lame de fond, mais il était plus facile de s'abandonner, de vivre le moment, de partager l'intimité que lui offrait cet homme si complexe et si vivant.

Elle rejeta la tête en arrière tandis qu'il prenait la direction des opérations. Du pouce, il lui caressait la nuque, et un long frisson la parcourut.

Quand leurs langues entamèrent une danse sensuelle, elle sentit le goût de whisky.

Jamie entendit alors du bruit dans son dos.

— Excusez-moi.

Daniel recula brusquement, et Jamie aperçut Cora qui repartait vers la cabine de pilotage.

Elle réprima un rire nerveux mais le visage de Daniel était impénétrable. Qu'éprouvait-il ? De l'agacement ? Du soulagement ? De la gêne ?

— Pourquoi ai-je l'impression d'avoir quinze ans et d'avoir été surprise à embrasser un garçon à l'arrière d'une voiture ?

— Peut-être parce que nous avons fait quelque chose d'aussi bête.

Il s'empara de son verre et le vida d'un trait.

Bête ? Elle aurait plutôt qualifié ce qui venait de se passer de tremblement de terre. Elle ignorait qu'un simple baiser puisse la bouleverser à ce point, mais visiblement, pour Daniel, il ne signifiait rien.

Sans doute les femmes se jetaient-elles en permanence à son cou. S'était-elle comportée ainsi ? Non, mais elle n'avait pas non plus tenté de l'empêcher de l'embrasser.

Elle éprouvait maintenant une réelle gêne. Elle devinait qu'elle ne pourrait plus se retrouver en sa compagnie sans repenser à ce baiser.

— Peut-être, avança-t-elle avec prudence, vaudrait-il mieux désormais que je poursuive l'affaire avec un de vos collaborateurs.

9

Daniel se leva et reprit son va-et-vient.

— Jamie, je vous présente mes excuses. J'ai totalement dérapé.

Comment avait-il pu perdre ainsi la maîtrise de ses actes ? La vie d'un homme était en jeu, et s'impliquer personnellement avec le procureur qui avait instruit l'affaire pourrait remettre en cause la fragile collaboration qu'ils avaient trouvée.

— Ça va, Daniel. Je suis aussi coupable que vous.

Elle sortit un petit miroir de son sac et se mit en devoir de réparer les dégâts qu'il avait faits à son rouge à lèvres. Elle n'osait pas le regarder.

Il devait avoir une tête impossible, lui aussi. Comme il prenait une serviette en papier pour s'essuyer le visage, il s'aperçut qu'il avait des traces de rouge à lèvres sur les joues.

— Vous avez sans doute raison. Raleigh a une grande expérience des négociations avec le personnel des prisons. Elle pourra sans doute arranger les choses et obtenir un nouvel entretien.

Il détestait l'échec. Quand il était jeune, tout ce qu'il touchait se transformait en or. Dans ses études comme dans le sport, il avait multiplié les succès. Il avait séduit toutes les femmes qu'il convoitait. A l'exception de son premier restaurant, ses affaires avaient toujours été florissantes.

Même après le meurtre d'Andreas, l'incarcération et le procès, le verdict, il avait toujours su qu'il s'en sortirait.

C'est vrai, il n'était plus l'homme qu'il avait été avant de faire de la prison. Mais il n'avait rien perdu de son énergie, et lorsqu'il désirait avec passion quelque chose, il se donnait corps et âme et finissait par triompher.

Son père était mort alors que Project Justice n'en était qu'à ses débuts, mais Daniel avait poursuivi seul l'entreprise pour concrétiser leur rêve commun. Il le devait à cet homme qui n'avait jamais douté de lui. Il avait l'habitude de gagner, même s'il avait perdu la joie de l'emporter.

Expérimenter l'échec était très douloureux.

— Je suis toujours engagé dans cette histoire.

S'il ne s'y impliquait pas corps et âme, comment pourrait-il avoir la certitude que celui qui lui avait fait porter le chapeau pour son crime le paierait un jour ?

— Mais au quotidien, vous serez en contact avec Raleigh. Je vais lui demander de s'en occuper le plus vite possible.

— Faites au mieux.

Elle ne semblait pas plus heureuse que lui.

Daniel alla frapper à la porte du cockpit et Cora apparut.

— Oui ?

— Vous pouvez venir.

Avec un sourire nerveux, la jeune femme le suivit.

— Je voulais juste vous proposer un petit en-cas.

— Je n'ai pas très faim, merci. Et vous, Jamie ?

— Je meurs de faim, reconnut-elle.

En général, il devait presque la nourrir de force.

Cora disparut dans l'office. Elle revint, chargée de deux plateaux-repas portant le logo d'une compagnie aérienne.

Devant le regard interrogateur de Daniel, elle expliqua :

— Jillian a estimé que, pour un vol aussi bref, je n'avais pas à cuisiner. Ai-je eu tort ?

— Non, c'est parfait, Cora.

Jillian avait encore fait des siennes. Si elle ne maîtrisait pas sa jalousie, elle allait se retrouver au chômage. Tant pis si leurs deux familles avaient toujours été amies.

Cora s'en alla, et Daniel s'installa en face de Jamie pour examiner le contenu du plateau-repas. Il y avait un sandwich, des chips, un brownie et un jus de fruits.

Jamie se jeta sur le gâteau comme si elle n'avait rien avalé depuis des années. Cela lui ressemblait si peu qu'il ne put s'empêcher de rire.

— Vous semblez beaucoup regretter les tiramisus du chef Claude, dit-elle. Mais ce brownie est un délice.

Peut-être était-ce le contrecoup de sa visite à la prison. Tout le monde prenait la liberté pour un dû, mais en être privé était certainement une expérience terrible.

A moins qu'elle compense sa frustration sexuelle par le chocolat.

Il retira la Cellophane qui enveloppait son gâteau et le porta à ses lèvres. Il n'était pas mauvais pour une pâtisserie industrielle. Mais il ne compensait en rien son désir de serrer Jamie nue contre lui.

Dieu, qu'elle allait lui manquer.

Jamie parvint à se ressaisir pendant le vol. Elle dévora le plateau alors qu'elle avait correctement déjeuné ce matin-là. Son appétit aussi violent que soudain la déconcertait.

Elle se demanda ce que mangeaient les détenus enfermés dans le couloir de la mort. Sans doute l'équivalent des repas servis dans les hôpitaux. Peut-être même pire. Christopher devait déjeuner et dîner seul. D'ailleurs, il faisait tout seul.

Lorsqu'ils atterrirent, Jamie fut surprise de voir deux voitures garées au pied de l'avion pour les conduire dans deux directions différentes. Elle en eut le cœur brisé. Elle avait espéré profiter de ce petit moment au côté de Daniel dans la limousine pour lui dire mentalement au revoir.

Travailler avec lui sur cette affaire l'avait stimulée à plus d'un titre. Enfermée dans son petit bureau de procureur, à traiter les affaires avec méthode, à condamner sans autre forme de procès quand elle le pouvait, à aller au tribunal quand elle le devait, elle était passée à côté de l'essentiel, elle s'en rendait compte, à présent.

Elle n'avait pas envie que Daniel confie le dossier à

quelqu'un d'autre. Mais elle ne voulait pas non plus le forcer à revivre des situations traumatisantes pour lui comme celle qu'il avait connue ce jour-là.

Daniel serait peut-être amené à témoigner devant un juge, surtout si elle parvenait à trouver un lien entre les deux affaires.

— J'ai été heureux de faire votre connaissance, Jamie, poursuivit Daniel. Nous nous reparlerons bientôt. En attendant, Raleigh entrera certainement en contact avec vous.

— Très bien, cela m'a fait également plaisir de passer cette journée avec vous.

Elle en savait un peu plus sur lui, à présent, même s'il gardait beaucoup de choses pour lui.

Il prit sa main.

— Prenez soin de vous, d'accord ?

— Oui, vous aussi.

Sa voix se brisa, la trahissant.

Randall l'entraîna vers la Bentley.

— Venez avec moi, madame. Celeste va vous reconduire chez vous.

— Celeste ? Qui est Celeste ?

— Une des employées de Daniel, une femme en qui il a entièrement confiance. Ne vous laissez pas déstabiliser par son apparence. Vous serez en sécurité avec elle.

Qu'est-ce que cela voulait dire ?

Randall voulut ouvrir la portière arrière, mais Jamie préférait s'asseoir à l'avant.

— J'ai eu ma dose de « train de vie des riches » pour aujourd'hui, alors n'insistez pas.

— Je m'en garderai bien.

Il s'assura qu'elle était bien installée et referma sa portière. Ce n'est qu'alors que Jamie regarda son chauffeur.

Seigneur ! Cette femme avait au moins soixante-dix ans, à en juger à ses rides et à ses cheveux gris ébouriffés qu'elle tentait de maîtriser avec des barrettes multicolores. Elle portait un corsage à pois rouges et un pantalon vert.

— Bonjour, ma chère. Je m'appelle Celeste Boggs, je suis réceptionniste à Project Justice et responsable de la sécurité.

Elle démarra sur les chapeaux de roue.

— J'adore conduire ce genre de monstre.

Jamie s'agrippa à la portière.

— Vous semblez avoir beaucoup de responsabilités au sein de Project Justice.

— Sans moi, cette boîte se casserait vite la figure.

— Je suis désolée de vous prendre du temps et de vous détourner de vos activités habituelles.

— Pas de problème. Je m'étais portée volontaire. J'avais très envie de rencontrer la femme qui a réussi à faire sortir Daniel de chez lui. Et deux fois en une semaine.

Jamie se demandait s'il s'agissait d'une critique de la part de Celeste. Elle fonçait sur la route, doublant les autres véhicules, slalomant. Elle faillit heurter un trottoir.

— Maintenant, dites-moi tout, reprit Celeste. Avez-vous sauté le pas avec Daniel ?

— Quoi ? Mais non ! En fait, je ne pense pas le revoir.

— Vraiment ?

Elle ne semblait pas en croire un mot.

— Il va confier le dossier à quelqu'un d'autre, ce qui, de fait, met fin à notre collaboration. Cela n'a pas marché.

— Vous le laissez tomber comme un Kleenex usagé ?

L'hostilité de Celeste étonna Jamie.

— Je ne le laisse pas tomber. C'est lui qui a décidé de faire marche arrière.

La décision était mutuelle, en tout cas.

— Vous n'allez plus travailler ensemble, d'accord, mais rien ne vous interdit de continuer à le voir ?

— Celeste, il ne s'est rien passé entre nous.

— Parlez pour vous. Mais Daniel a changé du tout au tout depuis quelque temps, vous ne mesurez sans doute pas à quel point.

— Changé… comment ? se sentit-elle obligée de demander.

— Il est redevenu vivant. Avant de faire votre connaissance, il survivait. Il marchait, parlait, respirait, laissait le squelette lui coller aux basques.

— Le squelette ?

— Jillian, grommela Celeste. Bref, jusqu'alors, Daniel avait l'apparence d'un vivant, mais il était mort à l'intérieur. Mais depuis qu'il vous a rencontrée, il renaît de ses cendres. A présent, il sourit, il est heureux, il est redevenu le Daniel d'autrefois. Si vous sortez de sa vie, il risque de retomber dans sa léthargie.

Jamie fut sidérée. Celeste exagérait sûrement. Que savait-elle réellement de Daniel ?

— Travailler sur cette affaire l'a rendu euphorique, répondit prudemment Jamie. Il reste impliqué, même s'il ne traite plus seul le dossier.

— Ce n'est pas l'affaire, mais vous. Il a besoin d'une femme dans sa vie. Pourquoi pas vous ?

Jamie poussa un cri quand Celeste pila pour éviter d'écraser un lapin qui traversait la route.

— Voulez-vous que je vous dresse la liste de ce qui m'en empêche par ordre alphabétique ou par ordre d'importance ?

— Beaucoup de femmes seraient prêtes à tuer pour être à votre place.

— Cela ne me paraît pas suffisant pour m'engager avec lui.

A la vue de l'inquiétude qu'elle lisait sur les traits de Celeste, elle s'adoucit.

— Ecoutez, je suis certaine que Daniel est quelqu'un de bien. Mais pour de nombreuses raisons, nouer une relation forte avec lui serait… une erreur. Et si cela ne marchait pas ?

— C'est le risque dans toutes les relations, non ?

Celeste paraissait normale, tout à coup.

— Mais les retombées avec Daniel…

Elle s'interrompit brusquement. Elle ne voulait pas parler des problèmes du patron de Celeste, ni en devenir un de plus.

— Le considérez-vous comme un ami ? s'enquit Celeste.

— Oui.

Elle en avait pris conscience, ce jour-là.

— Si vous ne voulez pas sortir avec lui, vous pouvez au moins le voir amicalement. Il n'a pas beaucoup d'amis, vous savez. C'est difficile de s'en faire pour un homme dans sa position. Tout le monde attend quelque chose de lui. Ou a peur de le blesser.

— Il vous a, vous. Ainsi que Randall, Cora et Claude et tous les gens qui travaillent pour lui. Il semble vous tenir en grande estime.

— Daniel est un ami, mais je suis aussi son employée. Nous ne sommes pas égaux. Vous le considérez comme un égal, c'est rare.

Elle préférait ne pas raconter à Celeste qu'après leur baiser, elle n'imaginait pas rester juste une amie aux yeux de Daniel.

— Ce n'est pas à moi de prendre une telle décision. Si Daniel veut me revoir, il a mon numéro de téléphone.

— Et il est trop fier pour le composer.

Daniel n'avait jamais été plus heureux de revenir chez lui. Lorsque la voiture conduite par Randall franchit la grille de son domaine, il se sentit enfin en sécurité.

— Vous avez une sale tête ! s'exclama Jillian en le voyant. Je sais que vous n'aimez pas trop parler d'une affaire en cours, mais votre visite à la prison ne s'est pas bien passée ?

Elle devinait sûrement à son visage sombre que les choses ne s'étaient pas déroulées comme il l'aurait souhaité.

— Non, ce fut un échec sur toute la ligne.

— J'en suis vraiment désolée.

— Non, vous ne l'êtes pas.

Elle le regarda avec surprise.

— Pardon ? Bien sûr que je suis désolée. Croyez-vous que je me réjouis de vos échecs ?

— Ils vous permettent peut-être de vous convaincre que j'avais tort et vous, raison. Que je n'aurais pas dû quitter la propriété et surtout pas sans vous parce que je n'étais pas prêt à le faire.

Il retira sa veste et la lui tendit.

— Allez-vous m'expliquer ce qui s'est passé ?

— J'ai été pris d'une… crise d'angoisse.

Autant appeler un chat, un chat.

— Je n'ai pas pu rencontrer mon client, parce que j'ai été incapable d'entrer dans la prison.

— Oh ! Daniel, je suis désolée.

— J'ai fait capoter toute l'affaire.

— Non, je suis sûre que vous exagérez. Avez-vous déjeuné ? Claude a concocté pour vous un menu dont il n'a rien voulu dire. Mais qui sent délicieusement bon.

— J'ai grignoté quelque chose dans l'avion.

En vérité, il ne se remémorait que de la saveur de la bouche de Jamie.

— Et que diriez-vous d'un massage, cet après-midi ?

Il fut tenté de laisser Jillian s'occuper de lui. Mais son côté hypermaternel finissait par lui peser. S'il avait une leçon à retenir des événements de la journée, c'était qu'il devait reprendre la maîtrise de sa vie.

— J'ai du travail.

— Du travail. A ce sujet, quelqu'un de Project Justice a téléphoné, à propos d'un résultat de laboratoire. Je crois que c'était important.

— Quelqu'un a appelé ? Et vous n'avez pas eu la présence d'esprit de lui demander son nom ?

Qu'est-ce qui n'allait plus avec Jillian ? En général, elle notait soigneusement tous les messages.

— Je l'ai inscrit sur une feuille que j'ai laissée sur votre bureau.

Il s'agissait peut-être d'un appel d'un de ses collaborateurs à propos d'une autre affaire. Jamie avait envoyé les pièces à conviction au laboratoire Prak Tech, et c'est donc à elle qu'ils enverraient les résultats. Mais Beth McLand, qui dirigeait le laboratoire de Project Justice, connaissait quelqu'un chez Prak Tech qui la renseignait.

Pourquoi Jillian ne l'avait-elle pas appelé pour lui transmettre immédiatement l'information ? Il aurait pu rappeler plus tôt. Tentait-elle de le protéger de mauvaises nouvelles ?

Maintenant qu'il savait — ou en tout cas, devinait — qu'elle nourrissait des sentiments amoureux pour lui, il s'interrogeait sur chacun de ses gestes. Il devait absolument lui faire quitter le domaine.

Comme Daniel traversait la cuisine, il huma de délicieuses odeurs d'oignons, de persil et d'épices. Claude semblait en grande activité. Il était en tenue et s'occupait de plusieurs plats à la fois.

— Que m'avez-vous préparé de bon ? demanda Daniel.

— J'essaie de nouvelles recettes pour la soirée de Noël de votre société. Jillian m'a dit qu'elle se déroulerait ici. Ma réputation est en jeu, je tiens à ce que vos invités se régalent comme jamais.

Daniel ne voulait pas le décourager, mais les soirées de Project Justice réunissaient des avocats et d'anciens policiers, qui se satisfaisaient d'une assiette de jambon et de pâtes.

— Je suis sûr que tout le monde sera impressionné, quel que soit le menu que vous nous concocterez.

Il devinait que Claude avait besoin d'être reconnu. Lorsqu'ils travaillaient ensemble dans son restaurant, le Bistrot, il était aux anges quand un client venait le féliciter. Et quand un magazine spécialisé parlait de sa cuisine de façon dithyrambique, il explosait de joie.

Même si Claude s'était bien adapté à sa nouvelle vie, sa cuisine était, de fait, moins reconnue. Peut-être Daniel demanderait-il à Griffin Benedict, un ancien journaliste qu'il venait de recruter, d'écrire un article sur cette soirée à venir, en particulier sur la qualité du dîner. De nombreux journaux l'avaient sollicité pour faire des reportages sur sa vie, et il avait toujours refusé. Ainsi, tout le monde serait content.

Claude et Jillian adoraient organiser des festivités.

— Cela sent délicieusement bon, en tout cas.

Claude, qui était en train de découper des champignons en fines lamelles, hocha la tête. Daniel descendit à son bureau, suivi par Jillian qui était prête à lui communiquer le programme de l'après-midi.

En effet, elle avait laissé une note sur le bureau, ce qui le surprit. Il avait un programme informatique très au point qu'elle utilisait en général pour coordonner les coups de fil et les messages.

Il secoua la tête.

— Jillian, appelez Raleigh et prenez rendez-vous avec elle. Prévoyez une heure d'entretien. Dites-lui que je veux lui confier le dossier Gables.

— Vraiment ? Mais pourquoi ?

— Contentez-vous de faire ce que je vous demande, d'accord ?

Elle savait pourquoi. Sa réaction en se retrouvant au sein d'une prison avait fait capoter l'entrevue prévue. Or Jillian savait très bien à quel point il était important pour lui d'aider ces hommes et ces femmes injustement emprisonnés.

Avait-elle envie qu'il échoue ? Pour pouvoir ensuite le réconforter ?

Le message venait de Beth.

Il appela directement la jeune femme au laboratoire de Project Justice.

— Beth, quoi de neuf ?

— Ils ont trouvé un lien.

Le cœur de Daniel s'accéléra brutalement dans sa poitrine.

— Entre les deux meurtres ? Celui d'Andreas Musto et celui de Frank Sissom ?

Il voulait en être sûr.

— Oui, un fluide humain non identifié découvert sur la chemise de Musto correspond à une trace de salive non identifiée sur le tablier de Sissom.

Daniel se releva d'un bond.

— Mais ces ADN sont-ils dans la banque de données ?

— Nous n'avons pas encore de résultat sur ce point.

— D'accord, merci, Beth.

C'était énorme. Les deux assassinats étaient liés, et il en avait maintenant la certitude, la preuve.

Christopher Gables était étudiant à Kansas State University au moment du meurtre d'Andreas. Il avait alors 21 ans. Il ne pouvait être impliqué dans cette affaire.

Il existait désormais un suspect commun aux deux meurtres. Certes, ce suspect n'avait pas encore été identifié, mais cela viendrait.

S'il y avait une correspondance, Daniel découvrirait enfin le nom de l'homme qui avait assassiné son ami et qui l'avait fait accuser à sa place. Il pourrait demander une réouverture du dossier.

Dès qu'il eut raccroché, il composa le numéro de Jamie.

Il avait envie de partager la nouvelle avec elle, plus qu'avec n'importe qui au monde.

— Daniel ?

— Jamie. Pouvez-vous me rejoindre tout de suite ?

— Je viens d'arriver chez moi.

— C'est important, j'ai du nouveau. Je peux appeler Celeste et lui demander de faire demi-tour et…

— Non, sûrement pas ! Cette femme est un danger public. Je préfère venir à bord de ma propre voiture.

Il ne comprit pas pourquoi elle s'exprimait d'une voix si dure, mais dans l'immédiat, il ne s'en souciait pas. Il arrangerait tout quand elle serait là.

Finalement, il n'avait pas tout gâché. Maintenant, ils avaient un nouvel élément, un élément capital, qui leur permettrait de demander la réouverture du dossier.

Il prit le cadre qui protégeait la photo de ses parents, le seul objet non fonctionnel posé sur son bureau.

— Papa, nous touchons au but. Je vais découvrir qui est le salaud qui a foutu ma vie en l'air et je veillerai personnellement à ce qu'il paie pour ses crimes.

La porte s'ouvrit sur Jillian.

— Oh ! je pensais que vous étiez au téléphone.

Daniel reposa la photo.

— Qu'y a-t-il ?

— Raleigh est au tribunal pour la journée. Elle ne pourra sans doute pas vous voir avant demain.

— D'accord, ce n'est pas grave.

A présent, il ne voulait plus que ce dossier lui échappe. Il sentait qu'il allait l'emporter. De plus, s'il confiait le dossier à Raleigh, il n'aurait plus de raisons de voir Jamie.

Et il avait envie de la revoir le plus souvent possible.

Il avait peut-être fait une erreur en la priant de venir, comme si elle était à ses ordres. Il avait du mal à perdre ses vieilles habitudes. Mais il devait absolument cesser de considérer Jamie comme quelqu'un qu'il pouvait manipuler ou utiliser à des fins personnelles.

— Jamie va bientôt arriver, dit-il à Jillian. Quand elle sera là, introduisez-la dans la bibliothèque.

— Mais vous venez de passer la matinée avec elle.

— Et alors ?

— N'a-t-elle pas un métier ?

— Elle a pris une journée de congé. Je sais que vous ne l'aimez pas, mais j'apprécierais que vous cessiez de m'interroger chaque fois que j'ai un rendez-vous avec elle. Elle est un élément crucial dans l'affaire qui m'occupe.

— D'accord, désolée.

— Comment se passe l'organisation de la soirée de Noël ? demanda-t-il pour la distraire de ses pensées négatives.

Elle sourit.

— Fabuleusement bien. Les décorations arrivent aujourd'hui. Dans quelques jours, ce manoir ressemblera à un château de conte de fées. Nous aurons de la fausse neige, des statues de glace et des traîneaux.

De la fausse neige, des statues de glace et des traîneaux ? Seigneur ! Peut-être ses collaborateurs seraient-ils contents. Ils travaillaient tant. Une soirée de folie leur ferait peut-être plaisir.

Quand Jamie arriva, Daniel attendait dans la bibliothèque. Il avait retiré à la hâte son costume et sa cravate qui sentaient encore la prison et les avait troqués contre un jean et un pull. Il avait allumé un feu, il commençait à faire frais. Et Claude avait apporté une assiette de petits fours à goûter pour la soirée de Noël à venir.

Daniel ne s'en souciait pas — tout ce que Claude préparait était délicieux. Mais cette soirée était importante pour son personnel, alors il voulait leur faire plaisir.

Il donna un petit gâteau à Tucker qui en bavait d'envie mais qui était trop bien dressé pour quémander.

Lorsque Jillian fit entrer Jamie, il se leva.

Elle n'avait pas eu le temps de se changer. Il devinait qu'à côté d'elle, sa tenue était trop décontractée.

— Désirez-vous quelque chose, Daniel ? demanda Jillian d'une voix douce.

— Non, merci. Vous pouvez disposer, je n'aurai plus besoin de vous.

— Merci.

Mais elle ne semblait pas satisfaite du tout.

Quand ils furent seuls, Jamie se tourna vers lui.

— De quoi s'agit-il, Daniel ? Je n'aime pas qu'on joue avec moi.

Il fronça les sourcils.

— Je ne joue pas avec vous, mais j'ai d'excellentes nouvelles à vous communiquer, trop importantes pour être dites au téléphone.

— De quoi s'agit-il ?

— Le labo a découvert un ADN commun aux deux meurtres. Les deux affaires sont liées, c'est à présent une certitude.

Elle resta un instant pétrifiée.

— Nous revenons donc à l'hypothèse du tueur en série ?

— Tout ce que je sais, c'est que les deux meurtres sont liés. Il ne s'agit plus des résidus de métal qui pourraient n'être qu'une coïncidence. Quand le premier meurtre a été commis, Gables était un gamin et étudiait à l'autre bout du pays. Je peux prouver que le jour du meurtre, il passait un examen de littérature. Il n'a pas pu perpétrer ce premier crime, quelqu'un d'autre est fatalement impliqué.

— Foutaises !

Ce n'était pas la réaction qu'il avait espérée.

— Je pensais que vous seriez contente.

— Contente d'apprendre que le client que j'ai fait condamner à mort est innocent ?

Elle se laissa tomber sur le canapé, caressant Tucker qui la dévisageait avec inquiétude. Ce chien semblait toujours sensible aux états d'âme des gens qui l'entouraient.

— Vous savez depuis longtemps que c'est une hypothèse. Vous disiez que vous aviez envie de savoir la vérité.

— Oui, je voulais des réponses, mais j'espérais qu'elles apporteraient la preuve que je ne m'étais pas trompée, que j'avais fait ce qu'il convenait, ce qui était juste.

Daniel n'avait pas pris en compte cet élément. Il était tellement focalisé sur les résultats qu'il voulait obtenir, lui, qu'il avait oublié les conséquences pour Jamie.

Il prit place à côté d'elle sur le canapé.

— Ecoutez, Jamie, vous avez fait quelque chose de très courageux. Vous avez fait condamner un innocent, d'accord, mais le véritable tueur a tout fait pour faire porter le chapeau à Gables. Quelqu'un a laissé de fausses preuves sur la scène du crime pour faire accuser un innocent. Vous ne pouvez pas vous reprocher…

— Mais si ! J'ai eu tort, et tout le monde me le reprochera. Vous ne croyez quand même pas que Chubb va passer l'éponge. Je vais perdre mon travail, et quand cela arrivera, je ne pourrai plus être procureur nulle part.

— Essayons de positiver. Grâce à vous, une injustice va être réparée, nous allons sauver la vie d'un homme, d'un innocent, et découvrir le véritable meurtrier.

— Comment est-ce possible ?

— Nous avons son ADN. Si nous parvenons à l'identifier, nous le tenons. Chubb serait content, non ? Vous allez lui apporter sur un plateau le nom d'un type qui a déjà tué deux fois sans jamais être inquiété…

— Daniel, vous oubliez que je ne serai plus là. Une fois que la preuve sera faite que Christopher n'a tué personne, mon rôle sera terminé.

— Non, je m'y opposerai.

Elle se redressa et planta les yeux dans les siens.

— L'argent n'achète pas tout, Daniel.

— Ai-je parlé d'argent ?

— C'était sous-entendu. Vous avez tellement l'habitude d'obtenir ce que vous voulez grâce à votre argent et que les gens satisfassent vos quatre volontés que vous finissez par oublier que certaines personnes ont leur libre arbitre.

— Je vais m'exprimer autrement. Je refuse que vous cessiez d'enquêter, de chercher et de démasquer celui qui a pris deux vies et ruiné celles de deux autres personnes. Cela vous plaît-il davantage ?

Elle prit le temps pour répondre.

— Je serais heureuse de poursuivre ce type en justice, mais pour moi, ce n'est pas personnel.

Daniel avait du mal à admettre que les questions qui impliquaient la vie et la mort ne puissent être personnelles. Mais il devait faire attention. Si Jamie découvrait son véritable but, elle trouverait le moyen de l'arrêter.

— Cette affaire n'a donc rien de personnel pour vous. C'est juste professionnel ?

Elle hocha la tête.

— Et notre baiser, alors ? Quel rôle joue-t-il dans tout cela ?

Le simple fait de prononcer le mot « baiser » le troublait. Ils étaient en train de se disputer, alors qu'il n'avait envie que d'une chose, renouveler l'expérience de ce baiser.

Jamie planta les yeux dans les siens et humecta ses lèvres.

— Notre baiser n'a rien à voir avec cette discussion. Nous parlions du système judiciaire, de notre travail.

Elle avait raison. Pourtant, dans l'esprit de Daniel, les deux événements formaient un tout.

La nouvelle à propos de l'ADN lui redonnait de l'espoir pour la première fois depuis longtemps. Pour Jamie, l'enjeu était purement professionnel. Mais pour lui, il s'agissait d'une question vitale, qui plus est extrêmement personnelle. Et elle ne le comprenait pas.

— Vous avez raison, cela n'a rien à voir, et je n'avais aucune raison d'y faire allusion.

Et il se pencha pour l'embrasser.

10

Même si elle avait envie, dans toutes les fibres de son corps, de s'abandonner aux bras de Daniel, Jamie s'écarta.

— Daniel…

— J'ai envie de vous et vous avez envie de moi. Je le vois dans vos yeux, je le sens sur vos lèvres.

— Ce n'est pas pour ça que…

Il reprit sa bouche, plus durement cette fois, la plaquant contre le canapé. Enivrée par ce baiser, elle se laissait envahir par une délicieuse léthargie.

Oui, il avait raison, elle avait envie de lui.

Après un moment, il releva la tête pour reprendre son souffle.

— Vous disiez ?

Avec effort, elle tenta de discuter.

— Le fait d'éprouver un désir mutuel… ne justifie pas…

— Nous sommes l'un et l'autre célibataires…

Il l'embrassa.

— Libres de tout engagement, poursuivit-il.

Il l'embrassa.

— Consentants…

Il l'embrassa.

Elle sentait confusément qu'elle avait pourtant une bonne raison de lui résister, mais elle ne parvenait pas à la formuler.

— Jamie, murmura-t-il à son oreille. Je ne me suis pas senti aussi bien depuis des années. Tout me paraît juste. J'ai envie de faire la fête, j'ai envie de faire l'amour avec vous.

Le cynisme de Jamie se réveilla brutalement. De nouveau,

il essayait de la manipuler. Comme la plupart des hommes, il disait ce qu'il fallait, ce qu'elle rêvait d'entendre, pour satisfaire ses désirs.

Mais au fond, cela n'avait pas d'importance. Elle le désirait aussi fort qu'il la désirait.

Elle ne se leurrait pas. Les procureurs au bas de l'échelle sociale ne devenaient pas les petites amies des milliardaires, sauf dans les contes de fées.

Daniel lui mordillait le lobe de l'oreille, attendant sa réponse, et en cet instant même, elle ne pensait pas à l'avenir. Elle avait été attirée par cet homme au premier regard, dès qu'elle l'avait vu allongé, à moitié nu, sur la table de massage. Depuis, le désir qu'elle éprouvait pour lui n'avait cessé de croître.

Cela semblait juste. A cet instant, en tout cas.

— Daniel ?

Il se tendit, s'attendant sans doute à une rebuffade.

— Oui ?

— La porte est-elle verrouillée ?

— Aucun membre de mon personnel ne se permettrait d'entrer ici quand je suis en rendez-vous. A moins que la maison ne soit la proie des flammes.

— Fermez-la à clé, s'il vous plaît.

— Avec plaisir.

Il se leva, le chien sur les talons, et sortit l'animal avant de tirer le verrou. Puis il revint vers Jamie et l'enlaça.

— Cela veut-il dire « oui », Jamie chérie ?

— Oui.

Quelque chose continuait à la travailler, mais elle refusa de s'y attarder. Daniel Logan allait lui faire l'amour, et elle avait bien l'intention de vivre pleinement ce moment.

Quand il l'embrassa dans le cou, un long frisson de plaisir la traversa.

— Etes-vous protégée ? demanda-t-il tout en déboutonnant son corsage avant d'y glisser les mains.

Bien sûr qu'il pensait à lui poser la question ! Un homme

dans sa position ne voulait pas risquer de payer une pension alimentaire astronomique.

— Oui.

Des années plus tôt, son père lui avait vivement conseillé de se faire poser un stérilet, aussi n'avait-elle pas à craindre une grossesse non désirée.

« Un moment d'égarement pourrait remettre en cause toute ta carrière », lui avait-il.

Elle s'était demandé à l'époque pourquoi il le lui avait affirmé. Après tout, lui-même l'avait conçue, elle, dans un moment d'égarement, et cela ne l'avait pas empêché de poursuivre une brillante carrière.

Son père. Voilà ce qui l'ennuyait ! Daniel ignorait toujours qu'elle était la fille de l'homme qui l'avait fait condamner à mort.

Daniel lui avait retiré son corsage et s'affairait à présent sur son soutien-gorge.

— Daniel, Daniel, attendez ! Il y a quelque chose que je dois absolument vous dire.

Les mains de Daniel s'immobilisèrent.

— Cela peut sûrement attendre, non ?

Il avait raison. Si elle lui parlait de son père maintenant, la magie de l'instant serait irrémédiablement rompue.

— Oui, ce n'est pas important.

En tout cas, dans le contexte, l'information semblait mineure.

Quelle importance qu'elle soit la fille de l'homme qui avait poursuivi Daniel en justice ? Elle n'avait jamais été proche de son père. Elle l'avait rencontré quelques fois, elle avait assisté à certains des procès qu'il avait instruits pour tirer profit de son expérience. Elle n'avait rien à voir avec l'erreur judiciaire dont Daniel avait été victime.

Elle lui sourit, s'obligeant à se détendre.

Pourquoi résistait-elle à la tentation ? Comme Daniel l'avait dit, ils étaient majeurs et vaccinés, libres et consentants. Rien ne leur interdisait de faire l'amour.

Elle se redressa pour retirer elle-même son soutien-gorge. Daniel la dévorait des yeux.

— Puis-je te caresser ? demanda-t-il presque timidement.

Elle se demanda si elle était la première femme qu'il approchait depuis sa sortie de prison. Elle prit sa main pour la poser sur ses seins. Son ventre se contracta quand il la toucha.

— Tu es très belle…

Une tête de biche empaillée accrochée au-dessus de la cheminée semblait la regarder d'un air accusateur. Jamie ferma les paupières pour se concentrer sur la douceur des caresses de Daniel.

Il libéra ses cheveux et enfouit les doigts dans sa somptueuse chevelure.

Elle acheva à la hâte de se déshabiller. Elle avait envie d'être nue, de s'ouvrir totalement, de sentir la chaleur de sa peau sur son corps.

Il s'écarta pour retirer son pull, dévoilant un torse musclé et bronzé. Quand il enleva son jean, la gorge de Jamie se serra à la vue de son érection qui témoignait de la force de son désir pour elle.

Lorsqu'il fut entièrement nu, le désir de le prendre dans sa bouche et de se focaliser sur son plaisir à lui la submergea. Elle avait entendu dire que les hommes aimaient plus que tout ce genre d'attentions.

Posant les mains sur les hanches de Daniel, elle l'attira à elle. Elle goûta son sexe avec délectation avant de l'introduire en totalité dans sa bouche.

— Jamie, balbutia-t-il, les mains dans ses cheveux, luttant pour ne pas perdre le contrôle. J'aimerais être en toi.

Elle le lâcha.

— Oui, moi aussi, j'en ai envie.

Tandis qu'il se glissait entre ses cuisses, se frottant contre elle, elle savoura le plaisir qu'il lui donnait. Sentir son grand corps d'homme sur elle la remplissait de joie.

— Je ne te fais pas mal ?

— Non, viens, Daniel, je t'en prie. Viens.

Avant même qu'il la pénètre, elle se liquéfiait sous ses caresses.

Le corps tendu de désir, elle le guida en elle, et il la pénétra au plus profond.

Il riva son regard au sien.

— Jamie…

L'entendre prononcer son prénom eut un intense pouvoir aphrodisiaque. Il lui disait qu'il savait à qui il faisait l'amour, qu'elle n'était pas interchangeable, mais la femme qu'il avait choisie.

Il se retira jusqu'à ce qu'elle le supplie de revenir en elle. Il répondit à son désir, unissant leurs deux corps, jusqu'à ce qu'elle perde toute notion du temps, jusqu'à ce qu'elle s'abandonne totalement.

Il touchait à une partie d'elle endormie depuis longtemps et qu'il ramenait à la vie. Une kyrielle de sensations explosait en elle, incontrôlables et délicieuses.

Il l'emmenait toucher le ciel, et elle avait l'impression d'être au paradis. Jamais elle n'avait ressenti une telle intensité de plaisir avec un homme.

Les mouvements de Daniel s'intensifièrent. Une jouissance indicible gagna Jamie, tandis que des vagues de plaisir déferlaient sur son corps.

Leurs corps unis à l'acmé du plaisir, Daniel s'abandonna à son tour, et Jamie l'entoura de ses bras et de ses jambes pour le garder au creux de son ventre le plus longtemps possible.

Peu à peu, elle recouvra ses esprits et reprit conscience de la pièce où elle se trouvait, du cuir sous ses fesses nues, de la lumière hivernale qui perçait les rideaux, et de la tête de biche empaillée qui la fixait toujours.

Imbécile ! se dit-elle. *Qu'est-ce que tu viens de faire ?*

En sueur et le souffle court, tous deux revenaient peu à peu à la réalité qui les entourait. Elle se demanda comment elle parviendrait à se rhabiller et à s'en aller comme si rien ne s'était passé.

Pourtant, il le fallait. Si des rumeurs se propageaient sur

ses relations avec Daniel, elles ruineraient sa carrière, qui, cela dit, semblait déjà hautement compromise…

Daniel se libéra de son étreinte et s'assit sur le canapé, avant de l'attirer pour la serrer contre lui tendrement.

— Tu voulais me dire quelque chose ?

Evidemment, il n'avait pas oublié.

— C'était bon… pour moi aussi.

Il se mit à rire.

— Désolé. Il était grossier de ma part de t'empêcher de t'exprimer. Mon désir pour toi m'a fait oublier mes bonnes manières.

Mais maintenant, le moment était mal choisi pour aborder le sujet.

— Ce n'était pas important.

Peut-être n'avait-il pas besoin de le savoir. Si elle ne lui en parlait pas, il continuerait de l'ignorer. Personne n'était au courant.

— Cela t'ennuie-t-il si je m'habille ? dit-elle. Ta maison est pleine de domestiques. Imagine que le manoir prenne feu et que quelqu'un surgisse ici ?

— Tu t'habitueras à leur présence, mais vas-y, rhabille-toi. Tant que je peux te regarder.

Elle se sentit un peu gênée — ce qui était ridicule, vu ce qui venait de se passer entre eux — tandis qu'elle remettait son soutien-gorge, enfilait son corsage, sa veste, son pantalon sous le regard appréciateur de Daniel.

— Je préfère quand tu te déshabilles, mais j'aime aussi te regarder te rhabiller.

Quand il repassa ses vêtements, elle se rendit compte qu'il avait raison. Le spectacle, en effet, était plaisant.

— Et maintenant ? demanda-t-elle.

Elle n'attendait rien, vraiment rien.

— J'ai une suite luxueuse au troisième étage où j'installe toutes mes maîtresses. Tu auras à ta disposition tout ce qui te fait plaisir, et ta seule responsabilité sera de me satisfaire.

Devant son expression choquée, il ne put s'empêcher d'éclater de rire.

— Jamie, que vas-tu imaginer ? Je plaisante, bien sûr ! Tu te comportes comme si j'avais toutes les réponses, mais je n'en ai aucune. J'espérais que tu allais me le dire.

— Malheureusement, je crois que le mieux est de faire comme si rien ne s'était passé entre nous. Ce sera plus simple, professionnellement.

Pourquoi disait-elle ça ? Cherchait-elle à assurer ses arrières au cas où il la rejetterait ? En réalité, elle avait envie de continuer à le voir, le plus souvent possible.

Mais vivre près d'un héritier dans un château n'était pas pour elle, elle le savait bien.

Le regard de Daniel resta impénétrable.

— Très bien. Lorsque tu auras obtenu les résultats d'ADN, nous déciderons ensemble de la suite.

— D'accord, mais n'oublie pas que si un jour, je dois faire état publiquement de mon implication dans cette histoire, je tomberai rapidement en disgrâce et j'y laisserai mon poste.

Il secoua la tête.

— N'en sois pas si sûre. S'il y a quelque chose que je peux faire pour protéger ta réputation professionnelle, je le ferai. Mais je suis persuadé que tu n'as rien à craindre. Tu as pris la courageuse décision de réparer une injustice et tu vas démasquer un tueur en série dans l'affaire.

Présenté ainsi, tout semblait aller bien.

— J'attends de tes nouvelles.

Jamie se rendit dans les toilettes attenantes à la bibliothèque pour remettre un peu d'ordre dans sa tenue. Heureusement, elle avait toujours de quoi se recoiffer et se remaquiller dans son sac.

Elle parvint à se donner un visage présentable, mais malgré ses efforts, elle ne pouvait rien faire pour cacher l'essentiel. En considérant son reflet dans la glace, elle vit les yeux brillants, les joues rouges d'une femme qui venait de vivre des heures de passion.

— Encore une chose, dit Daniel quand elle revint dans la bibliothèque.

Il était pieds nus et ses cheveux étaient ébouriffés.

Il lui parut si attendrissant qu'elle eut besoin de toute sa volonté pour ne pas se jeter à son cou, le couvrir de baisers et tout recommencer.

— Oui ?

— Peux-tu venir à la soirée de Noël de Project Justice ?

— N'est-elle pas réservée à tes employés et collaborateurs ?

— J'invite aussi leurs familles, leurs amis et quelques associés. Tu entres dans cette catégorie.

La considérait-il comme une amie ou comme une associée ?

— Cette soirée est importante pour vous tous, et Jillian n'appréciera pas que tu me mettes sur la liste des invités. Elle a dû déjà dresser un plan de table, tout est sûrement organisé.

— Jillian est mon employée. Elle s'adaptera.

Jamie sourit.

— D'accord, je viendrai.

Ce serait peut-être délicat, mais comment refuser quoi que ce soit à un homme qui venait de la combler à ce point ?

Le lendemain matin, Jamie se rendit tôt à son travail pour consulter ses messages téléphoniques et ses mails avant le début de sa journée de travail. Mais la première chose qu'elle vit en entrant fut une petite note de Winston Chubb posée sur son bureau sur laquelle était écrit « Venez me voir de suite » en lettres majuscules.

Cela ne semblait pas de bon augure.

Il n'était pas encore arrivé, et Jamie eut un petit moment pour tenter d'imaginer ce qu'il voulait. Avait-il découvert ses liens avec Daniel ?

Je n'ai rien fait de mal.

Elle avait mené une enquête pendant ses heures de loisir, sans être payée par le contribuable, et elle n'avait pas agi à titre officiel.

Mais elle avait fait ce que son patron lui avait clairement interdit de faire. Winston l'interpréterait comme un affront, une remise en question de son autorité, et il n'apprécierait sûrement pas.

Lorsqu'elle l'entendit saluer quelqu'un au bout du couloir, elle sentit son estomac se nouer. A présent, le moment était venu de l'affronter.

Elle s'assura que sa tenue était impeccable, comme son maquillage, puis elle se rendit d'un pas vif dans le bureau de son supérieur, prête à défendre sa position.

— M. Chubb a exprimé le désir de me voir immédiatement, expliqua-t-elle à sa secrétaire.

— Allez-y, répondit Alice avec un clin d'œil complice, comme si elle était au courant de quelque chose que Jamie ignorait.

Quand elle frappa à la porte, Winston lui ordonna d'entrer.

— Ah, Jamie. Je vous attendais. Asseyez-vous.

Il souriait. Pourquoi lui souriait-il ? S'il comptait la renvoyer, son expression n'aurait pas été aussi détendue.

— Comme vous le savez, Jamie, je vis mes dernières semaines dans ce bureau. Je vais prendre ma retraite de procureur en mai prochain.

— En mai ? Je croyais que c'était en septembre.

— Pour des raisons personnelles, j'ai demandé à partir un peu plus tôt, mais il s'agit d'un détail. Le comté a prévu des élections en avril pour que les citoyens puissent désigner ainsi un nouveau procureur général. J'ai pensé que vous seriez parfaite pour ce rôle.

Seigneur ! Elle ne s'attendait pas du tout à cela.

— Vous semblez surprise.

— Je suis plus que surprise. Quand vous y avez fait allusion, l'autre jour, je pensais que cette éventualité ne se réaliserait, au mieux, que dans plusieurs années.

— Avec mon aval, vous seriez en bonne place. Certes, vous êtes un peu jeune pour endosser de telles responsabilités, mais quand je regarde mes collaborateurs, vous êtes de loin celle qui me paraît la plus capable pour ce poste.

— Je suis flattée.

Un instant, elle se permit de s'imaginer à la place de son supérieur… Procureur général ! Son père serait fier d'elle…

Non, son père s'en moquerait comme de l'an quarante. Il était temps pour elle de prendre conscience que cet homme ne s'était jamais intéressé qu'à lui. S'il l'avait conseillée, c'était uniquement parce qu'il se projetait en elle. Il la considérait comme un autre lui-même et voulait bénéficier de la gloire qu'elle s'attirerait fatalement.

— Mes chargés de campagne sont déjà prêts à lancer la machine de votre élection dès que vous aurez donné votre accord. Etes-vous libre ce vendredi soir ?

Vendredi se tenait la soirée de Noël de Daniel. Mais la question n'était pas là. Elle ne pouvait poser sa candidature pour le poste de procureur général alors qu'un cauchemar se profilait à l'horizon.

— Winston, je suis sincèrement très honorée de la confiance que vous m'accordez. Mais j'ai quelque chose à vous dire que vous n'allez probablement pas apprécier.

Il leva un sourcil étonné.

— De quoi s'agit-il ? Cachez-vous des cadavres dans votre placard ? Auriez-vous eu un enfant illégitime ? Entretenez-vous une liaison coupable avec le shérif ?

Il plaisantait, parce qu'il la savait droite et intègre. Mais dans quelques instants, il aurait changé d'avis.

— J'ai poursuivi en justice un innocent et l'ai fait condamner à mort.

— Mon Dieu, ne me dites pas que vous parlez de Christopher Gables, l'affaire pour laquelle Project Justice se bat !

— Si, malheureusement, il s'agit bien de lui, et Project Justice a découvert des preuves qui ne laissent aucun doute. Des traces ADN relient le meurtre de Frank Sissom à un autre meurtre similaire pour lequel Gables ne peut être impliqué et pour lequel il a un alibi en béton.

— Et comment le savez-vous ? lança-t-il d'un ton suspicieux.

— J'ai collaboré avec Project Justice pendant mes heures de repos. Je devais savoir, Winston, si Gables était ou non innocent. Et à présent, je suis convaincue qu'il l'est.

— Vous allez gravement nuire à la réputation de ce bureau, à *ma* réputation. Tout cela pourquoi ? Parce que vous étiez curieuse ? Vous voulez que je quitte mes fonctions sous les huées et les quolibets ?

— C'est *ma* réputation qui est en jeu, j'en porte l'entière responsabilité.

— Vous avez intérêt, oui.

Il se leva et, un bref instant, elle crut qu'il allait se jeter sur elle pour l'étrangler à mains nues.

— Nous pourrions adopter une position courageuse, dit-elle, s'efforçant d'argumenter. Nous avons commis une erreur et faisons tout à présent pour rétablir la vérité et réparer une injustice. Et il est probable que nous allons réussir à présenter le vrai tueur — qui a perpétré deux crimes au moins — devant la justice.

— *Vous* avez commis une erreur, corrigea-t-il. Je vous avais dit de bloquer Project Justice et, au lieu d'obéir, vous les avez aidés. J'exige votre lettre de démission sur mon bureau à midi.

— Vous ne voulez même pas attendre la suite des événements ?

— Je les connais déjà. Nous allons passer pour des incapables, les médias vont s'en donner à cœur joie et mes derniers mois au palais vont être un cauchemar. Merci beaucoup, madame McNair.

Elle se leva.

— Je n'ai rien fait de mal et je ne démissionnerai pas. Vous devrez me renvoyer.

— Oui, c'est sans doute préférable. Considérez que c'est fait.

11

Daniel débordait tellement d'énergie qu'il ne pouvait rester à l'intérieur. Après s'être brièvement excusé auprès de Jillian, il se rendit aux écuries, décidé à prendre un peu d'exercice.

En général, il avait une voiturette pour se déplacer dans sa propriété, mais ce jour-là, il décida de marcher — en partie pour décourager Jillian de le suivre, ce qu'elle avait tendance à faire quand elle sentait qu'il s'éloignait d'elle.

Heureusement, avec ses hauts talons, elle n'aurait pu faire trois pas dans l'herbe mouillée.

Il commençait à mesurer à quel point il avait laissé Jillian lui dicter sa vie. Il l'avait longtemps considérée comme un des privilèges que l'argent lui apportait. Mais en réalité, cette dépendance était devenue une faiblesse.

Il avait cru que son style de vie lui donnait la parfaite maîtrise des événements. Mais il se rendait compte que tout le monde décidait pour lui. Même ses repas. Bien sûr, s'il désirait un plat spécifique, Claude le lui préparait, mais de fait, son chef dressait les menus.

Il fallait que ça change, et regarder Jamie sortir de chez lui l'en avait convaincu. Elle s'était servie de leur collaboration professionnelle comme prétexte pour faire marche arrière. Mais ce n'était pas la véritable raison de son refus de s'imaginer avec lui.

En réalité, elle ne pouvait sans doute pas se projeter avec lui parce que sa manière de vivre actuelle était à des années-lumière de celle de Jamie. Il ne quittait jamais sa propriété — ou très rarement — et chaque fois, seuls des événements extérieurs majeurs l'y contraignaient. Des domestiques faisaient tout pour lui. Il n'avait aucune vie sociale, et ses seuls amis étaient des gens qu'il payait.

Il avait des crises d'angoisse quand il ne pouvait maîtriser son environnement, comme en prison. Il avait refusé de nommer ce qui lui était arrivé mais à présent, il en comprenait la nécessité.

Il était *paranoïaque*.

Il fallait que ça change. Il était décidé à mener désormais une existence normale. Et d'une façon ou d'une autre, il devait réussir à convaincre Jamie d'en faire partie.

Il savait que ce serait difficile. Après l'épopée désastreuse dans le nord du Texas, la simple idée de quitter sa propriété à bord d'une de ses voitures le rendait malade. Mais — avec l'aide d'un thérapeute, d'un coach ou de Randall — il y arriverait.

Laramie était en train de paître dans un champ non loin des écuries. Daniel s'approcha de lui et lui passa une longe autour du cou. Mais il ne prit pas la peine de le seller.

Quand il était gosse, il adorait monter à cru.

Lorsqu'il sauta sur le dos du cheval, ce dernier tourna la tête comme pour lui demander ce qu'il fabriquait. Mais d'un coup de talon, Daniel lui ordonna d'avancer et docilement, Laramie se mit au trot.

Bientôt, Daniel le fit galoper. Il sautait des troncs d'arbres, des murets. Daniel serrait les cuisses, penché sur l'encolure de l'animal, le guidant d'instinct.

Il se sentait enfin libre.

En proie à une sorte d'euphorie, il avait l'impression de ne faire qu'un avec sa monture, il n'avait plus peur. Se rendant compte que l'animal était en sueur, il le mit au pas pour le reconduire à l'écurie. Il avait l'intention de le panser lui-même au lieu de le confier aux mains d'un palefrenier.

Mais en rentrant à l'écurie, il tomba sur Jillian.

— Etes-vous devenu fou ? lança-t-elle.

— Pourquoi fou ? Parce que je monte à cheval ?

— Laramie est un cheval de polo, et vous l'avez fait galoper comme s'il s'agissait d'un pur-sang.

— Et nous nous sommes bien amusés, tous les deux. N'est-ce pas, vieux ?

Il tapota l'encolure de l'animal et le conduisit dans l'écurie où il lui mit une couverture sur le dos pour qu'il ne se refroidisse pas.

Luis, son palefrenier, apparut, sortant de nulle part.

— Je m'en occupe, proposa-t-il.

— Non, ça va, je vais le panser moi-même. Mais vous lui donnerez un supplément d'avoine, ce soir. D'accord ?

— Bien, monsieur.

— Appelez-moi Daniel.

Luis leva un sourcil surpris.

— Bien… Daniel.

— Vous êtes devenu fou, insista Jillian. Galoper à travers la propriété a cru est un symptôme, demander à vos domestiques de vous appeler par votre prénom en est un autre. Mais le plus inquiétant concerne Jamie McNair. Vous avez couché avec elle, non ?

Que diable en savait-elle ? L'inquiétude de Jamie à propos de la présence des domestiques n'était donc pas injustifiée, finalement. Il retira la couverture du dos de Laramie et se mit à le brosser.

— Quoi que j'aie fait avec elle, cela ne vous regarde en rien, Jillian.

Elle le fusilla du regard.

— Vous avez couché avec elle, je le sais. Daniel, avez-vous perdu la tête ? Et me parler sur ce ton comme si je n'étais rien pour vous. Qui vous a écrit presque tous les jours quand vous étiez en prison ? Elle ?

— Jillian, j'aimerais que vous arrêtiez et que vous vous écoutiez. Vous êtes une employée de valeur et de confiance, sur laquelle je m'appuie depuis des années. Trop, sans doute. Mais votre réaction est totalement déplacée. Jamie me plaît et j'ai l'intention de continuer à la voir. Cessez de vous comporter avec moi comme si vous étiez ma mère.

— Votre mère ? répéta-t-elle, éberluée.

Daniel cherchait à la remettre à sa place, à lui faire comprendre que son attitude était inadmissible, mais il n'avait pas envie de la blesser.

Il finit de panser Laramie.

— A propos de Jamie, je l'ai invitée à la soirée de Noël.

Jillian soupira.

— D'accord, Daniel. Je ne voulais pas en arriver à cette extrémité mais… que savez-vous vraiment de cette femme ?

— Je commence à la connaître. Je me suis renseigné sur elle avant de lui proposer de collaborer avec moi. Je n'ai rien trouvé dans son passé qui pourrait me faire penser qu'elle n'est pas ce qu'elle paraît être.

— Avez-vous eu la curiosité de regarder son extrait de naissance ?

— Et vous ? rugit-il.

Comment son assistante avait-elle eu accès à ce genre de choses ?

— Je travaille depuis suffisamment de temps pour vous et pour Project Justice pour savoir mener une petite enquête…

— Non, je n'ai pas vu son extrait de naissance. Mais je sais qu'elle est née hors mariage. Et je m'en moque. Elle est peut-être une enfant illégitime, sa mère faisait des ménages, mais cela n'a pas empêché Jamie de devenir quelqu'un de bien.

— C'est son père qui me pose problème.

Son père ? Quelque chose avait gêné Jamie lorsqu'il avait été question de son père.

— Eh bien, qu'y a-t-il à propos de son père ?

— Il s'appelle Chet Dotie. Cela vous dit-il quelque chose ?

Daniel laissa tomber la brosse qu'il tenait à la main.

Chet Dotie. Le salopard de procureur qui l'avait poursuivi en justice pour le meurtre d'Andreas.

Seigneur ! Le père de Jamie l'avait envoyé dans le couloir de la mort.

*
* *

Le vendredi soir, Jamie ouvrit son armoire, cherchant comment elle allait s'habiller pour cette soirée. Elle n'avait aucune tenue à la hauteur d'une réception organisée par Daniel et, pour tout dire, elle ne se sentait pas d'humeur festive.

Elle avait bien été renvoyée. Même si elle avait envisagé cette éventualité depuis le départ, elle n'avait pas imaginé qu'elle le vivrait aussi mal.

Toute sa vie, toute sa raison d'être étaient liées à ses responsabilités de procureur. Même si parfois son travail l'épuisait, elle avait toujours eu le sentiment d'effectuer une activité indispensable pour la société. Grâce à elle, des criminels étaient enfermés au lieu de traîner dans les rues.

Sans son travail, elle n'était plus rien.

Depuis la veille, elle tournait en rond dans son appartement, tel un fantôme, regardait des émissions débiles à la télévision et se sentait de plus en plus mal.

Il lui fallait postuler pour un nouveau poste, mais que pourrait-elle faire ? Quel autre métier pourrait-elle exercer ?

A présent, tout dépendrait de la manière dont allait évoluer l'affaire Christopher Gables et de l'agressivité dont ferait preuve Winston Chubb. Mais l'avenir lui semblait bien sombre.

Peut-être cette soirée lui changerait-elle les idées. De toute façon, le simple fait de déguster le buffet délicieux que Claude aurait préparé lui remonterait certainement le moral.

Elle jeta son dévolu sur une robe noire toute simple. Elle allait l'égayer de bijoux, de hauts talons et d'un joli foulard. Si elle coiffait ses cheveux en un élégant chignon et se maquillait avec soin, peut-être parviendrait-elle à faire illusion.

Tout en s'habillant, elle se demandait comment Jillian serait vêtue. Certainement d'une tenue extraordinaire, stylée, fantastique. Jamie était sûre qu'elle serait sexy et très belle.

Cela n'avait pas d'importance. Elle n'était pas en rivalité avec Jillian. Même si faire l'amour avec Daniel avait été une expérience hors du commun, elle savait qu'elle ne la réitérerait pas. Elle n'appartenait pas à cet univers et ne s'y sentirait jamais à l'aise. Daniel n'était pas prêt à être l'égal d'une femme. Il ne changerait pas du jour au lendemain. L'amour ne pouvait le guérir de ses failles.

Pourtant, elle était contente qu'il l'estime assez pour avoir voulu la convier à cette fête. Il ne la considérait pas comme une simple conquête sur son tableau de chasse ni comme un moyen pour parvenir à ses fins. Sans doute lui plaisait-elle, l'appréciait-il. Perdre son travail l'accablait tellement qu'elle puisa un certain réconfort dans cette idée.

Lorsqu'elle eut fini de se préparer, elle jeta un coup d'œil dans le miroir de sa chambre et se trouva très bien. Les boucles d'oreilles comme le collier — cadeaux de sa mère — rehaussaient la modestie de sa tenue.

Elle semblait sombre mais… élégante.

En arrivant au manoir, elle dut patienter dans la longue file de voitures des gens qui attendaient pour obtenir l'autorisation de franchir les grilles. Un gardien leur demandait leur carte d'identité pour s'assurer qu'ils étaient bien conviés à la fête.

Cette soirée ne ressemblait en rien à celles auxquelles elle se rendait d'habitude où il suffisait de venir avec de la bière pour être bienvenu.

Jamie avait l'impression d'être Cendrillon, oubliant pour un soir sa condition et ses haillons.

Et elle avait vraiment le sentiment d'être au cœur d'un conte de fées. Le manoir, déjà impressionnant en temps normal, avait été métamorphosé en palais de glace avec des sapins, de la neige, des traîneaux et même un immense bonhomme de neige à l'entrée. L'ensemble était extraordinaire, féerique. De temps en temps, des flocons de neige tombaient sur les invités qui poussaient des cris émerveillés.

Un homme en uniforme prit le manteau de Jamie. Elle fut contente de s'en débarrasser. Il n'allait pas avec sa tenue.

Elle aperçut alors Jillian debout près de la fontaine — à présent gelée — pour accueillir ses hôtes comme une reine dans son royaume. Vêtue d'une longue robe de soirée rouge, en satin, elle portait une rivière de diamants. De longs gants blancs et des talons aiguilles complétaient l'ensemble.

En voyant Jamie, le sourire de Jillian s'évanouit. Mais l'actrice consommée qu'elle était reprit vite une contenance, et elle afficha une expression gracieuse.

— Jamie, je suis heureuse que vous ayez pu vous libérer pour venir.

Elle prit sa main pour la serrer dans les siennes avant de s'éloigner vers d'autres invités.

Pauvre Jillian. Elle était sans doute à mille lieues d'imaginer que son univers allait exploser.

Jamie suivit la foule qui se pressait pour entrer dans le salon où un immense sapin de Noël avait été dressé. Merveilleusement bien décoré, éclairé de vraies bougies, il rendait presque banal celui de la bibliothèque pourtant magnifique.

Un trio de musiciens était installé dans un coin et jouait en sourdine des morceaux de jazz. Un domestique passait entre les groupes d'invités pour leur proposer des petits fours. Elle reconnut Manuel qui les avait servis lors de sa première soirée au manoir.

— Ceux-ci sont au saumon, disait-il à des curieux. Et ceux-là aux truffes.

— Daniel sait recevoir comme personne ! s'exclama une femme à l'air gourmand. Je me demande comment il fait pour rester svelte avec un chef aussi talentueux.

Un autre serveur lui offrit une coupe de champagne. Jamie n'était pas une grande buveuse, l'alcool lui montait vite à la tête, mais elle fut contente d'avoir quelque chose pour s'occuper les mains. Quand elle porta la coupe à ses lèvres, elle fut surprise par la douceur du breuvage.

Elle ne connaissait personne, hormis Daniel, et elle ne l'avait aperçu nulle part.

Il lui avait confié ne pas aimer les foules, aussi devait-il se cacher quelque part. Il ferait sans doute une brève apparition pour saluer ses invités et leur souhaiter de joyeuses fêtes de fin d'année avant de disparaître comme par enchantement.

Une femme âgée faisait le tour des invités, un bouquet de gui à la main, embrassant tous les hommes consentants. Jamie la reconnut. C'était Celeste, qui lui avait servi de chauffeur, quelques jours plus tôt.

Quand Celeste passa devant Jamie, il lui fallut un instant pour qu'une lueur s'allume dans ses yeux.

— Jamie !

— C'est bien moi, bravo.

Celeste lui tendit un brin de gui avant de le lui reprendre.

— Vous n'en avez pas besoin. Belle comme vous l'êtes, vous obtenez tous les baisers que vous voulez.

Comme elle l'avait craint, Daniel et elle étaient devenus l'objet de rumeurs parmi les employés.

— Je ne sais pas de quoi vous parlez.

Un homme séduisant s'approcha et posa un bras sur les épaules de Celeste pour l'écarter.

— Celeste, Daniel ne va pas être content s'il apprend que vous ennuyez un membre estimé du bureau du procureur.

Apparemment, personne n'était au courant des dernières nouvelles.

— Pardonnez-moi, ma chère. Je ne voulais pas vous importuner.

Celeste s'éloigna sur ses hauts talons.

Quelqu'un lui tapota soudain l'épaule, et Jamie se retourna. Découvrir Daniel en smoking la surprit, mais l'expression sur son visage la déstabilisa plus encore. Il ressemblait à une Cocotte-minute sur le point d'exploser.

— Daniel…

Il était beau comme un dieu, mais paraissait la proie d'une terrible colère.

— J'ai d'abord pensé demander à mes hommes de t'interdire d'entrer, mais je tenais à te voir.

— De quoi parles-tu ?

Jillian choisit ce moment pour les interrompre. Elle tendit à Daniel un verre rempli d'un breuvage rouge et pétillant.

— Claude m'a demandé de vous remettre ceci en mains propres. Il s'agit d'un jus de framboise et de groseille. Il sait que vous préférez ne pas boire trop d'alcool.

— Pas maintenant, Jillian.

La jeune femme s'assombrit, mais ne renonça pas.

— Il a insisté. Vous savez comme il peut être tenace.

Sur le point d'exploser, Daniel prit le verre et le posa sur un guéridon.

— Bien, dites-lui que vous me l'avez donné.

Jamie songea à tourner les talons. Elle n'était pas venue pour se faire malmener. Elle avait eu envie de se changer les idées, et peut-être de voler un baiser ou deux à Daniel. Mais il semblait d'humeur belliqueuse, et elle était curieuse de savoir ce qu'il avait à lui reprocher.

Daniel fusilla Jillian du regard et, comprenant enfin le message, celle-ci battit en retraite.

Il se tourna alors vers Jamie.

— Quand comptais-tu me dire que ton père était l'homme qui m'avait jeté en prison pendant six longues années ?

Oh ! non ! Il l'avait découvert.

Et, désormais, *tout le monde* le saurait. Parce que les conversations s'étaient brutalement interrompues et, dans un silence assourdissant, toute l'assistance les dévisageait.

— Pouvons-nous poursuivre cette discussion en privé ? demanda-t-elle, mortifiée qu'il ait souhaité que leur dispute se déroule en public.

— Pourquoi ? Tu n'as pas envie que les gens sachent que ton père est l'homme qui s'est acharné sans pitié contre moi, qui voulait ma mort ?

— Il n'a rien à voir avec ça, avec *nous*, répondit-elle, au désespoir.

— Alors pourquoi ne m'en as-tu pas parlé ? « Oh ! Daniel, les coïncidences sont parfois étranges. Figure-toi que c'est mon père qui t'a poursuivi en justice. » Tu tenais à défendre la réputation de ton papa chéri tout en tentant de préserver la tienne ?

— Daniel, arrête.

— Espérais-tu que je finisse par craquer et par reconnaître ma culpabilité ? On ne peut pas juger quelqu'un deux fois pour le même crime, mais tu aurais pu restaurer l'image écornée de ton père en sabotant la mienne.

Jamie ne savait plus quoi dire pour sa défense. Il avait raison, elle avait cru qu'il était coupable, au début, en tout cas. Avant d'apprendre à le connaître.

Un bel homme aux cheveux bruns coupés court s'interposa entre elle et Daniel.

— Cela suffit, Daniel. Voulez-vous la flageller en public ?

— Elle le mérite. Et quand les médias s'empareront de cette histoire, ils la traîneront dans la boue. Et n'espère pas que je tente alors d'arranger les choses, Jamie.

Il était trop tard, de toute façon. Ignorait-il qu'elle avait été virée ? Elle croyait qu'il était toujours au courant de tout.

L'homme prit Daniel par le bras.

— Laissez-la tranquille, Daniel. C'est assez, venez.

Comme s'ils avaient répété une chorégraphie, les gens détournèrent la tête et reprirent leurs conversations à mi-voix. Mortifiée, Jamie se retrouva seule au milieu de la salle.

La bouche sèche, elle s'empara du verre que Daniel avait dédaigné et en avala plusieurs gorgées. Mais rien ne pouvait effacer cette scène de son esprit. Elle resterait gravée à jamais dans sa mémoire.

Elle vida le verre avant de se rendre compte que le breuvage avait un goût affreux. Mais elle n'avait pas aimé non plus son whisky. Apparemment, elle n'avait aucun goût.

Elle devait s'en aller. Au lieu de quoi, elle se promena dans le patio où des radiateurs maintenaient une température agréable. La foule s'écarta pour la laisser passer. Derrière une haie était dissimulée une machine à neige qui créait un monde merveilleux aux couleurs de l'hiver, et un traîneau rempli d'enfants apparut.

— Vous devriez partir. Je vais vous reconduire à la porte.

Jillian avait surgi de nulle part et avait visiblement du mal à cacher sa joie.

Jamie était au bord des larmes, mais elle n'avait pas envie de s'effondrer devant tous ces gens. Et encore moins devant Jillian. Elle sentit son cœur se glacer.

— Je dois récupérer mon manteau.

— Je vais vous le chercher. Ne bougez pas.

Jamie avait l'impression d'être passée sous un rouleau compresseur. Même si une relation amoureuse avec Daniel lui avait paru impossible, elle aurait voulu conserver son respect. Elle aurait dû être honnête avec lui depuis le début. Mais une bonne avocate ne dévoile pas ses cartes avant d'y être obligée.

Seule dans le patio, elle était frigorifiée et commençait à claquer des dents. Pourtant, il ne faisait pas si froid. La tête lui tournait.

Elle n'avait bu qu'une coupe de champagne et ce breuvage à la framboise. Il n'était pas possible qu'après avoir ingurgité une si faible dose d'alcool, elle se sente aussi mal. Des émotions fortes pouvaient-elles avoir de telles répercussions ?

Jillian revint, son manteau sous le bras, et fronça les sourcils.

— Etes-vous ivre, en plus du reste ? Voulez-vous que je vous appelle un taxi ? ajouta-t-elle, d'un ton radouci.

Jamie ne parvenait pas à formuler une réponse cohérente. Les sculptures surréalistes commençaient à tourner comme un manège fou. Puis le sol s'effondra et les lumières s'éteignirent.

— Ne croyez-vous pas que vous avez dépassé les bornes avec elle ?

Daniel s'était réfugié dans la bibliothèque où personne d'autre n'avait le droit d'entrer. Il se dirigea vers le bar et se servit un whisky dont il n'avait pas vraiment besoin.

Ford Hyatt lui avait posé cette question. Si Ford n'avait pas été un de ses meilleurs enquêteurs, il l'aurait remis sèchement à sa place et viré de la pièce.

— Son père m'a envoyé dans le couloir de la mort.

— Son père était procureur et exerçait son métier. Il a été berné comme Jamie l'a été.

— C'était un monstre sans cœur.

— Peut-être, mais Jamie n'est pas responsable des actes de son père.

— Elle aurait dû me le dire. Vu la nature de nos relations, c'était un détail important. Apparemment, elle voulait prouver que son père avait eu raison. Elle n'était plus impartiale, nous ne pourrons plus lui demander de témoigner.

— Elle n'a jamais été partiale. Mais admettons que vous ayez raison. Elle a eu tort de ne pas vous dire la vérité sur sa filiation. Mais était-ce indispensable de l'humilier publiquement ? Vous avez peut-être réussi à la blesser, mais votre comportement vous a surtout desservi, vous. Peu de gens réunis ici vous connaissent bien. Vous leur avez montré le visage d'un fou.

— Je leur enverrai des excuses.

Ford secoua la tête et se servit à son tour un verre.

— Cela ne vous ressemble pas. Il y a quelque chose entre vous et cette Jamie qui dépasse les relations professionnelles.

— Quelles rumeurs avez-vous entendues ?

— Aucune, mais j'ai des yeux pour voir. Vous avez eu envie de la blesser, et, au risque de me répéter, cela ne vous ressemble pas.

— Vous ne me connaissez peut-être pas si bien que cela. Il y a beaucoup de gens que j'aimerais faire souffrir.

— Mais Jamie en fait-elle partie ? Ou vous êtes-vous défoulé sur elle parce que vous ne pouvez plus rien faire à son père qui est dans la tombe ?

Maintenant que l'adrénaline qui avait suivi sa confrontation avec Jamie se dissipait, Daniel réfléchissait. Peut-être, en effet, avait-il dépassé les bornes. Il aurait dû au moins lui demander pourquoi elle ne lui avait pas parlé de son père et, surtout, il aurait dû en discuter avec elle en privé.

Il sortit une serviette en papier de sa poche et se moucha. Des odeurs de rouge à lèvres lui chatouillèrent les narines. Il l'avait gardée comme un talisman depuis le jour où il s'était essuyé le visage après avoir embrassé Jamie dans l'avion. Il se rappela tout ce qu'il avait jeté aux orties.

— Je n'avais pas l'intention de la blesser de la sorte, admit-il. Mais quand je l'ai vue, une colère est remontée à la surface.

Il avait perdu le contrôle et détestait cela.

— Vous avez des sentiments pour elle.

— J'en avais, mais maintenant, je mesure que la situation est impossible. Elle est procureur, elle a choisi ce métier pour suivre les traces de son père. Elle me l'a dit.

Ford haussa les épaules.

— Vous oubliez que ce n'est plus son métier.

— Que voulez-vous dire ?

— Vous l'ignorez ? Je pensais que Raleigh vous l'aurait dit.

Bon sang ! Raleigh lui avait laissé un message, mais Jillian l'avait tellement agacé à lui demander son avis sur tout et n'importe quoi à propos de la soirée qu'il n'avait pas pu l'écouter.

— Que s'est-il passé ?

Le téléphone sonna, mais Daniel l'ignora.

— Jamie ne travaille plus pour le procureur. Elle a quitté son poste depuis hier. Quand Raleigh a cherché à la joindre pour lui parler d'un détail sur le dossier Gables, elle a appris qu'elle ne travaillait plus là.

— Pourquoi Jamie ne me l'a-t-elle pas dit ? A-t-elle démissionné ou a-t-elle été renvoyée ? Si j'avais su qu'elle avait perdu son job, je n'aurais pas…

De qui se moquait-il ? Il n'avait rien prévu, et sa réaction avait été dictée par les émotions intenses qu'il éprouvait. S'il avait appris plus tôt la situation de Jamie, cela n'aurait rien changé.

Il ne menait pas correctement sa vie. Tout ce qui lui était arrivé de bien, il l'avait obtenu grâce à son sang-froid et à sa logique, y compris la grâce du procureur.

— Je vais lui parler. M'excuser, au moins de l'avoir prise à partie en public.

— De plates excuses s'imposent, en effet.

Des coups insistants retentirent alors à la porte.

— Daniel, vous êtes là ?

Encore Jillian ! Ne pouvait-elle le laisser tranquille ?

Ford se leva pour aller ouvrir.

— Qu'y a-t-il ? Ce n'est pas le moment de…

Jillian le poussa et se précipita dans la pièce.

— Daniel, Jamie vient de perdre connaissance.

12

La vision de Daniel se brouilla. Jamie avait perdu connaissance ?

— J'ai appelé une ambulance, poursuivit Jillian. Mais j'ai pensé que vous voudriez être au courant.

En une fraction de seconde, Daniel recouvra ses esprits et se précipita hors de la pièce, le cœur battant la chamade.

— Y a-t-il une chance qu'elle simule ? demanda-t-il, succombant à son pessimisme habituel.

— Je l'ai cru, au départ. Mais quand elle est tombée, elle s'est heurté la tête sur le sol, et le sang a jailli. Elle a perdu connaissance.

Les invités étaient massés dans l'entrée et chuchotaient. Mais ils s'écartèrent comme la mer Rouge pour laisser passer Daniel.

Jamie était étendue par terre. D'instinct, il eut envie de se précipiter vers elle, de la prendre dans ses bras et de lui insuffler la vie comme le ferait un prince charmant. Mais elle n'était pas une belle princesse endormie par la malédiction d'une sorcière, et lui n'avait rien d'un prince charmant.

Randall était à son côté. Dieu merci. Randall était tout à fait capable de lui dispenser les premiers soins appropriés.

Daniel s'agenouilla près d'elle.

— Faites attention au sang, monsieur, dit Randall.

Il se moquait bien de se tacher !

— Comment va-t-elle ?

— Elle respire, mais elle est inconsciente et son pouls est très faible.

Daniel lui tapota les joues avec douceur.

— Jamie, chérie, réveille-toi.

S'il parvenait à la faire réagir, même d'un battement de cils, il se sentirait mieux.

Il prit sa main dans la sienne.

— Si tu m'entends, serre ma main.

Il sentit une faible réponse dans ses doigts !

— Ça va aller, Jamie, dit-il avec force, se sentant responsable de son malaise.

Certes, il ne s'en était pris que verbalement à elle, mais il ne pouvait s'empêcher de croire que son état avait un lien avec la scène qu'il lui avait faite.

Elle battit faiblement des paupières.

— Les pompiers arrivent. Je t'en prie, Jamie, tiens bon. Je suis désolé de m'être énervé contre toi. J'ai eu tort.

Il n'avait pas envie que ses reproches et ses insultes soient leur dernier échange.

Avait-il perdu la tête ? Jamie comptait beaucoup pour lui. C'est vrai, elle avait fait quelque chose qui ne lui avait pas plu et si elle avait été une de ses employées, il aurait été en droit de mettre un terme à son contrat de travail.

Mais elle n'était pas son employée. Il la considérait à présent comme une amie — et même davantage qu'une amie puisqu'il avait fait l'amour avec elle. Quand quelqu'un qui compte pour vous avait fait quelque chose que vous n'appréciiez pas, la moindre des choses était d'en parler, pas de le sortir manu militari de votre vie d'une façon aussi cruelle.

Les secours arrivèrent. Tout en auscultant Jamie, ils posèrent des questions sur ce qui s'était passé, et Jillian répondit puisqu'elle avait été témoin de la scène.

— Avait-elle beaucoup bu ?

— Non, elle n'était pas arrivée depuis longtemps et elle ne semblait pas ivre.

— Est-elle diabétique ?

— Je ne sais pas.

— Non, intervint Daniel. En tout cas, je ne l'ai jamais

vue prendre de médicaments, et elle n'a jamais fait allusion à des problèmes de santé.

— Vous êtes sûr qu'elle ne suit aucun traitement ?

— Je ne peux pas l'affirmer avec certitude... Je ne la connais pas bien.

Elle lui avait caché le nom de son père. Peut-être lui avait-elle tu d'autres choses.

— A-t-elle de la famille qu'il faut prévenir ?

— Je ne crois pas, dit Daniel.

— Un ami alors, quelqu'un qui pourrait se rendre avec elle à l'hôpital ?

Daniel avait envie de l'y accompagner. Il ne voulait pas qu'elle se réveille seule dans un endroit inconnu. Mais il craignait de se trouver mal dans cet environnement. Il avait peur de faire une nouvelle crise de panique comme à la prison. Cela n'aiderait en rien Jamie.

— Souhaitez-vous que nous l'accompagnions ? proposa Ford, sa femme, Robyn, à son côté.

— Cela ne vous ennuie pas ?

— Pas du tout, répondit Robyn. Je vais chercher nos manteaux.

— Demandez que tout ce qu'il faut faire le soit, dit-il. Je prendrai en charge les frais médicaux.

— Nous nous assurerons qu'elle reçoive les meilleurs soins possible.

— Et dites-lui... que je suis désolé.

— Vous devriez le lui dire vous-même.

— Je ne peux pas aller aux urgences, pas après ce qui s'est passé à la prison.

Il avait de mauvais souvenirs des hôpitaux. Il y avait passé du temps après sa libération et au moment de la mort de ses parents.

— Vous le pourriez, rétorqua Ford. Parfois, Daniel, vous vous servez de votre passé comme prétexte pour vous éviter une épreuve difficile.

Personne ne lui avait jamais parlé ainsi.

— Vous ne croyez pas que j'ai gagné le droit de vivre ma vie comme je l'entends ?

— Permettez-moi de vous dire que vous n'avez pas le monopole des épreuves. Le mari de Raleigh est mort sous ses yeux au cours d'un terrible accident de la route, le fils de Robyn lui a été retiré pendant huit ans, parce qu'il a été kidnappé. Mais aucune d'elles deux n'a jamais estimé que cela leur donnait le droit de s'apitoyer sur leur sort.

Robyn revint, chargée de leurs manteaux. Les ambulanciers avaient installé Jamie sur un brancard, et Daniel parvint à lui prendre la main une dernière fois avant qu'ils l'emmènent.

Ford et Robyn leur emboîtèrent le pas.

Il ne s'apitoyait pas sur son sort, bon sang ! Il faisait ce qu'il devait faire, voilà tout.

Sa tête semblait peser une tonne, et Jamie se sentait mal, comme en proie à une gueule de bois carabinée.

Pourtant, elle n'avait pratiquement rien bu à la soirée de Daniel…

Daniel. Il avait découvert qui était son père. Elle se rappelait les mots terribles qu'il lui avait jetés à la figure. Puis, après cela, le brouillard.

Etait-elle soûle ? Cela ne lui ressemblait pas. Même étudiante, elle n'avait jamais été du genre à abuser d'alcool.

Elle se força à ouvrir un œil, aperçut des lumières bleutées, et sentit la panique la gagner. Elle n'était pas chez elle, pas dans son lit.

Comme elle tentait de se lever, une main ferme se posa sur son épaule pour l'immobiliser.

— Détendez-vous, Jamie. Tout va bien.

Elle regarda la personne penchée vers elle. Une femme…

— Je suis Robyn Hyatt. Mon mari travaille à Project Justice et nous étions à la soirée.

Jamie dut la dévisager étrangement parce qu'elle poursuivit.

— Vous étiez chez Daniel et vous avez soudain perdu

connaissance. Vous vous êtes cogné la tête en tombant, nous allons à l'hôpital.

— Je… je ne me souviens pas.

Elle avait du mal à s'exprimer. Elle se rappelait Jillian qui lui demandait de partir et ensuite… rien, le trou noir.

— Pourquoi êtes-vous ici ?

La question lui parut agressive, et elle reprit aussitôt.

— Merci de m'avoir accompagnée… Oh ! vous êtes sans doute venue pour me demander de ne pas poursuivre Daniel en justice ? Ne vous en faites pas, je ne suis pas procédurière.

— Non, pas du tout. Daniel s'inquiétait beaucoup pour vous. Il aurait aimé venir lui-même, être à vos côtés, mais… il n'est jamais simple pour lui de s'éloigner du manoir.

Daniel s'inquiétait pour elle ? Lorsqu'il l'avait prise à partie devant un millier de personnes, il n'en avait pourtant pas l'air.

— Il me déteste.

— Ce n'est pas vrai. Si vous l'aviez vu quand il a appris que vous aviez eu un malaise…

Jamie n'avait pas envie d'en discuter.

— Pourquoi ai-je si mal à la gorge ?

— Je n'en sais rien. On ne me dit rien, je ne suis pas de la famille.

Lorsque Jamie rouvrit les yeux pour regarder autour d'elle, elle comprit qu'elle était aux urgences.

— Je suis à l'hôpital.

Elle avait une perfusion dans le bras et plusieurs machines reliées à elle.

— Oui.

— S'il vous plaît, demandez à un médecin de venir.

Elle ne voulait pas se montrer dure avec Robyn qui avait eu la gentillesse de l'accompagner. Mais sans doute ne faisait-elle qu'exécuter les ordres de Daniel.

— Oui, bien sûr.

Tandis que Robyn quittait la pièce, Jamie tenta de nouveau de se remémorer pourquoi elle avait eu un malaise. Mais son dernier souvenir était la vision de Jillian la priant de s'en aller.

Une femme en blouse blanche entra. Elle avait un visage avenant et un sourire chaleureux.

— Vous êtes revenue parmi nous ? Je suis le Dr Novak. Vous nous avez fait très peur. Comment vous sentez-vous ?

— Sur une échelle de un à dix ? A moins cinq. Que m'est-il arrivé ?

— Vous ne vous en souvenez pas ?

— Non, pas du tout.

— Avez-vous avalé des médicaments ?

— Je ne sais pas ce que les infirmiers m'ont donné…

— Je voulais dire, *avant* votre malaise ?

Jamie secoua la tête.

— Non, je ne prends jamais rien.

— Madame McNair, vous aviez assez de barbituriques et d'alcool dans le sang pour abattre un rhinocéros. Mélangés à l'alcool, ces médicaments peuvent être mortels…

Des barbituriques ?

— Je n'ai rien pris.

— Personne ne vous le reprocherait, dit le médecin avec douceur. Vous étiez dans une situation de stress intense. Vous avez perdu votre travail, vous vous êtes disputée avec votre petit ami…

Jamie arracha sa main de celle du médecin.

— Ecoutez, mettons les choses au clair. Je ne sais pas qui vous a renseignée, mais je n'ai jamais pris de tranquillisants ni de somnifères avec ou sans alcool.

Le médecin la dévisageait avec pitié, et Jamie eut envie de la gifler.

— Vous croyez que j'ai tenté de me tuer ?

— Quand quelqu'un présente un mélange massif de tranquillisants et d'alcool dans le sang, il s'agit rarement d'un accident.

— Pas un accident…

Quelqu'un avait-il tenté de la droguer, de verser un poison dans son verre ? Elle ne s'en souvenait pas.

En tout cas, elle savait pourquoi sa gorge la brûlait. On lui avait sans doute fait un lavage d'estomac.

— Voulez-vous que j'appelle quelqu'un ? Une amie ? Un proche ?

C'était un cauchemar. Cette femme ne la croyait pas.

— Quand vais-je pouvoir sortir d'ici ?

— Je veux vous garder cette nuit en observation. Après cela… nous verrons.

Le médecin ne la croyait pas, se dit Jamie. Si elle ne faisait pas très vite quelque chose, elle allait se retrouver en psychiatrie.

Mais elle ne parvenait pas à penser à quelqu'un qu'elle pourrait appeler, quelqu'un qui la connaisse assez pour dire à ce médecin : « Jamie n'a rien de suicidaire et elle n'est pas du genre à prendre des tranquillisants. »

Curieux, Jamie ne s'était jamais rendu compte qu'elle n'avait pas de véritables amis dans son entourage. Elle avait des collègues au palais, des gens avec qui elle partageait à l'occasion un café ou un repas. Le plus souvent, elle parlait « boutique » avec eux.

Mais elle n'était intime avec aucun. Aucun ne l'avait appelée quand elle avait été renvoyée.

— J'aimerais m'entretenir avec un inspecteur de police, dit-elle. J'ai été victime d'une tentative d'empoisonnement et pendant que nous parlons, quelqu'un est peut-être en train de détruire des preuves.

— Vous avez surtout besoin de vous reposer, Jamie. Je vais m'occuper des papiers pour votre admission.

Rejetant la tête en arrière, Jamie feignit d'être épuisée et de se soumettre aux volontés du médecin.

— Très bien, je me repose.

Le Dr Novak la regarda avec inquiétude avant de quitter la pièce.

Une fois seule, Jamie se mit sur son séant. Ses jambes étaient faibles, la tête lui tournait, mais elle parvint à attraper le sac qui contenait ses vêtements.

Elle fouilla à l'intérieur et retrouva son téléphone portable.

— Merci, mon Dieu, murmura-t-elle. Espérons que je peux me connecter d'ici.

Oui, il y avait du réseau ! Elle composa à la hâte le numéro du commissariat de Houston.

— Comstock, à l'appareil.

— Abe, c'est Jamie McNair.

— Jamie. J'ai entendu dire que vous aviez été renvoyée.

— C'est vrai, mais cela n'a aucun lien avec la raison de mon appel. Quelqu'un a tenté de me tuer ou en tout cas de me rendre très malade. Je me trouve actuellement à l'hôpital, aux urgences. Pouvez-vous venir ? Je vous en prie.

— Quelqu'un a essayé de vous tuer ?

— J'étais à une soirée. Quelqu'un a mis de la drogue dans mon verre.

— J'arrive.

Comme un animal en cage, Daniel faisait les cent pas dans le salon plongé dans l'obscurité. Il attendait un coup de fil de Ford. Si Jamie ne guérissait pas, il ne se le pardonnerait jamais. Il ne l'avait pas touchée, mais elle s'était trouvée mal sous son toit après qu'il s'en était pris à elle de façon très véhémente.

Peut-être avait-elle été si bouleversée qu'elle avait fait un malaise cardiaque. Il la pensait jeune et en bonne santé, dans la force de l'âge, mais elle souffrait peut-être d'une maladie qu'il ignorait.

A présent, ses invités étaient tous partis. Après la syncope de Jamie, les festivités avaient vite cessé. Les domestiques avaient déjà tout nettoyé.

L'endroit semblait étrangement vide et silencieux.

Il pouvait aller la voir, il pourrait réveiller Randall et lui demander de le conduire à l'hôpital, comme le ferait n'importe quel être humain. Mais la dernière tentative de sortir de chez lui avait été un désastre. Le simple souvenir de sa visite à la prison lui donnait la nausée. Se rendre à l'hôpital risquait de provoquer les mêmes effets.

Le téléphone sonna enfin, et il se jeta dessus.

— Ford ?

— Oui. Jamie a repris conscience. Apparemment, elle va se remettre.

— Dieu merci. Que s'est-il passé ?

— Elle avait pris des barbituriques et de l'alcool.

— Quoi ? Elle a essayé de… de…

— Tout le monde le croit, en tout cas. Mais elle a appelé un inspecteur de police à son chevet. Elle prétend que quelqu'un lui a fait ingurgiter ces drogues à son insu.

Les nouvelles semblaient empirer à chaque minute.

— Vous la connaissez mieux que nous, Daniel. Prend-elle des calmants ? Contre la douleur ou pour dormir ?

— Absolument pas. Jamie n'essaierait jamais de se tuer. C'est ridicule. Elle est intelligente et garde la tête froide dans l'adversité.

— Elle a perdu son job…

— Elle savait depuis le début que le risque existait. Elle n'a pas dû être ravie de se retrouver au chômage, mais elle n'a rien de suicidaire.

— La seule hypothèse valide est donc que quelqu'un a tenté de la tuer à cette soirée. A-t-elle des ennemis ? Des conflits avec quelqu'un ?

Une pensée traversa l'esprit de Daniel, si pénible qu'il hésita à la formuler à haute voix. Il ne voulait pas risquer d'accuser quelqu'un à tort. Quel hypocrite !

— Jillian. Elle déteste Jamie. Mais Jillian ne ferait jamais… Je la connais depuis qu'elle est gamine. C'est exclu.

— Il y a eu cette chute du poste de télévision dans la salle de bains.

— C'était un accident… provoqué par un ciment de mauvaise qualité. Jillian ne peut être tenue pour responsable.

— Il s'agit d'une horrible coïncidence, alors. Mais Jamie a

failli mourir deux fois au manoir. En tant qu'ancien policier, je trouve cela louche.

— Je ne sais quoi vous dire. Allez-vous assister à l'entretien de Jamie avec ce policier ?

— Elle nous a demandé d'être présents pour, le cas échéant, confirmer ses dires.

— Essayez de préserver la confidentialité de cette affaire.

— Bien sûr.

— Et je vous en prie, dites à Jamie que si je peux faire quoi que ce soit, elle n'a qu'à demander. Elle peut venir se reposer au manoir. J'embaucherai des infirmières, un médecin, tout ce qu'il faut.

— Je le lui dirai. Mais ne rêvez pas trop. Vous vous êtes montré très dur avec elle et, compte tenu qu'elle a failli mourir deux fois chez vous, je ne crois pas qu'elle ait envie d'y retourner.

Il avait raison. S'il voulait réparer les dégâts, il devait aller la trouver.

Pour Jamie, il se sentait capable de l'impossible.

Demain. Ne serait-ce pas trop tard ?

— Jamie, avez-vous été victime d'autres tentatives de meurtre ou de blessures graves ? demanda le lieutenant Comstock.

Il était très séduisant avec sa peau mate et ses tempes argentées. A cette heure tardive, il avait retroussé les manches de sa chemise et dénoué sa cravate.

Abe Comstock était quelqu'un de bien, songea Jamie. Elle était soulagée de relater les événements à quelqu'un qui savait qu'elle n'était pas du genre à boire ou à prendre des médicaments en cas de coup dur. Elle espérait que le procureur général n'ait pas encore répandu trop de sornettes sur son compte. Elle avait demandé à Ford et à Robyn d'assister à l'entretien, qui se déroulait dans la chambre d'hôpital exiguë.

Elle avait commencé par affirmer que personne n'avait

jamais essayé de lui faire du mal. Puis, elle s'était souvenue de l'incident du poste de télévision.

— Il y a quelques jours, j'ai passé une nuit chez Daniel, et quand j'ai voulu prendre un bain, le poste de télévision fixé au-dessus de la baignoire s'est décroché et est tombé dedans. J'aurais pu être électrocutée, mais je crois que c'était un accident.

— La compagnie qui avait installé l'appareil a reconnu sa responsabilité, intervint Ford.

Abe se tourna vers lui.

— Comment le savez-vous ?

— Daniel m'en a parlé.

Abe opina, griffonna quelques notes avant de reporter son attention sur Jamie.

— Vous dites que vous vous êtes disputée avec Daniel en public peu avant votre malaise. A quel sujet ?

Jamie ne voyait pas comment le lui cacher.

— Il a découvert que le procureur qui l'avait fait condamner à mort était mon père.

Abe eut l'air interloqué mais manifestement, Ford était déjà au courant.

— J'aurais dû le lui dire, je comprends sa fureur.

— Pensez-vous qu'il était tellement en colère qu'il aurait pu vouloir vous faire du mal ?

— Cela me semble impossible.

— Qui d'autre pourrait chercher à vous nuire ? Si vous n'avez pas d'autre suspect, Daniel Logan me paraît mal parti.

Elle n'avait pas envie qu'Abe prenne la mauvaise direction.

— Il y a autre chose. Je travaille depuis deux semaines pour prouver qu'un homme que j'ai poursuivi en justice et fait condamner à mort est innocent. Maintenant, nous avons l'ADN d'un autre suspect et…

— Project Justice a de nombreux ennemis, intervint Ford. Quand quelqu'un a été injustement condamné, cela signifie que le vrai meurtrier s'en est bien tiré. Si de nouvelles preuves apparaissent, il devient nerveux.

— Mais comment un criminel inconnu aurait-il pu s'introduire à cette soirée ? Cela n'a pas de sens.

Jamie soupira, vaincue.

— Il reste une autre possibilité que vous n'avez pas mentionnée, reprit Ford, visiblement mal à l'aise. Quelqu'un d'autre se trouvait à cette soirée qui ne vous apprécie pas beaucoup, Jamie.

Elle le regarda d'un air interrogateur.

— De qui parlez… Oh.

— Qui ? demanda Abe.

Jamie poussa un soupir.

— Jillian, l'assistante de Daniel. Elle est jalouse de moi. A tort, ajouta-t-elle vivement pour que personne ne se doute qu'elle avait couché avec Daniel. Elle est un peu possessive avec lui, et je pense qu'elle m'a considérée comme une rivale. Je venais le voir, dînais avec lui, passais du temps avec lui. Nous avons beaucoup travaillé sur cette affaire et elle le vivait mal.

— Tout le monde sait que Jillian… est amoureuse de son patron, ajouta Ford.

— Jillian ne ferait de mal à personne, assura Robyn.

— Elle n'avait peut-être pas l'intention de tuer, dit Ford. Mais seulement que Jamie ait l'air ivre, se ridiculise.

Abe notait.

— J'ai toujours eu envie de voir le manoir de Daniel Logan. Maintenant, j'ai une bonne raison de m'y rendre.

— Jillian a la liste des invités, ajouta Jamie.

Abe s'en alla enfin. Ne la considérant pas en danger, il ne lui proposa pas de protection.

Elle était trop épuisée pour argumenter.

Ford s'éclaircit la gorge.

— Daniel a proposé de vous accueillir chez lui, il est prêt à embaucher le personnel nécessaire pour veiller sur vous.

— Non.

— Je lui ai dit que l'idée ne vous séduirait sans doute pas. Mais il se sent mal, Jamie.

S'il se sentait si mal, s'il se souciait véritablement d'elle, pourquoi n'était-il pas ici ? Il avait envoyé ses collaborateurs, deux personnes qui donneraient leur vie pour lui.

— Il y a des choses qui ne s'achètent pas, répondit-elle. Merci pour tout ce que vous avez fait pour moi. Mais demain, je sortirai d'ici. J'ai besoin de rentrer chez moi et d'oublier cette horrible soirée.

— Faites attention à vous, dit Ford. Si quelqu'un a tenté de vous tuer ce soir, il est probable qu'il n'en restera pas là.

13

Daniel avait réussi à dormir quelques heures. Mais quand un de ses domestiques vint le prévenir que la police était là, il était levé, douché, rasé et habillé. Il avait envoyé Randall relayer Ford et Robyn qui devaient être épuisés.

Il vint accueillir le lieutenant Comstock et le fit entrer dans la bibliothèque.

— Vous avez organisé une soirée ici hier ? demanda Comstock avec curiosité en regardant autour de lui.

— Oui, c'est exact.

Daniel n'avait pas eu à répondre depuis longtemps aux questions de policiers, mais il connaissait la tactique. Abe allait se comporter comme un ami, chercher à le mettre à l'aise, avant d'introduire peu à peu l'objet de sa visite. Daniel savait pertinemment qu'il était considéré comme suspect. Il s'était disputé avec Jamie en public quelques instants avec son malaise.

Il avait un motif, le désir de se venger. Comme il ne lui était plus possible de tuer l'homme qui l'avait injustement condamné, il aurait pu vouloir s'en prendre à la fille de ce procureur. En tout cas, Abe Comstock pouvait considérer cette hypothèse probable.

— Personne ne se douterait que vous aviez du monde ici hier. L'endroit est impeccable.

— Mon personnel est très efficace.

— Faites-vous toujours le ménage aussi rapidement après une fête ? Quand j'en fais une chez moi, je retrouve des cannettes de bière vides pendant des jours.

— C'est la première soirée que j'organise au manoir depuis la mort de mes parents. Asseyez-vous, je vous en prie.

Comstock s'installa dans un fauteuil, tandis que Daniel prenait place sur le canapé, celui où il avait fait l'amour avec Jamie. Il aurait sans doute dû recevoir le policier ailleurs. Ici, tout lui rappelait Jamie et ce qu'il avait perdu

Daniel décida de passer à l'offensive.

— Je me suis entretenu avec Ford, ce matin. Il m'a dit que j'étais considéré comme le suspect numéro un dans la tentative de meurtre sur Jamie McNair.

— Vous n'en semblez pas surpris.

— J'ai été horrifié d'apprendre que Jamie avait été droguée. Je comprends aussi pourquoi vous pensez que j'ai pu le faire. J'aimerais vous aider au maximum à trouver le responsable. Vous pouvez fouiller la maison, la propriété. Je vous donnerai la liste des invités. Je ferai tout ce qui est en mon pouvoir pour vous prouver que je ne ferais jamais de mal à Jamie.

— Avez-vous des sentiments pour elle ?

— Oui.

Project Justice lui avait appris qu'il ne fallait jamais mentir au cours d'un interrogatoire. Les mensonges vous revenaient tôt ou tard en pleine figure.

— Je me suis senti trahi lorsque j'ai compris qu'elle n'avait pas été honnête avec moi. J'ai perdu mon sang-froid J'ai été cruel, blessant. Les mots ont dépassé ma pensée.

Comstock lui posa une multitude de questions. Il voulait le détail de ce qu'avait fait Daniel au cours de la soirée.

Puis il demanda à voir Jillian.

— Elle n'a pas empoisonné Jamie. Depuis le départ, elle n'aime pas Jamie et se méfie d'elle. Mais c'est elle qui a découvert qui était le père de Jamie et qui me l'a dit. Elle tenait alors sa revanche. Elle avait envie que je rompe avec Jamie. Comme je l'ai fait, elle n'avait plus de raison de lui nuire.

— A moins de savoir que Jamie et vous aviez couché ensemble.

— Je ne vois pas comment elle aurait pu l'apprendre.

— Les femmes le savent toujours. C'est ainsi.

Apparemment, Comstock en avait fait l'expérience.

— Je vais appeler Jillian.

Il s'apprêtait à le faire quand Jillian entra dans la pièce. Peut-être avait-elle écouté aux portes. Vêtue d'un jean et d'un pull marine, elle ne semblait pas en forme. Elle n'était pas maquillée et ses cheveux étaient mal coiffés.

Sans doute s'était-elle couchée tard.

— Je m'apprêtais à vous appeler, dit Daniel. Voici le lieutenant… Qu'est-ce qui ne va pas, Jillian ?

Elle avait les larmes aux yeux, et il eut peur soudain qu'elle ait de mauvaises nouvelles de l'hôpital.

— Jamie ? dit-il.

— Il s'agit de Claude, le chef. Il a été victime d'un accident de la route, ce matin, en venant travailler. Sa mère vient de téléphoner. Il s'est cassé la jambe et… il a perdu un œil.

— Mon Dieu ! C'est affreux. Va-t-il survivre ?

— Oui, mais il ne pourra peut-être pas retravailler.

— Bien sûr que si ! Nous lui enverrons les meilleurs médecins. Rappelez sa mère, dites-lui que je prends en charge tous les frais.

— Claude est l'un de vos employés ? s'enquit Abe.

— Il est plus que cela, répondit Daniel. Je le connais depuis l'adolescence. Il a été formé comme chef à Paris. Il a été mon collaborateur dans la première affaire que j'ai montée.

— Je l'ignorais, murmura Jillian.

— Nous avions ouvert un restaurant ensemble, mais j'en parle rarement car ce fut un échec cuisant.

— Vous avez connu un échec commercial ? s'enquit Comstock, fasciné. Pourquoi ? La nourriture n'était pas bonne ?

— La cuisine de Claude n'était pas en cause. Il tenait à développer notre activité le plus vite possible alors que nous n'en avions pas les moyens. Nos chemins se sont alors séparés. Quand je suis sorti de prison, mon père a retrouvé sa trace et l'a embauché pour travailler pour moi. Il est resté au domaine depuis.

— Qui va s'occuper des repas ? demanda Jillian.

— Cora. Attendez, le lieutenant veut vous parler.

— A moi ?

— Quelqu'un a tenté de tuer Jamie hier.

Jillian recula d'un pas.

— Et vous pensez que j'y suis pour quelque chose ?

— Calmez-vous, Jillian. Contentez-vous de répondre au lieutenant. Je vous conseille de le faire avec franchise.

— Que désirez-vous savoir ?

— Vous avez assisté à la dispute entre Jamie et votre employeur. J'aimerais que vous me disiez ce que vous avez vu et entendu. Par exemple, qu'a-t-elle bu et mangé ?

— Elle a été empoisonnée ?

Comstock resta muet, attendant qu'elle réponde à la question.

— Seigneur ! s'exclama Jillian, livide.

Elle s'accrocha à une table pour garder son équilibre.

— Daniel, vous souvenez-vous pourquoi je vous ai interrompus, Jamie et vous ?

— Franchement, non. Vous arriviez au mauvais moment et j'étais focalisé sur Jamie.

— J'essayais de vous donner un verre que Claude avait spécialement préparé pour vous.

— C'est vrai. Une boisson aux framboises, non ?

— Vous m'avez pris le verre des mains, mais vous ne l'avez pas bu. Vous l'avez posé sur un guéridon près de vous.

— Oui…

— Quand vous avez tourné les talons pour quitter la pièce, Jamie l'a pris et l'a avalé d'un trait. Mon Dieu ! C'est ce breuvage qui l'a empoisonnée.

— Attendez. Vous dites que vous vouliez m'empoisonner, moi ?

Horrifiée, elle écarquilla les yeux.

— Daniel ! Bien sûr que non, jamais je ne vous ferais de mal. Je vous…

Elle s'interrompit.

— Je vous trouve formidable.

— Mais si ce verre contenait du poison, intervint Comstock.

— Claude me l'avait donné. Pour que je l'apporte à Daniel. Ce n'était pas Jamie la cible, mais vous, Daniel.

— Des roses rouges ?

Robyn sortit la carte du bouquet et la tendit à Jamie, étendue sur son lit d'hôpital. Jamie savait déjà par cœur ce qu'il y était écrit.

« Jamie chérie, rétablis-toi vite, je t'en prie. Daniel. »

— C'est très gentil, marmonna Jamie.

Jamie était hospitalisée depuis deux jours. Elle avait été installée dans une chambre spacieuse, un traiteur de qualité lui concoctait ses repas et, chaque jour, un fleuriste lui apportait des fleurs. Une télévision était à sa disposition.

Elle ignorait que l'hôpital disposait de suites VIP.

Elle avait accepté de recevoir la visite du psychiatre pour que l'hypothèse d'une tentative de suicide soit définitivement écartée.

Au départ, elle avait été irritée que Daniel s'occupe de tout. N'avait-il pas compris le message ? Elle se moquait de son argent, de son pouvoir. D'autres femmes auraient sans doute été impressionnées par ses largesses. Pas elle.

Elle espérait autre chose de Daniel.

Elle le voulait lui. En entier. Elle avait envie de vivre avec lui, de faire partie de sa vie. Elle souhaitait qu'il reconnaisse qu'il avait besoin de se faire aider et qu'il entreprenne une thérapie.

Elle tenait à ce qu'il oublie son passé, car tant qu'il ne l'aurait pas fait, ils n'auraient aucun avenir ensemble.

Malheureusement, il ressemblait aux hommes que sa

mère avait aimés. Et essayé d'aider. D'accord, il était séduisant, riche, charismatique. Mais elle avait eu tort de tomber amoureuse du Daniel Logan qu'il avait été et ne serait sans doute jamais plus.

— Les roses rouges ne symbolisent pas la gentillesse, répliqua Robyn. Les hommes n'envoient pas de roses rouges à des associées.

— Ce n'est sûrement pas lui qui les a choisies.

— Ce n'était pas Jillian. Elle vous aurait envoyé des fleurs fanées.

Jamie soupira.

— Ils n'ont arrêté personne, n'est-ce pas ?

— Pas que je sache.

Le Dr Novak vint voir une dernière fois Jamie.

— Quelqu'un va vous reconduire chez vous ? C'est parfait.

Ford et Robyn lui avaient proposé de s'installer quelque temps chez eux, et elle avait accepté, consciente qu'il valait mieux qu'elle ne reste pas seule chez elle.

— A-t-on attrapé la personne qui a voulu vous droguer ?

— Je l'ignore.

Le médecin baissa la voix.

— C'est comment d'avoir un petit ami qui pourrait acheter un pays s'il le voulait ?

Jamie se mit à rire.

— Ce n'est pas mon petit ami.

— Un homme n'envoie pas ce genre de bouquet à une amie.

— Qu'est-ce que je vous avais dit ? lança Robyn.

— Daniel a l'habitude de faire les choses en grand, c'est tout.

Jamie signa les papiers de sortie et elle fut accompagnée dans un fauteuil roulant.

Robyn l'entraîna vers une luxueuse Jaguar garée un peu plus loin. Soit les professeurs étaient mieux payés que dans le passé, soit Daniel payait généreusement ses collaborateurs.

Comme Jamie ouvrait la portière arrière pour poser les

fleurs offertes par Daniel dans la voiture, elle sursauta en voyant un labrador.

— Daniel ?

Son cœur se mit à battre la chamade dans sa poitrine. Inutile de se demander pourquoi Robyn avait insisté pour qu'elle se maquille et se coiffe avant de quitter sa chambre.

Assis au volant, Daniel lui souriait et, silencieuse, elle jeta un regard furieux à Robyn.

— Je vous laisse, dit cette dernière.

Jamie eut envie de s'enfuir en courant, de retourner à l'hôpital où elle serait en sécurité. Elle n'était pas prête à affronter Daniel. Il avait été tellement odieux à la soirée et…

— Tu conduis, Daniel ?

— M'en croyais-tu incapable ?

— Je pensais que tu préférais les limousines avec des vitres blindées, des chauffeurs et des gardes du corps.

Elle se demandait si elle ne rêvait pas. Elle avait voulu que Daniel lui montre qu'il se souciait d'elle, qu'il vienne la voir. Il l'avait fait.

— C'est nouveau pour moi, reconnut-il. Je craignais qu'une horde de journalistes se lance à mes trousses comme cela s'est souvent produit depuis ma sortie de prison. Mais non, personne ne s'intéresse à moi !

— Ne les sous-estime pas. Ils n'ont peut-être encore rien remarqué.

Quand les médias apprendraient qu'une tentative de meurtre avait eu lieu au manoir, ils reviendraient en force, songea-t-elle.

— Comment vas-tu ? Apparemment beaucoup mieux que la dernière fois que je t'ai vue.

— Ça va.

— Tant mieux, je me suis fait beaucoup de souci.

— Mm… oui. Peut-être devrions-nous y aller.

Deux personnes s'étaient arrêtées sur le trottoir pour admirer la Jaguar. Même si les vitres teintées les empêchaient de voir à l'intérieur, les gens étaient curieux.

— D'accord, allons-y.

Il démarra et, avec douceur, manœuvra pour sortir du parking.

Daniel avait du mal à croire qu'il était au volant d'une belle voiture, une jolie femme assise à son côté. Il avait peur, mais l'aventure lui semblait aussi excitante. Depuis des années, il s'était imaginé maîtriser sa vie alors qu'il avait laissé beaucoup de gens l'organiser pour lui, Jillian, Randall et même Claude.

Claude. Songer à son vieil ami lui serrait le cœur.

— Tu me conduis chez les Hyatt, n'est-ce pas ?

— Je pensais te proposer une petite promenade, si tu n'es pas trop fatiguée.

— Je suis épuisée. Après deux jours à dormir, je devrais déborder d'énergie. Mais à l'hôpital, personne ne vous laisse jamais tranquille.

— Je comprends. Je suis sûr que Ford et Robyn t'accueilleront dans une chambre très agréable où tu seras au calme.

Il semblait déçu.

— Nous ne sommes pas obligés d'y aller directement, déclara soudain Jamie. C'est agréable de rouler à bord d'une voiture si confortable, en regardant le paysage.

Le temps était parfait, ensoleillé et doux. Les étés caniculaires de Houston étaient souvent étouffants, mais la douceur des hivers était une vraie bénédiction.

Il s'engagea sur la voie rapide, surpris de la vitesse à laquelle il retrouvait sa capacité à se frayer un chemin au milieu de la circulation. Peut-être serrait-il avec un peu trop de force le volant, mais sa nervosité était davantage à mettre sur le compte de la proximité de Jamie que du trafic.

Jamie se montrait relativement aimable, mais cela ne signifiait pas qu'elle lui avait pardonné. Ni qu'elle oublierait. Comme il regrettait la dureté de ses paroles !

— La police a-t-elle avancé dans l'enquête ?

— Personne ne t'a rien dit ?

— Non, et c'est terrible pour moi.

— En fait, ils ont un suspect.

— Jillian ? Ecoute, c'est moi qui ai parlé d'elle à la police mais je leur ai dit aussi que j'étais certaine qu'elle était incapable d'un tel crime.

— Ce n'est pas Jillian, même s'ils enquêtent aussi sur elle. C'est une personne que nous n'avions jamais envisagée et, à vrai dire, je suis sceptique. As-tu faim ?

— Je meurs de faim, mais le suspense devient insoutenable. De qui s'agit-il ?

— De Claude. Mon chef cuisinier.

Un lourd silence suivit les révélations de Daniel.

Il ne voulait pas lui expliquer ce qui s'était passé. Il préférait qu'elle lui donne son avis sans avoir été influencée. Pendant qu'elle digérait l'information, il sortit de la voie express et, grâce à son GPS, se dirigea vers un parc qu'il connaissait, épargné par les bulldozers.

Daniel stoppa devant un parcmètre avant de se rendre compte qu'il n'avait pas de monnaie sur lui. Tout le monde en avait sur soi, sauf lui.

— Pourquoi nous arrêtons-nous ?

— Pour pique-niquer.

— Tu plaisantes ?

— Non, j'ai rempli moi-même un panier de victuailles. Ce ne sera pas aussi bon qui si Claude s'en était chargé, mais cela te plaira.

— Vas-tu m'expliquer pourquoi Claude aurait voulu me tuer ? Cela n'a aucun sens.

— Je vais le faire si tu acceptes de me donner un peu de monnaie. Je te rembourserai, intérêts et capital.

Jamie se mit à rire.

C'était bon de l'entendre rire de nouveau.

— C'est drôle qu'une femme au chômage soit obligée de donner de l'argent à un milliardaire.

— Je ne suis pas milliardaire. Depuis la crise, mes actions ont perdu beaucoup de leur valeur.

— Et le pire est que tu parles sérieusement.

Elle prit son sac et y trouva son porte-monnaie.

— Tu as de la chance, j'ai de la monnaie.

— Parfait.

— Au pire, l'amende de vingt-cinq dollars ne te ruinera pas.

— Oui, mais je suis redevenu le Daniel que j'étais, qui pense que les règles sont faites pour être respectées. J'ai changé, Jamie. En tout cas, j'essaie de changer. Grâce à toi, j'ai vu la vie que je menais, et elle ne me plaît plus.

Il sortit, accrocha une laisse au collier de Tucker et introduisit la monnaie dans le parcmètre. Jamie regardait autour d'elle avec curiosité. Puis Daniel sortit un panier du coffre.

— Tu es sérieux ? Tu veux que nous pique-niquions ?

— Pas toi ?

— J'ai trop faim pour refuser.

Ils firent quelques pas dans le parc.

Son parc.

Malgré les détritus et les graffitis à l'extérieur, le parc lui-même était un bijou. Il était ceint de hauts murs mais la grille d'entrée était toujours ouverte.

Une pancarte à l'entrée signalait le nom de l'endroit.

— Logan Park, lut Jamie. Il ne s'agit pas d'une coïncidence, j'imagine.

— Tu vois cet immeuble là-bas ? dit-il en désignant une construction de briques rouges. C'était là que siégeait Logan Oil autrefois. Mon grand-père a offert ce parc à la ville à la condition qu'il reste un espace de verdure. La société est toujours chargée de son entretien.

— Il était formidable, ton grand-père. L'endroit est magnifique, ajouta-t-elle.

Ils avaient l'embarras du choix pour décider où pique-niquer. Des bancs et des tables en pierre étaient dressés ici ou là, la plupart abrités par des toits de tuiles rouges.

— Cela t'ennuie-t-il de t'asseoir par terre ?

— Non, pas du tout.

Comme il n'y avait personne, Daniel détacha Tucker. Le

chien courut renifler les arbres et les buissons, heureux de découvrir un nouveau territoire.

Jamie aida Daniel à étendre une couverture. Ils s'y assirent, et Daniel ouvrit le panier. Il en sortit du fromage, des crackers, des pommes et des bouteilles d'eau minérale.

— Je m'attendais à des petits plats, mais j'adore les crackers et le fromage.

— La police m'a confisqué tout ce qui se trouvait dans la cuisine. Ils n'ont presque rien laissé.

— Claude, dit-elle comme si la mémoire lui revenait brutalement. Dis-moi pourquoi il aurait essayé de me tuer. Son nom n'est jamais apparu dans l'enquête.

Tucker revenait de sa balade et se coucha près d'eux.

Daniel lui gratta la tête.

— Pas toi. Moi. Tu as été touchée par erreur. Te rappelles-tu avoir bu le verre que Jillian m'a apporté pendant notre dispute ?

Jamie avait le vague souvenir d'un breuvage rouge, mais elle secoua la tête.

— Tu l'as avalé. D'un trait, à en croire plusieurs témoins. Et quelques instants plus tard, tu t'es trouvée mal. Le champagne que tu avais bu un peu plus tôt n'a fait qu'amplifier l'effet du poison.

— Mais pourquoi Claude aurait-il voulu te tuer ? Cela n'a aucun sens non plus.

— Je ne comprends pas. Mais Claude a soi-disant eu un accident de la route le lendemain de la soirée. Le problème est qu'il a disparu. La police le recherche.

— C'est curieux qu'il ait disparu.

Personne ne savait que les collaborateurs de Daniel enquêtaient de leur côté. Ils cherchaient à savoir si Claude avait pu avoir un lien avec les deux meurtres.

— Nous n'avons que la parole de Jillian pour prouver que Claude avait préparé cette boisson pour moi, dit Daniel.

— Il se pourrait donc que ce soit elle qui l'ait concoctée.

— La police étudie aussi cette hypothèse. Franchement, je n'adhère à aucune. Depuis des années, je me méfie tant des gens que j'ai voulu m'entourer exclusivement de personnes de confiance avec qui je me sentais en sécurité. Tout ça pour découvrir que j'étais en danger dans ma propre maison !

Jamie ne répondit rien, se contentant de caresser le chien.

— J'aimerais m'excuser pour la façon dont je t'ai traitée à la soirée, Jamie. J'ai été odieux.

Une ombre passa sur le visage de la jeune femme.

— Cela m'a surprise. Tu ne ressemblais plus au Daniel que je connaissais.

— Je ne montre pas souvent mon côté coléreux en public. Il a toujours été là, en moi, mais j'ai été étonné de perdre la maîtrise de moi-même. Pourras-tu un jour me pardonner ?

Elle lui sourit avec hésitation.

— Peux-tu, toi, me pardonner de ne pas t'avoir dit qui était mon père ? J'avais prévu de te le dire, mais je n'ai jamais réussi à trouver le bon moment. Au début, cela ne semblait pas important. Je pensais que notre collaboration serait brève. Quand j'ai compris que tu étais devenu plus qu'un ami, il était trop tard pour te le dire sans tout remettre en cause. Alors j'ai choisi la facilité et je me suis tue. Je ne croyais pas que tu le découvrirais avant que je sois prête à te l'apprendre. Qui te l'a dit ?

— Jillian. Elle a mis la main sur ton certificat de naissance.

— Je suis sûre qu'elle était contente de te révéler le pot aux roses.

— Elle pensait me protéger. Je lui ai parlé ce matin, je lui ai dit que les choses allaient changer. Il y aura toujours une place pour elle dans une de mes sociétés, mais plus comme mon assistante.

— Comment l'a-t-elle pris ?

— Pas très bien. Mais je devais lui dire.

— Tu es sorti de ton confort habituel, aujourd'hui, tu as pris des risques. Je suis surprise.

— Et impressionnée ?

— Daniel, tu n'as pas à m'impressionner. Mais juste à être toi-même. Tu m'as dit un jour que tu étais un homme brisé, mais je n'en crois rien. Tu m'as prouvé aujourd'hui que tu étais capable de changer. Tu as une vue claire de la situation, et tu as décidé de remettre les choses à leur juste place. C'est très sain.

— Tu es donc impressionnée, insista-t-il en riant.

— Oui, il y a encore du travail à faire, mais tu m'as impressionnée.

— Beaucoup de choses dans ma vie doivent changer, j'en ai pris conscience. Par exemple, je ne suis pas le genre d'homme dont tu peux tomber amoureuse. Cela peut-il évoluer ?

Elle lui caressa le visage.

— Oui, Daniel, ça le pourrait.

Elle se pencha pour poser les lèvres sur les siennes.

Ce fut le baiser le plus doux que Daniel ait connu, empli de tendresse et de promesses.

Il voulut l'enlacer mais elle s'écarta, la mine coupable.

— C'est peut-être une erreur.

— Pourquoi ? Un pique-nique est une bonne occasion pour se réconcilier.

— Je ne veux rien précipiter, Daniel. Avec tout ce qui arrive, il y a tant de choses à penser.

— Rien n'est jamais parfait. Quand j'étais en prison, j'ai passé beaucoup de temps à regretter ce que je n'avais pas fait, les occasions que je n'avais pas saisies.

— Les femmes avec qui tu n'avais pas couché…

— Aussi, oui, reconnut-il.

— Tu n'es plus en prison. A moins que la police t'accuse d'avoir versé toi-même le poison dans ce verre pour te tuer !

— La police est déjà parvenue à des conclusions plus absurdes encore. Viens, dit-il en se levant et en lui tendant la main. J'aimerais te montrer quelque chose.

Elle mêla leurs doigts et se leva. Il n'en revenait pas qu'elle lui accorde de nouveau sa confiance si facilement. La Jamie qu'il avait rencontrée deux semaines plus tôt ne faisait confiance à personne.

Il la conduisit dans un pavillon. Par chance, il avait apporté la clé et elle fonctionnait.

La pièce servait de rangement aux jardiniers qui s'occupaient du parc. Tout y était propre et une bonne odeur d'herbe coupée flottait dans l'air.

— Qu'y a-t-il ici ?

Daniel referma la porte derrière eux.

— Toi, moi, un peu d'intimité.

Elle se mit à rire.

— Tu plaisantes, n'est-ce pas ?

Il lui prit la main et la posa sur son sexe en érection. Il voulait qu'elle comprenne qu'il ne plaisantait pas.

— Je t'ai dit à quel point j'étais désolé de t'avoir lancé des mots terribles sous le coup de la colère. Après cette soirée, je ne savais plus où me mettre. Mais les excuses ne suffisent pas, n'est-ce pas ? Laisse-moi te montrer à quel point je t'aime, Jamie.

— Tu veux coucher avec moi dans cette cabane de jardinier ?

14

Daniel poussa Jamie contre le mur et l'embrassa avec passion.

— Et pourquoi pas ? L'odeur des engrais ne t'excite pas ?

— Je ne sens pas d'engrais, mais l'herbe coupée et l'huile, répondit-elle d'une voix que le désir rendait rauque.

— Tu peux dire non. Tu viens de sortir de l'hôpital…

Pour toute réponse, elle retira son pull, le laissant l'admirer en soutien-gorge.

L'effet que ce morceau de dentelle eut sur lui fut remarquable.

Sous son regard, elle se mit à rougir.

— C'est la première fois que tu sors de chez toi et seul, depuis des mois.

— Depuis des années, corrigea-t-il.

Elle l'aida à ôter son jean et son caleçon, puis s'agenouilla pour prendre son sexe en érection dans sa bouche.

Comme la première fois, songea-t-il. En cet instant, pourtant, il désirait surtout être en elle.

Au prix d'un effort de volonté quasi surhumain, il l'écarta doucement de lui.

— J'ai envie de te faire l'amour, Jamie.

— Je ne pense pas que ce soit possible ici.

— Bien sûr que si.

Il repéra des rouleaux de gazon qui feraient une couche parfaite.

Elle se déshabilla en un tour de main, jetant ses vêtements sur des sacs d'engrais, puis tous deux s'allongèrent sur ce lit improbable.

Il remarqua le bleu qu'elle avait au creux du bras, là où on lui avait posé une perfusion, et il sentit sa gorge se nouer.

— Je ne devrais pas sauter sur une femme qui sort de l'hôpital.

Elle l'enlaça et l'attira à elle.

— Tu es le seul remède dont j'ai besoin, Daniel.

Quand elle l'embrassa, il oublia tout, sauf son désir d'être en elle. Il voulait ne faire qu'un avec elle. Elle l'avait ramené à la vie, alors qu'il n'était pas même conscient d'être à demi mort à l'intérieur.

Son réveil était à la fois douloureux et excitant.

Il promena les mains sur son corps comme s'il n'avait jamais touché une femme. Tout lui semblait nouveau, frais, neuf… La courbe de ses hanches, la rondeur de ses seins, la douceur de sa peau l'émerveillaient. Il était fou de cette femme. Il l'embrassa.

— Daniel…, murmura-t-elle.

Dans sa bouche, son prénom devenait une caresse, intensifiant son désir. Elle était si pleine de vie. Pourtant, il savait qu'il pouvait la perdre s'il lui parlait ou la traitait mal.

La première fois qu'ils avaient fait l'amour, il avait été bouleversé. Maintenant, il en voulait plus.

— Daniel, répéta-t-elle avec insistance.

— Es-tu sûre d'être prête ?

Il glissa ses mains entre ses cuisses.

— Cesse de t'inquiéter pour moi. Viens en moi. Maintenant.

Personne ne lui avait jamais parlé ainsi. C'était un ordre.

— Bien, madame.

Lorsqu'il s'allongea sur elle, elle le guida avec douceur en elle. Le monde autour d'eux disparut. Il n'y avait plus qu'eux deux.

Leurs cris de jouissance se mêlèrent, et des vagues de plaisir déferlèrent sur leurs corps pour se rejoindre à l'infini. Jamie sentit un long frisson la parcourir.

— Quel délice…, murmura-t-elle.

— Oui, je crois que revenir parmi les humains va me plaire.

Derrière la porte, Tucker se mit soudain à aboyer.

— Quelqu'un vient, dit Daniel, peu désireux de s'écarter du corps chaud et doux de Jamie.

— Oh non !

Elle remua pour se libérer de son étreinte, attrapa ses vêtements et se rhabilla à la hâte.

— La porte est verrouillée, lui rappela-t-il.

— Personne d'autre n'a la clé ? Les jardiniers, par exemple ?

Les aboiements du chien s'intensifiaient. Quand quelqu'un tourna la poignée, Daniel se jeta devant Jamie, prêt à faire face à l'intrus.

Mais l'homme d'un certain âge qui entra n'avait rien de menaçant avec sa veste trop grande et chiffonnée. D'autant qu'il avait l'air plus effrayé que les amants qu'il venait de surprendre.

Il leur parla en espagnol d'une voix paniquée et, à la grande surprise de Daniel, Jamie lui répondit dans la même langue. L'homme s'écarta pour leur permettre de sortir.

Tucker leur fit fête, remuant la queue. Daniel le caressa.

— Merci de nous avoir prévenus, vieux.

Ils remballèrent leur pique-nique et quittèrent rapidement le parc.

— Que lui as-tu dit ? demanda Daniel.

— Que nous ne lui voulions aucun mal et que nous partions. Il nous a pris pour des intrus.

— Il ne m'a pas reconnu ?

— Apparemment non.

— Tant mieux.

Riant toujours, Daniel démarra. Il s'apprêtait à s'éloigner quand son téléphone sonna.

En temps normal, il aurait laissé son correspondant enregistrer un message sur sa boîte vocale. Il considérait qu'il était grossier de répondre au téléphone quand il était en compagnie d'une femme. Mais comme il attendait des nouvelles importantes, il fut tenté de prendre l'appel.

— Vas-y.

Il regarda qui cherchait à le joindre. Le numéro de Project Justice apparut sur l'écran.

— Daniel Logan.

— Daniel, c'est Mitch. J'espère que vous êtes assis.

— Je vous écoute.

— J'ai creusé le passé de Claude Morel. Au premier abord, il ne semblait pas lié au meurtre de Frank Sissom. Mais il s'avère que, pendant que vous étiez en prison, il a monté une affaire avec… Christopher Gables.

— Vous plaisantez ?

Le cerveau de Daniel bouillonnait, analysant les données, cherchant des liens de causalité. Mais ce cas ne présentait aucune difficulté. Dans chacun des meurtres, Claude avait collaboré avec l'homme accusé plus tard d'un crime.

— Ils avaient ouvert un restaurant français, il y a dix ans. Neuf mois après l'ouverture, l'établissement a fait faillite et déposé le bilan.

— Alors c'est lui. Le lien que nous cherchions depuis des semaines est là.

— Il a dû essayer de vous tuer — ou de vous mettre hors d'état de lui nuire pour un moment — parce que vous vous approchiez de trop près de la vérité.

— Nous avons son ADN, il a dû le savoir.

— Ce n'est pas tout. Deux réservations aux noms de Claude Morel et de Marie Morel ont été prises sur un vol reliant Houston à Paris. L'avion décolle cet après-midi à 16 h 46. Marie est sa mère, non ?

— Oui, répondit Daniel, se remémorant la petite silhouette d'une vieille dame frêle. Appelez Comstock, et informez-le de vos découvertes. Si Claude monte dans cet avion, nous le perdons, et nous n'aurons jamais la preuve que son ADN correspondait à celui non identifié.

— N'est-il pas trop tard ?

— Il faut essayer. Comme nous ignorons où il se cache…

— J'ai une adresse que j'ai obtenue grâce à la carte de crédit de Marie.

— Donnez-la-moi.

— 703 Templeton Street.

Daniel l'enregistra sur son GPS. Il lui fallut s'y reprendre à plusieurs fois parce qu'il n'avait pas l'habitude de s'en servir. Enfin, un plan apparut.

— Je me trouve à une quarantaine de kilomètres de là. Je vais m'y rendre.

— Voulez-vous… que je demande à Randall d'y aller ?

— Je suis en voiture. Je m'en charge.

— Attendez, vous êtes… où ?

Daniel n'avait pas le temps d'expliquer sa métamorphose.

— Envoyez Randall pour assurer mes arrières. Appelez-le après avoir contacté les flics. Faites vite.

Daniel raccrocha et démarra, manquant d'emboutir une Toyota qui surgissait derrière lui.

— Attention ! cria Jamie.

Mais Daniel avait déjà freiné et évité l'accident.

— Pardon.

— Que se passe-t-il ?

— Claude a assassiné Andreas et Frank Sissom, Mitch a découvert le lien entre les deux affaires.

— Où ? Comment ?

Elle connaissait le nom de toutes les personnes impliquées dans ces meurtres. Ils travaillaient sur le dossier depuis deux semaines.

— Claude et Christopher ont ouvert un restaurant ensemble, il y a une dizaine d'années. Il a compris que nous n'allions plus tarder à le démasquer et a alors tenté de me tuer. Il est en train de quitter le pays, et je dois tout faire pour l'en empêcher.

— Appelle la police !

— Mitch s'en occupe. Mais les convaincre va prendre du temps. Comstock ne sera peut-être pas joignable. Mitch va être obligé d'expliquer comment il a tout compris, c'est risqué.

— A-t-il découvert le pot aux roses en piratant illégalement des systèmes informatiques ?

— Je n'en sais rien, je ne le lui ai pas demandé. Nous ne pouvons pas attendre. Claude est sans doute en train de boucler ses valises. Peut-être est-il déjà à l'aéroport.

Elle regarda le GPS, puis Daniel qui opérait un demi-tour.

— Attends, tu veux te rendre chez Claude ?

— Chez sa mère. Claude vit à Montrose.

— Mais si tu as raison, il s'agit d'un tueur de sang-froid ! Qu'allons-nous faire là-bas ? Nous ne sommes pas policiers, nous n'avons ni arme, ni badge, ni l'autorité pour intervenir.

— C'est vrai. J'avais envie de me confronter à lui, mais c'est dangereux. Je vais te déposer quelque part pour que tu sois en sécurité.

— Non, Daniel. J'appelle Comstock, il m'écoutera.

Peut-être. Elle fouilla dans son sac et en sortit son téléphone portable. Mais comme elle ne l'avait pas rechargé depuis deux jours, il n'avait plus de batterie.

— Mitch s'en charge déjà. De toute façon, Comstock nous conseillera sans doute de rentrer chez nous et de verrouiller la porte.

Ce qui serait un bon conseil. Pourquoi Daniel passait-il toujours d'un extrême à l'autre ? Après avoir souffert des années d'agoraphobie, voilà qu'il voulait jouer les héros.

— Allons chez lui, voir si la maison a l'air occupée, si la voiture de Claude est garée devant.

Jamie réfléchissait à toute vitesse. Le plan ne paraissait pas trop risqué.

— Ne va-t-il pas reconnaître ta voiture ?

— Non, elle est neuve, on me l'a livrée ce matin.

— Et c'est un bolide ! Daniel, sérieusement, tu n'as pas conduit depuis des années. Ne crois-tu pas que, pour une première, ça fait un peu beaucoup ?

— C'est comme faire du vélo, ça ne s'oublie pas !

— D'accord, mais ne dépasse pas les vitesses autorisées.

— Pour une fois…

— Daniel, écoute-toi ! Où est le nouveau Daniel qui tenait à mettre des pièces dans le parcmètre pour respecter les règles comme tout le monde ? Tes paroles n'étaient-elles que du vent ? Te crois-tu au-dessus des lois ? Essaies-tu de m'impressionner ?

Il l'impressionnait, c'est vrai. Son ton, ses manières, ce regard déterminé…

Il entendit le message et leva le pied.

— Je n'ai jamais été si près de rattraper le type qui a pris six ans de ma vie et celle de mes parents. Ils se sont usés à tenter de prouver mon innocence, de me sauver. Comment aurais-je pu soupçonner Claude ? Il était mon ami. Je lui ai ouvert ma maison, donné un bon travail, un très bon salaire. Je lui ai permis d'acheter tout le matériel nécessaire pour équiper la cuisine, lui ai acheté les ingrédients les plus exotiques. Il faisait ce qu'il voulait. Pourquoi ferait-il ça ?

Jamie, qui avait vu toutes sortes de personnes commettre toutes sortes de crimes pour toutes sortes de raisons, en avait une petite idée.

— Par jalousie. Il a démarré un restaurant avec toi. L'affaire a capoté. Puis tu en as ouvert un autre avec Andreas qui marchait très bien. Quelle meilleure vengeance que tuer ton associé et te faire endosser le crime ? Puis, il a remis ça avec Christopher Gables. L'établissement a dû faire faillite. Quand Christopher s'est associé à Sissom, tout a bien marché. Claude ne pouvait supporter d'avoir été chaque fois la cause de l'échec.

— S'il me détestait, pourquoi est-il venu travailler avec moi ?

— Peut-être pour montrer au monde qu'il était le meilleur. Peut-être ne te détestait-il pas et n'aurait-il jamais tenté de te faire du mal si tu n'avais pas commencé ton enquête.

— Prenez la prochaine sortie, annonça la voix du GPS.

L'estomac de Jamie se serra. Ils se rendaient chez un tueur, un homme qui avait voulu tuer Daniel et avait failli la tuer, elle.

— Si tu as raison, si Claude est l'assassin, je comprends les résidus de métal. Ils provenaient des couteaux qu'il aiguisait.

— Il adore aiguiser ses couteaux. Je ne comprends pas comment je n'ai pas fait plus tôt le rapprochement. Ecoute, il n'est pas utile que tu m'accompagnes. Je vais te laisser à un café…

— Pas question. Tu n'iras nulle part sans moi.

Il perdait la tête, mais pas elle. Elle devait à tout prix l'empêcher de se confronter à Claude.

La maison se trouvait en bordure de la ville de Bellaire. Comme Daniel s'apprêtait à s'engager dans la rue Templeton, il dut patienter derrière une dépanneuse. Elle était chargée d'une Renault bleue cabossée.

— C'est la voiture de Claude ! s'exclama Daniel. Apparemment, il a bien eu un accident. Je pensais qu'il s'agissait d'une histoire pour justifier son absence au manoir.

— Il a été victime d'un accident ?

— Sa mère nous a téléphoné, hier matin. Elle a dit à Jillian qu'il avait été gravement blessé dans un accident de la route. Il se serait cassé la jambe et aurait perdu un œil…

— Seigneur !

— Je commençais à le soupçonner, et comme il était introuvable, j'ai cru que sa mère avait inventé cet accident.

Ils suivirent discrètement le camion. Avec ses pavillons chic, ses arbres, ses pelouses bien entretenues et ses voitures luxueuses, le quartier n'avait plus rien de populaire.

La dépanneuse s'arrêta devant une petite maison blanche au jardin fleuri.

Daniel ralentit.

— Vous êtes arrivés à destination, déclara le GPS.

Il l'éteignit.

— C'est ici.

Il alla se garer un peu plus loin.

— Bon, nous avons vu la maison. Mieux vaut partir à présent, dit Jamie.

Daniel semblait aux aguets, comme un chien de chasse sur la piste d'un cerf.

Comme le chauffeur sautait à terre, une femme aux

cheveux blancs ouvrit la porte de la maison. Elle s'appuyait sur une canne.

— C'est Marie ! s'exclama Daniel.

— Elle me paraît trop vieille pour être la mère de Claude.

— Elle avait plus de quarante ans à sa naissance. Elle doit être malade, cela dit. Rapprochons-nous pour mieux voir.

— L'as-tu déjà rencontrée ?

— Il y a quelques années, oui, quand Claude et moi avons ouvert le restaurant. Beaucoup de ses recettes viennent d'elle. Elle venait souvent en cuisine pour garder un œil sur la confection des plats, s'assurer que son fils suivait ses consignes.

— Sérieusement ?

— C'est une vieille dame adorable, je vais lui parler. J'ai besoin de comprendre ce qui se passe.

— Daniel, laisse la police s'en charger.

— Tu sais, la police n'a pas été performante sur cette enquête ni sur celle sur le meurtre d'Andreas. Tu crois peut-être qu'ils font toujours bien leur travail, mais ce n'est pas le cas. Parfois, il vaut mieux se débrouiller sans eux.

Jamie n'aimait pas ça. Pas du tout.

— Je viens avec toi.

Si Claude avait été gravement blessé dans l'accident, il n'était sans doute pas là mais à l'hôpital. Et la vieille femme ne semblait pas menaçante.

Daniel se pencha pour attraper le bouquet de roses qu'il lui avait offert.

— Tucker, tu restes dans la voiture, ordonna-t-il au chien. Toi aussi, dit-il à Jamie d'un ton sans réplique. Je n'en ai que pour un instant.

Il sortit de l'habitacle.

Déterminée, Jamie ouvrit sa portière et le rattrapa.

— Tu vas offrir mes fleurs à Claude ?

— Je t'en achèterai d'autres.

— Tu ne peux pas tout résoudre avec de l'argent. Et je ne suis pas à tes ordres, je ne fais pas partie de ton personnel.

— Excuse-moi, je suis un peu sur les dents.

— Je viens avec toi. Ou alors, nous attendons l'arrivée de la police.

— Non, retourne dans la voiture, s'il te plaît.

Elle attendit qu'il se dirige vers la vieille dame qui discutait avec le chauffeur de la dépanneuse, puis le suivit.

Il se retourna pour la fusiller du regard. Mais elle refusa de céder. La situation aurait pu être comique si elle n'avait pas été si dangereuse. Daniel avait tellement l'habitude que son entourage se plie à ses quatre volontés qu'il ne comprenait pas qu'il en soit autrement.

Il finit par renoncer.

— Comme tu veux.

Il lui tendit la main, et tous deux marchèrent du même pas en direction de la vieille femme, qui remarqua enfin leur présence.

— Madame Morel ?

— Oui, répondit-elle avec circonspection.

Puis elle le reconnut et porta la main à sa bouche.

— Mon Dieu, c'est vous, Daniel ? Cela fait si longtemps.

Elle avait un accent français.

— C'est moi.

— Et vous avez apporté des fleurs. Mais vous ne l'avez jamais… D'après Claude, vous ne quittiez jamais le manoir.

— J'ai entendu dire qu'il avait été gravement blessé. C'est un ami de toujours, je me devais de venir le voir et de m'assurer qu'il recevait tous les soins nécessaires. Il est ici avec vous, non ?

— Il avait besoin de quelqu'un pour veiller sur lui.

Elle avait le regard vif, même si elle semblait frêle et âgée.

— Et vous, mademoiselle, qui êtes-vous ?

Daniel tenait toujours la main de Jamie qu'il embrassa.

— Ma petite amie, Jamie.

— J'ignorais que vous aviez une petite amie. Mon fils ne me dit pas tout.

— C'est assez nouveau. Puis-je voir Claude ?

— Non, répondit-elle tristement. Il n'est pas en état de recevoir des visites.

Il était là, Jamie en eut la certitude. Mais était-il vraiment blessé ? Ou Marie et Claude se précipiteraient-ils à l'aéroport dès que Daniel et Jamie auraient tourné les talons ?

— C'est terrible que cet accident survienne au moment où vous deviez partir pour la France, poursuivit Daniel.

La surprise se lut sur les traits de Mme Morel, qui cependant recouvra vite une contenance.

— Oui, nous avions hâte de revoir ma famille. Claude se réjouissait de retrouver ses cousins. Naturellement, nous allons devoir remettre ce voyage à plus tard.

Elle ne se rendait pas compte que si ce voyage avait été programmé de longue date, Claude aurait dû prévenir Daniel de son absence. Peut-être ignorait-elle les crimes dont son fils s'était rendu coupable. L'accident semblait réel.

— Je vous en prie, madame Morel, laissez-moi parler à Claude, insista Daniel. Je veux lui assurer personnellement que je m'arrangerai pour qu'il bénéficie des meilleurs soins, quel qu'en soit le coût. Et qu'il pourra retravailler chez moi quand il le désirera.

— C'est très gentil de votre part, mais… il doit dormir et ne voudra sans doute pas être dérangé. Entrez, je vais voir.

Elle salua rapidement le type de la dépanneuse, puis se dirigea vers la maison.

Jamie serra la main de Daniel. Cela ne faisait pas partie du plan.

— J'ai juste envie de savoir s'il est réellement blessé, lui chuchota-t-il à l'oreille. Je parie dix contre un qu'elle ne nous laissera pas lui parler.

Jamie fut saisie d'un mauvais pressentiment. Se souvenant comme Daniel avait perdu son sang-froid lors de la soirée, elle tremblait intérieurement. S'il se retrouvait face à celui qui avait assassiné son ami avant de lui faire endosser son crime, comment allait-il réagir ?

*
* *

Le cœur de Daniel battait à tout rompre dans sa poitrine. L'homme qu'il détestait depuis des années, l'homme qu'il s'était juré de tuer de ses propres mains pour lui faire payer le prix de ses crimes, était là, tout près.

La présence de Jamie l'empêchait de céder à son vieux désir de vengeance. Il ne pouvait concevoir à présent le duel dont il rêvait depuis toujours. Et puis, il y avait Marie. Comment attaquer un homme devant sa mère ?

Mais il était décidé à faire quelque chose. Il se sentait incapable de se contenter d'attendre l'arrivée de la police. Il tenait à s'expliquer avec l'homme qui lui avait volé six ans de sa vie, qui avait ruiné les dernières années de ses parents et qui lui avait fait vivre six ans en enfer.

La maison de Mme Morel sentait le persil et l'oignon. Elle était en train de préparer le déjeuner. L'endroit était propre et bien rangé, meublé avec élégance. Des coussins brodés ornaient le canapé.

Dans le salon où elle leur demanda d'attendre, il remarqua un panier de couture dans un fauteuil. Le poste de télévision était allumé, mais le son avait été baissé.

Quand Mme Morel quitta la pièce, Jamie se rapprocha de lui.

— Daniel, nous ne devrions pas rester ici. En tant qu'ancien procureur, je te garantis qu'il s'agit d'une grave erreur. Si nous discutons avec lui avant que la police l'interroge, toute l'affaire peut être compromise.

— Tant qu'il ignore que nous le suspectons, il n'y a rien à craindre, répliqua Daniel, même s'il était loin d'en être sûr.

Ce n'était pas à Jamie de prendre la décision, mais à lui. C'était son combat.

— Nous venons voir un vieil ami, rien de plus.

Mais il commençait à se sentir mal à l'aise.

— Tu as sans doute raison, dit-il soudain. Ce n'était peut-être pas une bonne idée.

— Partons, alors ! Nous n'avons qu'à crier de la porte que nous devons y aller. Filons vite.

Mme Morel réapparut, chargée d'un plateau de fromages et de fruits.

— Je préparais un repas pour Claude.

— Comment va-t-il ? demanda Jamie, doutant qu'il était bien là.

— Demandez-le-moi directement !

Assis dans un fauteuil roulant, Claude surgit — le vieil ami de Daniel, pas un ennemi —, vêtu d'une robe de chambre. Sa jambe gauche était plâtrée, un énorme pansement cachait son œil et son visage était couvert de bleus et de bosses.

— Claude, laisse-moi t'aider ! s'exclama sa mère en se précipitant vers lui.

— Quand maman m'a dit que vous étiez là, Daniel, j'ai eu du mal à le croire.

Claude s'exprimait avec difficulté. Sans doute avait-il pris des calmants.

Daniel n'était pas préparé à l'intensité des émotions qui s'emparèrent de lui. Sa vue se brouilla. Les mâchoires serrées, il s'imagina bourrer Claude de coups de poing. Mais avec effort, il parvint à garder son sang-froid.

— Je vous laisse discuter entre vous, dit Mme Morel avant de s'éloigner.

— Non, attendez, s'il vous plaît, dit Jamie. Nous ne restons qu'un instant. Comment vous sentez-vous, Claude ? L'accident a dû être terrible. Nous vous avons apporté des fleurs.

Elle prit le bouquet des mains de Daniel et le tendit au cuisinier.

— C'est gentil. Des roses rouges ? Daniel, je ne savais pas que vous m'aimiez à ce point.

— Je vais lire la carte, dit Mme Morel en s'emparant de la petite enveloppe.

— Non ! s'écrièrent Daniel et Jamie en chœur, mesurant leur erreur.

Mais la vieille femme lisait déjà à voix haute.

— Jamie chérie…

— J'étais pressé, dit Daniel d'un ton peu convaincant.

— Partons, dit Jamie. Claude a besoin de se reposer.

— Pas si vite.

Mme Morel n'avait plus la carte à la main, mais un revolver qu'elle pointait sur Daniel.

15

Le premier réflexe de Daniel fut de se mettre devant Jamie pour la protéger. La mère de Claude semblait âgée et frêle, mais elle avait sans doute la force d'appuyer sur la détente et son arme était assez puissante pour les tuer, Jamie et lui, d'une seule balle.

Mon Dieu ! Dans quels sales draps s'était-il fourré ?

— Maman !

Claude se redressa sur son fauteuil. Il semblait soudain plus alerte.

— Que fais-tu ? Laisse-moi gérer la situation.

— Mais il sait tout, Claude. Il sait ce que tu as fait. Je le vois dans ses yeux. Il a l'air…

Elle s'avança d'un pas menaçant.

— Vous deux, vous reculez. Tout de suite.

— Bien sûr, pas de problème, répondit Jamie en prenant le bras de Daniel pour l'entraîner loin de la porte.

Mais il paraissait rivé au sol.

— Pourquoi, Claude ? Dites-moi seulement pourquoi vous avez tué un homme et m'avez laissé accuser de votre crime.

— Je ne vous ai pas « laissé accuser », j'ai tout fait pour que vous soyez désigné comme le meurtrier.

Claude s'acharnait sur sa jambe pour arracher son plâtre et ses pansements.

— Un jour, vous dîniez chez moi. Je vous ai demandé de découper le rôti. Ensuite, quand personne ne me regardait, j'ai placé soigneusement le couteau dans un sac plastique.

— Mais c'était des mois avant le meurtre !

— J'avais tout organisé depuis longtemps. Quand j'ai entendu dire que vous montiez un restaurant avec Andreas Musto, ce cuisinier minable, j'ai eu du mal à le croire. Le Bistrot aurait pu marcher si vous aviez été plus patient, si vous aviez laissé à mes idées le temps de porter leurs fruits…

— Nous perdions trop d'argent, Claude. Vous sembliez croire que j'avais les moyens de renflouer l'affaire en permanence, mais ce n'était pas le cas.

— Bien sûr que si ! Votre père était millionnaire.

— Mon père. Pas moi. Il nous a prêté de l'argent pour ouvrir le restaurant, je devais le rembourser. Nous avons été obligés de fermer, quand il est apparu que l'établissement ne serait jamais rentable.

— Vous avez comploté contre moi avec Andreas.

— Alors pourquoi ne pas m'avoir tué, moi ?

— Parce que la police m'aurait très vite démasqué. J'avais un mobile. Alors que si je tuais Andreas et vous faisais porter le chapeau, le meurtre était parfait. Je ne connaissais même pas Andreas.

— Mais vous avez laissé votre ADN sur la scène du crime, dit Jamie. Sur les deux scènes. Vous avez tué Frank Sissom aussi.

— Vous êtes fou ! intervint Mme Morel. Claude ne tuerait jamais personne.

— Alors pourquoi l'aidez-vous à quitter le pays ?

— Il m'a dit qu'il avait des ennuis, qu'il avait embouti la voiture d'un homme puissant. Alors j'ai inventé cette histoire d'accident pour nous donner le temps de nous enfuir. Il n'aurait jamais fait délibérément du mal à quelqu'un.

Elle semblait au bord des larmes, mais elle ne baissait pas son arme, toujours pointée sur Daniel.

Claude parvint enfin à se libérer de ses pansements. Il n'était pas blessé du tout. Se levant d'un bond, il s'empara de son fauteuil roulant et le lança à la tête de Daniel.

Sous cette attaque inattendue, Daniel tomba sur ses genoux.

— Claude ! Qu'est-ce qui te prend ?

— Je sais ce que je fais, maman.

Il se précipita sur Jamie, l'attrapa par les cheveux avant de saisir un grand couteau sur le plateau qu'il posa violemment contre la gorge de la jeune femme.

— Faites très attention. Ce couteau n'a l'air de rien, mais il est parfaitement aiguisé, je vous préviens, dit-il. Daniel, allongez-vous. Maman, trouve une corde pour l'attacher.

— Mais je n'en ai pas !

Elle semblait complètement perdue.

— Prends la ceinture de ma robe de chambre.

Daniel réfléchissait à toute allure. La roue du fauteuil l'avait coupé à la joue, il saignait, mais la blessure ne semblait pas trop grave.

Voir le regard terrifié de Jamie comme le couteau sur sa gorge était presque trop dur à supporter. Il avait envie de se jeter sur Claude et de lui arracher le cœur à mains nues.

Mais tout geste prématuré risquait de coûter la vie à Jamie. Et Mme Morel pouvait tirer à tout moment. L'amour d'une mère dépassait souvent l'entendement.

— Que dois-je faire avec ce pistolet ? demanda-t-elle.

— Pose-le. Je les tiens en respect. Si Mme le procureur esquisse un geste, elle sera égorgée. Et Daniel ne tenterait rien qui puisse mettre en danger la vie de sa belle. N'est-ce pas, Daniel ?

— Non, répondit Daniel qui se tenait la tête entre les mains, mimant une blessure plus grave qu'elle n'était.

Mme Morel posa son arme sur la cheminée et s'empara de la ceinture de la robe de chambre de son fils. Daniel comprit que s'il devait faire quelque chose, il devait le faire vite. Une fois qu'il serait attaché, Claude n'aurait aucun mal à neutraliser Jamie.

Mais il s'aperçut alors qu'il avait sous-estimé la femme qu'il aimait.

— Qu'allez-vous faire de nous ? demanda Jamie.

— Je ne vous tuerai que si j'y suis obligé, répondit Claude. Et pas chez ma mère. Vous n'êtes pas allés trouver la police, sinon elle serait déjà là. Si je parviens à vous neutraliser quelques heures, j'aurai le temps de m'enfuir.

— A Paris, nous sommes au courant des réservations.

Tandis qu'il parlait, Daniel s'approcha subrepticement de la table basse.

— Vas-y, maman. Attache-le bien.

Mme Morel attrapa les poignets de Daniel. Elle avait une force surprenante pour une femme de son âge.

Jamie choisit ce moment pour passer à l'action. D'un geste brusque, elle écarta la main de Claude qui tenait le couteau. Puis elle lui assena un violent coup de pied dans les jambes.

Daniel bondit alors, avec un hurlement de fureur, faisant tomber au passage le plateau, les fruits, le fromage. Il envoya valser la table sur Claude, achevant le travail de Jamie.

Cette dernière se précipitait déjà vers la cheminée pour s'emparer de l'arme, mais Mme Morel tendit sa canne pour la faire tomber.

Dans un cri, Jamie tomba à terre.

Daniel s'était jeté sur Claude. Pour lui faire lâcher son couteau, il lui cogna la main contre le sol, mais Claude refusait de céder.

Hors de lui, Daniel appuya son genou contre la gorge du cuisinier, jusqu'à ce que celui-ci lâche finalement prise.

— Très bien, très bien ! grommela Claude d'une voix étranglée. Vous m'avez eu !

— J'ai le revolver ! cria Jamie. C'est fini.

Mais ce n'était pas fini pour Daniel. Son rêve de toujours se réalisait. Il prit le cou de Claude entre ses mains.

— Voilà pour m'avoir fait vivre six ans en enfer.

Il serra plus fort.

— Voilà pour avoir précipité la fin de mes parents.

Comme Claude tentait de se débattre, il accentua la pression.

— Pour avoir tué mon ami et Frank Sissom et avoir bousillé la vie de Christopher Gables et celle de tant d'autres.

— Daniel, arrête ! J'ai le revolver, répéta Jamie.

Il n'arrêterait pas, il voulait tuer ce salaud.

— Daniel ! Je t'en prie !

Quelqu'un frappait à la porte. Mme Morel pleurait, suppliant Daniel d'épargner son fils.

Daniel regarda Jamie. Elle était couverte de sang. Qu'était-il en train de faire ? Allait-il laisser la femme qu'il aimait mourir parce qu'il tenait à se venger ? Combien de vies était-il prêt à sacrifier pour régler ses comptes ?

Il lâcha Claude qui chercha aussitôt son souffle.

— Police !

Abe Comstock apparut à la fenêtre, l'arme au poing.

Daniel se redressa.

— Jamie, comment te sens-tu ? Tu sais te servir d'une arme à feu ?

— Oui, je vais ouvrir la porte.

Ce ne fut pas nécessaire. Elle vola en éclats et un groupe d'hommes en uniforme se précipita à l'intérieur.

Comstock balaya le salon du regard.

— Que s'est-il passé ? Jamie, posez cette arme !

Elle obtempéra.

— Mme Morel nous a menacés de son revolver, expliqua Jamie avec calme. Claude a jeté son fauteuil roulant à la tête de Daniel et a mis un couteau sur ma gorge. Daniel est intervenu, j'ai réussi à m'emparer de l'arme et vous êtes arrivés.

— Si vous m'aviez attendu, vous vous seriez épargné bien des soucis, répondit Abe. J'ai un mandat d'arrêt contre Claude Morel. C'est lui ?

— C'est lui.

— Que quelqu'un appelle une ambulance, ordonna Abe à ses hommes tout en passant les menottes au cuisinier.

Daniel enlaça Jamie et la conduisit à un fauteuil, l'invitant à s'y asseoir.

— Tu ne vas pas bien, tu saignes.

Il prit un coussin et le pressa contre la plaie.

— Chérie, il s'agit d'une grave hémorragie. Allonge-toi.

Il n'avait jamais vu quelqu'un perdre autant de sang. Elle allait se vider avant l'arrivée des secours.

— Merci, chéri, dit-elle en lui caressant les cheveux.

— Ne me remercie pas encore, ce n'est pas fini.

— Je voulais dire, merci de ne pas avoir tué Claude. Je sais que tu en avais envie.

— Quelque part, j'en rêvais, oui. Quand j'ai vu qu'il te menaçait de son couteau, tout m'est revenu, la douleur qu'il avait infligée à ma famille et à moi. Je voulais qu'il ait mal à son tour. Mais c'était le vieux Daniel, celui qui était en colère, celui qui voulait se venger, qui exigeait œil pour œil, dent pour dent. Mais la partie de moi qui avait envie de vivre a été plus forte.

— Merci, répéta-t-elle.

— Tu m'as sauvé. Je t'ai entendue m'appeler, me dire d'arrêter, et j'ai recouvré mes esprits. J'ai compris que si je tuais Claude, ma vie serait fichue, même si j'étais en état de légitime défense, et je t'aurais perdue. Je ne pouvais pas perdre ma chance de vivre avec toi, d'avoir un avenir avec toi.

Les sirènes se rapprochaient, et Daniel comprit qu'il lui restait peu de temps pour lui dire ce qu'il tenait à lui dire. Quand les secours seraient là, ils emporteraient Jamie, puis la police l'interrogerait sur les événements, pour tenter d'établir qui était coupable de quoi.

Peut-être serait-il jeté en prison pour tentative de meurtre.

Cette pensée ne le bouleversait pas trop. A condition qu'il ait eu la possibilité de parler d'abord à Jamie de ce qui était important.

— Jamie, ma belle Jamie, tu m'as ramené à la vie, tu m'as redonné ma force. Quoi qu'il advienne, je vais aller de mieux en mieux. Mais pouvons-nous envisager un avenir ensemble ? Y a-t-il une chance pour nous deux ?

Il attendit sa réponse, le cœur battant. Mais comme elle restait muette, il leva les yeux.

Elle avait perdu connaissance.

*
* *

Pour la deuxième fois en quelques jours, Jamie se réveilla à l'hôpital, aux urgences. Cette fois, ce ne fut pas Robyn qu'elle vit en ouvrant les yeux, mais Daniel.

— Jamie.

Tout son corps était meurtri, et elle regretta un instant de ne pas être restée inconsciente, insensible à la douleur. Mais Daniel était là, ce n'était pas un rêve. Il lui tenait la main.

— Je t'avais dit qu'il valait mieux attendre dans la voiture, lui rappela-t-elle.

Il lui sourit.

— La prochaine fois, je t'écouterai, promis. Comment te sens-tu ?

— Prête pour un marathon, tu le vois bien. Ça va aller pour moi ? demanda-t-elle.

— Avec une petite transfusion et beaucoup de repos, vous allez vite vous remettre, assura le Dr Novak qui entrait dans la salle. Je ne pensais pas vous revoir si vite.

— Croyez-moi, je m'en serais bien passée, répondit Jamie. Et non, je n'ai pas essayé de me tuer avec un couteau.

— Tant que je vivrai, vous me reprocherez mon erreur, si je comprends bien. En tout cas, votre état général est bien moins inquiétant qu'à votre précédente visite.

— Tant mieux. Puis-je rentrer chez moi ?

— Pas encore, mais bientôt. Maintenant, pardonnez-moi, je dois faire mes visites.

Dès qu'ils furent seuls, Daniel reprit la main de Jamie.

— Je t'emmène dès que possible. Tu vas venir chez moi. J'ai loué les services d'une infirmière à domicile.

— Jillian va adorer.

— Jillian ne vit plus au manoir. Elle m'a dit qu'elle était sûre que sans elle, je ne m'en sortirais pas. Elle a peut-être raison. Pour l'instant, j'ai du mal à marcher droit, mais je vais apprendre à me débrouiller. Es-tu d'accord pour me laisser m'occuper de toi ?

— Oui, si tu parviens à me sortir d'ici.

Mais quand elle aurait recouvré ses forces, que deviendrait-elle ? Elle soupira.

— Je vais devoir chercher du travail. Mais qui voudrait d'un ancien procureur qui a fait condamner à mort un innocent ?

— Tu plaisantes ? Quand toute l'histoire va faire la une des journaux, Chubb te suppliera de revenir. Mais j'espérais que tu accepterais de travailler pour moi.

— Pour toi, personnellement ?

Voulait-il qu'elle remplace Jillian ? Elle espérait que non.

— Pour Project Justice. Comme enquêtrice. Tu es excellente dans ce domaine, et nous avons besoin d'une autre juriste. Quel que soit le salaire que te versait l'administration, je le double.

Son offre était tentante. Mais non, définitivement, elle espérait beaucoup de Daniel, mais pas du travail.

— Daniel, je suis touchée, vraiment, mais je suis procureur. Je mets les bandits en prison et j'aime ce métier.

— Mais nous formons une équipe. Nous travaillons bien ensemble, reconnais-le.

— Oui, mais Project Justice est *ton* rêve. Et si j'admire cet engagement, ce n'est pas le mien.

— Tu ne me facilites pas les choses.

— Parce que je refuse de coller à tes plans ?

— As-tu oublié ce que je t'ai demandé avant que tu t'évanouisses ?

— Je ne me souviens pas que tu m'aies demandé quoi que ce soit.

— Alors, je recommence. Je ne peux pas vivre sans toi. Epouse-moi, Jamie chérie.

Jamie ouvrit la bouche, mais aucun son n'en sortit.

— Je ne te reprocherais pas de préférer t'en aller, reprit-il. J'ai été manipulateur et directif. A cause de moi, tu as failli mourir trois fois et tu as perdu ton travail.

— Tu m'as donné du bon temps.

Elle avait soudain les yeux pleins de larmes.

— Et je n'arrête pas de te faire pleurer…

— Tu parles sérieusement, Daniel ? As-tu vraiment envie de m'épouser ? Ne vas-tu pas regretter plus tard de m'avoir demandé ma main ?

— Je ne t'en parlais pas parce que je craignais que ce soit trop tôt, mais je t'aime et je suis sûr que je ne me lasserai jamais de toi. Voilà pourquoi je veux que nous nous mariions.

Elle éclata en sanglots.

— Que m'arrive-t-il ? Je ne pleure jamais, d'habitude.

Il l'embrassa.

— Tes larmes signifient-elles « oui » ? As-tu envie de passer le reste de ta vie avec moi ? Ou « non, il n'en est pas question, je ne veux plus jamais entendre parler de toi » ?

— Daniel, tu es complètement fou.

Elle l'étreignit avec toute la passion qui l'animait.

— Je veux passer le reste de ma vie avec toi. Je t'aime, Daniel.

— Je t'aime, Jamie.

Ils allaient s'embrasser quand la porte s'ouvrit sur Abe Comstock.

— Vous avez bientôt fini ? Je vous avais donné cinq minutes et c'était il y a un quart d'heure.

— Elle vient de reprendre connaissance. Le lieutenant va m'interroger, lui dit-il.

— Heureux de voir que vous allez mieux, Jamie. Ensuite, ce sera vous que j'interrogerai. J'espère que vos témoignages concorderont, parce que j'en ai assez de cette histoire.

Daniel se leva et embrassa Jamie.

— A plus tard. Et obéis au médecin !

— Bien, monsieur.

Le podium avait été installé devant le palais de justice du comté de Harris, et Jamie sentit son ventre se nouer.

Quand Daniel et elle avaient exigé la réouverture du dossier Christopher Gables, l'affaire avait fait du bruit. Il leur avait fallu s'expliquer, passer à la télévision, à la radio. Les preuves avaient été vérifiées dix fois, les récits comparés.

La police et le procureur avaient reconnu que Christopher Gables avait été envoyé par erreur dans le couloir de la mort. Claude Morel avait été accusé de deux assassinats, d'une tentative de meurtre et de deux agressions.

Christopher Gables avait été libéré de prison. Même si Jamie ne lui avait pas parlé, il lui avait adressé un mot pour la remercier.

Project Justice avait fait la une des médias et avait reçu les félicitations des membres du gouvernement et même du président des Etats-Unis. Les donations affluaient. Daniel allait travailler dans les bureaux de sa fondation trois jours par semaine.

Il avait fallu quarante-huit heures à Jillian pour comprendre que Daniel s'en tirait très bien sans elle et ne la supplierait pas de revenir, ni comme assistante, ni comme petite amie, ni comme épouse. Elle avait demandé à Daniel d'un ton repentant un travail au sein de son entreprise. Il lui avait proposé de se charger de tâches administratives à la fondation et à Logan Oil. Mais Jillian avait surpris tout le monde en proposant de travailler à Project Justice comme enquêtrice de terrain.

Daniel avait accepté de lui donner sa chance.

Jillian s'était excusée auprès de Jamie pour son attitude. Elle avait reconnu s'être trompée et espérait qu'un jour, elles seraient amies. Jamie lui avait assuré que tout était pardonné.

Tout l'entourage de Daniel, à commencer par son personnel, ses domestiques et ses employés, s'était réjoui d'apprendre la nouvelle de ses fiançailles.

Aujourd'hui, tout le monde était là, entourant Daniel et Jamie.

Daniel consulta sa montre.

— C'est bientôt l'heure. Es-tu nerveuse ?

— Terrifiée.

— Moi aussi

Daniel craignait toujours les foules et les espaces clos,

mais il avait beaucoup progressé depuis qu'il avait décidé de reprendre sa vie en main.

A l'heure dite, Daniel s'empara du micro.

— Bonjour et merci à tous d'être là. Je suis Daniel Logan et voici l'ancien procureur du comté, Jamie McNair. Nous vous avons demandé de venir pour faire le point sur un certain nombre de questions. Beaucoup de rumeurs ont couru depuis l'arrestation de Claude Morel. Vous avez lu des rapports contradictoires de la police et beaucoup de témoignages de gens prétendument bien informés, qui ne savaient en fait rien de l'affaire. Je vais vous donner la véritable version des événements. Jamie et moi avons collaboré pour faire libérer Christopher Gables et faire arrêter Claude Morel. Dans le processus, Jamie a perdu son travail, ses supérieurs n'admettant pas qu'elle dise que la justice s'était trompée. Jamie et moi avons été blessés le jour où... j'ai fait l'erreur de vouloir me confronter directement avec un homme acculé et désespéré. Mais comme vous pouvez le constater, aucun de nous n'a été sérieusement atteint.

La foule se mit à rire. Daniel faisait référence à des journaux qui avaient prétendu que Jamie avait été amputée d'un bras et que Daniel était à l'hôpital dans un état végétatif.

— Comment avez-vous découvert que Claude était le meurtrier ? demanda un des journalistes.

— Nous ne pouvons en dire plus, l'enquête est en cours. Lorsqu'elle aura abouti, vous saurez tout. Le sujet est clos pour moi. Maintenant, je laisse la parole à Jamie qui a quelque chose à vous annoncer.

Jamie monta sur le podium.

— Bonjour, les événements des derniers mois m'ont poussée à porter un nouveau regard sur les crimes. En qualité de procureur, j'avais la capacité de sauver des vies en mettant des assassins en prison, et malheureusement le pouvoir d'en ruiner d'autres en faisant condamner des innocents. Personne n'est à l'abri d'erreurs. Ni la police, ni les juges, ni les procureurs. Comme vous le savez, le procureur général Winston Chubb a demandé à partir en retraite en mai, plus tôt que prévu. Ce matin, je vous annonce que j'ai décidé de me présenter à sa succession. Si je suis élue, je m'engage à mener mes activités dans un esprit d'ouverture, à reconnaître les erreurs commises et à tout faire pour les rectifier. Je vous en dirai plus sur mon programme dans les jours à venir. Merci de votre attention.

Jamie s'apprêtait à redescendre du podium. Ils avaient décidé d'en dire le moins possible sur leur prochain mariage.

Mais Daniel résolut finalement d'en parler.

— Je suis sûr que vous trouvez bizarre que deux personnes qui ne sont pas du même côté de la barrière puissent être heureuses ensemble. Mais je veux que vous sachiez que Jamie est ce qui m'est arrivé de plus merveilleux dans la vie. Elle travaille avec acharnement, elle fait preuve d'intelligence et de cœur. Ses qualités feront d'elle un procureur général parfait et une épouse parfaite. En bref, j'aime cette femme plus que la vie. L'amour peut sauver une personne, j'en suis la preuve vivante.

Il l'embrassa, et elle lui rendit son baiser avec passion.

— Daniel, tu me fais pleurer et mon mascara coule, chuchota-t-elle. Devant les caméras !

— Tu me remercieras plus tard. Ecoute ces applaudissements. Ton élection est dans la poche.

Peut-être serait-elle élue, peut-être pas. Cela n'avait pas d'importance. Avec Daniel à ses côtés, elle avait déjà remporté l'essentiel.

Le 1er mai

Black Rose n°205

Inavouables secrets - Alana Matthews

- Rentrez chez vous, vous n'êtes pas la bienvenue ici.
Rachel est déconcertée. En venant passer des vacances à Waterford Point, elle était loin de s'attendre à un accueil aussi glacial, surtout de la part du shérif ! Certes, Nick Chavaree, qui sait qu'elle est écrivain, a l'air persuadé qu'elle a entendu parler des meurtres survenus depuis peu dans les environs et qu'elle veut en faire le sujet de son nouveau roman. Mais c'est faux ! Elle n'aspire qu'à une chose : se reposer et oublier son fiancé, qui l'a quittée quand elle lui a annoncé qu'elle était enceinte. Pourtant, Rachel doit reconnaître qu'elle a bien du mal à contenir sa curiosité quand, quelques jours plus tard, un nouveau meurtre est commis...

Sous étroite surveillance - Paul Graves

Alicia est furieuse : Gabe Cooper va emménager chez elle. Bien sûr, elle ne nie pas avoir peur depuis que le tueur en série dont elle analyse depuis des mois le *modus operandi* lui a promis qu'elle serait la prochaine sur sa liste. Et elle ne nie pas non plus que bénéficier de la protection de la police la rassure. Mais pourquoi a-t-il fallu que ce soit Gabe, le seul homme qui l'ait troublée depuis des années, qui ait été chargé de la surveiller ?

Black Rose n°206

Un troublant équipier - Debra Cowan

Avec sa peau bronzée, ses bras musclés et son sourire éclatant, Cole McClain est à n'en pas douter le modèle-type du pompier séduisant. Précisément le genre d'hommes que Kiley fuit depuis toujours : elle les connaît, les don Juans comme lui, bien trop sûrs de leur charme pour être sincères en amour. Aussi est-elle extrêmement contrariée lorsqu'elle apprend que Cole est son nouvel équipier à la section enquêtes criminelles, et qu'elle va devoir le côtoyer jusqu'à ce qu'ils aient arrêté le maniaque qui provoque des incendies pour ensuite assassiner les pompiers dépêchés sur place...

Une mystérieuse ressemblance - Debra Webb

Le jour où l'agent Lincoln Reece se présente à sa porte et lui apprend qu'elle est le sosie de sa femme et coéquipière, décédée sept ans plus tôt au cours d'une mission, Mia est bouleversée. Il y a sept ans, elle-même a été victime d'un grave accident de voiture qui l'a laissée amnésique. Mais elle a toujours vécu ici, à Blossom, dans le Tennessee, elle en est persuadée. D'ailleurs sa famille peut en témoigner ! Pourtant, quand le séduisant inconnu qui se prétend son mari la serre dans ses bras, elle sent le doute s'insinuer en elle : cette sensation, elle a l'impression de l'avoir déjà éprouvée auparavant...

BLACK ROSE

Entre les bras d'un inconnu - Julie Miller

Une vie sereine, des visages familiers : voilà ce dont a besoin Charlotte Mayweather pour tenter de mener une vie normale, elle qui a été enlevée dix ans plus tôt par un groupe d'hommes qui n'en voulaient qu'à la fortune de son père. Aussi, quand un pervers s'amuse à lui faire revivre son traumatisme en lui envoyant de nouvelles menaces, se sent-elle de nouveau aspirée dans le cauchemar. Etrangement, seule la présence à ses côtés de Trip Jones, le policier chargé de sa protection, parvient à la rassurer, même si elle ignore tout de lui... Car derrière ses traits durs et sa carrure impressionnante, elle discerne une douceur qui l'attire inexplicablement, elle qui ne connaît pourtant rien à l'amour...

Rencontre à hauts risques - HelenKay Dimon

Depuis qu'Emilia Landers est entrée dans sa vie, Holden n'a plus eu une minute de répit. Mais quand la jeune femme, poursuivie par des criminels cherchant à l'éliminer afin de récupérer les dossiers compromettants qu'elle possède sur eux, a trouvé refuge chez lui et lui a demandé son aide, comment aurait-il pu refuser ? Avec son air fragile, il se voyait mal la laisser affronter seule ses ennemis. Et désormais, alors même qu'ils doivent se cacher et déjouer les pièges qu'on leur tend, Holden comprend qu'il s'est déjà attaché à elle plus que de raison...

Black Rose n°208

Retrouvailles sous tension - Kimberly Van Meter

Angel, de retour ? Pour Mya, c'est le choc. Son ex-fiancé, celui qui l'a abandonnée dix ans plus tôt alors qu'ils étaient sur le point de se marier, est revenu sur la réserve indienne dans laquelle elle vit. Ce n'est pas pour elle, elle le sait bien : un policier s'est fait assassiner, et Angel, devenu agent fédéral, a été chargé de l'enquête. D'ailleurs, qu'importe. Angel ne fait plus partie de sa vie depuis longtemps. Pourtant, quand il lui demande son aide et qu'elle déchiffre dans son regard comme une sorte de regret, elle sent son cœur vaciller. Se pourrait-il qu'Angel l'aime toujours ?

L'enfant disparue - Rita Herron

Quand Sara, sa fille de cinq ans, lui raconte qu'elle fait des cauchemars où elle voit sa sœur jumelle, Cissy, l'appeler à l'aide, Madelyn est bouleversée. C'est impossible... Cissy est morte à la naissance. Pourtant, lorsqu'elle apprend que le médecin qui l'a accouchée vient d'être condamné pour trafic d'enfants, Madelyn ne sait plus que penser. Résolue à découvrir si sa fille est vivante, elle engage Caleb Walker, un détective privé, pour mener l'enquête. Tout en se demandant si cet homme énigmatique ne va pas la prendre pour une illuminée...

www.harlequin.fr

BLACK ROSE

Best-Sellers n°502 • suspense

Je ne t'ai pas oublié - Karen Harper

Deux ans ont passé depuis que Tara Kinsale, détective privée, est sortie de longs mois de coma. De ces mois d'inconscience, elle n'a conservé que le souvenir vague d'un voile blanc. Et au réveil, ce terrible choc : pendant ce temps, son mari avait obtenu le divorce. Alors qu'elle reprend à peine le fil de sa vie, elle se retrouve de nouveau en état de choc quand un médecin lui annonce qu'elle a mis au monde un bébé pendant son coma. Un enfant ? Impossible. Et pourtant, le doute s'insinue dans son esprit. Pourquoi ses proches refusent-t-ils de répondre à ses questions s'il n'y a rien à cacher ? De son chalet perdu au cœur de la luxuriante vallée de Shadow Mountain, épaulée par Nick MacMahon, un homme qu'elle connait depuis peu mais en qui elle a spontanément eu confiance, Tara se lance dans une enquête sur ce long coma au cours duquel l'impensable s'est produit.

Best-Sellers n°503 • suspense

Le cercle brisé - Nora Roberts

Emma a trois ans quand elle est arrachée par son père, riche et célèbre musicien de rock vivant à Los Angeles, aux bas-fonds de Londres ainsi qu'aux mauvais traitements d'une mère alcoolique et droguée. Alors que la vie paraît enfin sourire à la petite Emma, c'est le drame : elle assiste, impuissante, au meurtre de Darren, son demi-frère de deux ans. Sous le choc, Emma enfouit au plus profond de sa mémoire le souvenir du visage du ravisseur, tandis que grandit en elle un terrible sentiment de culpabilité : elle n'a pas su protéger son petit frère adoré. D'autant que, malgré une longue enquête, le meurtrier n'a jamais été retrouvé. Adulte, Emma devient une photographe célèbre. Mais la petite fille en elle n'a jamais oublié le drame. L'image imprécise du meurtrier hante ses cauchemars. Pour vivre enfin en paix, Emma va devoir le démasquer. Mais pour y parvenir, il lui faudra provoquer un scandale retentissant, et mettre en danger sa propre vie…

Best-Sellers n°504 • suspense

L'île du mystère - Heather Graham

En décidant de racheter le musée Beckett de l'île de Key West, en Floride, pour le restaurer et le rouvrir au public, Katie O'Hara s'apprête à réaliser l'un de ses souhaits les plus chers, dans ce lieu auquel elle reste profondément attachée. Un attachement que le crime commis là dix ans plus tôt ne peut en rien diminuer. Mais rapidement, un obstacle inattendu se dresse devant elle : le propriétaire, le photographe David Beckett, décide soudainement de s'opposer à la vente, et de revenir s'installer à Key West. Malgré le choc que lui cause cette nouvelle, Katie décide de convaincre le séduisant David du bien-fondé de son projet. Jusqu'à ce qu'elle apprenne qu'il a lui-même été soupçonné du meurtre dix ans plus tôt…

Best-Sellers n°505 • féminin

L'enfant du scandale - Barbara Delinsky

Hugh et Dana forment un couple harmonieux malgré leurs différences. Si Dana vient d'un milieu modeste et n'a jamais connu son père, Hugh, issu de la bourgeoisie bostonienne, a dû lutter pour faire accepter son épouse dans sa famille. Alors que l'arrivée d'un enfant semble apaiser les passions, c'est un véritable scandale que déclenche la naissance de la petite fille. Car, alors que rien ne le laissait prévoir, la fillette a la peau noire. Abasourdis, déchirés entre la joie et la soif de réponses, les jeunes parents décident d'explorer leurs racines… au risque de déterrer les secrets du passé…

Best-Sellers n°506 • féminin

Jusqu'au bout du rêve - Sherryl Woods

Bouleversée par sa rupture douloureuse avec Connor O'Brien, Heather Donovan quitte Baltimore pour s'installer à Chesapeake Shores avec Mick, leur petit garçon de un an. En choisissant de vivre dans ce petit paradis en bordure de mer, elle espère se reconstruire, et surtout, permettre à son fils de s'épanouir au grand air. Mais rien ne se déroule comme Heather l'avait prévu. Car Connor, qui a toujours refusé avec entêtement de se marier avec elle, lui préférant sa brillante carrière d'avocat, cherche désormais à la reconquérir. Déstabilisée par cette attitude, mais déterminée à se tenir aussi loin que possible de celui en qui elle n'a plus confiance, Heather se consacre entièrement à son fils et à la petite boutique qu'elle vient d'ouvrir. Jusqu'à ce qu'un choc violent et inattendu vienne à nouveau bouleverser sa vie…

Best-Sellers n°507 • suspense

La mémoire volée - Beverly Barton

Quels secrets se cachent entre les murs de l'imposante demeure de la plus ancienne famille du Mississippi ? Missionné par G.W Wesbrook, le patriarche du clan, pour retrouver sa petite fille Leslie Anne qui vient de fuguer, Dante Moran a la sensation gênante de faire intrusion dans une affaire de famille complexe, douloureuse. Une histoire à laquelle il se sent complètement étranger, jusqu'au jour où il rencontre Tessa, la mère de Leslie Anne. Troublé d'abord par la beauté fragile de Tessa, Dante reçoit un choc lorsqu'elle plonge ses yeux dans les siens. Car ce regard réveille en lui l'éclat d'un autre regard, le souvenir d'une autre femme, perdue il y a longtemps…

Best-Sellers n°508 • historique

La princesse celte - Helen Kirkman

Angleterre, Royaume de Northumbrie, 716

Après avoir échappé au mariage que son père, le roi des celtes, voulait lui imposer, Alina s'est réfugiée dans un couvent isolé où elle mène une existence simple, au mépris de son titre de princesse. Mais sa vie est bouleversée lorsqu'un matin, un sombre guerrier fait irruption dans le couvent, l'épée à la main et l'éclat de la vengeance dans les yeux. Car cet homme, cet être d'ombre et de lumière, n'est autre qu'Athelbrand le saxon avec lequel elle s'est enfuie la veille de son mariage et qu'elle a ensuite quitté sans explications, le condamnant au déshonneur et à l'exil. Brand, qu'elle a aimé de tout son cœur et de toute son âme mais qu'elle a trahi malgré elle…

Best-Sellers n°509 • historique

Le secret de lady Scarlet - Nicola Cornick

Fortune Folly, Yorkshire, 1810

Pour empêcher Nat Waterhouse, son ami d'enfance, de faire un mariage d'intérêt avec une riche héritière, lady Elizabeth Scarlet est prête à tout. Y compris à élaborer un plan aussi audacieux que scandaleux pour y parvenir : kidnapper et enfermer Nat dans un manoir désert la veille de la cérémonie.

Et tout se déroule comme prévu jusqu'au moment où Nat comprend qu'il a été piégé. Furieux, il l'accuse de se comporter en petite fille gâtée et capricieuse. Pis encore ! il sous-entend qu'elle est amoureuse de lui depuis toujours et qu'elle jalouse sa fiancée. Blessée dans son orgueil, profondément gênée par les insinuations de Nat, Lizzie décide de lui prouver qu'elle ne le laisse pas aussi indifférent qu'il veut le faire croire…

www.harlequin.fr

GRATUITS !

2 romans

et 2 cadeaux surprise !

Pour vous remercier de votre fidélité, nous vous offrons 2 merveilleux romans **Black Rose** (réunis en 1 volume) entièrement GRATUITS et 2 cadeaux surprise ! Bénéficiez également de tous les avantages du Service Lectrices :

- **Vos romans en avant-première**
- **5% de réduction**
- **Livraison à domicile**
- **Cadeaux gratuits**

En acceptant cette offre GRATUITE, vous n'avez aucune obligation d'achat et vous pouvez retourner les romans, frais de port à votre charge, sans rien nous devoir, ou annuler tout envoi futur, à tout moment. Complétez le bulletin et retournez-le nous rapidement !

☐ **OUI !** Envoyez-moi mes 2 romans Black Rose (réunis en 1 volume) et mes 2 cadeaux surprise gratuitement. Les frais de port me sont offerts. Sauf contrordre de ma part, j'accepte ensuite de recevoir chaque mois 3 volumes doubles Black Rose inédits au prix exceptionnel de 6,75€ le volume (au lieu de 7,10€), auxquels viennent s'ajouter 2,95€ de participation aux frais de port. Dans tous les cas, je conserverai mes cadeaux.

N° d'abonnée (si vous en avez un) ☐☐☐☐☐☐☐☐☐☐ IZ2F09

Nom : .... Prénom : ....

Adresse : ....

CP : ☐☐☐☐☐ Ville : ....

Téléphone : ☐☐☐☐☐☐☐☐☐☐

E-mail : ....

☐ Oui, je souhaite être tenue informée par e-mail de l'actualité des éditions Harlequin.

☐ Oui, je souhaite bénéficier par e-mail des offres promotionnelles des partenaires des éditions Harlequin.

Renvoyez cette page à : **Service Lectrices Harlequin – BP 20008 – 59718 Lille Cedex 9**

Date limite : **30 novembre 2012**. Vous recevrez votre colis environ 20 jours après réception de ce bon. Offre soumise à acceptation et réservée aux personnes majeures, résidant en France métropolitaine. Offre limitée à 2 collections par foyer. Prix susceptibles de modification en cours d'année. Conformément à la loi Informatique et libertés du 6 janvier 1978, vous disposez d'un droit d'accès et de rectification aux données personnelles vous concernant. Il vous suffit de nous écrire en nous indiquant vos nom, prénom et adresse à : Service Lectrices Harlequin - BP 20008 - 59718 LILLE Cedex 9. Harlequin® est une marque déposée du groupe Harlequin. Harlequin SA – 83/85, Bd Vincent Auriol – 75646 Paris cedex 13. SA au capital de 1 120 000€ - R.C. Paris. Siret 31867159100069/ APE5811Z

Sentimental, passion, glamour, suspense...

Les fans du genre ont désormais leur page !

Retrouve-nous sur **Facebook**

http://www.facebook.com/LesEditionsHarlequin

Infos en avant première, promos, codes remises exclusifs, partage...

Et bien plus encore

éditions **HARLEQUIN**

GRATUITS !

2 ROMANS*et 2 CADEAUX surprise !

OUI ! Envoyez-moi mes **2 romans offerts*** de la collection que j'ai choisie et mes **2 cadeaux surprise gratuitement**.
Sauf contrordre de ma part, j'accepte ensuite de recevoir chaque mois les romans de la collection choisie, simplement en consultation.

* 1 roman pour la collection Nocturne, Les Historiques et pour l'offre Maxi.

☛ COCHEZ la collection choisie et renvoyez cette page au
Service Lectrices Harlequin – BP 20008 – 59718 Lille Cedex 9

❑ **AZUR**..........................ZZ2F56 ....6 romans par mois 25,45€
❑ **HORIZON** ....OZ2F54........2 volumes doubles par mois 15,11€
❑ **BLANCHE**.....................BZ2F53 ....3 volumes doubles par mois 21,19€
❑ **LES HISTORIQUES**.....HZ2F52........2 romans par mois 15,31€
❑ **BEST SELLERS**............EZ2F53 ....3 romans tous les deux mois 22,87€
❑ **NOCTURNE** ....TZ2F52.........2 romans par mois 15,31€
❑ **MAXI** ....CZ2F54........4 volumes triples tous les deux mois 28,47€
❑ **PRÉLUD'**......................AZ2F54........4 romans par mois 25,75€
❑ **PASSIONS**...................RZ2F53 ....3 volumes doubles par mois 22,87€
❑ **BLACK ROSE**..............IZ2F53 ....3 volumes doubles par mois 22,87€

N° d'abonnée Harlequin (si vous en avez un) ⎿⏌⎿⏊⏊⏊⏊⏊⏌

Mme ❒ Mlle ❒ Nom : ____________________

Prénom : ____________________ Adresse : ____________________

____

Code Postal : ⎿⏊⏊⏊⏊⏌ Ville : ____________________

Tél. : ⎿⏊⏌⎿⏊⏌⎿⏊⏌⎿⏊⏌⎿⏊⏌

E-mail : ____________________

❒ Oui, je souhaite recevoir par e-mail les offres promotionnelles des éditions Harlequin.
❒ Oui, je souhaite recevoir par e-mail les offres promotionnelles des partenaires des éditions Harlequin.

ate limite : 30 novembre 2012. Vous recevrez votre colis environ 20 jours après réception de ce bon. Offre soumise à acceptation t réservée aux personnes majeures, résidant en France métropolitaine, dans la limite des stocks disponibles. Offre limitée à collections par foyer. Prix susceptibles de modification en cours d'année.Conformément à la loi Informatique et libertés du 6 janvier 1978, ous disposez d'un droit d'accès et de rectification aux données personnelles vous concernant. Par notre intermédiaire, vous pouvez être amenée recevoir des propositions d'autres entreprises. Si vous ne le souhaitez pas, il vous suffit de nous écrire en nous indiquant vos nom, prénom et dresse à : Service Lectrices Harlequin BP 20008 59718 LILLE Cedex 9.

Composé et édité par les
éditions HARLEQUIN
Achevé d'imprimer en France (Malesherbes)
par Maury-Imprimeur
en mars 2012

Dépôt légal en avril 2012
N° d'imprimeur : 170693